《格萨尔》论要

王兴先 著

格萨尔研究丛刊

上海古籍出版社

作者在首届《格萨尔》国际学术讨论会上

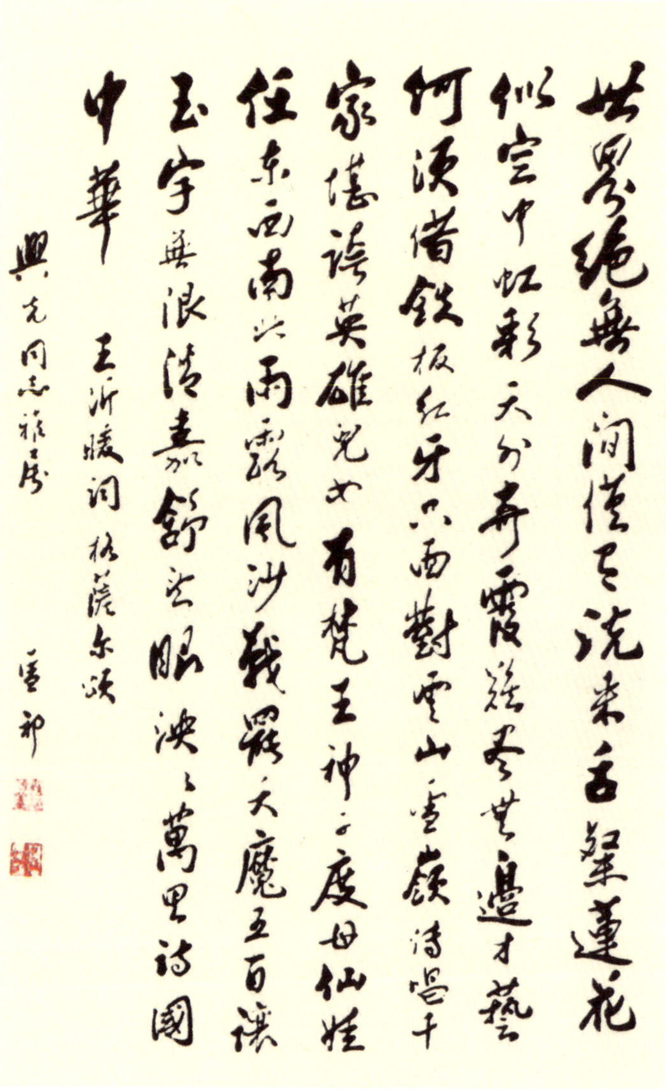
王沂暖词 格萨尔颂

出版前言

《〈格萨尔〉论要》是王兴先先生全面研究《格萨尔》史诗的一部力作，初版于1991年，共六章，从多个角度对这部伟大史诗作了全方位的介绍与研究，为格萨尔学多个分支学科的创立和建设奠定了基础。2002年再版，王先生又增写了两章，并删去了原书中的“后语”。此次，我们将这一经典著作收入“格萨尔研究丛刊”，除修订字词错误外，并按照丛刊规范对其作了一些体例上的改动。

上海古籍出版社

2023年5月

序

王兴先同志，最近费了很长一段时间，对《格萨尔王传》这部世界知名的长篇英雄史诗，写成了近30万字的研究专著，这在《格萨尔》研究史上，应当算作一部力作。他让我给他写一个序言，我就勉为其难了。

回忆1716年蒙文本《格萨尔传》在北京初次雕板印行后，首先流传到苏联刊印翻译，传于海外，在欧洲各国掀起了研究探索之风。但当时国内外大部分人，在藏族地区还不知有这部史诗的存在。直到二十世纪之初，首先国外才收集到这部史诗的藏文原本，才知道有藏文的《格萨尔王传》，这又引起了国外学者的研究高潮，甚至有人写出长达600页的长篇专著，驰名全世界。有人说过敦煌在国内，研究者在国外；同样，《格萨尔》在国内，研究者也在国外。听到这样的话，我们国内人，能漠然无动于衷吗？三十年代后，国内始有人涉及此传，韩儒林、任乃强诸先生，才初次进行研究探讨介绍。新中国成立以后，五十年代中，国家大力倡导，积极搜求，不数年间，成果蔚然可观，也有了热爱此传的人们，开始进行研究，孰意天不为助，竟遇到毁灭性的打击，对于这一长篇著名史诗，竟一时成为万马齐喑的禁地，追忆及此，使人心悸。天道好还，一元复始，《格萨尔》事业，最近十年间，已如日中天，风起云涌，研究探讨，翻译整理，已组成了一大批力量，不但论文丛出，而且也已有了几部研究专著，王兴先的这部专论，就是其中的一部。这部著作共分六章（2001年再版增写为八章——编者注），论及史诗的主题，史诗的宗教，史诗的王室与部落，史诗的风俗与习惯，史诗的体裁组织，史诗的横向流传，涉及面虽不太广，但已谈及到主要问题，所论虽不一定完全完美无缺，但却是条分缕析，引人入胜。尤其是对土族、裕固族中流传的“格传”的发掘，成绩最为突出。

格萨尔的阵地在中国，国内人最接近史诗产生的地区，国内人掌握到、见到的材料应最多，国内研究者应当说最占优势。科学无国界，我们希望与国外研究者共同致力，作出贡献，成果出于谁人，我们都竭诚欢迎，但因史诗产生的地点与材料的掌握，本国既占有优势，要求作出更好的成绩，首先占领这个大好阵地，亦是理之当然。最近出版的赵秉理同志编辑的《格萨尔学集成》是一部得未曾有的《格萨尔》资料宝库，各地区又广为搜集，史诗各种版本、演唱本日益增多，给研究者以游刃有余的广阔天地，现在对史诗的再度进行搜集研究，虽然仅仅十年，时间尚甚短暂，但由于研究者们的共同努力，已经进入攻坚阶段，进入高潮，如果能够分途前进，自能无坚不摧，占领一个个史诗阵地。这部专著，应该说是较全面研究“格传”的一个先行者吧！

王沂暖

1990年11月1日

目　录

第一章

藏族《格萨尔》史诗的思想内涵

世界上最长的藏族长篇英雄史诗《格萨尔王传》(简称《格萨尔》)既是一部跻身于世界文学名著之林的伟大巨著，又是一部全面包含古代藏族社会生活的大百科全书。当代著名藏学家、古典诗词名家王沂暖教授，在他多年翻译与研究《格萨尔》取得重大成就的基础上，近又填词一首——(《凤凰台上忆吹箫·格萨尔颂》)，赞美《格萨尔》。他诗词“根柢好，才情高”[①]，以他特有的大家风度和诗人气质对《格萨尔》作了全面、高度的艺术概括。词曰:“世界绝无，人间仅有，说来舌粲莲花。似空中虹彩，天外奇霞。难尽无边才艺，何须借铁板红牙。只面对云山雪岭，传唱千家。　堪夸，英雄儿女，有梵王神子，度母仙娃。任东西南北，雨露风沙。战罢天魔五百，让玉宇无限清嘉。舒望眼，泱泱万里，诗国中华!”这里，诗人用“堪夸，英雄儿女，有梵王神子，度母仙娃。任东西南北，雨露风沙，战天魔五百，让玉宇无限清嘉”气势磅礴的语句，充分表达了这部伟大史诗的思想内涵。这正是本章所要

① 周谷城副委员长评述。

着重分析和论述的这部史诗的主要思想内容。

第一节 “抑强扶弱、为民除害”是《格萨尔》全部思想内涵的基础

一 梵天、岭王、百姓三者希冀的一致性

史诗描述:“远在很多很多年代以前,……下界人间,正是一个非常混乱的时期,妖魔鬼怪,到处横行,各个地方差不多都被他们霸占着,善良无辜的老百姓,遭受他们的欺凌迫害,没有一天好日子过。”这时,高居天国的观世音菩萨和白梵天王商量:“无论如何,也得派一个去降妖伏魔,抑强扶弱,救护生灵,作黑头人的君长。”[①]当神子顿珠尕尔保,神变成一只鸟儿飞到下界人间视察时,强梁与敌对者见了,“心里很不愉快”,不是撒灶灰[②],就是射毒箭;善良的老百姓见了,便视为吉兆,他们高兴地唱道:

这个鸟儿是预兆,
这个预兆大吉祥。
我们的世界人,
要出好君长;
尤其是岭国里,
要出圣明王;
扶助弱小者,

① 王沂暖等译:《格萨尔王传·贵德分章本》,甘肃人民出版社,1981年。
② 撒灶灰是藏族驱邪的一种习俗。

打击的是强梁。
黑头老百姓，
将过好时光。①

当神子顿珠尕尔保投生下界，尕擦拉毛将他生下时，“他的食指向上指着，站起身来作拉弓的样子”，且说：“我要作黑头人的君长，我要制服凶暴强梁的人们。”当神子格萨尔成亲十五天时，上界大梵王又通过天母巩闷姐毛进行敦促，让他“快显神通，不要错过好时机”，且唱道：

你是黑头人的君长，
你要坐殿登基来统治。
你要降伏四方四种魔，
叫他们永远作奴隶。
你要压倒强梁的人，
叫他们永远把头低。
你要扶助弱小的人，
让他们扬眉又吐气。②

神子格萨尔登上岭王宝座之后，又不止一次地曾向岭国百姓庄重而明确地宣布：“世上妖魔害人民，抑强扶弱我才来。”“我要铲除不善之国王，我要镇压残暴和强梁。”“我要令当权者低头，为受辱者撑腰。”

在这里，梵天与岭王，岭王与百姓，百姓与梵天，三者在如何消

① 王沂暖等译：《格萨尔王传·贵德分章本》。
② 王沂暖等译：《格萨尔王传·贵德分章本》。

除混乱、治理岭国的认识趋向上达到了高度的一致性，那就是要镇压残暴，压制强梁，扶助弱小，与民除害。

上界梵天的使命，下界百姓的企望，岭王格萨尔的承诺，则无疑是史诗的创作者——智慧的藏族人民，将“抑强扶弱，为民除害”的思想作为《格萨尔》史诗全部思想内涵的基础，并使之通过格萨尔大王这个艺术典型和三十位英雄群体（甚至八十位英雄群体）形象塑造，成为贯穿于整部史诗始末的一根红线。史诗里其他的思想内容都是紧随这根红线而生发展开的。因此，《格萨尔》其内容不管多么纷繁庞杂，其思想不管多么博大精深，但无一例外地都以抑强扶弱、为民除害的思想为根基。反之，则游离于史诗艺术结构整体之外，不是著述了多余的笔墨，就是酿成了有害的糟粕。

二　镇压强暴大显英雄风采

《格萨尔》中，格萨尔一再自称“我是降伏四方四妖一救主，是箭射黑魔额头一屠户”。这与史诗里歌赞他是“制服强暴者的铁锤，拯救弱小者的父母”的描述是完全一致的。格萨尔在他南征北战、东征西讨的一生中，百折不挠地实践了自己的诺言，赢得了人民的拥护与爱戴。这里，我们不可能把史诗描述格萨尔及其英雄们实践自己诺言的全部言行都摘献给读者，仅从描写他降伏四魔的《堆岭》《霍岭》《姜岭》《门岭》等主要分部本中摘录数句，共同领悟格萨尔为实践自己“抑制扶弱、为民除害”之诺言而与四魔作殊死斗争的思想：

《堆岭》中的“北亚尔康魔国，八山四口鬼地，擦惹木保平川地，有一座九尖魔鬼城，上边人血落如雨，中间冤魂起旋风，下边城墙是死尸”。住在宫中的魔王路赞，“他身体像山那样高大。一个身子长着九个脑袋。九个脑袋上边，又长了十八个犄角。他面呈怒容，身上到处是黑色毒蝎，腰上盘绕着九条黑色毒蛇。他手脚共有四九三十六个像铁钩一样的铁指（趾）甲。嘴内呼气，像爆发的火山烟雾；鼻内呼气，像刮起了毒气狂风"[①]。这就是格萨尔称王之后第一个要惩除的进犯者——魔国及其专权者的残暴凶相。也正因如此，坚守边域的魔国女杰——路赞之妹阿达拉毛，才敢于在征讨者格萨尔大王面前大夸海口，放肆喧嚣：

人找死才来到罗刹大门前，
虫找死才来到蚂蚁洞口边；
老魔路赞如果看见你，
想要逃跑是万难。
……
不消说角如胜不了他，
就是岭国英雄都来也难敌。
现在是前业现缘聚一起，
正是岭部落灭亡时。[②]

但在剑光威逼自己的格萨尔面前，魔国女将阿达拉毛也不得不对威武英俊、智勇双全的格萨尔重新认识和评价，甚至到头来以身许配，她与格萨尔结成良缘：

岭国大王说得对，
我有眼不识雄狮大王你这个人。

① 王沂暖等译：《格萨尔王传·贵德分章本》。
② 王沂暖等译：《格萨尔王传·贵德分章本》。

格萨尔大王名声好，
好像南赡部洲水龙吟。
美丽的孔雀爱玉龙，
一听到龙声喜在心。
大丈夫宝珠格萨尔，
你夺去了姑娘我的心。

请不要伤我姑娘命，
大王怎样命令我都听！
在南赡部洲世界上，
路赞力量再大再聪明，
花岭国大部落兵一到，
黑魔也一定要丧生。

我阿达拉毛妙龄女，
虽然生为魔国人，
却遇良友佛菩萨你，
使我一见喜在心。
我要作大王终身侣，
献上内心欢喜的话，
请求世界雄狮王，
敌人一出现你就杀死他。
敌人虽亲也不容，
大王你说啥我听啥。①

---

① 王沂暖等译：《格萨尔王传·贵德分章本》。

至此，由魔国天仙般的姑娘阿达拉毛与格萨尔大王，各自请神为证，誓结夫妻。尔后，两人住在城内，阿达拉毛向格萨尔出谋献策，细说降魔之法。格萨尔凭借阿达拉毛的戒指，一路上施展巧计，闯过黑水海，刀斩三头妖，顺利闯出三角城，直奔大草场，对那深知魔王内情的牧羊大臣秦恩软硬兼施，发誓结友，接着以秦恩为内线，与王妃梅萨[1]沟通信息，在相互观察行止，消除怀疑，探明魔王寄魂机密之后，则紧密配合，一举斩除了魔王路赞，从而取得了征战魔国的胜利。

格萨尔在其披荆斩棘的征途中，既有他拉弓搭箭，抽刀舞剑，甚或与魔首厮打肉搏，大显神威的场景，也有他与爱妃缠绵悱恻，难舍难分，甚或相互骂架斗嘴的插曲。《格萨尔》中的格萨尔，其形象虽是半人半神，但表现最为本质的还是人而不是神，他七情六欲，无一不有。格萨尔接到天母神旨，准备出征进犯岭国之大敌——魔王路赞，向爱妃珠毛交付国政：

珠毛王妃请听着，
你要能自立去处事。
以甲擦协尕尔为首的，
岭国大英雄有三十。
一切强者和壮年，
男女老弱在一起。
都要为国献本领，
办好大王走后的事。[2]

---

① 梅萨：原为格萨尔二妃，后被魔王路赞抢去。
② 王沂暖等译：《格萨尔王传·贵德分章本》。

这时，珠毛依恋不舍之情涌上心头，她含情脉脉，不时地向大王敬献亲手酿制的三种美酒，以其“美如画的身材容貌”和挑逗春心的言语来拨动大王的心，使大王永远留在身旁，倾心于己。此时，即使是半具神性的格萨尔也难抑自己内心的情思，他一连倾吐出几十句相思语，发自肺腑，如溪水潺潺，诉说了他对珠毛的爱：

像你这样年轻俊俏的人，
一百个姑娘中难得一。
即使偶然有一个，
容貌也难比上你。
你是白度母下世来，
并非一般凡家女。
你右转好像风摆柳，
你左转好似彩虹飘。
你前走一步价值百骏马，
好像半空中空行在舞蹈。
你后退一步价值百紫骡，
好像天上的仙女在舞蹈。
你眉眼含情价值百犏牛，
人人都为你倾倒。
你嫣然一笑价值百羔羊，
齿如珍珠排列得好。
你右发向右垂，
好像白胸鹰展翅飞。
你左发向左垂，
好像紫胸鹰凌空飞。

你后戴发饰珊瑚串，
好像天女下凡来。
你前戴发饰玉五彩，
好像孔雀把屏开。
你站起来好像垂彩绸，
你坐下来好像堆锦绣。
真似神披箭来具百能，
你是应有无不有。

你身腰苗条恰如竹临风，
你胸怀开阔真像鹰展翅。
你心地豁亮一似明镜明，
你思想锐敏胜过子弹利。
今与妃子生别离，
我心如同百针刺。①

至此，格萨尔虽然动了情，心如百针刺，但仍坚持“要前往亚尔康，降伏命尽的老魔去”！这时，珠毛又提出一连串的问题让大王“想一想来思一思”：

岭国大王不留要远走，
丢下珠毛姑娘托身在哪里？
丢下岭国去外边，
有谁来管国内事？
……

① 王沂暖等译：《格萨尔王传·贵德分章本》。

岭国是个大部落，
大英雄如虎似豹有的是。
可让他们作元帅，
率领天兵一起去。
………
阿爸像山口石头堆，
何时垮倒谁能说！
阿妈像墙头一碗水，
何时洒掉谁能说！
我珠毛像树上的小鸟儿，
何时被老鹰捉去谁能说？①

然而，格萨尔一一作了入情入理的答复，并明确指出：

别人有本领未委派，
降魔一事交给我。
惩除路赞是我的份，
现在无法来推脱。②

这时，珠毛另施一招，又拿出自己最心爱的一顶绣花帽、一件流苏珠宝紫獭衫、一件朱砂宝衣等珍贵物品，无不含情脉脉地向大王馈赠，想以此来挽留格萨尔。珠毛见此一切软招无济于事时又施出硬法，甚至以挖苦、斗嘴、大骂来阻止格萨尔前行。这时，格萨尔怒气冲冲地也骂珠毛是"泼辣货""坏主妇"和"坏婢子"，"一

① 王沂暖等译：《格萨尔王传·贵德分章本》。
② 王沂暖等译：《格萨尔王传·贵德分章本》。

定要丢掉”！于是纵马疾驰。然而，珠毛痴心追赶，一路上大声呼喊大王你“像我额上的眼睛，腔子里的心”，你“不在空留足迹地，我珠毛姑娘住下来也心焦”！经过无数的山山岭岭，终于追上了大王，并将他从酣畅的梦乡中唤醒，要求：

你我亲爱相处三年整，
时间不算太长也不短。
大王最好领着我，
把我带在你身边。①

大王醒后，一见珠毛赶到身边，但他决心未变：

我昨天从岭国一出发，
决心像石头落大海。
………
如不降伏路赞魔，
老魔将成藏地害。

终身伴侣生别离，
我心如同百针刺。
心里一想到珠毛你，
走路歪斜难站立；
甘甜的鲜奶如清水，
美味也像土和石。
我哪能忘记珠毛妃，

① 王沂暖等译：《格萨尔王传·贵德分章本》。

但这次降魔难回避。
……
如果领着珠毛你，
降伏敌人有困难。
……
珠毛妃应为我想一想，
赶快回去别纠缠！[①]

但珠毛一听，立刻昏倒在地。格萨尔向她速洒清水，使之苏醒过来，与己并马前行。这时，天母又出来敦促格萨尔：“不要牵肠挂肚快快走”，“不要犹豫赶快走”，至于王妃珠毛，我“天母自有好法子，施展神变来善后”。之后，珠毛在天母的百般护送下返回家乡。格萨尔在独自前行的征途中，对珠毛单身回去放心不下，心愁意苦，非常怜悯和想念，于是又起转回身去的念头。这时，“天母又出来”嘱咐格萨尔“要安心来听天母话”。格萨尔这才毅然前往，且向天母发出誓言：

岭国的雄狮大王格萨尔，
要降伏害人的黑妖魔。
我要放出利箭如霹雳，
射中魔头把血喝。
我要斩断恶魔的命根子，
搭救众生出魔窟。[②]

① 王沂暖等译：《格萨尔王传·贵德分章本》。
② 王沂暖等译：《格萨尔王传·贵德分章本》。

“人生何处不离别？世路干戈惜暂分。”[①]格萨尔与珠毛，婚后三年，朝夕相处，感情至深，自不待言。然而，“世路干戈”，魔国的侵犯却不得不使他俩暂时惜别。这里，珠毛只重于感情，惟恐丈夫走后自己落入“春心莫共花争发，一寸相思一寸灰”[②]的地步；而格萨尔忠于“惩除路赞是我份”“搭救众生出魔窟”的重任，视离别在所难免。因此，两人之间必然发生冲突，其结果，从侧面更加突出了格萨尔为民除害的英雄形象。

如果说，格萨尔在第一次出征的《堆岭》中，他仅是智勇初露；那么，在第二次出征的《霍岭大战》中，他和他的英雄们则为力行“抑强扶弱、为民除害”的诺言而大显身手，其智勇兼备的风姿更是光彩夺目。

《霍岭大战》分上下两部（以格萨尔起程返岭、平服霍尔为下部，之前为上部）。《霍岭大战》中的霍尔国，“国大势强，经常发兵侵犯别国，强迫外邦纳贡称臣”。但到了甲擦执政的岭国时，故意拖欠；格萨尔称王后，索性不交税不纳贡，抗拒其掠夺。对此，霍尔国白帐王极为怀恨，总是虎视眈眈，坐待时机。故当格萨尔伏魔北征时，他以抢美女珠毛为契机，提出“杀光岭国男子，掠光岭国妇女，烧光岭国庙宇，抢光岭国财物”的掠夺口号，全面发起了进犯岭国的战争，妄图恢复其先王在位时对岭国的统治权势。

《霍岭大战》上部故事中，虽有如何逞勇的描绘，但主要是谱写了格萨尔以智取胜的乐章：一是格萨尔扮装成大商人，与收税人接头，了解到兄弟二人为国捐躯和叔叔超同作了“霍尔的一根支柱”，窃取了岭国王位；二是格萨尔化装成一个耍猴的老乞丐，迎合超同想打听格萨尔在魔地的消息的心理，编造“所见”使其高兴得

---

① 李商隐：《杜工部蜀中离席》。
② 李商隐：《无题四首》（其二）。

忘乎所以，然后借机向母亲果萨吐露真情，向岭国的人民和英雄们现了真身，惩罚了超同；三是格萨尔从他人的吵架、骂仗中发觉百姓的情绪，从而立即决策，亲自出征霍尔报仇雪恨；四是格萨尔以“勇而无谋从来难胜敌”的格言为座右铭，智勇兼施，战胜了沿途凶敌；五是格萨尔先伪装戎地大臣秦恩，以玩掷骰子为巧计收霍尔王的义女三姊妹，后扮乞丐——汉族小人物名唐本，与船户桑吉加取得联系，沟通思想，以渡送向霍尔大王贡献的海螺宝塔为名，迅速灭除了阻止他渡河的两个船工，顺当地渡过了霍尔河；六是格萨尔他先化为一个老和尚，和前来背水的姑娘——铁工王却达尔的女儿噶萨曲钟接上了头，明白了铁工王父女皈依佛法的心愿，后扮成大商人探听霍尔王臣之虚实；七是格萨尔扮为小孩藏在商队堆积的渣滓中，在霍尔军出征消灭商队时，被铁工王发现后收留为徒弟；八是格萨尔继续扮作流浪儿，在艰辛的劳动中得到铁工王的信赖，并与曲钟相爱，结成海誓山盟；九是白帐王给流浪儿赐名唐聂，唐聂通过修金座、比射箭，博得白帐王的欢心，受到铁工王的器重；十是唐聂遵令以铸造金幢迷惑白帐王，并在庆贺新建金幢的宴会上借比武为乐之机，铲除了霍尔军大力士歇庆；十一是唐聂以打制霍尔王宝刀、肖像来整治霍尔君臣，并借挖坑掩埋甲擦头颅之机，除掉了霍尔巴图尔羌拉，其后辛巴吉后察提议，让派遣唐聂去牵霍尔王室魂命虎，想借虎杀唐聂，结果唐聂设计，吉后察反被虎吃；十二是在煨桑中，唐聂对岭尕的山形、地势等问题，既不回避，对答如流，又不露一点神色，以此来解珠毛之忧情，除白帐王之疑心；十三是唐聂向曲钟提出平服霍尔时机已经成熟，通知岭军速来霍尔地，白帐王看见岭军便惊慌万状，命唐聂应战，唐聂披挂整齐，跃上白帐王的“雪山飞”战马，出城迎战；十四是唐聂先在叔侄佯装相杀中，有意丢盔弃甲，狼狈逃跑，后在假装去见辛巴梅乳孜之时，到岭军大营现出格萨尔真身，及时作了攻打雅则的战斗部署；十五是当岭军围攻雅则城时，格萨尔亲手提铁链登上城头，把铁链抛向城楼挂到铁钩上，随后格萨尔、扎拉、丹玛等依此手拉铁链爬上城楼，消灭了白帐王。这一连十多个映示格萨尔，从返回故乡决策征服霍尔到战胜沿途种种恶妖，做霍尔铁工王之徒、打入雅则城，最后消灭白帐王的一幕幕既惊险生动、威武雄壮，又有声有色，紧扣人心的施计斗智镜头，充分显示了格萨尔为力行诺言而赴汤蹈火、亲步魔穴与一切残暴凶恶势力作斗争的英雄气概。

《霍岭大战》上部故事中，虽有如何施智的描述，但主要是谱写了岭国英雄们以勇武制敌的战歌，在箭飞矛举，刀剑相交，你追我赶，人仰马翻，蹄疾尘扬，厮杀声四起的疆场上，岭国精英们迎击敌兵、刀砍强横的英雄风采，无不历历在目：

丹玛单骑探敌，面对大敌压境之势，高歌：

愿我今天逞威风，
迎击霍尔建奇功，
刀剁强横撵敌兵，
万载千秋留英名。[①]

之后，闪电般地冲进了霍尔军营，吓得霍尔官兵失魂落魄，白帐王面如土色昏倒在地；一次，霍尔臣辛巴梅乳孜追赶，被丹玛按弓一箭，削去天灵盖而翻身落马，晕厥过去，霍尔三大王、千多名巴图尔、十二部大军，见此情景，无不垂头丧气，惶恐不安。

小英雄昂琼，一次扬鞭策马冲进霍尔营，把霍尔军搅成了一个血海，砍下了白帐王无缝大幕顶上白天魔鬼神的神像，剁掉了白帐王的五、六个近侍。见此情景，霍尔臣梅乳孜悄悄地看着；白帐王吓得不

① 青海省民间文学研究会翻译整理：《格萨尔》(4)，上海文艺出版社，1962年。

敢出声，只是簌簌地打哆嗦。尔后，昂琼在又一次冲杀中身中暗箭，但他不顾重伤，将箭用力拔出，继续追杀魔敌，当甲擦和丹玛赶到跟前见他咬着牙齿挣扎，再也难能活下去时，两人泪珠滚滚。昂琼见此情景挣扎着说道："……别哭了！……痛苦至死不淌泪，这是大丈夫的英雄品格。"随后微笑地望着甲擦的面孔，壮烈清明地死去。

年过七旬的总管王义愤填膺，冲着白帐王乐不可支的狂笑而宣战：

指挥阿钦大滩众部落，
十万大军的首领白帐王，
凶暴若不加节制，
大刀会砍在颈脖上。①

之后，他像礌石从天滚落一般，跃入霍尔兵营，左右开弓，射杀六十余人，接着又挥舞宝剑直奔白色大帐，白帐王张皇失措，爬藏在金座底下。总管王犹如闪电，冲进帐内，连砍三刀，金座裂为三爿，吓得白帐王心肝崩裂，霍尔军丧魂落魄。

珠毛，这个在《堆岭》中只重于感情，要求丈夫不离开自己一步的美貌女子，在《霍岭大战》中格萨尔北去降魔未归的情势下，却一反常态，挑起抗击侵略者的重担，特别在兵临城下，敌众我寡，嘉城将破的危急时刻，她穿戴格萨尔的头盔铁甲，手执弓箭，于城头威然宣布：

嘉城四周四城门，
霍尔辛巴齐向前，

---

① 青海省民间文学研究会翻译整理：《格萨尔》(4)。

四面合击来围攻，
今天我不得不放箭。
对你们这种狂妄兽，
必须受到我惩罚，
我要向嘉城四城门，
将我七支神箭接连发。

不杀霍尔四百人，
宝箭就不是神明箭，
宝弓也非神明弓，
珠毛也就不能列入空行中。①

神箭所到之处，无数个铁甲敌军翻倒在地。当霍尔军拥上楼梯时，她愤恨已极，毫不示弱，挥起格萨尔宝剑就向敌人扑去！

如果说，《堆岭》中的格萨尔和《霍岭》中的格萨尔及其众英雄，多是在单枪匹马中以拼勇、斗智来惩制凶暴强梁，那么，在以后的《姜岭》(《保卫盐海之部》)、《门岭》等分部本中，格萨尔则不只是单个去“过五关，斩六将”，而是多以指挥全军的统帅身份出现，英雄们也是在他统帅全军的战略部署中，有前有后，有左有右，在相互配合中大显身手。如《姜岭》中描述：“格萨尔大王把黑姜国要来夺取盐海的事宜谕给大臣武将，众将官们一听，白绸子般的心里，燃烧起三千丈无名怒火，大家急忙戴稳头盔扎紧甲绳，备好了鞍马，威风凛凛，杀气腾腾，摩拳擦掌，想立即去攻打敌人。”②这时，格萨尔大王以全军统帅的身份命令：

---

① 青海省民间文学研究会翻译整理：《格萨尔》(4)。
② 王沂暖等译：《格萨尔王传·保卫盐海之部》，青海省文联编印，1959年。

三旗兵马打东路，
乍拉则杰作统帅；
中旗兵马打中锋，
达彭杜冬作统帅；
边旗兵马打西方，
孙达阿冬作统帅；
后旗兵马作后军，
戎成盛石作统帅；
前旗兵马是辛巴，
他已先行到盐海。

此外三人打接应，
第一是董本查辛丹玛，
第二是迟本阿努巴森，
第三是董本尼绷达亚，
此外我父桑唐王，
具玛亚格布诸大将，
还有格杰和谷如，
从后支援运草粮。①

随后，格萨尔亲自统率三军，直奔盐海，在那里安营扎寨，督战指挥，派众将领四处侦察，共同为保卫盐海，捍卫岭国献计出力，镇残暴，压强梁，一幕幕可歌可泣的伏魔事迹，大显了格萨尔大王的军事指挥才干，大显了岭国战将的英雄风采。

① 王沂暖等译：《格萨尔王传·保卫盐海之部》。

三　扶助弱小，英雄爱人民

“战罢天魔五百，让玉宇无限清嘉。”格萨尔统帅岭国众英雄，金戈铁马，征战四方，不畏艰险，前赴后继，以武勇、智谋、神变之力，征服了数十个敌国，除暴安民，让老百姓过上了好日子。他在亲征姜国、捍卫岭国盐海时，再次面对姜雏说：“我岭大王是世界雄狮，心存好意，降伏妖魔，为民除害，这事无论如何也要作到！”[①]且在忆述自己的一段降魔史中唱道：

大食国王是富豪，
倚财把岭国来侵扰，
财宝再多也没用，
却都被我征服了。

黑魔毒龙逞雄豪，
他向人民使残暴，
力量再大也没用，
还是被我征服了。

霍尔黄帐王逞英豪，
他把岭国来侵扰，
法力再大也没用，
全都被我征服了。

---

① 王沂暖等译：《格萨尔王传·保卫盐海之部》。

现从下边蒙古地，
直到上边印度国，
不同的妆束三百样，
不同的语言三百种，
不论大国和小国，
全因虐待良民百姓被平服。

魔王萨当害人民，
人人听见人人恨，
他要发兵侵盐海，
侵犯别国罪不轻。

我要搭救老百姓，
和这个魔王比输赢，
任他兵将有多少，
不获全胜不收兵。①

在降伏萨当王之后，格萨尔大王向大臣英雄们说道："现在姜兵已败，岭国已获得最后胜利，应当进攻姜国京城玉珠塞尔王宫，消灭残余敌寇，拯救姜国人民，使良民百姓得以安居乐业，永享太平之福！"并在兵马开拔之前，他还下令强调：

我从天界降凡间，
人类世界增光彩，
扶助弱小安善民，

① 王沂暖等译：《格萨尔王传·保卫盐海之部》。

降伏妖魔鬼怪和强梁
……
今天岭国众兵马，
战胜还应守军法，
宝物不准任意拿，
百姓不准去践踏。

财物不准运岭境，
分给姜国穷苦人，
分给寡妇和孩子，
不要人民半毫分。

花岭国兵是天神兵，
不要姜国人民线一根。
我说的话是法律，
准备停当速前行！①

在攻克王宫后，“格萨尔大王把姜国保存下来的财宝、衣服绸缎各种东西，都分给姜国穷苦的老百姓”。因此，不仅岭国人民高歌：

快乐升平的好时光，
已经降临到岭地方，
高兴地举起酒杯来呀，
欢乐的歌儿尽情唱！

---

① 王沂暖等译：《格萨尔王传·保卫盐海之部》。

……
岭国的百姓不用再担忧，
雄狮大王已经得胜利，
酥油、糌粑不会缺，
毛毡、氆氇不会光，
骡马、牛羊一定遍岭地。

就是因进犯岭国而被格萨尔大王降服了的国家的人民也无不感恩戴德，真诚歌赞：

我们霍尔的各酋长，
年年平安心里乐，
并托雄狮大王福，
家家富足米粮多。
没吃的穷人富裕了，
弱小人地位提高了，
老年人心地开阔了，
小孩子快乐增多了，
少女们心情像花朵，
越开越艳越美好。

牦牛、奶牛和犏牛，
还比天上星星多，
山羊、绵羊和小羊，
好像白雪落山坡。

无主的骡子赛过芨芨草，

无主的马儿还比野马多。
无主的食品堆成山，
无主的野谷像花朵。

奶子像海酒像湖，
没有一人愁吃喝。
夜里跳着舞，
白天唱着歌。
都是托格萨尔大王福，
人人欢喜人人乐。①

第二节　崛起奋发的民族精神是《格萨尔》史诗的思想灵魂

《格萨尔》史诗是古代藏族人民对自己的英雄满怀豪情进行讴歌的智慧结晶，它在藏民族历史的艺术再现中显示了本民族精神的全貌，具有强烈的历史感，字里行间无不充满着深厚的民族感情，饱含着崛起奋发的民族精神。

《格萨尔》中的格萨尔和岭国的众多战将，是古代藏族人民着力塑造的典型英雄形象，他（她）们是不屈不挠、崛起奋发的民族精神的集中体现者。神子格萨尔投生降生的第一天，岭国大英雄——同父异母兄长甲擦协尕尔就给他取名“角如”，当角如在岭国赛马大会上夺冠称王之后，又在格萨尔诺尔布扎堆之名前冠以“雄狮大王”的尊称，从而寓“崛起”“奋发”之意，将古代藏族人民

① 王沂暖等译：《格萨尔王传 · 保卫盐海之部》。

的愿望与理想的实现寄托在他身上。同时，史诗也一再强调其父是“念”的后裔，其母是“鲁”的后裔，以此来象征权势和富有。这里，作者又从本民族宗教文化的信仰心理出发，将神、“念”、“鲁”三者集中于岭王格萨尔一身，象征以格梁萨尔为代表的古代藏族人民的崛起、奋发精神是不可战胜的，这对深化《格萨尔》史诗的思想内涵起了重要作用。与此相反，岭国王室中以超同为代表的邪恶势力一方，则认为格萨尔“是一个半人半鬼的怪物”，妄图“乘火苗弱小”时，“将它扑灭”。毋庸讳言，岭国王室内是有权利之争，有时甚至是很激烈的。然而，格萨尔以抑强扶弱、为民除害、成就大业为己任；超同则是“一个心中能想出坏主意，双手能干出坏事情的人”，他阴谋篡王位、卖国求荣（还在格萨尔尚未出生前，超同就在果岭战争中事先告密对方）、欺压弱小为目的。无疑，他们之间的斗争，关系到岭国兴衰、民族存亡与崛起奋发之大事。所以，斗争的焦点自始至终集中在格萨尔的生与死、称王与作民、成功与失败等重大问题之上。

一 在超同的迫害中崛起

格萨尔一出生，甲擦大英雄就无比欢欣，将种种祥光瑞气、花雨缤纷、彩虹搭帐连接云头等自然现象都视为吉兆，他一见甲萨抱来的婴儿就亲昵地说：“太好啦！我的心愿实现了。……俗话说：‘兄弟两人和睦相处，是打敌人的锤子，骡马两匹配搭是发家的种子。’今后，我们兄弟二人无论做什么事，都没任何顾虑了。”且说：“我要向总管王禀报，……举行诞生喜宴，让所有岭地的人们都参加，以歌舞庆贺。”[1]他高兴地唱道：

---

① 王沂暖等译：《格萨尔王传·花岭诞生之部》，甘肃人民出版社，1985年。

龙女怀上头胎儿，
盼望能得天神子，
十五那天生神童，
身量可与三岁孩子比。

……
白狮子一般的后代他，
权力的玉鬃自长成。
但若无属臣作雪山来拥戴，
雄狮苦闷雪山也悔恨生。

冬族小支奔巴系，
有权势的神童自降生。
哥哥我甲擦协尕尔，
要拥戴他为主作首领。

……
白岭国不把他尊重，
我奔巴要让他作大王。
要拥戴小支登高位，
第一任大臣我协尕尔当。[①]

达戎部落长官超同，认为格萨尔“是半人半鬼的怪物”，他的降生对岭国极为不利，对自己日后篡夺王位将会造成严重威胁。因此，就想“乘火苗弱小”时进行扑灭，妄图将格萨尔不扼杀于襁褓，就

① 王沂暖等译：《格萨尔王传 · 花岭诞生之部》。

置死于幼年。为达此目的,超同连设四计:

第一计是亲自进毒。超同以做奉送神童的“颚酥”为名,在酥油、糖和蜂蜜做成的甜食中放毒让角如吃,还假惺惺地说:“我的侄儿,生下还不到三天,就同三岁的孩子一样大,紫冬族理应有这样的后代。叔伯们送点‘颚酥’,对他将来的运气是大有益处的。”随后角如将其“颚酥”一点不留地全部吃了下去,此时,超同暗自高兴:“他除了一死,还会有别的什么结果吗?”但角如将“体内的药毒全部聚集一起,从手指尖上黑乎乎地排了出来”。超同眼见此计败露无余后,接着又施出第二计。

第二计是请本教师放咒。超同以“孩子势大,天空遮不住,大地裹不下,……应该请一位喇嘛来为孩子作长寿灌顶”为借口,祈请本教师惹杂放咒:

我是雍仲本教一施主,
我是沸腾毒海一首领。
现在我有这样的话,
要向惹杂讲分明:

……
白岭天神后裔的原野上,
生下无父角如鬼儿郎。
剧毒伤不了他性命,
杀他的咒术在你手掌上。

……
我不敢呆着今天来找你,
因为消灭角如这件事,

一则是为的你喇嘛，
二则也是为了我自己。

……
去把真言食子放在角如头，
去把真言法物放进角如口。
要把角如的生命绳，
彻底砍断才罢休。①

超同谋害角如心切，又恐怕咒师及时不从，故除向惹杂亲自奉送不轻的见面礼外，还以宝物“福运口袋”相许，以促咒师将角如置于死地：

我达戎家的至宝中，
有奴古口袋具福运。
它是神鬼的生命财，
它是如意的聚宝盆。
……
把它作为成就大业的见面礼，
礼品不轻它是“福运库”。
……
在除掉角如的第二天，
请喇嘛光临我家里。
我要载歌载舞来作乐，

① 王沂暖等译：《格萨尔王传·花岭诞生之部》。

福运口袋便可属于你。[①]

咒术师惹杂听出了超同的用心,故又有意危言耸听,说些难于降伏的话,甚至不惜败露自己的身份,进而旁敲侧击:

听了玛洗超同一席话,
嘴里说是为了我老汉,
但心中想的却是达戎事,
听了不知一看礼品就了然。

果毛坏儿子角如他,
若真是杀我的刽子手,
我不进短命罗刹门,
单独一个人要逃走。
不知供养物有多少,
活活去送命哪能够?[②]

这无疑是咒术师想借机向超同捞得更多的财物。超同听后,果然向惹杂连叩九个头,说只要你“去把角如杀死,那福运袋子一定献给你”。同时,超同还拿《十二万龙经》当面作出保证,让杜错玛部落不断供养惹杂咒师冬、夏的一切生活费用。至此,惹杂才满口答应要“把角如的性命拿到手”。超同、惹杂二人狼狈为奸,一心欲置角如于死地。然而,较量的结果则事与愿违,不但尚未拿到角社的性命,反倒使超同的阴谋进一步败露,惹杂也自食其果,

① 王沂暖等译:《格萨尔王传·花岭诞生之部》。
② 王沂暖等译:《格萨尔王传·花岭诞生之部》。

断送了性命。

第三计是驱逐。在超同向角如当面发愿赌卒，请马头神、火燃神和岭国《十二万龙经》作证，角如解除超同魔变，并从使其身体恢复窄状以后起，一直到角如五岁勤间，超同虽知自己无能，但灭角如之心一直未死，他表面上偃旗息鼓，但总在暗地里窥测吮机。当角如占据河曲，依靠神力，显示神通，"到赛禺山，杀死黄羊妖魔三兄弟，戴上羊皮做的难看的帽子"，"到总管的牛栏里，杀死能够招财的妖牛犊，穿上用硬牛皮做的牛皮衣"，"到超同的马棚里，偷杀了白鼻梁魔马驹，穿上用马皮做的红勒马皮靴"，[①]从而获得了整套衣服；随后渡江安家于蛇头山口，征服了澜沧江两岸以食小孩为生的罗刹鬼和女妖，捕鹿、打黄羊、捉野马、杀野兽，盘问过往商旅，让百姓安居乐业的时候，阴谋东山再起的超同，认为时机已到，故专派使者向总管王禀报角如的"罪恶"，企图再次迫害。总管王戎查叉根发生误解，便当众宣布：

偷马的罪行早暴露，
不幸又杀死达戎打猪人。
这些事情罪过已不小，
又把外山野兽全杀尽。
抓去外沟商旅投牢房，
吃了人肉还把人血饮。
这些事情伤了岭神的心，
算命打卜总无好卦文。
角如已经犯刑法，
他在白岭不能容身。

---

① 王沂暖等译：《格萨尔王传·花岭诞生之部》。

要把他驱逐到黄河腹地去，
我总管就是执法人。[①]

但角如母子的作为早已征服了岭国民心，当两人一同来到驱逐场地时，“众人一看到角如母子，都不由自主地觉得角如可爱，果毛貌美”，“当时岭人的心意早为角如所感召，所有的人忘记了心中的恐惧，忘记了角如过去所做的一切，都为角如担心，泪眼汪汪地看着角如”。[②]角如当众陈述：

我角如无罪被放逐，
虽不应当但是叔叔命。
……
依法判罪我先承担，
事情真伪终久会分明。
由于叔伯言辞太强硬，
我角如不留要远行。[③]

角如母子被驱逐到玛域居住，无疑是以达戎超同为首的邪恶势力的暂时得势，是甲擦大英雄为首的正义力量的暂时受挫。但角如并不畏惧迁居最边远、偏僻、贫穷的玛域，这又寓意着角如崛起、奋发的未来。如果说，角如挫败超同进毒、放咒等两次阴谋诡计而赢得的胜利，靠的是神变的力量，是以古代岭人的神话思维表达了自己的真、善、美，寄托了自己的期望是虚写，更多的描写了角

① 王沂暖等译：《格萨尔王传·花岭诞生之部》。
② 王沂暖等译：《格萨尔王传·花岭诞生之部》。
③ 王沂暖等译：《格萨尔王传·花岭诞生之部》。

如的神性。那么,角如被放逐之后,母子二人靠挖蕨麻、捕地鼠、食猎肉而充饥维生,从神的光环下跃出来过真正的人的生活,开始品尝人世间的酸甜苦辣,这则是实写。这时,角如的形象中虽不乏神性,但更多的是描写了他的人性,这是有其重大意义的。

请看放逐角如的地方:

现在那里妖怪做首领,
遍地只有野牛和野马。
阴山是茂林阴森林,
各种野兽安着家。
阳面是堪隆六座山,
地鼠妖精布满沟和洼。

巨商若从此地过,
黄霍尔强盗必抢夺。
只供单人行走路径窄,
虽无猛犬老鼠也把腿肚扯。
不要虎豹豺狼也把人命伤,
妖怪是它们的保护者。
这块无人的荒野地,
角如要把主人做。①

面对这遍地野畜成群、野兽安家、地鼠成精、豺狼伤命、强盗横行、妖怪当道的荒无人烟之地,角如不是恐惧后退,而是迎难而进去做那里的主人。这里自有角如的谋略,正如搬迁途中,他从"挖

① 王沂暖等译:《格萨尔王传·花岭诞生之部》。

土坎把安当热大辫子九魔统统压在塌下的泥土”事件中得到启迪，并向他母亲陈述的那样：“自己的事情自己办，比长官盖金印还厉害；自己的权利自己掌，比坐黄金宝座还自在，……现在，奔巴族系没有王嗣，我角如上面没有长官，无论遇到什么事情，都不用同谁去商量；并且我手下又无管辖的部落，所以这地方即便是落到敌人手里，也用不着畏怕退缩。我周围没有亲朋故友，可以不在捧场奉迎上面下功夫。我们母子没有公务在身，更不用瞻前顾后费思谋。哪儿太阳温暖，哪儿地方舒适，我们就到那里去。”[①]被逐的角如，就是持这种思想开始在玛域做主人的：

一是在堪隆六山地带，用抛石器打死了鼠大王无尾大嘴鼠、多眼小地鼠和鼠大臣青耳朵鼠以及其他所有地老鼠，一改往日“山头的黑土被翻遍，山腰的茅草被咬断，大滩的草根被吃掉”，“人要去那里，会被尘土埋葬掉，牲畜到那里，要为饥饿折磨死”的荒僻惨景，使牧场得以保护和发展；二是亲自出马，主动协助各路商旅，追捕劫财匪徒，夺还被抢财物，严厉惩制强盗，确保了商客的安全；三是管理商旅，接收金银、丝绸、茶砖与骡马作为商税，建设玛域，沟通了汉地峨嵋与上部阿里、汉地与拉达克、汉与藏等多条商路。三年后，当岭国境内普降大雪，“山头插上长矛，只能看见枪缨；山沟插下竹箭，只能看见箭口。树木花草全被积雪覆盖，牛羊牲畜濒于饥饿死亡”之时，出外寻找、租借牧场的岭国英雄，一踏进角如治理的玛域境内，“却没看见鸟脑袋大的一片雪迹，所有山沟雾气腾腾，山上山下牧草丰茂，估计可供岭国六大部落的牛羊马群吃上三年也吃不完”，“汉藏两地的很多商人，正在为角如赠送礼品，交纳商贷赋税，来来往往，毫无惧怕霍尔强盗打劫的迹

---

① 王沂暖等译：《格萨尔王传·花岭诞生之部》。

象”。[①]他们称赞这个地方”的角如国王说:“他不是凡人,而是神鬼的主宰,具有翻天覆地的神通和镇伏三界的力量。”“你们要借地方,可以向他去借。”[②]

三年前,超同等强梁把角如驱逐于玛域。那里的玛域荒无人烟,强盗横行,一片凄凉;三年后,岭人们又向玛域的主人角如来借牧场,这时,玛域牧草丰茂,商旅往来,一派繁荣景象。昔日面目狰狞,气势汹汹,非驱逐角如不可的达戎长官超同,今日却交织着“害怕、担心和羞愧”的心理,现出一副“活像饿猫摇着尾巴,弯着后腿,向主人乞食的样子”,“把角如请到自己家里,端上喷香的牦牛奶,摆上甜香的点心,献上肥美的绵羊肉”,恳求角如:“分给我一片好地方吧!”[③]这里,超同的惧怕、担心、羞愧、狼狈、殷勤、乞求等种种复杂心理和多样表现,无一不从反面衬托了角如在逆境中刻苦自励,开辟和治理玛域而获得成功,并力图崛起的少年英雄形象。

第四计是赛马。当角如在治理玛域中初兴并博得岭地上中下三部所有人的赞叹穷者变富、弱者变强的时候,他又得到天神的预言:要通过参加赛马大会夺取岭国王位。年仅十二岁的角如,他及时利用幻术托梦法,假传马头明王圣旨,让达戎超同主持岭国赛马大会,且明言这次的赛马彩注“只有达戎你能得到”。超同信以为真,让妻子丹萨准备设宴:

白岭会议要摆宴,
达戎作宴会的东道主。

---

① 王沂暖等译:《格萨尔王传·花岭诞生之部》。
② 王沂暖等译:《格萨尔王传·花岭诞生之部》。
③ 王沂暖等译:《格萨尔王传·花岭诞生之部》。

金座、库宝和珠毛，
这些给赛马作彩注。
夹罗家僧姜珠毛女，
她的丈夫就是我。
白岭国王的黄金座，
只有超同才能坐。[①]

当妻子提醒这“好似角如的神变”时，超同不但不听，反而欣喜若狂，想入非非：一想马头明王的预言与自己要成“大事”的心意完全投合；二想美丽漂亮、气度非凡的珠毛如若到手，和丹萨同住是不妥当的，现应借口神的预言，分成两个家为好；三想自家的玉霞马跑得最快，定能赢得锦旗，夺取彩注。超同先是不让角如参加宴会，妄图拒之于赛马行列之外，但总管王派甲擦和丹玛通知珠毛将角如母子请回岭地，安置于幼系准备参加赛马。之前，角如牵一匹尘世上最难找的宝驹登门，要求补给筵席和马料，超同对宝驹起了贪心，把它和夺取彩注紧紧地连系在一起，心想：“这匹马如不弄到手，那就损失太大了。”于是，他在非常痛快地答应补给筵席和马料的同时，提出拿绿鬃白海骝马换角如的宝驹，并愿补上“找头”。角如在尽情地享有了异常丰盛的筵席，拿到了十三匹彩缎、十三锭马蹄银、十三包黄金等马的“找头”之后，便借此无情地揭露鞭笞了超同的险恶用心：

叔叔内心太粗狠，
角如头脑太伶俐，
宝马价值太高贵，

---

① 王沂暖等译：《格萨尔王传·花岭诞生之部》。

心意一致是难事。
……
穷苦孩子发财时，
富人心脉生瘤疾，
绵羊肌肉丰满时，
山狗恶狼抖嘴皮。[①]

说毕，角如便拿上早已装好的“找头”，牵上千里宝驹扬长而去。面对角如的戏弄，超同无可奈何，后悔莫及。

赛马途中，超同看见自己的儿子跑到最前面，劲敌角如落在最后边，心想夺取赛马彩注只有东赞再无第二人了。于是，高兴满怀，乐不可支。当角如追了上来时，超同心意纷乱，不知如何是好，呆了一会儿后，又施出他惯用的伎俩，企图以花言巧语来捉弄和蒙骗角如：

那粪堆中的花朵，
颜色虽然很鲜艳，
用作供品就会污神灵；
无有见识的珠毛女，
看起来虽然最可心，
结成伴侣却是败家精；
那种有毒的鲜水果，
吃起来虽然味道甜，
落到肚里要人命；
做那许多部落的首脑人，
听起来虽然有名声，

① 王沂暖等译：《格萨尔王传·花岭诞生之部》。

其实落到身上负担重。[①]

超同的花言巧语，未能蒙骗过机智的角如，反倒招来角如的又一次戏弄：

这次岭地大赛马，
争夺锦旗斗输赢。
对于强手我也不惧怕，
对手失利我也不伤情。
……
我这顶肮脏的羊皮帽，
对叔伯来说很刺眼。
我也心里老是想，
换一顶白头盔多好看！
身穿牛犊皮袄虱子咬，
也想换一件长袖皮袄穿。
破帐房被风吹得摇晃晃，
有一顶绿松石好帐房也喜欢。
人们的欺蔑我受够，
还想做个有权有势的官。
老想寻求好伴侣，
能够得到美丽珠毛心才安。[②]

辛辣的讽刺，使得超同心里更加不安，但他无计可施；而角如

① 王沂暖等译：《格萨尔王传・花岭诞生之部》。
② 王沂暖等译：《格萨尔王传・花岭诞生之部》。

却在兄长甲擦"'为了众人事，万死也不辞'，……如果松懈麻痹，则会损害众生的安乐、幸福"的一再提示和鼓励下，催马扬鞭，如疾风卷地，勇往直前，一举夺取了金座！

在当举国上下千千万万个黑头藏人载歌载舞，内心充满幸福、快乐，各位英雄、姊妹向雄狮格萨尔王敬献朝见哈达衷心欢呼胜利的时候，连做梦都想登上国王位的超同，也不得不上前向格萨尔献上哈达，"表示祝贺"。然而，超同的这一尴尬举动，无疑向世人暴露了他内心的龌龊，宣告了自己的失败。与此相反，角如却仪表堂堂，容光焕发，他以岭国雄狮大王的名义向众人宣布："凡我所作和所为，全是为众生谋幸福"，"除了黑头藏人公利外，格萨尔王我无私利！"这既是对自己过去作为的总结，也是对今后做王的宗旨的陈述，他坦荡光明的行为，赢得了岭国人民的拥戴和支持。

以上所述，无不充分说明格萨尔这个半人半神的英雄，从诞生起名为角如，到登上岭国宝座命名为雄狮大王格萨尔期间，他同险恶的自然环境（玛域等）、同人世间的邪恶势力（超同等）进行了坚韧不拔、不屈不挠的斗争，斗争的初步胜利，唤起了黑头藏人的"安全感、自豪心和对新胜利的希望"①，并激励他们去迎接新的斗争，创造更为显赫的英雄业绩。

二　在迎战劲敌中奋发

《格萨尔》中的岭国，四面受敌。格萨尔称王不久就开始了戎马生涯。他从反击入侵的魔国、霍尔国开始，一连征战降伏了几十个部落邦国。作者在描述这些大小战争故事的几十部史诗分部本中，通过塑造格萨尔及其几十个古代英雄群体的光辉形象，热烈讴

① 高尔基：《论文学（续集）》，人民文学出版社，1983年。

歌了“黑头藏人”在凶恶、强横的进犯掠夺者面前，进行了不屈不挠斗争的英雄气概。格萨尔大王的哥哥——甲擦接到情报后，就立刻整装出发，他对背着三岁儿子的妻子说：“岭国有难不去救，怎能算作英雄汉”，“平常自称是猛将，猛将要在阵地上”，“我心再苦也要打敌人，我身再累也要向前方”，“要给岭国英雄报血仇，要给岭国百姓除祸灾”，“坐在房中活百岁，不如为国争光彩”。[①]神箭手丹玛在听到甲擦的命令后，心想：“别说叫我去侦察霍尔的动静，就是叫我到恶魔窝中去送死，我也毫不犹豫。”当他单骑探敌，看见犯边的敌兵压境时，他愤慨地说：“男儿在太阳底下扯闲话，都说我是英雄汉，今天大敌已压境，以前的豪语看今天，为国为众探敌情，纵死沙场也心甘。”[②]在霍尔敌无理横行欺压弱小时，年幼的戎擦玛尔勒也要争上战场，立志杀敌。他说：我“今年才满十三岁，骊龙项下一宝珠”，“六艺家传精枪刀，有志不在年大小，毅勇顽强家门中，英勇不在身高低”，“好汉不顾自己命，玛尔勒要奋勇冲向前”。[③]在军情严峻，岭国处于劣势之时，年过七旬的总管王戎擦叉根，他也老当益壮，豪情满怀地说：“我虽然浑身血肉已枯瘠，脸无光泽皱纹聚，但勇武沉毅依然在，心雄志大有豪气”，“我要叫他们十万草木兵，满滩鼓噪声凄厉，我要今天上战场，威威武武去杀敌”。[④]在岭国嘉城被围，珠毛即将遭劫的危难时刻，莱琼姑娘挺身而出，她说：“若对大局有裨益，出嫁受辱也心甘；……若对岭尕有裨益，受罪至死也心甘。”[⑤]这样的例子不胜枚举，无一不充满豪放的英雄气概和奋发向上，争取胜利的奋斗精神。对于这种精神，

---

① 王沂暖等译：《格萨尔王传·贵德分章本》。
② 青海省民间文学研究会翻译整理：《格萨尔》(4)。
③ 青海省民间文学研究会翻译整理：《格萨尔》(4)。
④ 青海省民间文学研究会翻译整理：《格萨尔》(4)。
⑤ 青海省民间文学研究会翻译整理：《格萨尔》(4)。

史诗多是通过在频繁的战争实践中，对英雄心理活动的描述、壮志豪情的抒发、英勇战斗的颂扬来表现的。

诚然，在英雄们的言行中，有时也有焦虑和烦躁，但绝少有悲观与哀怨、消极与怠慢，总是义愤填膺，壮志满怀，不时地激励自己，为国为民一次次效命疆场，剪除罪魁，摧毁邪恶。由于格萨尔大王雄才大略的付诸实施，由于众多英雄战将的宁折不弯，浴血奋战，一个个进犯国才无不败北，臣服于岭，改邪从正。这不能不说是史诗以它特有的艺术真实感再现了格萨尔为王的古代岭国，在顺应青藏高原风起云涌、部落邦国相互格斗兼并的历史潮流中，整个“黑头藏人”动员起来为整体的利益而强烈抗争，进而崛起奋发的民族精神。

“黑头藏人”正是以这种精神捍卫岭国，拓展疆土，创作英雄史诗的。

三　《格萨尔》民族精神的时代内涵

我们说，崛起、奋发的民族精神是《格萨尔》史诗的思想灵魂，并费了较多的笔墨进行具体分析，旨在要进一步说明这种崛起、奋发的民族精神具有鲜明的时代内涵。

格萨尔从天界到人间，从神子到人子，并在以超同为首的邪恶势力的威逼迫害下进行了不间断的抗争，尤其被放逐于玛域之后，母子二人靠挖蕨麻、捕地鼠、食猎肉而充饥维生，从神的光环下跃出来过真正的人的生活，品尝人世间的酸甜苦辣，不断刻苦自励，开辟和治理玛域，一连串斗争的初步胜利，特别是开创玛域的成功，解除了岭国因受严重雪灾而人、畜濒临死亡的威胁。这不仅使格萨尔进一步认识到自己威力所在，也唤醒“黑头藏人”，从中发现了自己的本质力量，发现和认识了自己的英雄——格萨尔，进而颂扬他，崇拜他，将他推上岭国国王的宝座，率领和激发他们去创造英雄业绩。其重大意义在于说明了“黑头藏人”已有了自己的主体意识，已从“神话时代”跨进了“英雄时代”。格萨尔称王后，在岭国四面受敌、“黑头藏人”的生存和发展受到严重威胁的时刻，他肩负起“抑强扶弱，为民除害”的历史重担，一举率领“黑头藏人”与进犯和掠夺岭国的几十个部落作战，东征西讨，南征北战，镇压残暴和强梁。频繁的部落战争，动员了整个“黑头藏人”，他们在危机中觉醒起来一致对外，奋勇抗敌，不仅有内聚力，也有自觉的牺牲精神。在频繁的部落战争中，也造就了一批又一批英雄，他们为岭国，为“黑头藏人”的生存、发展而战，催马上阵，杀敌逞勇，血染疆场，马革裹尸，则成了荣国耀族的大事，在整个“黑头藏人”中无不崇拜之至；反之，疆场上达戎超同的怯懦、虚伪和卖国求荣的行径，则在“黑头藏人”中无不嗤之以鼻，被视为民族的耻辱。

第三节　爱国统一的思想是《格萨尔》史诗的主旋律

《格萨尔》在艺术地再现古代青藏高原上部落兼并、邦国争霸，由分散走向统一的过程中，岭王格萨尔提出：

不要挥兵去犯人，
但若敌人来侵犯，
奋勇抗击莫后退。

当时，高原上风起云涌，兵荒马乱，格萨尔提出的这一安邦治国的非凡主张,集中体现了大王的雄才大略,无疑是难能可贵而又大得人心的。这真可谓“得道者多助,失道者寡助”[①]。它在格萨尔统领人民捍卫岭国、统一高原的爱国、统一大业中,起了巨大的推进作用,有着很强的凝聚力。岭国的英雄和人民,就在这种思想指引下,为捍卫岭国,保护人民,进而统一高原,创造美好未来的斗争中,奋起抗敌,打击侵略者,并赢得了彻底的胜利,谱写了可歌可泣的数以百部计的不朽诗篇。全书洋溢着爱国、统一的思想激情,它是响彻该部史诗始末的主旋律。

一　反对侵略,保卫祖国势在必行

格萨尔称王登基不久,不少敌国相继挑衅、进犯,岭国的形势十分严峻:

魔国之王路赞,他食人肉,饮人血,极端残忍凶恶。他住的九尖魔鬼城,城堡是用人头垒的,旗帜是用人尸做的。魔国四处,妖魔横行,煞神逞凶,一派恐怖气氛,众生苦不堪言。当格萨尔大王闭关修持大力法时,魔王路赞便乘机进犯岭国,抢去了格萨尔的二妃梅萨绷吉。

霍尔国,国大势强,经常侵犯别国,强迫其纳贡称臣,霍尔先王托托热庆在位时,岭国每年要向霍尔交纳许多贡税,到了甲擦执政时,他不甘心再受这种盘剥掠夺,拖欠贡税;格萨尔称王后,将此完全废除。因此,霍尔国对雄狮王最为忌恨,时时企图恢复对岭国的专制。故当格萨尔到北方亚尔康降伏魔王路赞、搭救梅萨绷吉时,霍尔白帐王乘机抢劫格萨尔之大妃珠毛,对岭国发动了大规模的军事侵略战争。

---

① 《孟子·公孙丑下》。

姜国，幅员广大，有部落十八万户，国王萨当经常仗恃自己兵多将勇，对内横征暴敛，使良民百姓苦不堪言；对外侵袭近邻，使四外邻邦鸡犬不宁。岭国有一个阿隆巩珠盐海，方圆几十里地大，它和姜国内界相接。害人成性的萨当王，一天心血来潮，立即命令朱日、陈巴、奇姜等三位大臣作兵马大元帅，率军侵袭岭国，夺取盐海。

门国，还在甲擦尚未成年、格萨尔降世之前，辛尺王的两个老臣，率兵十五万，曾无端侵犯岭国，摧毁十八大部落，杀害人马，掠夺财产，掳掠珍宝，使岭国惨遭蹂躏，受到灭顶之灾，血海深仇长期未报。姜岭战争结束不久，格萨尔得到上界白梵天王授记，认为亲征门国，威镇辛尺魔王的时机已到。

卡切国，有部落四十二万户，国王尺丹路贝，在他继位九年期间，压服卧卡王作属民，抢走宁卡王的祖业，强纳其女都粲为妃。其王狂妄自大，提出除三大国王外，[1]南赡部洲的一切小王和臣民，都应归顺自己，若有不归顺者，都要出兵征服。说“高原的角如漏了网”，要派三万卡切军，立即进攻岭国，把角如捉拿上绑牵回。

……

群敌四起，硝烟滚滚，岭国危难。它不是在斗争中求生存、图发展，就是在斗争中衰败消亡。身负“抑强扶弱、为民除害”重任并为之而奋斗的岭王格萨尔，怎能容忍一个个侵略者来践踏祖国、侵犯家乡、危害人民！他在出征降伏第一个进犯者时，就号召大家：

　　一切强者和壮年，

---

① 三大国王：指印度佛法王、汉地礼法王、补杰藏地王。

男女老弱在一起，
都要为国献本领！

以后，格萨尔降伏魔王路赞凯旋归来，得知霍尔王调兵遣将，对岭发动了大规模的侵略战争，且已掳去爱妃珠毛，这时他又向岭国军民提出：

不要挥兵去犯人，
但若敌人来侵犯，
奋勇抗击莫后退！

在反击霍尔国侵略战争取得胜利后，拥有十八万户部落的姜国，又出兵来强夺岭国的阿隆巩珠盐海，格萨尔继续组织力量，坚决进行抗击，为之又一次发出：

姜地兵马来犯边，
寸土不让不投降，
花岭大战紫姜国，
为卫公利图自强，
为护岭国救百姓，
为保饭食与民享。

在《格萨尔》史诗中，格萨尔大王本人不仅是一位号召、组织整个"黑头藏人"投入反击侵略、统一高原的伟大爱国战争的军事统帅，也是一位参加实战为国屡立战功的英雄。他的英雄们不论老幼、父伯和兄弟，也不时在思念祖国安危，个个都效命疆场，与敌拼搏、杀敌立功、图展抱负。在家代理主持国政朝纲的甲擦，一听到霍尔入侵就振臂而起，号召大家："国家有难，大家要团结起来，同心同德，努力杀敌，为民除害，为国立功。"他面对劝阻的爱妻说：

孩子的妈妈姐毛阿，
岭国英雄正大战。
只我一个人躲清净，
贪生怕死太丢脸。
岭国有难不去救，
怎能算作英雄汉！

当甲擦额部中箭，血如涌泉，珠毛一见大声哭泣之时，他却握住珠毛的手说：

坐在家中活百岁，
不如为国争光彩。

血肉的身体虽然死，
不朽的精神永发光。

英雄慷慨陈词，壮志激烈，真是以"战死士所有，耻复守妻孥"①，"生当作人杰，死亦为鬼雄"②的豪迈语言唱出了英雄以为国牺牲为荣，以只保妻室儿女为耻的坚强爱国意志。铁骨铮铮，放射出生命的灿烂火花，体现着爱国精神的伟大力量！老英雄斯潘，在

① 陆游：《夜读兵书》。
② 李清照：《夏日绝句》。

激战中被卷入波浪滚滚的黄河。当时,命在分秒,但他首先考虑的不是自己的死亡,而是“为了今后横渡险岸的英雄不至于遭受魔贼的毒手”,毅然拔出腰间短刀,一面与汹涌的波涛搏斗,一面用力把妖索砍断,不惜为国捐躯。小英雄玛尔勒,怒不可遏,雄赳赳气昂昂地渡过黄河,冲到侵略者营前挑战:

白帐十万豺狼军,
侵入岭境如海浪,
欺压弱小没道理,
残暴凶恶太逞强。

好汉子不顾自己命,
玛尔勒要奋勇冲向前。
……
我要把十万霍尔军,
搅成个沸腾的大血海。①

他面对扑来的凶狠敌军,毫不畏惧扬起宝剑迎击,连劈带冲,闯入敌营杀光了所有披甲持械的敌军,使好多湖泊变成了血海。后在援敌的夹击中壮烈牺牲。“白岭国奠基一石头”“三代人中老一辈”“英勇抗敌美名传四方”的总管王叉根,在反击卡切入侵时,他虽年老体衰,但为了鼓舞英雄坚决抗敌卫国的士气而挥戈上阵,“一边向前奔驰,一边挥舞长刀,把以泊保国大臣米且多目为首的约十五名士卒杀得东倒西歪,其余的士兵惊恐万状,纷纷喊叫道:“快看这个老汉武艺多么高强,实在难以抵挡,真是个

① 青海省民间文学研究会翻译整理:《格萨尔》(4)。

了不起的人啊!”[①]从而为反对侵略、保卫祖国的英雄人民作出了榜样。

发动侵略战争的罪魁,即使一时掠夺了岭国的财产,践踏了岭国的大好河山,但他也难以占据岭国人民的心。霍岭大战中,叛徒超同出卖了珠毛,珠毛誓死不从,她千方百计地拖延霍尔王,一心等待格萨尔降魔归来。一天,格萨尔大王从千里迢迢的北方射来一箭,插在霍尔王的宝座上,吓得他们“魂不附体”,“屁滚尿流”。这支箭谁也拔不出来,只有珠毛的点点泪珠,声声呼唤,才把箭“像酥油里取出一根牛毛似的……轻轻地抽了出来”。无疑,这在现实生活中是不存在的,然而作者却通过这一支箭巧妙地勾勒出珠毛的不少相思苦情,不少国亡家破的仇恨,她虽只身漂泊异乡,而仍然心系祖国,思念岭国,思念人民,思念丈夫,相形之下,说明侵略者不但不能霸占岭国,也不能在思想上占据具有深厚爱国思想的珠毛和岭国人民。

反对侵略、保卫祖国的斗争是正义的事业。

因为是正义的斗争,英雄的岭国人民才对叛徒超同给予无情的鞭笞,把他自吹自擂、欺哄蒙骗、装疯卖傻、贪欲好色、欺凌弱小,特别是屈膝投降、卖国求荣的丑恶灵魂和卑劣行为,彻底地揭露了出来,为整个“黑头藏人”所憎恨和唾弃。

因为是正义的斗争,侵略者的罪恶行径,不仅遭到被进犯国人民的反对,而且也受到进犯国统治者内部一些有识之士的不满和抵制。以姜国为例,当萨当王发兵掠夺岭国盐海之时,其妃达萨提出异议:

姜国地大物又博,

① 王沂暖等译:《格萨尔王传·卡切玉宗之部》,甘肃人民出版社,1984年。

有米有肉果木多，
大王和臣子吃呀吃不完，
不要侵略别国去惹祸！

当其子玉拉托居尔作了先锋出征时，她连忙阻拦：

你是妈妈的独生子，
你是妈妈的掌上珠，
侵略别国没有好下场，
你千万不能去出征！[①]

大臣贝塔尔也再三劝谏萨当王，但王不听。当进犯失利之后，贝塔尔责备萨当王：

以前姜国安分守本土，
人民安乐国家也太平，
大王你偏偏要去抢盐海，
无缘无故起战争，
我一次劝阻再次劝，
大王你总是不死心。
……
八年一战连一战，
英雄猛将快死完，
一百八十万众兵马，

① 王沂暖等译：《格萨尔王传·保卫盐海之部》。

现在残余无一半。[1]

他们主张安守本土，安居乐业，和邻国和睦相处，反对侵犯他国的思想，在一定程度上反映了进犯国人民的思想，这在客观上无疑支持了被侵略国即岭国人民反对侵略、保卫祖国的正义斗争。

二 统一是人民的期望，历史的必然

《格萨尔》是藏族人民引以为荣的“根谱”。因此，要分析贯穿于《格萨尔》史诗始末的统一思想，则不可不联系藏族的历史。要讲藏族史，就应首先肯定的是一系列考古资料证实，远古以来就有人类活动于青藏高原，特别是“所有考古资料都证明，早在旧石器时代，西藏就有原始人类居住”[2]。从而在否定藏族族源“南来说”“西来说”以及“汉藏一元说”的基础上，纵观藏族历史，似乎可以这样说：从原始氏族社会到聂墀赞普被雅隆悉补野部落推为首领。进而又做“六牦牛部”之王，从雅隆悉补野部落兴起到囊日论赞一一征服各邻部而成盟主，从松赞干布诸赞普建立吐蕃王朝、发展吐蕃政权到进行武力扩张，这是藏族以古代藏族先民悉补野部落为核心融合各族部，进入发展、形成的几个重要时期。作为藏族人民集体创造的英雄史诗《格萨尔》它伴随着本民族的历史一同生长，并以一种特殊的形式对本民族的历史发展过程作了系统而详尽的反映，与此同时，将本民族人民力求崛起、渴望统一的思想融进整部史诗里。

藏史载，青藏高原最初有小王四十多个。在他们争战格斗、相

① 王沂暖等译：《格萨尔王传·保卫盐海之部》。
② 《藏族简史》编写组：《藏族简史》，西藏人民出版社，1985年。

互兼并的过程中，雅隆悉补野部落成为承担最后统一吐蕃全境历史使命的核心部落；雅隆悉补野部落推选聂墀为首领，他收小邦为属民，确立王位继承习规，筑建雍布拉岗宫；在雅隆悉补野部落多代赞普逐步发展经济，区分贵贱尊卑，扩充自己势力，建立一整套政治、军事制度的基础上，达布聂塞赞普将本巴王（འཕན་པོ་རྗེ།）、阿柴王（འ་ཞ་རྗེ། 吐谷浑王）、昌格王（དྭང་ཀར་རྗེ）、森巴王（སིང་པོ་རྗེ།）、香雄王（ཞང་ཞུང་རྗེ། 羊同王）等治服，把“诸小邦中的三分之二”置于自己统治之下，其子囊日伦赞，进而颠覆苏毗（སུམ་པ）征服藏博（ཙང་བོད།）、达布（དགས་པོ།）等地，成为盟主；囊日伦赞之子松赞干布嗣位后，诛戮叛臣，又一次降服苏毗、达布、工布、娘布等部，兼并羊同，在完成统一吐蕃全境大业，建立强大的奴隶制政权，促进吐蕃政治、经济、文化全面发展的基础上，芒松芒赞、墀都松赞、墀德祖赞、墀松德赞等赞普，在致力于发展吐蕃政权的同时，将其威势扩张到祖国的西南、西北地区，与当时该地的诸多民族争雄称霸，开拓疆土，以至在墀松德赞赞普之时，形成了“大蕃”（བོད་ཆེན་པོ།）①的统治局面。

长篇英雄史诗，可说是艺术地再现了以上所述的古代藏族社会由分散到统一的全部历史进程。

在《格萨尔》史诗中，承担统一大业的是岭国冬氏（གདོང་། 或སྡོང་།）部落。格萨尔称王前，岭国已由冬氏长中幼三支十八部为核心，与达戎、丹玛、戎巴、珠、果、噶、噶德、高觉、甲纳、嘎如、纳如、嘉洛、鄂洛、卓洛等其他部落，或格斗兼并，或通婚联姻，组成了较小的部落联盟，冬氏部落充任盟主，推选冬氏戎察叉根为总管王；格萨尔称王后，岭国四面受敌，在魔、霍尔、门、姜、松巴、香雄、阿豺、木

---

① 大蕃一名，是吐蕃赞普墀松德赞在位时出现的，是墀松德赞对于吐蕃本土及其各属部辖境内完成建制的一个重要标志。

雅、朱孤、米努、察瓦戎许多部落邦国进行挑衅、进犯的严峻形势下，以冬氏格萨尔为王的岭国以其原有的冬氏部落联盟为基础，不断反击，征服敌国，纳入属下的过程中组成新的大的部落联盟，从而完成了“抑强扶弱，为民除害”的爱国统一大业。大量的《格萨尔》分部本，如《戎岭》《果岭》《甲擦猎鹿》《丹玛青稞宗》《西宁马宗》《雪山水晶宗》《门岭大战》《阿里黄金宗》《香雄珍珠宗》《米努绸缎宗》《白保绵羊宗》《降伏魔国》《霍岭大战》《姜岭大战》《阿柴甲宗》《木雅黎赤宗》《松岭大战》《突厥兵器宗》《索保马宗》《察瓦戎箭宗》等等，就是古代藏族人民站在力求崛起、渴望统一的思想立场上，用集体智慧创作和歌颂这一爱国统一大业的伟大艺术珍品，并使之代代相传，经久不衰，万古流芳。

格萨尔称王前，对以冬氏部落为主而逐步形成较小部落联盟的过程，史诗《花岭诞生》《果岭大战》《丹玛青稞宗》等分部本虽略有描述，但尚不清晰、完整。在近年新发现艺人的说唱目录中，已报有《岭·却潘降伏四大敌》(《གླིང་ཆོས་འཕེན་དགྲ་ཆེན་བཞི་འདུལ་བ།》)、《噶德生铁宗》(《དགའ་བདེ་ཁྲོ་རྫོང་།》)、《戎巴米宗》(《རོང་བའི་འབྲས་རྫོང་།》)、《僧达金宗》(《སེང་སྟག་གསེར་རྫོང་།》)等部，估计将会弥补较小部落联盟成员中噶德、戎巴、高觉等氏族部落渊源欠清晰之不足。格萨尔称王之后，大的部落联盟的逐步形成，是在格萨尔实施他的“不要挥兵去犯人，但若敌人来侵犯，奋勇抗击莫后退”的安邦治国的主张中推进的。格萨尔不但不侵占别国一寸土地，而且在征服侵犯国之后，除只惩办挑起侵犯岭国和残害百姓的罪魁祸首之外，则竭力保护侵犯国的一般属臣和百姓，打开仓库，分发财物，救济百姓，并及时任用侵犯国忠良的文臣武将，在将他们命为岭国大臣，纳入岭国英雄行列的同时，令他们按照岭国的正道治理本国，与岭结成联盟，让百姓世代友好相处，发展生产，安居乐业。在各部落、邦国相互掠夺、扩张疆域、称霸争雄的英雄时代，由分散走向统一这是历史发展的必然规律。当时，由于岭国格萨尔大王在“抑强扶弱，为民除害”的宗旨指导下，将前述一切政令和措施付诸实施，远远高出其他争雄者。这不仅赢得了人民（包括侵犯国人民在内）的拥护和支持，也使一些原为侵犯国头子效力的大臣们回心转意，置身于岭国的统一大业。如霍尔国的辛巴梅乳孜大臣，他在出征侵略者姜国时，面对自己的战神，心里就想：“格萨尔任命我作岭国大臣，把我列在岭国大英雄的行列里，赐座坐在大王黄金宝座左前边，和大臣察香丹玛平起平坐，并封我为十三万户霍尔部落的君王，身佩珊瑚珍宝，帽插孔雀翎毛。想以前黄霍尔王被杀，是他侵犯岭国，抢劫珠毛，杀害岭国人民的结果。那时我自己随王侵袭岭国，落在岭国大王手里，不但不追既往，反而给了这般信任和优厚的待遇，再有二心是不应该的呀！”[①]正因如此，岭国在反对侵略、保卫祖国，在反侵略战争中扩大了联盟，推进了统一大业日益发展和巩固。在北征突厥兵器宗时，岭国便一次动员组织了魔、霍尔、姜、门、上蒙古、下蒙古等十三个邦国联合行动，可见联盟之壮大。

纵观上述描述，看起来似乎与前面论述的爱国主义的思想主题相悖，加之有的战争是岭国的超同挑起来的。但细究起来，它却如实地反映了在当时的社会历史条件下，各部落、邦国之间既互不统属、相互攻战掠夺，而又要争夺最高领导称霸为王的历史社会现状。格萨尔统一大业的成功，就在于他提出了许多顺应历史发展总趋向、符合人民愿望的安邦治国的正确主张和措施。

三　藏汉团结是爱国统一思想的重要组成部分

谈起藏汉两个民族的友好往来，一般总是从吐蕃赞普松赞干

---

① 王沂暖等译：《格萨尔王传·保卫盐海之部》。

布派使臣到长安求婚迎请文成公主开始。当然，这既有历史的记载，又有大量文学艺术作品的再现，是确定无疑的。然而，从《格萨尔》史诗的描述来看，“格萨尔时代”的藏、汉交往比之更为久远。格萨尔称王初期的岭国，已是氏族社会解体，奴隶制国家政权逐渐形成的历史时期。格萨尔称王前母子二人被逐放玛域，当时的玛域虽然极为荒僻，但是有商旅经过。格萨尔在开辟、建设玛域中，惩制强盗，确保商旅安全，进一步疏通了汉地峨嵋与上部阿里、汉地与拉达克、汉与藏等多条商路，常有“汉藏两地的很多商人”给“角如赠送礼品，交纳商贷赋税”，如金银、丝绸、茶砖和骡马等；各路商人又按格萨尔的要求在玛域修建了僧珠达孜宫。之后，玛域不仅成了汉藏两地通商的好地方，而且也是上部阿里、拉达克与汉地通商的要道。值得思考的是，格萨尔在称王之前还在玛域分封草场，接迎、安排了因遭严重雪灾而整批迁徙的岭国六大部落，可见格萨尔开辟、治理玛域或致力于藏汉友好往来的时代之古远。史诗的其他分部本也多有反映藏汉两个民族互通贸易的情况，即使是描述经商，作者也是从历史发展的高度充分肯定它的重大意义，感情是那么诚挚，胸襟和视野是那么开阔和深远：

汉地货物运至卫地，
并非藏地不产什么东西，
而是为把汉藏关系联络起。
……
汉地商品藏地销，
并非藏地没财宝，
愿为汉藏同心结的牢。

史诗基于唐蕃联姻的史实，将格萨尔大王的长兄协尕尔特意安排为汉族的亲外甥（与格萨尔是同父异母关系，称作“贾察”），塑造成一位大英雄，名列三十英雄之首，借此来反映藏汉两族间的亲密关系。史诗中协尕尔称自己是“汉族后裔”，他特别器重“藏族后裔”弟弟格萨尔。格萨尔一降生，贾察高兴无比，亲自看望、命名、送衣食，并向总管王提出让角如作大王，自任第一任大臣；当格萨尔遭受诬陷被逐放时，贾察十分同情，“可怜弟弟的流放”，“很想跟弟弟一同去”；当岭国遭受雪灾、无人敢去与格萨尔联系时，贾察主动出头率领五名英雄去向角如求情，把岭国六大部落迁徙到玛域，避开了一次国家、民族绝望性的灾难；在岭国决定通过举行赛马的方式来称王、纳妃的关键时刻，贾察排除超同的干扰，据理把格萨尔从玛域接回，让其参加赛马大会，一举夺魁登上岭国王位；在格萨尔出外降伏魔王路赞、霍尔王乘机发兵进犯岭国抢夺王妃珠毛时，贾察挑起弟弟格萨尔的重任，协同总管王号召、组织岭国军民进行反击，即使在刀矛相戮的疆场上，他也不时思念自己的弟弟格萨尔，盼他早日归来，统帅岭国军民；最后，贾察在疆场上英勇杀敌，为国为民族捐躯。这一切无不充分说明贾察——这个“汉族后裔”，为不断加强汉藏团结、增进藏汉友谊而作出的巨大贡献。

至此，藏族人民还感不足，又专著一部《汉与岭》，从不同角度充分歌颂藏汉友谊。甲帝①的皇后是从九个魔女的血肉中分化出来的一个妖女，她“中魔”患病临死时，向甲帝嘱咐在她死后要向全国颁布严酷的法令，要砍断沟通甲岭关系的金桥，汉地的商品不得运往藏地去，藏地的货物不得运到汉地来。只有这样，她死后九年仍可复活继续做皇帝的爱妃。守候在身边的公主一听，方知她母亲原是一个妖女，一旦死后复活，会对汉岭两地带来更大灾难。

---

① 甲：是藏文“རྒྱ”的译音，系“汉”之意。

于是她以给母亲做佛事为借口,到五台山后给格萨尔写了一封信,请求他到汉地焚尸除妖,解除百姓苦难。格萨尔收到信后,战胜木雅王,打通了去汉地的道路;他收服共命鸟夫妇,让其到印度偷来宝衣,孵化出挤奶能手作为去汉地的有力助手;他降伏吃人的罗刹阿赛从中得到松石发辫,准备了焚尸法物;他率领十二名随从到达汉地后,通过写信的公主搭桥打消了甲帝的疑虑;他在甲帝观看各种比赛心不在焉时化一假身陪着甲帝,真身变一大鹏飞入皇宫取妖尸焚烧;当甲帝发现后对他施加各种残酷刑法时,他除用法物保护了自己外,毫无怨言;当甲帝明白真相,知道皇后是个祸根,从"抱尸"的忧患中解脱出来宣布废除黑暗的法律,且提出将自己的皇位让给他,让他继承汉地皇位时,他以甲岭友好为重,向甲帝明确唱道:

空性大王格萨尔,
为利益众生才来汉地,
金钱财宝我不图,
更无执掌汉地王权意。

之后,他带领自己的随从离开甲地回岭。这一切又无不充分地说明格萨尔——这个"藏族后裔",继他哥哥贾察之后,在前人创建的汉藏友好的丰碑上,以诚挚的感情,磊落的胸襟继续在谱写新的篇章。

青藏高原的统一,是古代藏族人民的丰功伟绩。《格萨尔》史诗的创作者们始终把加强藏汉团结与本民族完成这一爱国统一大业紧密地联系在一起,古代藏族人民的创作和广泛传唱,为西藏于元初正式加入中国版图从思想上作了充分准备,其促进作用是不可低估的!

第二章

藏族《格萨尔》史诗中的宗教文化

如果说《格萨尔》史诗艺术地再现了藏民族的古代历史，那么它毫不例外地反映了那一时期各个阶段中藏族人民的宗教信仰意识。藏族从信仰原始本教到信仰本教和藏传佛教，都在他们所创造、传承的伟大史诗《格萨尔》中留下了明显的历史轨迹，从而使《格萨尔》和宗教结下了难解之缘，相互伴随，从古至今。因此，我们要比较全面、系统地研究和阐述《格萨尔》，必须对《格萨尔》所反映的种种宗教文化现象采取积极涉猎和具体分析、研究的态度，即使出现一些谬误，也不应回避和绕道。基于这种认识，我们在本章提出《格萨尔》与本波文化、《格萨尔》与藏密文化、“抑本扬佛”的宗教思想倾向等三个问题，作为重点进行探讨。与此同时，我们还依据《格萨尔》提供的一些资料，将本教区划为原始本教和本教，这不仅与藏籍记载相符，而且史诗的描述将在一定程度上能够弥补本教史料的不足。

第一节 《格萨尔》与本波文化

藏族有首古歌,名曰:《寻运曲》(གཡང་བཙལ།)[1],歌道:

到天界之间去寻运,	དགུང་གི་གསེབ་པོར་གཡང་བཙལ་སོང་།།
巧遇日月之运;	ཉི་ཟླ་མང་པོ་གཡང་དང་ཁེལ།།
到空中之间去寻运,	བར་སྣང་གསེབ་པོར་གཡང་བཙལ་སོང་།།
巧遇青龙之运;	གཡུ་འབྲུག་མང་པོ་གཡང་དང་ཁེལ།།
到雪山之间去寻运,	གངས་གསེབ་པོར་གཡང་བཙལ་སོང་།།
巧遇雄狮之运;	སེང་གེ་མང་པོ་གཡང་དང་ཁེལ།།
到山崖之间去寻运,	བྲག་རྫ་གསེབ་པོར་གཡང་བཙལ་སོང་།།
巧遇众鸟之运;	བྱ་རིགས་མང་པོ་གཡང་དང་ཁེལ།།
到森林之间去寻运,	ནགས་མཐོང་གསེབ་པོར་གཡང་བཙལ་སོང་།།
巧遇虎豹之运;	སྟག་གཟིག་མང་པོ་གཡང་དང་ཁེལ།།
到草原之间去寻运,	སྤང་ཁ་གསེབ་པོར་གཡང་བཙལ་སོང་།།
巧遇鹿与黄羊之运;	ཤྭ་དགོ་མང་པོ་གཡང་དང་ཁེལ།།

① 《寻运曲》:是我于1986年,在甘肃省甘南州舟曲县班玛村发掘的。据传现今班玛村的藏族群众是吐蕃的后裔。

到大地之间去寻运，　ས་དོག་མོ་གསེབ་པོར་གཡང་བཙལ་སོང་།།
巧遇黑头人之运；　མགོ་གྱི་ནག་མང་པོ་གཡང་དང་ཁེལ།།

到大海之间去寻运，　རྒྱ་མཚོ་གསེབ་པོར་གཡང་བཙལ་སོང་།།
巧遇鱼与水獭之运。　ཉ་སྲམ་མང་པོ་གཡང་དང་ཁེལ།།

天界之间有三条路，　དགུང་གི་གསེབ་པོར་ལམ་གསུམ་ཡོད།།
是日月运行之路；　ཉི་ཟླ་མང་པོ་འགྲོ་ལམ་ཡིན།།

空中之间有三条路，　བར་སྣང་གསེབ་པོར་ལམ་གསུམ་ཡོད།།
是青龙腾飞之路；　གཡུ་འབྲུག་མང་པོའི་འགྲོ་ལམ་ཡིན།།

雪山之间有三条路，　གངས་(ཀྱི)གསེབ་པོར་ལམ་གསུམ་ཡོད།།
是雄狮狂奔之路；　སེང་གེ་མང་པོའི་འགྲོ་ལམ་ཡིན།།

山崖之间有三条路，　བྲག་རྫ་གསེབ་པོར་ལམ་གསུམ་ཡོད།།
是众鸟飞翔之路；　བྱ་རིགས་མང་པོའི་འགྲོ་ལམ་ཡིན།།

森林之间有三条路，　ནགས་མཐོང་གསེབ་པོར་ལམ་གསུམ་ཡོད།།
是虎豹奔腾之路；　སྟག་གཟི་མང་པོའི་འགྲོ་ལམ་ཡིན།།

草原之间有三条路，　སྤང་ཁ་གསེབ་པོར་ལམ་གསུམ་ཡོད།།
是鹿与黄羊飞跑之路；　ཤྭ་དགོ་མང་པོའི་འགྲོ་ལམ་ཡིན།།

大地之间有三条路，　ས་དོག་གསེབ་པོར་ལམ་གསུམ་ཡོད།།
是黑头人行走之路；　མགོ་གྱི་ནག་མང་པོའི་འགྲོ་ལམ་ཡིན།།

大海之间有三条路，　　རྒྱ་མཚོ་གསེབ་པོར་ལམ་གསུམ་ཡོད།།
是鱼与水獭遨游之路。　ཉ་སྲམ་མང་པོའི་འགྲོ་ལམ་ཡིན།།

“运”是藏语 གཡང་། 的意译，指“福禄”“福气”“福运”以及什么什么“运”而言，如财运、珠宝运、马运、牛运、羊运等等。“运”的产生及其人们对它的认识，以至成为习俗惯例并受到藏族人民的信奉，成为影响人们物质生活和精神生活的重要因素，当然，这有其自身产业、发展、变异的历史缘由和过程。在《寻运曲》和《格萨尔》中，藏族先民们都自称是“黑头人”，单从语音角度考究，前者将“黑头人”读为 མགོ་ཁྱི་ནག，后者读为 མགོ་མི་ནག，相比较似乎前者早于后者，但这是孤证，不能仅以此为凭。更为重要的是《寻运曲》使我们清楚地看出那时的黑头人，其活动范围还在雪山、山崖、森林、草原和湖海之间，以捕、猎、牧为主要生产、生活内容，还没有农业生产。他们的认识特点是：一是认为万物都有“运”，天界的日月有“运”，空中的青龙有“运”，雪山的狮子有“运”，山崖的众鸟有“运”，森林的虎豹有“运”，草原上的鹿和黄羊有“运”，大地之上的黑头人有“运”，大海中的鱼和水獭有“运”；二是对“运”所持的态度是去找，到天界、空中、雪山、山崖、森林、草原、大地和湖海等处去找；三是不仅要把万物之“运”找到身边，增加自己的福运，同时，也要在他们之间互找福运。古歌《寻运曲》所反映的这种认识特点足以说明古代藏人的原始思维方式是建立在万物有灵观念的基础之上的。万物有灵观念的产生为原始本教的产生与形成创造了环境，它既是原始本教得以生存和发展的根本条件，也是原始本教和本教世界观的思想基础。原始本教最初的崇拜对象是自然，“……这一点是一切宗教、一切民族的历史充分证明了的”[1]。

---

① 《费尔巴哈哲学著作选集》下卷，第436—437页。

信仰原始本教的古代藏族先民也不例外，这在《格萨尔》史诗里多有逼真的描绘，给我们研究藏族原始本教提供了丰富的资料，具有很高的认识作用和文献价值。

苍苍蓝天，茫茫大地，在黑头藏人的自然崇拜中占有极为重要的位置。较早的《格萨尔》抄本描述：岭国冬氏族世系第一代就是以天为父，以地为母而生，这与藏族的古老神话——以天为阳，以地为阴，天地相合，阴阳相接而诞生万物的传说是一致的。史诗的主人公格萨尔出生前，先是总管王扬鞭催马、腾云驾雾到天界，请求天神派神子下凡治理岭国；尔后，格萨尔的母亲（龙女）梦见一朵白云降落到自己跟前，当她和僧伦（格萨尔之父）同居时又梦见金刚杵的光辉，彩虹的光辉、玛瑙的光辉等一齐射入囟门，其愉快遍及全身；当格萨尔快降生时，她又觉得通体透亮，头顶涌出月亮般的白光，先现出一个白人，长着大鹏之首，变作一道彩虹升到天空；后生一个约三岁大的婴儿——周身放射威光的神子，又从心窝里生出一个闪着蓝光的人首蛇身的小人儿，又从肚脐中升起一道彩虹，彩虹的一端出现一个姑娘，是保护赤兔马的战神。无疑，这是一则描述格萨尔诞生的神话，但这种天光感生型神话却明显地表现了原始本教苍天崇拜的神话观念。崇拜大自然，是原始社会的蒙昧时代大自然对人们的物质生活和精神生活控制的结果，正是在这种控制下才产生了原始神话和原始宗教。正如恩格斯所说："在原始人看来，自然力是某种异己的、神秘的、超越一切的东西，在所有文明民族所经历的一定阶段上，他们用人格化的方法来同化自然力。正是这种人格化的欲望，到处创造了许多神。"[①]也正如费尔巴哈所说："自然界的变化，尤其是那些最能激起人的依赖感的现象中的变化，乃是使人觉得自然是一个有人性的、有意

① 《马克思恩格斯全集》第20卷，第672页。

志的实体而虔诚地加以崇拜的主要原因。”[①]在史诗《格萨尔》里，整个自然界充满着神灵，四面八方都是自然崇拜的氛围。就以岭国为例，天有天神，地有地神，水有水神，山有山神，氏族有氏族神，部落有部落神，国有国神，人有生命之神，岭王格萨尔身上凝聚着诸神精灵，特别宣扬他是神、念、龙三位一体的英雄。除此，他和他统领的众多英雄还各有自己的战神。岭国一旦受到进犯，百姓一旦遭到欺凌之时，格萨尔大王和各路将领、勇士们首先在送行出征的人群中大煨神桑，敬祭天地，祈请各路神灵护佑，以夺取反侵略战争的胜利，在两军对阵的沙场上，迎战的英雄也在搭箭扳弓中，呼请自己的战神来附体助战。如《霍岭大战》中，岭国英雄僧达阿顿木直冲霍尔军阵前，立在马镫上，拔出大刀，唱道：

长住在上查城的
勇武战神华寻冬扎尊，
红焰灿火城中的
克制敌人的年达玛布神，
今天请来帮助我，
唱支曲子惊敌人！

……
霍尔到我岭国来，
特派僧达来“迎接”，
大刀没钝想吃你肉，
黄河不清要盛你血，
雅拉山不矮要悬你头，

---

① 《费尔巴哈哲学著作选集》下卷，第459页。

岭尕的英雄要把仇恨雪。

虎踞在金座（临时设在战幕之中）上的霍尔国白帐王看了岭国的军威之后，也速向自己的神灵祈求：

穹苍天庭的神灵请护佑，
愿我白帐权势如天高！
广阔虚空的神灵请保护，
愿我黄帐谋略超群豪！
深奥大地的神灵请关照，
愿我黑帐江水永坚固！

在格萨尔大王打马疾驰出征魔国的时候，爱妃珠毛痴心追赶，她在当天半夜里就叫醒女婢起来煨桑：

你俩不要贪睡快起快快起，
放开最快最快脚步去，
去右边的山顶采艾蒿，
上左边山顶采柏枝。
艾蒿柏枝杂一起，
好好去煨一个桑。
煨大桑要像大帐房，
煨小桑要像小帐房。
给格萨尔战神、保护神煨一个桑，
给岭国的天神、龙神、宁神煨一个桑。

爱妃唤醒了正在草滩上酣睡的格萨尔。格萨尔醒后耐心地劝道：

伴随我的保护神，
现在像南云围绕着我；
如把珠毛你领着，
他们一定像彩虹散去离开我。
这样不能降魔反要受魔害，
珠毛你最好还是回岭国！

毫无疑义，这种惟恐保护神“散去离开”而受害且时时向自然神灵祈祷护佑和助战的原始“宗教是在最原始的时代从人们关于自己本身的自然和周围的外部自然错误的、最原始的观念中产生的”[①]。史诗中敌我双方借助天、地、水等各类自然神祇攻战对方，以期赢得胜利的多种描写，正是那个时代先民们自然崇拜条件观念的反映，是“人间的力量采取非人间力量的形式”[②]。

在原始本教自然崇拜的观念中，动物崇拜也是它的重要组成部分。前述古歌《寻运曲》中已叙，先民们认为虎、豹、鹿、黄羊、鱼和水獭等动物具有福运，去寻觅，以期受益；敦煌古藏文写卷P.T. 1047、1055号描述，吐蕃人认为“获得牲畜之福运，神不衰败，财不散失”[③]，故“以羱羝为神”；活动在史诗《格萨尔》中的动物也多具灵性，如神牛、神马、神羊、神鸟等等，无不被崇拜、神化之至。崇拜动物和崇尚动物美的审美意趣与人类处于狩猎、游牧时代的生

① 《马克思恩格斯选集》第四卷，第250页。
② 《反杜林论》，第311页。
③ 王尧、陈践编著：《敦煌吐蕃文书论文集》，四川民族出版社，1988年。

产生活方式和那时人们对于野兽既依赖又畏惧的心态而紧密关联。恩格斯说:“人在自己的发展中得到了其他实体的支持，但这些实体不是高级的实体，不是天使，而是低级的实体，是动物。由此就产生了动物崇拜……”[①]也正因为如此，藏人祖先才将他们最初依靠的动物神化，使其高倨于自身之上，并以那时人们的审美意识将自己接触到的动物加以审视和美化。这在《格萨尔》中表现尤为突出。格萨尔号称“雄狮”(སེང་ཆེན།)，其父名为“狮臣”(僧伦 སེང་བློན།)，其伯父名为“老鹞”(叉根 ཁྲ་རྒན།)；在格萨尔的七大勇士中，有的在名前冠于“老鹞”(ཁྲ་རྒན།)、“虎儿”(སྟག་ཕྲུག)，有的在名后附有“灵鹞”(སྤྱང་ཁྲ།)，有的则将几种动物之名缀合而命名，如“僧达阿东米衣江古”(“僧”意为狮 སེང་།，“达”意为虎 སྟག，“阿冬”意为熊 ཨ་དོམ།，“米衣江古”意为人狼 མི་ཡི་སྤྱང་ཀུ།)；格萨尔的三虎将也分别以“鹰雏”(ཁྲ་ཕྲུག)、“雕雏”(གླག་ཕྲུག)、“狼崽”(སྤྱང་ཕྲུག)为尊号，号称是岭国的“鹰、雕、狼三谋士”；超同和斯潘是白岭国出名的“虎”(སྟག)与“豹”(གཟིག)；岭国富有部落夹罗家的姑娘——雄狮大王的第一爱妃起名“僧姜珠毛”(སེང་ལྕམ་འབྲུག་མོ།)，汉语含意:“僧”是狮子，“姜”是葵花，多称谓女性，“珠”是龙(也指雷声)，“毛”是女性。据传珠毛生时就有狮子示威，葵花开放，青龙吼叫，故其意正如她所唱:“身材美貌美如画，不用命名名自起。一因狮子示雄威，二因大地葵花生，三因玉龙云际吼，僧姜珠毛成了我的名。”[②]在藏人祖先的观念中，有些野兽的凶猛、狡勇，有些动物的机灵，有些飞禽的矫健，都被视为力与勇，聪慧与机智的象征，从而将崇拜动物的形象集中到自己崇拜的史诗英雄身上，希求英雄具有战胜一切敌人和邪恶势力的本领。

---

① 《马克思恩格斯全集》第27卷，第63页。

② 王沂暖汉译:《格萨尔王传·降伏妖魔之部》，甘肃人民出版社，1980年。

史诗中用动物比喻英雄，赞颂英雄不畏艰难，忠贞刚强、宁死不屈的高尚美德，其诗句比比皆是，可顺手采来：

渴死不喝沟渠水，
那是兕牛的高贵品格；

饿死不吃泥塘草，
那是野马的高贵品格；

痛苦至死不掉泪，
那是大丈夫的英雄品格。

在格萨尔大王出征降魔，王妃痴心追随不离时，天神用藏地古谚语劝道：

白雪山角两个猛狮子，
一个绿发狮子转山边，
另一个守在水晶石洞边。

青天上空两个小青龙，
一个青龙打雷转天边，
另一个守在密云间。

高石山腰两个壮野牛，
一个红角野牛转远山，
另一个守护阳山和阴山。

红石岩上两个白胸鹰，
一个白胸鹰高飞上青天，
另一个白胸鹰守护在巢边。

大森林里两个红老虎，
一个红老虎求食偷伏在林边，
一个母老虎守护在洞边。

下边大海两个金眼鱼，
一个金眼鱼奋鳍转海边，
另一个金眼鱼守护在深海间。

上岭尕大王和王妃，
大王降伏四敌走天边，
王妃要守护岭国在家园。①

当王妃回返岭国，大王在征途前进之时，“他对珠毛非常怜悯，非常想念”，心想：“在这北方无人的荒草滩上，让珠毛单身回去，能放心吗？”这时，天神又用藏地古谚鼓励格萨尔：

在转水晶般的白雪山时，
有一个白狮子来转才是美丽。
在转花花的石岩时，
有一条红角野牛来转才是好妆饰。

① 王沂暖汉译：《格萨尔王传·降伏妖魔之部》。

在一飞横断青天时，
有一只白胸鹰才显得山高峻。

在转无边的大森林时，
有一只红老虎才显得更凶狠。

在转汪洋的大海时，
有一个大鲸鱼才显得更怕人。①

以上所举三首古谚，它既在描述中表现了那时人们的动物崇拜观念，又在崇尚中寓于他们的审美趣味和审美意向。再如珠毛婚前受命去捉赤兔马，格萨尔向珠毛介绍赤兔马有九种特征：

上额像鸟魔老鹞鹰，
脖子像鼠魔黄鼠狼。
喉头像软弱的小野兔，
全身样子像山羊，
眼圈像蛙眼突出来，
眼珠似蛇眼明亮亮。
鼻孔好像母獐鹿，
鼻肉好似空绸囊。
耳朵好像魔哨兵，
一撮鹫毛长在耳朵上。”

果姆和珠毛“在天神、龙神和宁神们的帮助下”，立刻出发按其特

① 王沂暖汉译：《格萨尔王传·降伏妖魔之部》。

征去捉马。这时，珠毛“从前面看去，好像雄狮，威武风骚，对面挺立；从后面看去，好似鹫鸟正在啄食；在它那火红般像狐狸毛似的下体上，有同鱼儿尾部一般的纹路；在那肌肉丰满的腿部上，有像共命鸟胸部一样的花纹……在与其他的马儿不同的十三大秘处，有重叠着的鹞子形态图案。”这时，珠毛兴奋地唱道：

在二百四白嘴野马母子间，
这种神智赤兔马，
混在一起时隐现。
……
又似无形又有形，
上边仿佛有飞鹏。
前面有红老虎在跳跃，
后边有白狮子逞威风。
在眼睛、心脾、臂膀上，
肩上、额鬃、肋侧处，
鹰鹞聚集着密麻麻，
马神围绕起如云雾。
不是幻变是真实，
那就是我的神智宝马名赤兔。①

这里，史诗创作者们将多种动物的形象特征集中于赤兔马一身，使其更为威武有力、聪慧机智。在格萨尔外出身陷困境或在降魔征战的紧要关头，它往往充当他的保护神，能听人话会说人语，能上九霄会追流星，将格萨尔从危难中解脱出来。无怪乎将它命

① 王沂暖等汉译：《格萨尔王传·赛马七宝之部》，甘肃人民出版社，1988年。

为“神马”，它也自称：“我上为天神一使者，中为宁神一畜生，下为兽马的事业神。”这虽是神话传说，但他反映的崇尚心理和审美意识则是显而易见的，是动物崇拜在史诗中一种颇有特色的表现。

上述以多种动物命名或以其他形式所表现的动物崇拜，并不一定就是图腾崇拜。只有当“人们认为自己的氏族同氏族用以命名的动物、植物或无生物之间有血缘联系”①且用该动物（或植物、无生物）来解释本氏族的来源时图腾崇拜才得以产生。《格萨尔》反复咏赞岭国冬氏族是玛钦奔惹山神和龙母的后裔，又说其长支属鹏类、中支属龙类、幼支属狮类，格萨尔大王也称自己是顶宝龙王的外甥、是宁神转生，等等。有的抄本还将冬氏族的来源与猕猴联系起来。无疑，这些都是藏族先民的图腾崇拜在史诗中的反映。他们往往在追溯本氏族的来源时，把上述神灵当作自己的来源之一而加以信仰。

《格萨尔》还给我们描绘了大量具体、形象的灵魂崇拜现象。人类最初是把人与自然界混为一体，把自己的意志性加在自然现象上，崇拜与已关系密切的一些自然形象，如像古歌《寻运曲》中所表现的那样，把它们人格化，认为它们都有灵魂。史诗描述人体是由躯体（肉体）和灵魂两个因素所组成，二者可以分离，而且认为灵魂一旦离去不归人（躯体）就死亡，但灵魂却永远存在，只是到另一个世界去了。正是在这种观念支配下，史诗《格萨尔》中的主要人物都有自己的“寄魂物”。如：格萨尔的寄魂物是玛钦奔惹大雪山；珠毛的寄魂物是扎陵湖；长、中、幼三支的寄魂物分别是大鹏、青龙和雄狮；嘉洛、鄂洛、卓洛三大部落的寄魂物分别是嘉洛湖、鄂洛湖和卓洛湖。格萨尔降伏的对象也有寄魂物，甚至有的敌手则有多个，如：霍尔国白、黄、黑三帐王的寄魂物分别是白、

① 林耀华主编：《原始社会史》，中华书局，1984年。

黄、黑三色野牛；其臣辛巴梅乳孜的寄魂物是红野牛；魔国路赞王的寄魂物是海、树、野牛等；其姐卓玛的寄魂物是一只玉蜂；其妹阿达拉毛的寄魂物是一个蛙头玉蛇；突厥兵器国玉杰托桂国王的寄魂物是大黑熊、罗刹九头猫头鹰、恐怖野人、九尾灾鱼和独脚饿鬼树等等，不胜枚举。敌我双方发生战争，要征服对方，首先是设法毁掉对手的灵魂寄托物。如格萨尔在消灭魔王路赞之前，依据梅萨绷吉提供的线索，并在他的配合、协助下，一一除掉了路赞的寄魂物。认为只有这样才能有把握彻底战胜敌手。因此，他们对各自的寄魂物无不按照自己的习俗加以崇拜和信仰，其中对有的寄魂物是高度保密的，不让别人，尤其不让自己的敌手知道。

祖先崇拜是在灵魂崇拜的基础上产生的。《格萨尔》描述，岭国冬氏族部落特别强调却潘那保是他们长、中、幼三支的共同祖先，奉为祖神信仰，在对敌搏斗的危难时刻，有的出身于冬氏族系的战将就呼请却潘那保神灵来佑助。值得重视的是，霍尔王的祖先是女神，霍尔王病了要把女神则闷姐毛请回来，认为祖先神离家不归，后代就会失去护佑。这说明祖先崇拜的起源也是比较早的。

另外，史诗中还有许多关于巫术、占卜活动的描写，这将在后面有关章节中再议。

我们这样地分析和认识问题，并不认为《格萨尔》只提供了研究原始本教的资料，事实上《格萨尔》里也有大量描写本教的史料，其中有些资料可以看作是对从原始本教向本教过渡的描述。然而，这些资料的运用只有结合本教史书的有关记载才有可能将问题说得清楚一些。

以往在西藏宗教研究中，多有把佛教传入西藏前的本教和之后的本教，一概称为原始本教，这是不够科学的。根据藏史的有关记载和《格萨尔》史诗提供的丰富资料，应将此区分为原始本教和本教。不论从宗教产生、发展和衰败的历史阶段来看，还是从佛教传入西藏之前之后的社会现实来分析，这样的划分似可成立。通常将原始社会时期的宗教称为“原始宗教”或“自发宗教”，而将阶级社会时期的宗教称为“人为宗教”。关于它们之间的区别，恩格斯曾说：“自发的宗教，如黑人对偶像的膜拜或雅利安人共有的原始宗教，在它产生的时候，并没有欺骗的成分，但在以后的发展中，很快地免不了有僧侣的欺诈。至于人为的宗教，虽然充满虔诚的狂热，但在其创立的时候便少不了欺骗和伪造历史……”[①]前面，我们列举、分述的《格萨尔》史诗中“黑头藏人”对天地、动物、图腾、灵魂、祖先等一系列形式广泛的自然崇拜，无疑属于原始本教，只是由于当时生产力极为低下，人们的思维能力还建立在万物有灵观念的思想基础之上，绚丽多彩的自然现象被歪曲地反映在原始本教里。

众所周知，史诗《格萨尔》不是形成于一个世纪，也不同于一般的历史记载，它以特殊的形式在反映藏族古代社会生活的同时，也描述了那一时期的宗教历史情况，其资料是弥足珍贵的。如果我们在研究中只看到《格萨尔》对原始本教的反映，而看不到它对人为本教的描述，或者看到了而又不加区分地将史诗中描绘的原始本教和本教的种种宗教内容一概划一为原始本教，这不仅在认识和理论上难于立足，也与《格萨尔》的描述大相径庭。当代著名藏族学者东嘎·洛桑赤列先生依据《西藏王臣记》《新红史》等史书的记载，著书说：“……从聂墀赞普时起，在西藏传播的本教称为‘兑本’，它是在原有原始宗教的思想基础上产生的……”又说：“到第八代止贡赞时，在阿里象雄地方有一个叫辛饶米沃（通常称为本教祖师辛饶）的人，把经过印度西面的大食（藏文史籍中所载

① 《马克思恩格斯全集》第19卷，第327页。

的大食系指伊朗）传入西藏的外道自在派的见地和原来的本教结合起来，创立了一种宗教理论，这一派被称为‘恰本’（འཁྱར་བོན།），它不同于‘兑本’（བརྡོལ་བོན།）。”① 又有史载：“笨教盛于乜尺赞普王时……”② 且从聂墀赞普起，“在二十七代赞普期间，用‘仲’（སྒྲུང་།）、‘德乌’（ལྡེའུ།）、‘本’（བོན།）等三种方式护持国政。”③ 由此可见，在吐蕃第一代赞普聂墀为王时，西藏就有本教，而且它是在西藏原有原始宗教的思想基础上产生的，号称本教祖师的是辛饶“恰本”理论的创立者，如果没有从聂墀赞普时起就在西藏流传的“兑本”，“恰本”理论的创立也是不可能的。东嘎·洛桑赤列先生还依据许多藏史记载推算聂墀赞普出生于松赞干布之前七百三十一年，即藏历纪年前释迦圆寂四百三十九年（西汉武帝元狩六年，公元前一一七年左右）。④ 有的学者推算为公元前三百六十年。⑤ 他还分析：“当时国王身边的座前本教师（སྐུ་བོན།），仅是一位为王诵经修法（སྐུ་རིམ་བྱེད་མཁན།）的上师，并不掌握政权。”⑥ 但无论如何，这时西藏已有本教徒，聂墀赞普本人到雅隆地区时，就曾接受过正在那里放牧的十二名本教徒的迎请，而且这些本教徒已代表着不同的族性。⑦ 巫师是在一定历史条件下产生的，经过了一个漫长的历史时期。在原始宗教产生的早期，可能还没有成形的崇拜仪式，人们仅是在语言或姿态上表示对精灵的崇拜或畏惧，在其形成阶段也尚无巫师，那时自然崇拜式的宗教活动，其形式非常简单，氏族成员

---

① 东嘎·洛桑赤列：《论西藏政教合一制度》，民族出版社，1985年。

② 王沂暖汉译本《西藏王统记》，西北民族学院研究所翻印本第14页原注：《笨教史》云。

③ 《西藏王臣记》藏文版，民族出版社，1957年，第14页。“乜尺”与“聂墀”同是藏文（གཉའ་ཁྲི）之译音。

④ 东嘎·洛桑赤列：《论西藏政教合一制度》。

⑤ 黄奋生：《藏族史略》，民族出版社，1985年。

⑥ 东嘎·洛桑赤列：《论西藏政教合一制度》。

⑦ 《藏族简史》编写组：《藏族简史》。

既是虔诚的信仰者，又是具体的执行者；后来随着宗教的发展，崇拜对象和祭祀活动日趋增多，并且出现了祭祀、巫术、占卜等种类繁多的宗教事项，从事这一活动的主持、执行者也由氏族成员转移到了年长者或氏族长身上，进而氏族长（或部落首领）成了最早的巫师；随后，随着氏族制度的进一步发展，人们在原始宗教观念的支配下，强烈地要求一种能联系鬼神可通神灵的人从事较多的宗教活动，其间有的灵验，有的则不灵验，少数巧合的灵验者便成了巫师。凡此种种，我们都可在《格萨尔》里寻觅出它的发展轨迹，有的隐黯，有的则非常明显。至于巫师产生的时期，学术界虽有不同的看法，但一般认为可能源于母系氏族社会中期，到了原始社会晚期巫师才从氏族酋长中分化出来。“据本教史书记载，聂墀赞普时建造了第一座本教寺院”；当时，“……虽然部落存在着母系社会残余，但父系王位继承习规已经确立”[①]。《格萨尔》中也描述了不少本教寺院，且明确记述格萨尔称王后也将他的侄子扎拉孜杰（甲擦之子）立为王子（格萨尔无子），并在他临终之前将王权交给其侄了，从而确立了岭国的王权继承习规。这说明聂墀赞普当政时的“悉补野吐蕃”（སྤུ་རྒྱལ་བོད）和《格萨尔》中格萨尔称王之初的岭国，至迟也已处在氏族社会开始解体、奴隶制的国家政权逐渐形成的历史时期（当然还有其他条件）。格萨尔后期的岭国已形成一个强大的岭国。随着私有制和阶级的逐渐产生，作为一种社会意识形态的原始宗教也会发生相应的变化，必然向阶级社会的宗教即人为宗教逐渐地过渡、发展。如果说那时“国王（聂墀赞普）身边的座前本教师，仅是一位为王诵经修法的上师”，那末，到第八代赞普止贡，特别到了第九代布德共杰赞普之时，巫师已“干与国

① 《藏族简史》编写组：《藏族简史》。

政”①,“已正式成为统治阶级欺压平民的工具”②。《格萨尔》史诗也描述:岭臣兼达戎部落部落长超同为了争夺王权欲将格萨尔置于死地,亲请本教师惹杂来放咒,惹杂满口答应把“把角如的性命拿到手”,于是二人狼狈为奸,同格萨尔进行较量③。可见:那时的吐蕃本教巫师的宗教活动远已超出恰本(འཁྱར་བོན།)和囊辛(སྣང་གཤེན)所举行的祭祀内容:“每年秋季举行‘公鹿独角’(ཤྭ་ཕོ་རུ་རྐྱང་།),即杀死千只公鹿,以其血肉祭祀;冬季有‘本神血祭’(བོན་ལྷ་དམར་མཆོད།),要杀雄性牦牛、山绵羊各三千头(只),雌性牦牛、山绵羊各一千头(只),取其血肉祭祀;春季举行‘牝鹿施’(ཡ་མོ་བྱིན་འབྲེག།),是杀牝鹿祭祀,夏季举行‘本教师长焚香祭’(བོན་སྟོན་ བསངས་མཆོད),以焚烧树枝、禾穗祭祀;此外,人病时举行‘赎命还魂祭’(སྲོག་གླུས་བླུས་འགྱེད།);人死后举行‘伏鬼’,也要杀牲祭祀;还有祈运、禳解、赎替、占卜、和圆光(ཟ་ཕབ་པ།)”④之范围,其本教师业已参与一部分政治决策。《格萨尔》史诗中描述的宗教活动,也远未停止在各种频繁的自然崇拜事项上,有的本教巫师则常在国王身边参与国家的重大决策。如霍尔国白帐王要发兵侵犯岭国,闷国辛尺王要作出抵抗岭国军队的战斗布署,侵犯岭国,都是分别请来本教巫师和本教喇嘛通过占卜而作出最后决断的。在岭国议政决策的三十位大臣英雄中就有一位本教巫师参加⑤。

对于吐蕃历史的分期问题,尽管学术界有不同看法,但其进入奴隶制社会的时间最迟也不晚于公元六世纪。公元六世纪末至七世纪初,随着生产力的发展,人们的思想意识十分活跃,特别是

---

① 《藏汉大辞典》,第1853页。

② 《藏汉大辞典》铅印本征求意见稿D字,第517页。

③ 王沂暖等译:《格萨尔王传·花岭诞生之部》。

④ 《论西藏政教合一制度》;《藏族简史》。

⑤ 从形式上看,这位巫师在布卦占卜、呼请众多本教神灵的同时,也呼唤几个佛教神灵,但从其实质看,仍系本教巫师。

佛教传入后受到了吐蕃王朝新兴势力的支持，从而激起了吐蕃原有的本教势力的对抗。本教为了站稳脚跟，适应当时社会变革和对佛教进行有力的抗争，也将佛教经典的某些内容翻译编入本教经典，从而充实和完善了自己的教义和仪轨，这就是本教史所谓的“觉本”（བསྒྱུར་བོན།）[①]；尔后，进而编制了自己的大量经卷——本教的《甘珠尔》《丹珠尔》大藏经自成体系。如果对止贡、布德共杰赞普至佛教传入前吐蕃时期的本教划为“人为本教”还有些勉强，那么对佛教传入之后的西藏本教，特别是对新型的“白本”派则完全有理由划为“人为本教”，从而把原始本教和本教区别开来。在《格萨尔》史诗中，参战双方均有明确的口号：一方提出“要向雄狮大王来请罪，抛弃外道本布教，密宗教法你皈依”；另一方提出“要把莲花生邪教来灭亡，建立起正法本布教，使它比以前更兴旺”。同时，双方都以自己信仰的宗教为正教，以对方信仰的宗教为邪教，来作为号召和鼓动群众积极参战的手段之一。史诗描述的这种本教色彩，无疑是佛、本斗争以及本教进一步改造、充实、完善自己的历史进程在《格萨尔》中的投影。我们毫无理由称之为原始本教。

我们将在本章第三节提出“抑本扬佛”的宗教思想倾向之论题，就是基于把本教区划为原始本教和本教这一认识之上的。

第二节　《格萨尔》与藏密文化

藏密，是藏传佛教密宗的简称。在《格萨尔》史诗里，除了前已述及的本波文化外，也描述了大量的藏传佛教文化，其中藏密

① “觉本”派始于绿裙班智达（བརྟད་ཤམ་ཐབས་སྔོན་པོ་ཅན།），继之有墀松德赞时的仁钦（རིན་ཆེན་མཆོག）等。

文化尤为多见。藏传佛教各派的修习密法虽各有侧重(如：宁玛派以“大圆满法”为主；噶举派以“大手印”修法为主；萨迦派以“道果法”为主；噶当派遵循《灯论》宗旨，主张显密互补、圆融，以“三士道”修法为主)，但总的教义依据却都以《大日经》《金刚顶经》和《时轮金刚根本续》为主。反映在史诗中，则多系宁玛、噶举两派的修习密法义理，尤其是宁玛派更为突出。

据载，约在公元五世纪拉托多日聂赞时期，就有印僧将印度佛教的四件东西《百拜忏悔经》、舍利宝塔、“六字真言”(“唵嘛呢叭咪吽”)和“法教规则”等带入吐蕃，吐蕃人称此为“四宝”。其中《百拜忏悔经》，是印度密宗经典，舍利宝塔，是密宗修持者对佛的供养物，唵嘛呢叭咪吽“六字真言”，是密宗的“真宝言”，“法教规则”是密宗修习次第的一个法则。但因当时条件尚不具备，其“四宝”仅被当作“宁保桑瓦”(“秘要”之意)供养起来。到了公元七世纪，著名的民族英雄松赞干布先后兼并诸部，统一了全境，建立了强大的奴隶制的吐蕃王朝。松赞干布为了进一步巩固和加强王室的统治地位，毅然革除各种阻力，将佛教正式引入吐蕃，加之赞普又先后与尼婆罗、唐朝二公主通婚，从而更加促进了佛教的传播。藏文的创制给翻译佛经带来了有利条件。在当时翻译的多种佛经中，就有七八种是密宗经典，在拉萨佛教寺庙供有的多种佛像中，就有密宗佛像。可见当时的吐蕃王室在接受佛教显宗的同时也接受了密宗，但佛教特别是密教在吐蕃的大力发展还是在墀松德赞赞普当政时期。至于墀德祖赞和墀松德赞父子，如何站在佛教力量一边扶持和弘扬佛教，这在下一节谈到，在这里仅举一两个例子，说明密宗在当时吐蕃赞普力主传播和弘扬佛教的斗争中所起的重要作用。

墀松德赞为了实现“一切臣民都必须奉行佛教”的规定，首先派人前往尼婆罗迎请了印度著名的僧人寂护(静命)到吐蕃传教，寂护大师是自续中观派的创始人清辨论师的五传弟子，属于显宗的正统。寂护与墀松德赞会悟后，虽向赞普及民众宣讲了“十善法”“十八界”“十二因缘”等一些佛教的道德规范和基本知识，但在本教势力的强烈反对下，显得无能为力，无法突破本教的防线，只好暂返尼婆罗。之后，墀松德赞又按寂护的建议派人迎请了印度密宗大师莲花生到吐蕃传教。莲师是寂护的妹夫，印度密宗创始人俄力萨国国王武德雅拉的儿子。莲花生来到吐蕃后，利用密宗咒术同本教巫师进行斗争，随时将本教的一些教义和仪式加以改造，糅合到密宗中。在“调伏”许多本教巫师的同时，把本教的许多神祇封为佛教的护法神（如十二“丹玛”），尽量纳融本教内容，沟通藏民族群众原有的本教文化心理，并和寂护一块相助墀松德赞，于公元766年建成西藏第一座正规寺院——桑耶寺，从而为藏传佛教的逐渐形成，特别是为宁玛派的早日形成，打开了局面，始创了一个良好的开端。桑耶寺是最早传授密法的寺院，它的建成不仅标志着佛教文化与本教文化开始融合，也标志着吐蕃从此建立了以本民族僧人为主体的佛教僧人组织，从而广译显密经典和传播密宗修习创造了有利条件。就翻译的密宗经典而言，当时除有遍照护等人的《普成王经》《集密意经》等之外，还有法称的《金刚界曼陀罗等密教要总》和无垢友的《集密幻变修部八教经论》。与此同时，莲花生不仅已把密宗四部修法中的作部、行部和瑜伽部等传于吐蕃，也将其中最高阶段的无上瑜伽部传授。史载，当时莲花生就向墀松德赞和王妃传授了马头明王、金刚橛等密法。莲花生自己就有五个修习“乐空双运”无上瑜伽密的“空行母”，其中的益希错杰就是墀松德赞的王后。在佛教的“前弘期”，由于官方不许翻译无上瑜伽部的经典，因而虽不甚发达，但密宗无上瑜伽密的修习至少已在吐蕃宫廷中开始传承；密宗中的其他三部修法不仅已在民间以师徒、父子、叔侄、兄弟的形式秘密单传，而且使其带上了较为浓厚的吐蕃地方色彩。也正由于这个原因，到朗达玛灭佛时，密宗才未被消灭，一直流传下来，从而使其旧派密咒（莲师所传）成为“后弘期”宁玛派的主要教法。宁玛派虽自称比其他教派的形成早三百年，但真正形成一派是在十一世纪开始的素尔家族祖孙三代和绒·却吉桑布等相继以尊奉莲花生为祖师，以莲师所传密咒和伏藏修习为主要传承内容，修建寺院，开展活动之时。其中绒·却吉桑布传承的宁玛派教法又分成既各有师承又相互影响的心部、自在部和教授部等三个系统。以后宁玛派传人将这三个系统特别把最后的教授部称为“大圆满法”，并作为主要教义，成为他们的特有教法。到宁玛派的第五个代表人物隆钦饶绛巴（1308—1364），他除对该派密法进行总结修订外，还著书二百多部，其中《七宝藏论》（《མཛོད་བདུན་གྱི་ཐེ།》）最为精要，其弘扬中心乃至大圆满心髓，很受后人推崇。

总之，在墀松德赞邀请莲花生大师入藏传法，一次又一次战胜本教巫师，从而立住脚跟之后，他的继承者们，不论是开初还是在以后将他所传密宗逐渐地方化，使其带有浓厚的藏族固有宗教文化特质的传承过程中，无不把莲花生大师尊奉为祖师。特别是在十二世纪左右，宁玛派中陆续出现一些掘藏僧人，挖出了不少“伏藏”之后，莲师尊名及其教义更是广为流传。因此，在《格萨尔》史诗里，把莲花生大师置于显要地位加以颂扬，并使其在史诗的情节发展中起到重要的推动作用，是不足为奇的。这与《格萨尔》形成、发展时期的社会现实以及宁玛派组织的特点有关。宁玛派组织涣散、教徒分居各地，尤其多散居于牧区，僧人不仅娶妻生子，而且又多从事生产劳动，和广大群众有着较为密切的联系。我们这样说，并不是在否认其他教派所传之藏密义理在《格萨尔》史诗中的种种表现（如噶举派的也不乏其例，有的则与其他教派藏密义理杂糅在一起）。

《格萨尔》史诗中，关于藏密文化的反映多是从两个方面表述。一是通过史诗中主要人物之口，抽象地概述藏密的各种密法义理，但从不披露其具体修习仪轨；二是通过史诗中各种场景的安排和故事情节的发展以及具体人物的活动而形象地描述藏密功象。这些藏密功象又往往和一些神话传说杂糅在一起，看似神话，其实多是对藏密修持者获得殊胜功力的形象性注脚。在这里，我们不可能一一列述，只能举几例作挂一漏万的概述。

史诗云：世界雄狮大王格萨尔"正在闭关修本尊上师的猛利法。三月初十的夜晚，天将亮时，从半空中的彩虹帐幕里，出现了乌仗那国的莲花生大师，由空行母围绕着，他用金刚之声唱歌授记道：'我是佛祖的继承代表/密咒乘大师莲花生/你智慧天神之子格萨尔/被无明毒蒙蔽的自性/若能认识则是光明法身/因此五毒名为入道之行/心从空性状态觉醒过来/语言于无声处用耳聆听/道理要从乐空来了解/要把它平静地记在心中'"[①]（重点号系笔者所加，下同）。"乐空双运"是密宗无上瑜伽密的特别修习法，它与显宗以淫欲为障道法的观点根本不同，而是以"乐空双运"为修道法，讲"奇哉自性净，随染欲自然，离欲清净故，以染而调伏"[②]，给性力以"调伏"的概念，把"乐空双运"视为达到"自性净"的一种手段，纳入"以欲制欲"的修道法。因此，密宗大师莲花生方在授记、教诲具有上等根器的"智慧天神之子格萨尔"，认识蒙蔽自性的无明毒，把贪、瞋、痴、慢、妒等五毒作为入道之行，从"乐空双运"中去了解这一深奥义理，见证光明。至于"乐空双运"，下面一例描述得更为明了：

当勇士空行聚会之时，是上弦初十的胜日，无死莲花头鬘

---

① 王沂暖等译：《格萨尔王传·卡切玉宗之部》。
② 见《金刚顶经》。

> 王开了一个广大的集论会供便入法界周遍三摩地，从头顶放出一绿色光明，射往法界普贤如来的心中，催动佛心。又由法界普贤如来心间出现一蓝色的五股金刚杵，杵心中有吽字，吽字射出去直往三十三天的欢喜园苑，从天子德却尕尔保的顶门而入，他便生起不可忍受的快乐，现起自己变成勇士马头明王相的境界。又由佛母虚空界自在母的心间，射出一红色有十六瓣的莲花，其花蕊中有阿字相，彼字射出，从天妃居玛德则顶门而入，她也感到不可忍受的快乐，现起自己变成金刚亥母相的境界。马头明王和金刚亥母二位双身和合，便在空乐双运的境界中入等引定。其声鼓动十方诸佛之心，于是薄伽梵五部如来心间放出各种光明，照射十方，清净一切众生的五毒垢障，光明收转，现为十方如来种种事业性所变化的杂色十字金刚杵相。此杵相又从德却尕尔保的头顶而入，为大乐之火所熔化，乃入于居玛德则的密道里面，加持成为智慧风性的化身。不久，则由居玛德则怀中变化出一位神子，威光明耀，见之者即得解脱，闻之者即生欢喜，神子出生，立即能诵出百字明咒，作跏趺伏，坐在八瓣金莲花上……①

在这里神子格萨尔被视为修密的上等根器。据无上瑜伽密双运法，称其符合条件的异性为“手印”，女性则被称为“金刚勇母”“明妃”“空行母”，在密宗无上乘中，女性是作为供养物而出现的。史诗中格萨尔即将出生时，其母果毛唱说“母亲我你若是不认识，我是佐那仁钦龙王女，我是邬金莲花生‘灌顶钱’，我是官长僧伦一妻子”的诗句，就是这一观念的反映。史诗云：“上等女人如良药，是上师修法好伴侣，……上等女人似月明，宜于上师

① 刘立千译：《格萨尔王传・天界篇》，西藏人民出版社，1986年。

得悉地。”这把修“男女双运”时，上师选择明妃的条件及其所起作用则交代得一清二楚。“手印”又分“智印”和“业印”（或“行印”）两种。其中“智印”不用实体的异性，只是在双运时仅作观想而已。“业印”（或“行印”）则用实体的异性，即指用肉体的人。无疑，上举两例中“乐空双运”之“智印”不是用实体异性，而是仅作观想。据有关典籍解释，该法可调伏贪欲炽盛的众生，可转烦恼为菩提，可以毒攻毒转化淫欲，它与淫秽旨趣有别。“无上瑜伽还认为双运修法易击发拙火，因为人性欲炽盛时，心间不坏明点与意念及全身的气皆往下身走，凝集于脐下，一般人从性交中将能量消耗性释放，而双运道行者，则以瑜伽的方法控制引导，令凝集于脐下的能量转化为拙火，循中脉上升于顶，据称拙火上升，顶上白菩提熔化降下的过程中，会依次生起喜、胜喜、妙喜、俱生喜四层喜乐，当俱生喜生时，能自然露出心体光明，而获‘俱生智’。”[①]前举神子格萨尔的出生过程一例，则明白无误地传递了这一藏密义理。基于此种认识，才塑造格萨尔出生后便口诵百字明和“六字真言”——“唵、嘛、呢、叭、咪、吽、什”，祈祷发愿。大师知道格萨尔灌顶时机已到，使他逐一获得身密加持力、心密加持力和语密加持力，“殊胜的忿怒诸本尊都来为他举行圆满的四灌顶，并赐封赠”。从此神子格萨尔“在三界中，他的功德威光，遂成为没有谁能和他相匹敌的了”。

藏密的修习是有其步骤和次第的，并不是一开始就步入上述无上瑜伽密阶段（也即宁玛派“九乘”中的“无上内三乘”）。一般讲，修密者要依据有关的十种功德选择自己的上师，作一次入门灌顶，即结缘灌顶。之后，方可学修密法。先是把“四加行”作为入密门的前导，对“四皈依”（皈依上师和佛、法、僧，其中特别强调皈依上师）、磕大头、供曼达、念百字明等，都要按规定如数修满

① 陈兵：《佛教气功百问》，中国建设出版社，1989年。

（这在《大圆满隆钦心髓之加行释文》和《大圆满隆钦心髓加行导文》[①]中均有规定和解说）。在此基础上才能进行修“本尊法”和“本尊大法”。如史诗中格萨尔每战胜一敌国后，在他大力弘扬佛教后，总有臣民弃本信佛，表示一心皈依上师和佛、法、僧。这时，格萨尔就予以结缘灌顶，之后方按其祈求，视其“根器”，择赐一法，甚至“赐给大圆满佛金刚手不修即成佛迁识法，中有身自然解脱等法，……赐给成就王妃长寿灌顶，……”修“本尊法”和“本尊大法”，因所依理论的浅深不同而所尊奉、观修的本尊主观修的方法也随之有不同。因此，在《格萨尔》史诗中，岭国的王臣将领几乎都各有自己尊奉、祈请观想的本尊，到时显现在各自眼前的幻影也大有所异。其中格萨尔、超同等尤为多见，往往在入定中常有本尊现容，授记于己。前面，我们谈了修密入门的结缘灌顶，而修无上瑜伽密，则经有四级灌顶：受“瓶灌后”，可修“生起次第”；受“密灌”后，可修“圆满次第”；受“慧灌”，主要是依“双运”而指示对“俱生智”的认识；受“胜义灌顶”（宁玛派称“大圆满灌顶”，噶举派称“大手印灌顶”，格鲁派称“词灌项”），主要是对修“圆满次第”达到一定阶段的修习者指示“光明”。密宗行者必须经修生起次第之后，方能修圆满次第。史诗中超同夫妻曾对唱，妻曰：

睡在床上未入定，
怎能预言来梦中？
起来没有修观想，
本尊怎会现圣容？

夫曰：

---

① 藏文版，藏于拉布楞红教寺。

我这个达戎忿怒王，
一生一世修炼勤，
外有莲花刹土器世界，
内有马头明王受用身，
正知的生起次第我观修，
无缘的圆满次第已入门。
白昼寂静心不乱，
夜晚内宁神不纷。
亦与愚昧与贪执，
明空二者能双运。
此心清净如明镜，
是已得最胜加持人。①

这两首歌言简意赅，除阐明生起次第与圆满次第、外修与内修的相互关系之外，还把观本尊、修双运及其所得功效概括得非常透彻。

在修炼生起次第和圆满次第时，脉轮则系身内观想的重要部位。脉轮犹如以中脉为轴心以支脉为辐条而形成。藏密无上瑜伽说，脉是人体中气血循行的通道，虽言共有七万二千脉，但对修炼者来说，最重要的是左中右三脉。所以，《释论》称之为“气之所乘，识之所依”。其中尤以中脉吾玛（རྩ་དབུ་མ།）最主要，它上端达于“百会”，下端止于“密处”，共分三段（从眉间至心间为一段；从心间至脐下四指为一段；从脐下四指至密处为一段）。中脉则由左右二脉夹持，各距中脉约有二指。左脉江玛（རྩ་རྐྱང་མ།）的上端经耳际向前开口于左鼻孔，右脉若玛（རྩ་རོ་མ།）的上端经耳际向前开口于右鼻孔，左右二脉于脐下四指处与中脉会合，三脉在顶、喉、心、脐

① 王沂暖等译：《格萨尔王传·赛马七宝之部》。

等处结成“脉结”。藏密无上瑜伽所说各脉轮之轴心就分别位于中脉的有关部位。因此,史诗中才有祈请本尊前来入座的描述:

请住在头顶的日月座,
将她的心思引向法,
……
请住在喉间的受用座,
将她的心思引向法,
……
请住在心间的金刚座,
将她的心思引向法,
……
请住在脐间的珍宝座,
将她的心思引向法,
……
请住在密处的宝剑座,
将她的心思引向法,
……①

史诗又云:

居住在中脉顶的,
法身金刚大持请鉴知!
居住在左脉顶的,
报身大悲观世音请鉴知!

① 万德才郎整理:《格萨尔王传·地狱救妻》(藏文版),青海民族出版社,1983年。

居住在右脉顶的，
化身莲花生请鉴知！
……[1]

正因如此，《格萨尔》史诗中方描述格萨尔在降生前夕，他的母亲果毛曾唱道：

喉咙、心口和肚脐，
是不动摇的三脉轮，
囟门和私处二脉轮，
这是出入往返门。
经过脑门天灵盖，
从这里来乃是好缘起。
上师已经加持过，
五脉轮门无差异。[2]

这首歌诀的基本内容与藏密前辈大师门在实践中探索发现人体中尚存一条中脉的理论是吻合的，它位于人体会阴至百会区之间。在瑜伽修习时强调通过修炼使其他脉轮都回到中脉主轮上来，方能成就。因此，史诗歌诀中称这是“好缘起”，则不无道理。

上述之外，史诗中还谈及不少如“猛利法”“金刚橛法”“幻变法”“拙火定法”“彻却法”“脱噶法”“迁识法”等密法，并具体描绘了许许多多的由修持藏密而成就的犹如神话般的藏密功象，如祛病延年、能量转化、腾空飞行、遥视遥感、意念搬运、五神通、虹化

① 王沂暖等译：《格萨尔王传·赛马七宝之部》。
② 王沂暖等译：《格萨尔王传·花岭诞生之部》。

等。将反映在《格萨尔》史诗中有关藏密文化现象的描写材料，加以整理和略述并不难，难的是如何科学地进行分析，真正做到弃其糟粕，取其精华，为今人所用。

那么，我们究竟应该取其什么来为今人所用呢？最主要的就是将藏密修持方法先拿来，再进行改造，把它作为提高人自身功能的一种特殊而有效的手段。藏密认为在人体中能量的分布是不均匀的，而是聚集在几个主要部位即三脉五轮。能量集中在五轮上，通过中脉将五轮垂直地贯穿起来。能量在人体中的这种分布是和人体与宇宙之间的能量、信息的交换有密切联系的。中脉实际上是人体与宇宙之间能量和信息交换的最简捷的通道。五脉轮被中脉垂直地贯穿起来，正好体现出了能量在人体中分布的有序性，从而在人体与宇宙进行能量和信息交换时，最低限量地减少了能量的耗散，并且提高了信息交换的可靠性和便捷性。存在于人体中脉与宇宙间的“明点”，可看作是贮存能量和信息的一种特殊物质，藏密修持的成就者通过观想“明点”出入中脉的过程，就是他与宇宙进行能量和信息交换的过程。能量的运动和信息的运动是相互依存、不可分割的。藏密修持的大成就者们恰恰就是以通过打通中脉而打通了他们自己与宇宙之间进行能量和信息交换的通道，从而也就掌握了观察世界的一种特殊手段。通过这种特殊手段获得一般人所不能获得的功能，拥有一般人所不能拥有的智慧。佛家孜孜以求的是以此来了生死，这无疑是消极的。而我们今人应以此来作为认识自身的新途径，将人体自身的潜能发掘出来。

第三节　“抑本扬佛”的宗教思想倾向

《格萨尔》反映的“抑本扬佛”的宗教思想倾向，是与佛教传入吐蕃后，吐蕃赞普对本、佛两教实行的政策有直接关系，形成于这一历史时期的《格萨尔》则不可能不反映当时的社会现实。在许多《格萨尔》分部本中，《卡切玉宗》是最具有代表性。这里，我们就以《卡切玉宗》为对象进行剖析。

当反复阅读《格萨尔王传·卡切玉宗之部》以后，我们总感有一条"抑本扬佛"的思想倾向之横线，贯穿于这个分部本的始终。若将其有关种种宗教内容的描述略加分析，可归纳如下几点：

（一）作者从白岭国王臣王妃将领英雄们，各自禀报他们顶礼、祈祷于释迦牟尼佛、莲花生祖师、佛法僧三宝、智慧自在佛加木样①、大成就者祖师萨罗哈②、长寿持明化身尊、吉祥马头金刚③、慈悲大藏观世音、圣佛母、自在空行海王母和青、白度母长寿神等神、佛之名入手，首先从信仰的形式上向读者（或听众）道明格萨尔大王及其王妃、大臣和英雄们是信奉佛教的。

（二）作者从简述格萨尔大王的出身入手，说明格萨尔压抑本教，弘扬佛教的来历。《卡切玉宗》的作者④一开篇就讲明他书中的主人公格萨尔，是"遍智威猛慈悲佛祖的真身"，是"密宗事部的三救主⑤和莲花生⑥的化身，是千佛的心传弟子"，"莲花生事业的继承人"。为此，作者还编讲了一段有关格萨尔身世的神话，追述了格萨尔的出身及其信仰。说格萨尔"出身的父系是念青唐古拉山神，生身之父是紫冬族的王族后裔僧伦杰布。生身之母是果萨

---

① 加木样：藏语音译，是文殊菩萨之意。

② 萨哈罗：古代印度一婆罗门名，是最初弘扬大乘密教的人，据传系龙树论师之师。

③ 马头金刚：是密教一本尊名，又称之为马头明王。

④ 本部末尾，有署名为贝玛的作者，似不是真名，而是一个化名，他自己亦称之为化名。

⑤ 密宗三救主：指佛教文殊、金刚部金手和莲花部观音。

⑥ 莲花生：古代西印度乌仗那国的佛教学者，八世纪人。于八世纪中叶受藏王墀松德赞邀请，到西藏弘传佛教，旧派密宗传记中说他是从莲花中化生的人。

拉姆”。在这里作者特别强调格萨尔的生身之母——果萨拉姆，点明她是法身大佛母的化身，是顶宝龙王的爱女，是献给阿阇黎莲花生大师的礼品，是从“果惹罗顿巴魂湖中的莲花上生出来”的。在谈及格萨尔出生以后，作者描述他“十三岁时赛马夺魁”，“掌握了白岭的政权，使佛的所有教法弘扬兴盛起来”。并指出格萨尔亲自“勤修大圆满①正法、气脉运转、贪欲下门、自己解脱和迁识，不修自然成佛等密咒金刚乘，为了自利修成虹光法身②”。并说格萨尔“到十五岁时知道为了利他而示现色身的时机快要到来，又在咒师莲花生母续空行母③和战神畏尔玛等的屡次鼓舞下，息灭了法身而示现色身④战神大王之像，身佩九种战神兵器”，先降伏魔王路赞，“将其灵魂引生清净国土”，又次第用武力征服了霍尔白帐王、姜国萨当王、南方辛尺王、西方的大食和索波、阿乍、杰日等国之后，“为了根绝邪恶的妖魔教法，使善教佛法弘扬兴盛，又为了把那些不能感化驯服的恶魔罗刹，用猛烈的咒火来焚烧，格萨尔大王便依本尊上师闭关修猛利法”。

（三）作者从安排整个《卡切玉宗》故事情节的发展入手，道明格萨尔的重大行动都由莲花生大师或白天母授记指引。

《卡切玉宗》分上、中、下三篇。

上篇“卡切入侵”中描述，卡切国尺丹王凶恶残暴，侵略成性，把其老臣贞巴让霞尔的忠言相劝，诬为是“不唱自己取胜英雄歌，却唱失败怀疑悲伤曲”，是“花言巧语”，是“诽谤卡切”“赞美敌人”。接着尺丹王亲口下令说：“最后的决策是抒岭国，要把莲花

① 大圆满：藏传佛教宁玛派的一个密法，又称大圆胜会，指心识部、法界部、口诀部三部法要而言。

② 虹光法身：又称虹身或光身。据说修密法成功后，肉体变成虹光，色身消失。

③ 母续空行母：是属于密宗女性的空行母。母续指女性的传承而言。

④ 色身：指物质的有形可见的身体，即肉体。

生邪教来灭亡，建立起正法本波教，使它比以前更兴旺。”“委派的大臣和达惹，快快向岭国去进军。国王的圣旨不能收回，高山的滚石不能倒退。”在这卡切尺丹王下达旨令、遣将调兵，进犯岭国的关键时刻，莲花生大师出现在“半空中的彩虹帐幕里”，“由空行母围绕着”，“用金刚之声”向“正在闭关修本尊上师的猛利法”的格萨尔大王唱歌授记。授记指出：卡切尺丹王“是个邪魔作恶王”，“骄横贪暴日增长”，派出三将官，率领十个达惹和三万剽悍的骑兵，在一月之内来犯岭疆，卡切“是佛教的共同敌，也是花岭国一仇敌”，“若不派先锋去迎战，花岭国一定会失利”，“若不召集他方众兵马，少数部队难对敌”，“如不弹奏神变曲，蛮干的英雄难反击”，“卡切大军的青铜刀，它的锋刃最锐利，除了绸衣软甲外，坚固的铁铠甲不济事”。于是在第二天早晨，格萨尔大王就召集上白岭官民到大会场聚合，演示莲花生的授记，并依此一一作了首次迎击卡切侵略军的战事部署。这是其一。

中篇“英雄怒吼”中描述，白岭国格萨尔大王为了根绝邪恶，使百姓安居乐业，不畏强敌，派出名将勇士，对入侵的卡切人马进行了猛烈反击。当卡切军兵死将折、战事失利、老臣贞巴让霞尔献计定策妄图挽回败局，白岭国官兵也有重大伤亡的关键时刻，白天母“骑着一头白狮子，由一条青龙伴送，十万空行母围绕，飘然来到头顶上方”，向“正在静修光明双运禅定”的格萨尔大王预言指出：“军队失利，英雄伤亡”，这是“为了佛教事”，“为了救众生”，对“阵亡的英雄和兵马，有三根本慈悲来拯救”，把他们引向“密宗最深妙法境”——“净土境”，以此来解除岭国官兵的忧虑，安定军心，鼓舞士气。同时还预言：老臣“贞巴让霞尔要变邪术显神通”，尺丹国王、魔主军队和尼泊尔军队分别从右、左、后三方“一起进攻白岭国”，白岭国若“不派出勇猛的军队，就战不胜邪恶的尺丹王”，并要求大王“不带任何别的人”，亲自“迎战尺丹王”。

为此，白岭王格萨尔于第二天清晨召集官兵们开会，宣布了白天母的预言之后，总管王“就按天神的指示”作出决定，调兵遣将，具体布阵，要求英雄官臣“机灵善战，勇敢顽强”，“一定要取得胜利”。这是其二。

下篇“降伏卡切”中描述，在两军一次又一次的浴血大战中，卡切王臣见到战场失利和兵马逃窜的情况，总想挽回惨局，尤其是老臣贞巴让霞尔也想在“走投无路”的情势下，“想尽方法，费尽心机”，“用智慧去谋出路”，在建议“前去投降听从命令”或“逃到外地”，“再看今后啥动静”的同时，提出要从东、南、西、北四面分别用“摧山大力炮”“大力骡”“大象兵器轮”和“宝剑轮”来反攻岭军。当尺丹王拒绝“前去投降”或“逃到外地”的建议，采纳反攻的计策，命令卡切官兵作好战斗准备的紧要关头，“天母囊闷嘎毛骑着白狮，手中举着药瓶和系着彩绸的箭，停立在香烟缭绕的云雾和彩虹当中”，向正在“用真如光明母子双运法[①]暂时入定”的格萨尔大王唱歌预言。预言要求用“大力妙套绳”抵挡“大象兵器轮”，用“所向无敌箭”割取尺丹王首级，并指出：老臣“贞巴让霞尔，稳重聪明计谋深”，“虽然常出坏主意，但对正法得虔信”，“不必杀他可利用，让他来作岭国臣。怎样才能破玉宗，他是一个知情人”。“要使卡切当奴役，转正法轮树教幢”。当格萨尔大王宣布天母预示，并依此一一布阵，击退了卡切军的反攻，格萨尔亲手刀劈了尺丹王，从四面包围了卡切国的王宫所在地昂钦巾宗之后，老臣贞巴让霞尔请求投降。接着岭国王臣登上宫顶，倒置了魔鬼黑旗，插上了岭国军旗，并在老臣的指引下，打开了玉宗宝库。格萨尔大王在分赐宝玉歌中宣布：卡切过去“正法衰微犯罪者多，今日成为白法佛教国”，“把外道本教消灭掉，把显密教幢高树起”，“卡切国

---

① 真如光明母子双运法：真如和光明交融在一起的一种禅定。

中众臣民,打从今日此时起,要皈依三宝求救护,信仰要信莲花生。地上要刻佛像塔,石上要刻六字明,水中要抛泥像和石子,砍伐树木把神殿建造”。这是其三。

以上三段是《卡切玉宗》中三个大的重要情节。作者通过上述莲花生或白天母授记、指示于格萨尔,格萨尔大王遵照授记具体部署对敌战事,由迎击到反攻,再由反攻到最后赢得胜利,说明莲花生大师、白天母对格萨尔的授记指引之活动,都处在敌我双方交战的关键时刻或紧要关头;他的活动既直接影响着格萨尔大王率领岭国军民对敌作战的胜负,又牵制着史诗整个情节的发展。作者就在格萨尔领悟与实施莲花生、白天母的授记、预言的行动中,就在这三个情节的开始、发展、高潮与结局中,歌赞格萨尔的同时,颂扬了莲花生大师,褒赞了佛教,贬低了本教,注进了“抑本扬佛”的思想倾向。

(四)作者除在史诗中夹叙夹议地进行陈述外,还紧紧抓住两军对峙的过程,对一些带有宗教色彩的细节的穿插描写,来披露佛本两教较量的得失,一褒一贬,抑扬分明。

请看,当卡切尺丹王发出侵犯岭国的号令,莲花生授记要格萨尔迎击时,作者直接陈述说:“莲花生大师授记完了以后,格萨尔圣者恭敬地涕泪长流,信仰的毛发竖立,屡屡受了三昧四灌顶,最后把这一切融入自心空性中。”再如,当格萨尔大王下令迎击卡切军,通知“有关骑兵要昼夜兼程火速赶到上白岭来”。这时,作者又述:“当时,外地的兵马尚未来到岭国,天神、龙神、宁神们知道岭国一国的兵力难以单独抵御卡切兵马,于是一连降了十八昼夜的大雪,使卡切兵马受阻一月之久。”

在格萨尔的堂弟拉桂被尺丹王御前臣鹰头红眼确断右腿落马后,岭国大臣却珠、丹玛等率兵报仇,射死了鹰头红眼,割下他的首级,拿来放在格萨尔面前。这时,格萨尔大王面带笑容说道“这是为了佛教的公利与格萨尔的国事”之后，作者接着陈述：格萨尔“赐给拉桂以迁识成佛法、中有自性解脱以及领受自然解脱法等教诫与法物”。因之，拉桂心满意足地说道：“现在我是英雄为国捐躯心安理得，又得到了度过中有身的教诫，能够超生脱离阎王地狱之苦，这是格萨尔大王的大恩。”接着作者又道：“说完以上的话以后，拉桂就死去了。由具有三昧耶戒[①]的勇士们为他洗净身体。”

在擦曲河战役中，当尺丹王愤怒地向格萨尔扑过来时，作者写道：“格萨尔大王想看看这个无明而被魔鬼附体的人究竟有多么大的本事，便立地修持慈力禅定。尺丹王把宝剑从鞘中抽出来，对准格萨尔大王的胸部和脖颈砍过去，连续砍了九刀，全部砍了个空。人中雄狮最胜大王仍然泰然自若地修持着空性慈悲双运[②]禅定，在他嗔怒的火山顶，冒出空性的缕缕青烟，他用威猛的禅定，增强着力量，眼看大灭邪魔气焰的时机已经到来，便拔出无敌宝刀，对准尺丹王砍了过去，一下子把尺丹王的头盔劈成两半，滚落到地上，……他吓得丧魂落魄，……飞也似地狼狈逃走。”

尺丹王被杀之后，老臣贞巴让霞尔率领残兵败将请求投降，他遵格萨尔之命来到御前，“汗毛竖立，满面泪珠，虔诚地行了九叩首礼后，双膝跪地，合掌唱歌：……救主三宝请鉴临，今天我诚心祈祷。请抱老臣心意转向法，让我长期喊佛号……虽然饱经风霜苦，今日能得见真佛，前身的誓愿未消失，暮年才把正法遇”。至此，作者还嫌不够，便提笔直接写道：在分赐玉石后，“格萨尔大王集合卡切十八部落的男女老幼，讲说观世音和集密成熟解脱道的

① 三昧耶戒：是密宗修法的一种戒律。

② 空性慈悲双运：指空性与慈悲两者融合的一种三摩地，即有空性又有慈悲交相融合的一种修法境界。

教法。饬令要保持佛教和人法的习俗，并加以发扬弘传，众民一致表示听从”。

（五）作者从描述卡切国尺丹王妄图灭掉岭国、毁掉佛教的侵略野心入手，从反面衬托了格萨尔大王“抑本扬佛”的思想倾向。

卡切尺丹王有内大臣七十四个，外大臣一百零八个，部落四十二万户，在他继位九年的时候，压服卧卡王作属民，抢走了宁卡国王的祖业，强纳其女都粲为妃，接着在满三十六岁的那一天，召集臣民举行丰盛的宴会，会上他威风凛凛，杀气腾腾地宣布：“地位比我高的是日月，力量比我大的是阎王。军队比我多的是草木，除此之外全不放在我心上。……若是有人不归顺，卡切大军怎能不前去征服？”当其王妃都粲用唱歌来逢迎欺骗他时，一听到“比你力量大的有一个人，你可知道他就是岭国格萨尔王。……他是乌仗那莲花生一化身，他镇压妖魔外道本教”的歌声时，他便无法忍耐，血眼乱转，牙齿磕动，发出“我没降伏的敌人无一个”，怎么“使高原的觉如漏了网”，“大军不能不出动，一定要征服岭国王”的出征令。当老臣贞巴让霞尔出于“对付强盛的白岭国，不能像对待其他小国那样轻举妄动，与玛桑格萨尔圣者为敌，是卡切将要亡国的预兆”的想法，谏劝尺丹王说：“岭国格萨尔王非凡人。他这人本是乌仗那莲花生上师一化身，是外道本教的镇压者，是天神派他下凡尘。……大王你权势虽然大，敌不过神变的雄狮王。”但尺丹王“只要听说格萨尔是莲花生的化身这句话，就好像遇见杀父之仇的刽子手一样，怒火万丈，……大发雷霆”。他叫喊不能延缓出兵，且说：“坏母亲生下的觉如他，确实是莲花生转人世。大王我射出的四羽箭，专门要以他为目的。为何我要这样说，因为边地门雏阿阇黎，宣扬邪教的莲花生，使用密咒神变把人迷。消灭了前弘期辛饶教[1]，统治了西藏雪山地。他的欲念还未断，居然称作佛菩萨。……最后的决策是打岭国，要把莲花生邪教来灭亡。建立起正法本波教，使它比以前更兴旺。”

但战情的发展并不符尺丹王的心愿。当他听到犹拉禀报“战事失利，鹰头被射死”，“只有悲伤的坏消息一桩桩”时，他“眼圈发红，怒气填胸，筋脉鼓胀，全身肌肉颤动”，说:“现在该轮到我上阵了，或者是格萨尔出头，或者是卡切出头，必须决一胜负。”当格萨尔大王威风凛凛地来到擦曲河岸与尺丹王对阵，让他“向雄狮王请罪，抛弃本教，皈依密宗”时，他“非常反感，好似毒蛇挨了刺棒的打击一般，怒火万丈，三步跨过了擦曲河，直向格萨尔大王扑过来”。

当战争发展到最后的决战时刻，“格萨尔制敌大王，身带九种战神步器，骑上神智赤兔马，具备六种风，使出六种本领，……以威逼他人的炯炯目光，用英雄健行三摩地，发出根绝邪见的心愿和把恶行者引入脱离轮回的慈悲、强烈的威光，猛烈的武器，猛厉的吼声，骏马快步如风，直驰到尺丹王面前。”尺丹王一见是格萨尔，把青铜刀连擦三次，就说:“今天我大王来这里，要找你报仇并雪耻。……反击要摧毁白岭营，还要摧毁佛法幢。若不把佛教变成本教，我就不算是尺丹王。”

从上述的条条描述中，我们清楚地看到这是作者无情地鞭挞尺丹王，以犀利的笔锋揭露了尺丹王不仅要侵占岭国，还要毁灭佛教建立本教的野心，从塑造这个侵岭灭佛的反面形象中，衬托出格萨尔大王“抑本扬佛”的宗教思想倾向和行动。

《卡切玉宗》是伟大的文学巨著《格萨尔王传》分部本中的一部，它是一定社会生活的反映，也有一定社会生活的根源。因

---

① 辛饶教：即本教，传说本教祖师名辛饶，故名。

此，在前面我们依据《卡切玉宗》本身描述的种种宗教色彩之材料，进行了比较具体的分析，并从中得出了一个认识，即认为《卡切玉宗》从头至尾贯穿着“抑本扬佛”的思想倾向。但这个认识是否正确，和当时社会上的宗教状况符合与否，那还要根据历史的记载，联系《卡切玉宗》所反映的社会背景来分析它。

《卡切玉宗》有人译为《征服卡契松石国》《取松石国》和《喀且之战》，若按藏文原书名《གླིང་རྗེ་ཁ་ཆེའི་གཡུ་རྫོང་ཕབ་པའི་རྟོགས་བརྗོད།》直译则应是《岭国征服卡切玉宗之传记》。“卡切”(ཁ་ཆེ།)是藏语对“个失密，或曰迦湿弥罗”(克什米尔)的称谓。个失密，“北距勃律五百里，环地四千里，山回缭之，它国无能攻伐。……开元初(公元713—714年)，遣使者朝。八年(公元720年)，诏册其王真陀罗秘利为王……天木死，弟木多笔立，遣使者物理多来朝，且言：‘有国以来，并臣天可汗，受调发。国有象、马、步三种兵，臣身与中天竺王厄吐蕃五大道，禁出入，战辄胜。有如天可汗兵至勃律者，虽众二十万，能输粮以助。’”①显然，这是个失密攻击吐蕃的谋略。从《新唐书》的这个记载来看，吐蕃与个失密之间，曾于八世纪中叶发生过战争。史诗分部本《卡切玉宗》中，卡切王国之老臣贞巴让霞尔建议尺丹王“使用大象兵轮”进攻岭国，于是“卡切的王臣把大力灰象灌了药酒，使其发疯，在象鼻上拴上各种兵器轮，然后驱使疯象直向岭军营地奔去，像黑山一样的大象黑压压地奔驰而来”的描述，正是个失密(卡切)使者物理多所说“国有象、马、步三种步”之史实在文学作品中的反映。《格萨尔王传·卡切玉宗之部》就是以这次战争的基本史实为依据而创作出来的。

---

① 见《新唐书》或《藏族史料集》(一)。

八世纪在吐蕃王朝史上正是墀德祖赞（公元704—755年在位）和墀松德赞（公元755—797年在位）父子在位时期。在这一时期，以信奉本教的贵族大臣为代表的本教势力，曾几度掀起反佛、驱僧的活动，但作为王室代表的墀德祖赞、墀松德赞父子，始终站在佛教力量的一边，予以扶持和弘扬。

墀德祖赞即赞普位以来，修建寺庙，翻译佛经、安排汉僧、供奉佛像、收留和供养外来佛教僧侣，大力促进佛教的发展。对此，信奉本教的贵族大臣产生了疑惧和不满，于是借公元739年吐蕃发生天花瘟疫之机，大力制造反对外来僧侣的舆论，驱逐了墀松德赞接纳的外来的佛教僧侣。当时赞普虽然无力抗拒本教徒驱逐外来僧侣的行动，但在暗中仍扶植佛教，一直到他晚年还派桑布等人去汉地取经。

到墀松德赞即位，大权被信本反佛大臣所掌握，他们为了全部铲除佛教势力，发布了禁佛条令，大力推行本教。此时赞普年幼，无法反对信奉本教的大臣们掀起的“禁佛运动”，但由于他自幼就受到佛教经典的熏陶和启迪，对佛教由初信到坚信，再到行佛。正如藏史《贤者喜宴》所载：“初诵《十善经》，王（墀松德赞）信之，知行为要高尚；再诵《金刚红》，知观点要纯洁，信仰更甚；再诵《稻草经》，知观念行为要结合，遂崇信佛法矣。”因此，他一到成年后，便组织人力翻译佛经，并清除当时反佛信本的大臣马尚仲巴结和达扎路恭。活埋前者，流放后者。随后，墀松德赞派巴赛囊先后到长安、泥婆罗迎请汉僧和著名佛教大师寂护。当寂护在吐蕃传教受到挫折返回泥婆罗后，他再次派巴赛囊、桑布等人前往唐朝取经；派人到泥婆罗重新迎请寂护，到乌仗那迎请了印度佛教密宗大师莲花生。据说莲花生从来吐蕃途中开始，就施展法力，降服本教的凶神恶煞，为佛教在吐蕃的立足开辟道路。在本教的反抗被莲花生镇服之后，寂护大师又开始广说佛法，并向赞普提出“一国之内不容有两种宗教”[1]。墀松德赞待到佛教力量具备战胜本教势力的条件时，就于公元771年提出开展佛本大辩论，由于本教“源劣理屈”而失败，佛教“源善广大，严而深刻，善辩犀利”[2]而胜利。从此开始，赞普墀松德赞公开宣布佛教有理，本教无理，并禁止传播本教，毁掉本教书籍，接管或摧毁本教神坛，让本教徒改信佛或当纳税百姓，若其不从则流放到边地，等等。之后，由墀松德赞亲自主持桑耶寺的破土奠基，由莲花生、寂护主持修建桑耶寺的工程，几经与恶魔（指本教势力）斗争，建成了吐蕃史上最著名的桑耶寺，并在这里剃度僧人，组织译场，翻译佛经等，使佛教在吐蕃迅猛发展起来了。

当我们简要地叙述、引证了八世纪中叶及之后吐蕃王室中以墀德祖赞特别是以墀松德赞为代表，扶植佛教力量与本教势力作斗争，并不断宏扬佛法的历史事实后，就不难看出《卡切玉宗》所反映的时代背景大概就是这个时期，因其史实与此基本相符。这里再摘几段《卡切玉宗》中描述文字，抄录于下，以助分析：

1. 作者在介绍卡切尺丹王的来历时说：“他的来历是这样：以前莲花生到西藏修建桑耶寺，制服西藏妖魔罗刹，使藏地人得到安乐，转最深秘密无上法轮时，当时有一个信佛法、持有邪愿的魔臣路贝。他的身体未得解脱，死后坠于恶道，次第转生为卡切国王之子，取名叫作尺丹王。”

2. 莲花生大师给格萨尔大王授记时说：

我是佛祖的继承代表，
密咒乘大师莲花生。

---

① 巴色朗著：《巴协》（藏文版），民族出版社，1980年，第34页。
② 巴色朗著：《巴协》（藏文版），第34页。

从前拉桑路贝本教臣，
把我莲花生当敌人。
对密咒教法持邪见，
反对领主和国君。

3. 格萨尔大王在回答玉拉的启奏时说道："魔子辛都冬玛此人，前生是南印度地方的屠夫阿惹那保，因违背了上师的教导，抛弃了三昧耶戒，死后坠入十八层地狱。此后，在尺松德赞国王时期，生为本教大臣，名叫那朗贝，被尺松德赞射死。……后来又十三次生为猪身，然后才转生为卡切王子。……他曾发过恶愿，损害力大。我曾向尺松德赞作了回向[①]，我有讨还命债的办法，除了我以外没有人能制伏他。"

4. 在与卡切本教黑咒师却巴嘎惹决斗时，僧达、辛巴等岭国将领与士兵，"他们把黑咒寺的全部财产都拿了回来，连一根针线都没有剩下，用火燃掉修法堂，拆毁了修咒术的坛城，又把修法器物埋在地洞里"。

5. 在打败进犯岭国的卡切王之后，"格萨尔大王集合卡切十八部落的男女老幼，训谕百姓耻于不善罪行，奉行十善教法，首先要发心皈依佛教，信仰莲花生祖师，念诵六字真言，树立根本正见，遵循六种仪式，最后要回向发愿，保证实行不佩带三种兵器的善行，永远当格萨尔大王的属民"。

看了上述摘录的几段文字后，我们就能更加清楚地剖析出：仅宗教方面而言，《卡切玉宗》所反映的就是八世纪中叶及之后吐蕃王朝时期墀松德赞支持佛教力量，剪除信本大臣、摧毁本教神坛、让本教徒弃本信佛、迎请莲花生战胜本教，大力宏扬佛法的基

---

① 回向：佛教术语，是把自己所作的功德施给他人，使其获得福报之意。

本史实。

综上所述，我们可以这样说：《格萨尔王传·卡切玉宗之部》从头至尾贯穿一个“抑本扬佛”的思想倾向，并认为这个结论概括了史诗《卡切玉宗》所表述的种种宗教内容，也符合吐蕃王朝时期墀松德赞执政时佛本两教曾进行斗争的历史特点。但当我们注重分析《卡切玉宗》中所表现的宗教色彩，并在得出上述结论的同时，还必须特别指出，史诗《卡切玉宗》不是写宗教斗争的，而作者依据八世纪中吐蕃与个失密曾经发生战事的基本史实创作了它，主要是通过描述卡切国尺丹王凶恶残暴，侵略成性，贸然发兵侵略白岭；而白岭格萨尔大王为了根绝邪恶，使百姓安居乐业，不畏强敌，率领名将勇士，对入侵者进行猛烈反击，经过一次又一次的浴血大战，终于降伏尺丹王，赢得最后胜利的过程，一方面揭露了卡切国进犯者的侵略野心，无情地鞭挞了白岭国敌人的一桩桩罪恶行径，另一方面歌颂了为保卫祖国而前赴后继、浴血奋战的白岭国王臣、英雄和人民。全篇洋溢着伟大的爱国主义思想。因此，在它反映这一中心思想的过程中，虽杂有种种宗教色彩，贯彻着“抑本扬佛”的倾向，但它仍不愧是著名藏族英雄史诗《格萨尔王传》的一部珍贵分部本。

第三章

藏族《格萨尔》史诗中的岭国英雄、王室和部落

《格萨尔》史诗中，究竟有多少部落或邦国同岭国发生过战争，以及各自部落或王室的构成状况如何，这在目前还难以作出较全面的统计和分析研究。但就岭国而论，由于在史诗中处于矛盾的主要方面，对其氏族、部落和王室的产生演变情况均有较细的描绘，尽管史诗的口传本、手抄本、木刻本和铅印本等的多异给我们带来了很大困难。我们研究岭国的氏族、部落的构成，特别是冬氏氏族、部落的构成，除了从中探寻论证《格萨尔》产生、演变的有用资料外，也有其本身的价值。

第一节　岭国三十英雄

一　岭国三十英雄的提出

在《格萨尔王传》中，岭国究竟有多少英雄，各版（抄）本提出的人数及其名姓并不一致。《贵德分章本》提到有八大英雄，其中

无超同，也无格萨尔。在许多分部本中，其中有一部分分部本，如《英雄诞生》(果洛抄本)、《世界公桑》、《赛马登位》(四川藏文版，甘肃、青海均译为《赛马称王》)、《降伏妖魔》、《霍岭大战》等版本提到有三十英雄；而另有一部分分部本，如《卡切玉宗》《木古骡宗》《大食财宗》《突厥兵器国》等版本则提到有八十英雄。

在《贵德分章本》提到的八大英雄中，除格萨尔之兄贾擦协尕尔外，其余七大英雄，在分部本的三十英雄行列中均不存在，其中卡切米玛(ཁ་ཆེ་མིག་དམར།)虽在《赛马登位》(四川藏文版)、《赛马称王》(甘肃藏文版)中出现，但被列为魔术者(སྒྱུ་མཁན།)，作为岭国的公民(སྤྱི་མི།)而存在。这可能与《贵德分章本》的形成过程和它的成书早，结构简明，特别是与书中无岭国长、中、幼三王系的区分等原因有关。

在一部分提有三十英雄的分部本中，也是人数多少不一，名姓不尽相同。这可能与这一部分分部本的形成过程和它们的结构宏伟、卷帙浩繁、版本多异，特别是与书中岭国长、中、幼王系的穿插描述等原因有关。如三十位英雄中有不少是三个王系的后裔。

在另一部分分部本中，提有八十英雄。由三十英雄增至八十英雄，这除与岭国三王系及岭属各大部部落长之后裔不断增补有关外，主要是与岭国格萨尔大王当时实施的政策有关。如每当岭国降伏一国后，格萨尔大王就纳战败国愿投诚的大臣或将领为岭国的大臣或将领，并编入岭国英雄行列。那么，《格萨尔》中的八十英雄究竟是哪些？这将会随着《格萨尔》分部本的陆续搜集、出版而得到解决，不必赘述。这里，旨在探究岭国三十英雄。

二　岭国三十英雄辨

在《格萨尔王传》中，把岭国三十英雄排列在一起介绍、赞颂的本子，就目前我们见到的有：《三十英雄赞》(果洛抄本，青海民研会编译)、《英雄诞生》(果洛抄本，青海民研会编译)、《世界公桑之部》(王沂暖译本)、《降伏妖魔之部》(王沂暖译本)、《赛马称王》(藏文本，有青海版和甘肃版)和《赛马登位》(藏文本，四川版)等七种版(抄)本。

在上述本子中，不论赞三十英雄，还是颂八十英雄(在写三十英雄的本子中，个别地方也有提到八十英雄的词句)，都把他们写成是印度三十大成就者和八十大成就者的化身。印度佛教史上确曾有过三十、八十大成就者之说，但因之而论岭国英雄是印度大成就者之化身，则无疑是后来一些佛僧在编纂《格萨尔》时的有意附会。同时，在这些版(抄)本中，引发英雄们出场的原因也各不相同。《三十英雄赞》和《世界公桑之部》中，是霍尔国白帐王看见岭国英雄们煨桑时的雄姿后而向辛巴一一点名介绍的形式出现，前者三十一名，后者二十九名；《降伏妖魔之部》中，是梅萨怀疑格萨尔系老魔所变，为此而询问岭国之事，格萨尔在回答中一一道出英雄名姓，有二十七名；《英雄诞生》《赛马称王》等分部本中，虽则都是珠毛出面一一赞扬参加赛马的英雄，但四部分部本中其英雄人数不一，《英雄诞生》中是三十名，《赛马称王》本中则更多。相比之中，这些版(抄)本中的英雄，尽管姓名不尽一致，人数有多有少，但只要我们不固执于一法，注意从历史、民族、民俗、语言等多学科方面去着手考查和分辨，从中比较确切地合理地择选出三十位英雄的名单则是完全有可能的。

先从这些英雄的命名上可以看到：

1. 有的名前冠有母亲的部族名，如：本名叫叉根，之前冠上生母的部名“戎”后，就叫：戎察叉根(རོང་ཚ་ཁྲ་རྒན། 见表五14号)；

2. 有的名前冠有王室姓，如：本名叫却鲁普乙达尔潘之前冠上岭王室之姓“冬”后，就叫冬却鲁普乙达尔潘（གདོང་ཚོས་ལུ་བུ་ཡི་དར་འཕེན། 见表二10号）；

3. 有的名前冠有部落名，如：本名叫斯潘，之前冠上部落名“达戎”后，就叫：达戎斯潘（སྟག་རོང་གཟིག་འཕེན། 见表一2号）；

4. 有的名前冠有官职名，如：本名叫班第玛尔布，之前冠上官职名“嘉本”（百户长）后，就叫：嘉本班第玛尔布（བརྒྱ་དཔོན་པན་དེ་དམར་པོ། 见表四8号）；

5. 有名前冠有职业名，如本名叫耿噶尼玛，之前冠上职业名“拉杰”（医生）后，就叫：拉杰耿噶尼玛（ལྷ་རྗེ་ཀུན་དགའ་ཉི་མ། 见表二41号）；

6. 有的名前冠有前辈尊号，如：本名叫仓格俄路，之前冠上前辈尊号“阿库”（叔叔）后，就叫：阿库仓格俄路（ཨ་ཁུ་ཚང་གེ་ངོ་ལུག་ 见表三16号）；

7. 有的把王室姓、前辈尊号和官职名等按藏语的语序连在一起，组成一个人名，如：冬 · 阿库吉本（གདོང་ཨ་ཁུ་སྤྱི་དཔོན། 见表四17号）；

8. 有的名前冠有父名，如：本名叫年擦阿旦。之前冠上父名“超同”后，就叫：超同年擦阿旦（ཁྲོ་ཐུང་གི་ཉ་ཚ་ཨ་བརྟན། 见表三4号）；

9. 有的名前同时冠有部落名和官职尊称，如：本名叫僧僧，之前冠上部落名“甲纳”和官职尊称“本保”（长官）后，就叫甲那长官僧僧（ལྕགས་ནག་དཔོན་པོ་སེང་སེང་། 见表三7号）；

10. 有的名前冠有爱称，如：本名叫巴僧，之前冠上爱称“阿努”（小，青年）后，就叫：阿努巴僧（ཨ་ནུ་དཔའ་སེང་། 见表六18号）；

11. 有的名前同时冠有部落名和爱称，如：本名叫珠杰，之前冠上部落名“夹罗”和爱称“普雅”后，就叫：夹罗普雅珠杰（སྐྱ་ལོའི་བུ་ཡག་འབྲུག་རྒྱལ། 见表三23号）；

12. 有的名前冠有外号，如本名叫日卧叉代，之前冠上绰号

“大力士”之后，就叫：大力士日卧叉代（སྟོབས་ཆེན་རི་བོ་ཐུག་རྫེབ། 见表七23号）；

13. 有的名前冠有岭王室支系名称，如：本名叫尕瓦桑培，之前冠上王系名称“幼系”（གཞོན་ཁྲ་རྒྱུད།）之后，就叫：幼系尕瓦桑培（གཞོན་རྒྱུད་དགའ་བ་བསམ་འཕེལ། 见表七12号）；

14. 有的把国名“岭”、号“玛喜”和官职尊称等按藏语之语序连在一起，冠于本名前，组成另一名，如：岭四母长官超同（གླིང་མ་བཞིའི་དཔོན་པོ་ཁྲོ་ཐུང་། 见表三8号）；

15. 有的按藏语语序把王室姓、号、长辈尊称等连接起来冠于本名前，组成另一名，如：冬玛喜阿库超同（གདོང་མ་བཞི་ཨ་ཁུ་ཁྲི་ཐུང་། 见表七18号，有的版本把 གདོང་། 误写为 ཀྲུང་།）；

16. 有的还把表示人的性格特征的词放在后面，一起组成另一名，如：在英雄森阿敦或森达阿敦之后，附着表示此人性格的词“木衣江古”（人狼之意）后，组成这一英雄的另一名，就叫森阿敦木衣江古（སེང་ཨ་དོམ་མི་ཡི་སྤྱང་ཀུ 见表四11号）；等等。

从罗列古代岭国人起名的条条习俗中，我们得到三点收益：

一是使我们搞清了岭国的三十英雄中一人多名〔如：叉根，又叫：总管夏哇叉根（表一13号）、总管戎擦叉根（表三25号）、戎擦叉根（表二25号）、东氏叔叔总管（表四17号）、岭国总管叉根（表七17号）；阿班，又叫冬赞阿贝（表一1号）、冬赞囊鲁阿班（表二1号）、冬赞昂欧阿贝（表三1号）、冬赞阿班昂欧（表四1号）、冬赞阿贝滚（表六2号）、冬赞姜乍阿贝尔（表七5号）；等等。还有许多许多，在此不一一列举，可详查文后七个附表的原由，使纷繁庞杂的名单有了眉目〔当然，在《格萨尔》汉译本中，也有把同一名字译成几种叫法的，如同是 ཨ་ནུ་དཔལ་སེང་།，有的译成“阿奴华桑”（表五18号），有的译成“阿努巴僧”（表六18号）；如同是 རྒྱ་ལོའི་བུ་ཡག་འབྲུག་རྒྱལ།，有的译为“夹罗普牙珠杰”，有的译为“嘉老吾牙珠加”（表五21号）等等，则都是译者的不同方言所致，与命名习俗无关〕。

二是使我们看出绝大多数英雄特别是出身于岭王系的英雄们的名字，还未染上佛教的色彩。

三是使我们发现了上述七种版（抄）本中的几十位英雄，其中有许多出身于岭王室三系门第，有些是岭属部落长，有的是将官，有的是大公证人，有的是巫觋等。

上述二、三两点，进而启示我们从社会发展史方面入手，为从纷繁庞杂名单中分辨出三十位英雄提供了可靠而有力的依据。从我看到的《英雄诞生》（有五种不同版本）、《赛马称王》（有三种版本）的具体描绘中，可看出当时（即格萨尔参加赛马争夺王位前后）的岭国，其社会发展大约处于原始公社社会的晚期（部落联盟）和奴隶社会的初期阶段，岭政权是由岭王和奴隶主贵族组成的。岭王下面有尹和庶尹及公证人，辅佐岭王进行统治。还有巫觋等，也是参与岭王朝政事的宗教官（那时当然是本教）。尹是岭王室三系的将官或嫡系部落长，庶尹则是非岭国嫡系部落的部落长或将官。

至此，我们就可参照业已论到的七种版（抄）本提供的材料（请看附表一至七）和依据上述分析，去伪存真，列出岭国三十位英雄名单（请看文后〈格萨尔王传〉中《岭国三十英雄花名册》）。在这里提出的岭国三十位英雄，绝大部分在著名的《霍岭大战》中都曾先后出阵，但这并不说明与其他版（抄）本中的提供没有矛盾。《赛马称王》（甘肃版）中把岭国三大虎将和七大勇士从三十英雄中分出去，则另提出号称三十英雄的名单，同时把巫觋等与岭地三佣人列在一起，同称岭国公民（སྤྱི་མི།）；《赛马登位》（四川版）中，虽未把三大虎将和七大勇士从三十英雄中明确地分列出来，但它也把巫觋、公证人等排除英雄行列，这不仅与《英雄诞生》《世界公桑之部》《降伏妖魔之部》《三十英雄赞》和《赛马称王》(青海版)等版(抄)本中的提法不同(请看附表四、六、七、五、一,并与附表二、三相比较),而且更是不符合当时(即格萨尔参加赛马争夺王位前后)岭国所处的社会发展阶段的实际状况。这有可能与这两部分部本成书晚有关。《赛马登位》成书于米帕木(མི་ཕམ།)大师在世时期(1846—1912年),《赛马称王》(甘肃版)则是《赛马登位》异本。又有珠毛是夹罗顿巴的女儿、普雅珠杰的姐姐,她与王位、公共财产一样,统统被作为岭国英雄们争夺的彩注,而夹罗顿巴和雅普珠杰也加入这个行列。从家族、婚姻发展史的规律看,这是不符合当时的婚姻制。当然,在这里我们也不排除群婚制的残迹在文学作品中反映的可能性。

三　岭国三十英雄的王系、部属

在基本辨清谁是岭国三十位英雄之后,随之则是他们每人的王系、部属等问题,这在《格萨尔》中也较为紊乱。如《赛马登位》《赛马称王》等版本在分述英雄们的王系、部属时,又分出一个达戎系,与岭国原有的三王系并列,把原属长系的超同、斯潘等划入达戎系,使之更为混乱。这与超同、斯潘等在征服达戎部落后任该部部落长或长官等原因有关,但不应因之而改变所属王系和部署。还有像擦香丹玛,他虽系格萨尔的忠实、亲信大臣,但丹玛各部非岭国嫡系,仅是因归属岭国后,与岭王室结成为甥舅外戚关系,故不应把他划入岭王室的幼系。当然,我们在分析英雄们的王系、部属的混乱原因时,还要看到当时岭国的家族、婚姻状况,这比较复杂。这里我按上述抄本的分析和结合有关版(抄)本中新发现的具体问题,初步提出一个三十英雄所属部落、王室的花名册,肯定还有舛误。三十英雄中多数系一人多名，这里只录一名，其余请查对一至七附表。

四 《格萨尔》诸版本中岭国三十英雄之异同

这里除用表格形式来比较诸版本中岭国三十英雄之异同外，还须指出这些英雄是在岭国迁徙玛域格萨尔称王之后出场的，各自所属部落已由血缘部落演变为地缘部落，它在民族研究方面提供了颇有价值的史料，留待本章第三节详述。

《格萨尔王传》中岭国三十英雄花名册

编号	英雄姓名	所属部落、王系	官　职	其他关系
1	尼绷达尔雅 ཉི་འབུམ་དར་ཡག	长　支	长支部落长，三虎将之一	
2	阿奴巴僧 ཨ་ནུ་དཔའ་སེང་།	中　支	中支部落长，三虎将之一	
3	仁钦达尔鲁 རིན་ཆེན་དར་ལུ།	幼　支	幼支部落长，三虎将之一	
4	达戎斯潘 སྟག་རོང་གཟིག་འཕེན།	长　支	达戎部落长，七大勇将之一	超同之堂兄弟
5	年擦阿旦 ཉ་ཚ་ཨ་བརྟན།	长　支	七大勇将之一	超同之长子
6	却鲁达尔潘 ཆོས་ལུ་དར་འཕེན།	中　支	中支副部落长，七大勇将之一	
7	贾擦协尕尔 རྒྱ་ཚ་ཞལ་དཀར།	幼　支	曾任岭军统帅，七大勇将之首	格萨尔同父异母之兄
8	擦香丹玛 ཚ་ཞང་འདན་མ།	丹玛部落	丹玛各部的部落长，七大勇将之一	

（续表）

编号	英雄姓名	所属部落、王系	官　职	其他关系
9	僧达阿东 སེང་སྟག་ཨ་དོམ།	高觉部落	高觉等部部落长，七大勇将之一	
10	却郡贝尔那 ཆོས་སྐྱོང་བེར་ནག	珠、噶德部落	珠、噶德部部落长，七大勇将之一	
11	戎察叉根 རོང་ཚ་ཁྲ་ཀན།	幼　支	总　管	僧隆惹杰之兄，戎部的外甥
12	僧隆惹杰 སེང་བློན་ར་སྐྱེས།	幼　支		贾擦协尕尔、格萨尔、戎擦玛尔勒之父
13	达戎超同 སྟག་རོང་ཁྲོ་ཐུང་།	长　支	达戎部长官	格萨尔之叔
14	昂琼玉达 སྣང་ཆུང་གཡུ་སྟག	幼　支	青年将官	戎擦叉根之幼子
15	戎擦玛尔勒 རོང་ཚ་དམར་ལེབ།	幼　支	青年将官	格萨尔同父异母之弟
16	巴赛达瓦 དཔལ་གསལ་ཟླ་བ།	幼　支	将　官	
17	冬赞阿班 གདོང་བཙན་ཨ་དཔལ།	长　支	青年将官	超同之次子
18	超坚贝尔尕 ཁྲོ་རྒྱལ་བེར་དཀར།	长　支	长　官	
19	姜赤阿钦 སྤྱང་ཁྲི་ངམ་ཆེན།	中　支	将　官	
20	丹玛·古如坚赞 འདན་མ་ཀུ་རུ་རྒྱལ་མཚན།	丹玛部落	丹玛、卡拉各部的部落长	擦香丹玛之侄
21	甲纳阿生 ལྷགས་ནག་ཨ་སེན།	甲纳部落	甲纳部落的部落长	

（续表）

编号	英雄姓名	所属部落、王系	官　　职	其他关系
22	普雅珠杰 བྱ་ཡག་འབྲུག་རྒྱལ།	夹罗部落	夹罗部的统帅官	珠毛之弟
23	班第玛尔鲁 བན་དེ་དམར་ལུ།		百户长，四个执掌政事者之一	
24	超擦奇钦 ཁྲོ་ཚ་འཁྱིལ་ཆེན།		千户长，四个执掌政事者之一	
25	仁钦达尔绷 རིན་ཆེན་དར་འབུམ།		万户长，四个执掌政事者之一	
26	托桂巴尔瓦 ཐོག་རྐོད་འབར་བ།		十万户长，四个执掌政事者之一	
27	尕如尼玛坚赞 དཀར་རུའི་ཉི་མ་རྒྱལ་མཚན།	白如部落	白如部落的首领	
28	那如塔瓦坚赞 ནག་རུའི་ཐར་བ་རྒྱལ་མཚན།	黑如部落	黑如部落的首领	
29	耿喜透布 ཀུན་ཤེས་ཐིག་པོ།		巫　师	
30	魏玛拉达尔 ཞེར་མ་ལྷ་དར།		大公证人	

《格萨尔王传·赛马称王》（藏文版，青海民族出版社出版）中
岭国三十英雄（以出场先后为序）　　表之一

顺序号	英雄姓名	王系、部落、官职等
1	冬赞阿班 གདོང་་བཙན་ཨ་སྟེན།	长系四人，其中2号是达戎部落的长官
2	达戎斯潘 སྟག་རོང་གཟིག་འཕེན།	
3	超同年察阿旦 ཁྲོ་་ཐུང་ཉ་ཚ་ཨ་བརྟན།	
4	塞瓦尼绷达尔雅 གསེར་བའི་ཉི་འབུམ་དར་ཡག	

（续表）

顺序号	英雄姓名	王系、部落、官职等
5	僧达阿东 སེང་སྟག་ཨ་དོམ།	中系四人，其中7号是传人，8号是大臣
6	噶德却迥外尔那 དགའ་བདེ་ཆོས་སྐྱོང་བེར་ནག	
7	杰瓦伦珠 རྒྱལ་བ་ལྷུན་གྲུབ།	
8	古如坚赞 ཀུ་རུ་རྒྱལ་མཚན།	
9	绷巴夏鲁尕尔保 འབུམ་པའི་ཞལ་ལུ་དཀར་པོ།	幼系四人
10	察香丹玛向叉 ཚ་ཞང་འདན་མ་བྱང་ཁྲ།	
11	戎察拉达尔 རོང་ལ་ལྷ་དར།	
12	达尔潘杜格东保 དར་འཕེན་དུག་གི་སྡོང་པོ།	
13	总管夏瓦叉根 སྤྱི་དཔོན་ཤ་པ་ཁྲ་ཀན།	岭国父辈三弟兄，其中13号是总管
14	超同王 ཁྲོ་ཐུང་རྒྱལ་པོ།	
15	僧隆 སེང་བློན།	
16	班第玛尔保 བན་དེ་དམར་པོ།	岭国四长官（缺一），其中16号是百户长，17号是千户长
17	巴杜喜钦 དཔའ་རྟུལ་ཤེས་ཆེན།	
18	甲那贡保僧僧 ལྒགས་ནག་མགོན་པོ་སེང་སེང་།	
19	公瓦普乙叉坚 གུང་བ་བུ་ཡི་ཁྲ་རྒྱལ།	岭国爱子三弟兄
20	觉额巴赛达瓦 བཙོ་ལྔའི་དཔལ་གསལ་ཟླ་བ།	
21	囊俄玉达 སྣང་ཅ་གཡུ་སྟག	
22	苏钦威玛拉达尔 འབྲུ་ཆེན་ཞེར་མའི་ལྷ་དར།	岭国三学者
23	赤木建旺布达尔鲁 ཁྲིམས་བཅད་དབང་པོ་དར་ལུ།	
24	阿巴尔潘达 ཨ་འབར་འཕེན་སྟག	
25	古如尼玛坚赞 ཀུ་རུ་ཉི་མ་རྒྱལ་མཚན།	岭国的四名公证人
26	那如塔尔瓦坚赞 ནག་རུ་ཐར་་བ་རྒྱལ་མཚན།	
27	木瓦仁钦达尔鲁 དམུ་བའི་རིན་ཆེན་དར་ལུ།	
28	文布阿奴巴僧 འོམ་བུ་ཨ་ནུ་་དཔའ་སེང་།	

（续表）

顺序号	英雄姓名	王系、部落、官职等
29	耿喜替保 ཀུན་ཤེས་ཐིག་པོ།	岭国两大智者，其中29号是巫师，30号是医生
30	耿噶尼玛 ཀུན་དགའ་ཉི་མ།	
31	仓瓦俄娄 ཚང་བའི་ངོ་ལུག	岭国健儿两弟兄
32	牙台建羌塔尔巴 ཡ་ཐའི་སྐྱེས་མཆོག་ཐར་བ།	
33	祁希普乙古如 ཁྲི་ཤེ་བུ་ཡི་ཀུ་རུ།	
34	神子觉如 ཛོ་རུ།	
注释	这个版本中提出有三十七人参加赛马争夺王位。其中有三名是“岭国佣人三弟兄”，其名列此表32号牙台建羌塔尔巴之后，他们是米琼卡德（མི་ཆུང་ཁ་བདེ།）、阿宽塔尔巴索尔那（ཨ་ཁོད་ཐར་བའི་ཐོར་སྒྲ།）、高觉巴玉达坚（གོ་ཆོད་དཔའ་གཡུ་སྟག་རྒྱལ།），其后才是祁希普乙古如和觉如。	

《格萨尔王传·赛马登位》（藏文版，四川民族出版社出版）中
岭国三十位英雄（以出场先后为序）　　表之二

顺序号	英雄姓名	王系、部落、官职等
1	冬赞囊鲁阿班 གདོང་བཙན་སྣང་ངུ་ཨ་དཔལ།	达戎的八人，其中3号、4号被列入七大勇士
2	杰强塔尔巴坚赞 སྐྱེས་མཆོག་ཐར་བ་རྒྱལ་མཚན།	
3	达戎斯潘 སྟག་རོང་གཟིག་འཕེན།	
4	超同年察阿旦 ཁྲོ་ཐུང་ཉ་ཚ་ཨ་བརྟན།	
5	贡瓦普乙超坚 གུང་བ་བུ་ཡི་ཁྲོ་རྒྱལ།	
6	达戎生察欧鲁 སྟག་རོང་སྲིན་ཚ་ངོ་ལུག	
7	甲那僧僧 ལྕགས་ནག་སེང་སེང་།	
8	玛喜长官超同 མ་བཞི་དཔོན་པོ་ཁྲོ་ཐུང་།	
9	赛巴尼绷达尔雅 གསེར་པའི་ཉི་འབུམ་དར་ཡག	

（续表）

顺序号	英雄姓名	王系、部落、官职等
10	冬却鲁普乙达尔潘 གདོང་བུ་ཡི་དར་འཕེན།	长系的八人，其中10号被列入七大勇士，9号被列入三虎将
11	杰瓦伦珠 རྒྱལ་བ་ལྷུན་གྲུབ།	
12	岭钦塔尔巴索那 གླིང་ཆེན་ཐར་པའི་བསོད་ནམས།	
13	阿巴尔普乙潘达 ཨ་འབར་བུ་ཡི་འཕེན་སྟག	
14	塞吉阿 གསེར་གྱི་ཨ་ཧྲཱུྃ།	
15	亚米桑叉 ཡ་མི་སོ་ཁྲ།	
16	阿格仓巴哦娄 ཨ་གེ་ཚངས་པའི་ངོ་ལུག	
17	文布阿奴巴僧 ཞམ་བུ་ཨ་ནུ་དཔའ་སེང་།	中系的八人，其中18号、19号被列入七大勇士，17号被列入三虎将
18	僧达阿东 སེང་སྟག་ཨ་དོམ།	
19	噶德却郡魏尔那 དགའ་བདེ་ཆོས་སྐྱོང་བེར་ནག	
20	拉鲁 ལྷ་ཀླུ།	
21	尼玛伦珠 ཉི་མ་ལྷུན་གྲུབ།	
22	玉亚贡保东土 གཡུ་ཡག་མགོན་པོ་སྟོང་ཐུབ།	
23	夹罗勘尔布珠杰 སྐྱ་ལོའི་ཁེར་བུ་འབྲུག་རྒྱལ།	
24	拉布桑珠 ལྷ་བུ་བསམ་འགྲུབ།	
25	戎察叉根 རོང་ཚ་ཁྲ་རྐན།	幼系的叔叔三弟兄
26	僧伦嘎拉日喜 སེང་བློན་ག་ལ་རིག་ཤེས།	
27	高觉喇嘛坚赞 གོ་འཇོའི་བླ་མ་རྒྱལ་མཚན།	
28	木姜仁钦达尔鲁 དམུ་སྦྱང་རིན་ཆེན་དར་ལུ།	幼系的八人，其中29号、30号被列入七大勇士，28号被列入三虎将
29	甲察协尕尔 རྒྱ་ཚ་ཞལ་དཀར།	
30	察香丹玛羌叉 ཚ་ཞང་འདན་མ་བྱང་ཁྲ།	
31	戎察奴尔布拉达尔 རོང་ཚ་ནུར་བུ་ལྷ་དར།	
32	木巴达尔加哦娄 དམུ་པའི་དར་འཛམ་ངོ་ལུག	

（续表）

顺序号	英雄姓名	王系、部落、官职等
33	木巴达尔潘那保 དམུ་པའི་དར་འཕེན་ནག་པོ།	
34	囊琼玉达 སྣང་ཆུང་གཡུ་སྟག།	
35	觉额巴赛达瓦 བཙོ་ལྔའི་དཔའ་གསལ་ཟླ་བ།	
36	夹罗敦巴坚赞 དཀར་རུ་སྟོན་པ་རྒྱལ་མཚན།	这些都是岭国的公民（སྤྱི་མི），包括三个佣人（米琼卡德、班坚达玉、阿宽塔尔巴桑尔那），其中39号是大公证人，42号是巫师，40号是判断人
37	拉布那卡僧霞 ལྷ་བུ་ནམ་མཁའ་སེང་ཞལ།	
38	尕尔如尼玛坚赞 དཀར་རུ་ཉི་མ་རྒྱལ་མཚན།	
39	苏钦魏尔玛拉达尔 གཟུ་ཆེན་ཞེར་མ་ལྷ་དར།	
40	旺觉旺布达尔潘 དབང་གཙོད་དབང་པོ་དར་འཕེན།	
41	拉杰耿噶尼玛 ལྷ་རྗེ་ཀུན་དགའ་ཉི་མ།	
42	毛玛耿喜透布 མོ་མ་ཀུན་ཤེས་ཐིག་པ།	
43	巨勘卡切米玛尔 སྒྱུ་མཁན་ཁ་ཆེ་མིག་དམར།	
44	则巴拉普央尕尔 རྩེས་པ་ལྷ་བུ་གཡང་དཀར།	
45	祁希普乙古如 ཁྲི་ཤེ་བུ་ཡི་རྒུ་རུ།	岭国两乞丐，出身于英雄冬族系
46	觉如 ཇོ་རུ།	
注释	这个版本在上列的三大虎将和七大勇士之外，又另外列出三十名普努（弟兄），说他们是三十名大成就者，其中少数人名和上列参加赛马争夺王位之名姓不符，请查此书166—168页。	

《格萨尔王传·赛马登位》（藏文版，甘肃民族出版社出版）中岭国三十位英雄（以出场先后为序）　　表之三

顺序号	英雄姓名	王系、部落、官职等
1	冬赞囊欧阿班 གདོང་བཙན་སྣང་ངུ་ཨ་བན།	达戎的八人，其中3号、4号被列入七大勇士
2	建强塔尔瓦坚赞 སྐྱེས་མཆོག་ཐར་བ་རྒྱལ་མཚན།	
3	达戎长官斯潘 སྟག་རོང་དཔོན་པོ་གཟིག་འཕེན།	

（续表）

顺序号	英雄姓名	王系、部落、官职等
4	超同年察阿旦 ཁྲོ་ཐུང་ཉ་ཚ་ཨ་བརྟན།	
5	塞瓦普穷塔尔雅 གསེར་བའི་བུ་ཆུང་ཐར་ཡག།	
6	达戎生察俄路 སྟག་རོང་སྲིན་ཚ་ངོ་ལུག	
7	甲那长官僧僧 རྒྱགས་ནག་དཔོན་པོ་སེང་སེང་།	
8	岭四母长官超同 གླིང་མ་བཞི་དཔོན་པོ་ཁྲོ་ཐུང་།	
9	塞瓦尼本达尔雅 གསེར་པའི་ཉི་འབུམ་དར་ཡག	长系的八人，其中9号被列入三虎将，10号被列入七大勇士
10	冬却鲁普乙达潘 གདོང་ཆོས་ལུ་བུ་ཡི་དར་འཕེན།	
11	米钦坚哇伦珠 མི་ཆེན་རྒྱལ་བ་ལྷུན་གྲུབ།	
12	岭钦塔尔瓦索南 གླིང་ཆེན་ཐར་པའི་བསོད་ནམས།	
13	阿巴尔普乙潘达 ཨ་འབར་བུ་ཡི་འཕེན་སྟག	
14	百户班第玛尔鲁 བརྒྱ་དཔོན་བན་དེ་དམར་ལུ།	
15	千户扎则喜强 སྟོང་དཔོན་གྲ་རྫེ་ཤེས་མཆོག	
16	阿库仓格俄路 ཨ་ཁུ་ཚང་གི་ངོ་ལུག	
17	文布阿奴巴僧 ཨུམ་བུ་ཨ་ནུ་དཔའ་སེང་།	中系的八人，其中17号被列入三虎将，18、19号被列入七大勇士
18	僧达阿东 སེང་སྟག་ཨ་དོམ།	
19	噶德却郡魏尔那 དགའ་བདེ་ཆོས་སྐྱོང་བེར་ནག	
20	文布姜赤阿钦 འོམ་བུ་སྤྱང་ཁྲི་ཛམ་ཆེན།	
21	尼玛伦珠 ཉི་མ་ལྷུན་གྲུབ།	
22	玉雅贡保东土 གཡུ་ཡག་མགོན་པོ་སྟོང་ཐུབ།	
23	夹罗普雅珠杰 སྐྱ་ལོའི་བུ་ཡག་འབྲུག་རྒྱལ།	
24	木哇达尔加俄路 མུ་བའི་དར་འཛམ་ངོ་ལུག	
25	总管戎察叉根 སྤྱི་དཔོན་རོང་ཚ་ཁྲ་ཀན།	幼系的叔叔三人
26	僧隆噶玛日结 སེང་བློན་ག་མ་རི་སྐྱེས།	
27	丹玛古如坚赞 འདན་མ་གུ་རུ་རྒྱལ་མཚན།	

（续表）

顺序号	英雄姓名	王系、部落、官职等
28	木姜仁钦达尔鲁 མུ་སྨྱང་རིན་ཆེན་དར་ལུ།	幼系的八人，其中28号被列入三虎将，29号、30号被列入七大勇士
29	贾察协尕尔 རྒྱ་ཚ་ཞལ་དཀར།	
30	岭察香丹玛姜叉 གླིང་ཚ་ཞང་འདན་མ་སྨྱང་ཁྲ།	
31	戎察奴尔布拉达尔 རོང་ཚ་ནོར་བུ་ལྷ་དར།	
32	木瓦显尕尔姜赞 མུ་བའི་ཤེལ་དཀར་རྒྱང་མཛེས།	
33	公哇普乙甲叉 གུང་བ་བུ་ཡི་རྒྱ་ཁྲ།	
34	总管囊琼玉达 སྤྱི་དཔོན་སྣང་ཆུང་གཡུ་སྟག	
35	觉额巴沙达瓦 བཙོ་ལྷའི་དཔའ་གསལ་ཟླ་བ།	
36	夹罗敦巴坚赞 སྐྱ་ལོའི་སྟོན་པ་རྒྱལ་མཚན།	这些都被列入岭国公民（སྤྱི་མི）的行列，包括三个佣人（米琼卡德、巴坚达玉、阿宽塔瓦索尔那），其中39号是大公证人，42号是巫师，40号是判断人
37	拉布那卡生协 ལྷ་བུ་ནམ་མཁའ་་སེང་ཞལ།	
38	岭尕尔如尼玛坚赞 གླིང་དཀར་རུ་ཉིམ་རྒྱལ་མཚན།	
39	苏钦苏瓦拉达尔 གཟུ་ཆེན་གཟུ་བ་ལྷ་དར།	
40	旺钦旺布达尔潘 དབང་གཅོད་དབང་པོ་དར་འཕེན།	
41	拉杰耿噶尼玛 ལྷ་རྗེ་ཀུན་དགའ་ཉི་མ།	
42	恰肯恩喜透布 ཕྱ་མཁན་མངོན་ཤེས་ཐིག་པ།	
43	恩喜拉普央尕尔 མངོན་ཤེས་ལྷ་བུ་གཡང་དཀར།	
44	巨勘卡切米玛尔 སྨུ་མཁན་ཁ་ཆེ་མིག་དམར།	
45	祁希普乙古如 ཁྲི་ཤེ་བུ་ཡི་རྒུ་རུ།	岭国两乞丐，出身于英雄冬族系
46	觉如 ཇོ་རུ།	
注释	这个版本在上列的三虎将和七大勇士之外，又另列出三十英雄名单，但这个名单中有少数人名与上列参加赛马争夺王位者之名姓不符，请查看此书165—185页。	

《格萨尔王传·英雄诞生之部》(果洛抄本，青海民研会编译)中岭国三十英雄(以出场先后为序)　表之四

顺序号	英雄姓名	王系、部落、官职等
1	东赞阿班昂欧 གདོང་བཙན་ཨ་དཔལ་སྣང་ངུ།	长系四人，其中2号是达让长官
2	达让司潘 སྟག་རོང་གཟིག་འཕེན།	
3	年察阿旦 ཉ་ཚ་ཨ་བརྟན།	
4	赛巴尼奔达尔雅 གསེར་པའི་ཉི་འབུམ་དར་ཡག།	
5	尕得曲郡外乃亥 དཀའ་བདེ་ཆོས་སྐྱོང་བེར་ནག	中系四人，其中7号是万户长，8号是百户长
6	曲路伍乙达尔盼 ཆོས་ལུ་བུ་ཡི་དར་འཕེན།	
7	仁庆达尔鲁 རིན་ཆེན་དར་ལུ།	
8	嘉本班第玛布 བརྒྱ་དཔོན་བན་དེ་དམར་པོ།	
9	奔巴霞鲁尕尔布 འབུམ་པ་ཞལ་ལུ་དཀར་པོ།	幼系四人，其中12号是小臣
10	察香丹玛向叉 ཚ་ཞང་འདན་མ་བྱང་ཁྲ།	
11	森阿敦木衣江古 སེང་ཨ་དོམ་མི་ཡི་སྤྱང་ཀུ།	
12	古如坚赞 ཀུ་རུ་རྒྱལ་མཚན།	
13	戎察昂欧玛尔勒 རོང་ཚ་སྣང་ངུ་དམར་ལེབ།	岭国娇儿四弟兄
14	贡巴伍乙叉嘉 གོང་པ་བུ་ཡི་ཁྲ་རྒྱན།	
15	雅台结却塔尔巴 ཡ་ཐའི་སྐྱེས་མཆོག་ཐར་པ།	
16	焦额华赛达瓦 བཙོ་ལྷའི་དཔའ་གསལ་ཟླ་བ།	
17	东氏叔叔总管 གདོང་ཨ་ཁུ་སྤྱི་དཔོན།	岭国父辈三弟兄
18	晁同王 ཁྲོ་ཐུང་རྒྱལ་པོ།	
19	森隆王 སེང་བློན་རྒྱལ་པོ།	
20	穆庆嘉哇隆主 མི་ཆེན་རྒྱལ་བ་ལྷུན་གྲུབ།	岭国四叔伯(含上述三弟兄)
21	文布阿奴华桑 འོམ་པོ་ཨ་ནུ་དཔའ་སེང་།	岭国四翼的四人士
22	木巴仁庆达尔鲁 དམུ་པ་རིན་ཆེན་དར་ལུ།	

（续表）

顺序号	英雄姓名	王系、部落、官职等
23	尕如塔巴坚赞 དཀར་རུའི་ཐལ་པ་རྒྱལ་མཚན།	
24	那如尼玛坚赞 ནག་རུ་ཉི་མ་རྒྱལ་མཚན།	
25	阿格仓巴哦娄 ཨ་གེ་ཚང་པ་ངོ་ལུག	岭地俊秀两弟兄
26	达让晁甲外尕尔 སྟག་རོང་བྲོ་རྒྱལ་བེར་དཀར།	
27	耿噶尼玛 ཀུན་དགའ་ཉི་མ།	医生
28	耿歇透布 ཀུན་ཤེས་ཐིག་པོ།	卦师
29	祁希伍乙古如 ཁྲི་ཤི་བུ་ཡི་ཀུ་རུ།	众人当中补充数目的
30	神子觉如 ཇོ་རུ།	
注释	这个版本明确提出了参加赛珠青年好汉有九百人，争夺王位的英雄有三十位。对三十位英雄，由珠毛作了一一介绍或赞扬。	

《格萨尔王传 · 三十位英雄赞》(果洛抄本，青海民研会编译)中岭国三十位英雄(以出场先后为序)　表之五

顺序号	英雄姓名	王系、部落、官职等
1	塞哇尼布 གསེར་བའི་ཉི་འབུམ།	均属长系，其中1号是塞哇部落的首领
2	东赞阿班 གདོང་བཙན་ཨ་དཔལ།	
3	年察阿旦 ཉ་ཚ་ཨ་བརྟན།	
4	达让司盼 སྟག་རོང་གཟིག་འཕེན།	
5	曲路达尔盼 ཆོས་ལུ་དར་འཕེན།	均属中系，其中8号是首领
6	嘉哇隆主 རྒྱལ་བ་ལྷུན་གྲུབ།	
7	珠尕德却江唯纳 འབྲུ་སྨ་བདེ་ཆོས་སྐྱོང་བེར་ནག	
8	桑德阿端木 སེང་སྟག་ཨ་དོམ།	
9	贾察霞尕尔 རྒྱ་ཚ་ཞལ་དཀར།	均属幼系，其中10号是大臣
10	察香丹玛 ཨ་ཞང་འདུན་མ།	

（续表）

顺序号	英雄姓名	王系、部落、官职等
11	让察马莱 རོང་ཚ་དམར་ལེབ།	
12	囊俄玉德 སྣང་ཆུང་གཡུ་སྟག	
13	格萨尔 སྟག་རོང་ཁྲོ་ཐུང་།	岭王
14	戎察叉根 རོང་ཚ་ཁྲ་ཀན།	岭总管
15	森　降 སེང་བློན།	
16	晁　同 ཁྲོ་ཐུང་།	
17	木江仁钦达尔鲁 དམུ་སྤྱང་རིན་ཆེན་དར་ལུ།	木江部落
18	奥布阿奴华桑 འོམ་བུ་ཨ་ནུ་དཔའ་སེང་།	奥布部落
19	杰牙尼玛让夏 སྐྱེས་ཡག་ཉི་མ་རང་ཤར།	岭国四个美男子
20	达让达察哦娄 སྟག་རོང་སྟག་ཚ་ངོ་ལུག	
21	嘉老吾牙珠加 སྐྱ་ལོའི་བུ་ཡག་འབྲུག་རྒྱལ།	
22	阿格苍巴哦娄 ཨ་གེ་ཚང་པའི་ངོ་ལུག	
23	嘉洛敦巴 སྐྱ་རོའི་སྟོན་པ།	富翁
24	完第玛尔鲁 བན་དེ་དམར་ལུ།	岭国四位长官，是执掌政事的
25	晁察其前 ཁྲོ་ཚ་འཁྱིལ་ཆེན།	
26	仁钦达布 རིན་ཆེན་དར་འབུལ།	
27	淘果巴哇 ཐོག་རྒོད་འབར་བ།	
28	朶如尼玛坚赞 དཀར་རུ་ཉི་མ་རྒྱལ་མཚན།	右边白色十八部落的首领
29	纳如它哇坚赞 ནག་རུ་ཐར་བ་རྒྱལ་མཚན།	左边黑色十二万部落的首领
30	苏哇纳强 གཟུ་བ་རྣམ་མཁྱེན།	岭国两位明智的大臣
31	阿巴杰德 ཨ་པ་རྒྱས་བདེ།	

（续表）

<table>
<tr><th>顺序号</th><th>英雄姓名</th><th>王系、部落、官职等</th></tr>
<tr><td>注释</td><td colspan="2">这个本子虽以歌颂格萨尔大王的三十位英雄为主要内容，可自成一体，但从《格萨尔王传》分部本的总体看，它又似从分部本《格萨尔王传·英雄诞生》（果洛抄本，青海民研会编译）中分出来的。两个本子虽都流传果洛地区，但三十英雄的赞颂者不一，前者是霍尔国的辛巴，后者是岭国的珠毛姑娘，英雄名姓也不尽相同。</td></tr>
</table>

《格萨尔王传·世界公桑之部》中岭国三十位英雄（以出场先后为序）

表之六

<table>
<tr><th>顺序号</th><th>英雄姓名</th><th>王系、部落、官职等</th></tr>
<tr><td>1</td><td>赛瓦尔尼绷 གསེར་བའི་ཉི་འབུམ།</td><td rowspan="4">均属长系，其中1号是塞尔瓦部落的领兵人</td></tr>
<tr><td>2</td><td>冬赞阿贝滚 གདོང་བཙན་ཨ་དཔལ་མགོན།</td></tr>
<tr><td>3</td><td>达容斯潘 སྟག་རོང་གཟིག་འཕེན།</td></tr>
<tr><td>4</td><td>娘擦阿旦 ཉ་ཚ་ཨ་བརྟན།</td></tr>
<tr><td>5</td><td>却鲁达尔潘 ཆོས་ལུ་དར་འཕེན།</td><td rowspan="4">均属中系，其中5号是翁木布部落的领兵人，7号是岭国大臣，8号是法臣</td></tr>
<tr><td>6</td><td>僧达阿冬 སེང་སྟག་ཨ་དོམ།</td></tr>
<tr><td>7</td><td>杰瓦伦珠 རྒྱལ་བ་ལྷུན་གྲུབ།</td></tr>
<tr><td>8</td><td>支尕代却迥贝尔那 འབྲུ་སྨ་བདེ་ཆོས་སྐྱོང་བེར་ནག</td></tr>
<tr><td>9</td><td>甲擦协尕尔 རྒྱ་ཚ་ཞལ་དཀར།</td><td rowspan="4">均属幼系，其中10号是岭国大臣</td></tr>
<tr><td>10</td><td>擦香丹玛 ཨ་ཞང་འདན་མ།</td></tr>
<tr><td>11</td><td>容擦玛尔雷 རོང་ཚ་དམར་ལེབ།</td></tr>
<tr><td>12</td><td>囊琼玉达 སྣང་ཆུང་གཡུ་སྟག</td></tr>
<tr><td>13</td><td>雄狮宝珠制敌王 སེང་ཆེན་ནོར་བུ་དགྲ་འདུལ།</td><td>岭国王</td></tr>
<tr><td>14</td><td>容擦叉根 རོང་ཚ་ཁྲ་རྒན།</td><td>总管</td></tr>
<tr><td>15</td><td>超同 ཁྲོ་ཐུང་།</td><td>是冬族玛喜[①]一长官</td></tr>
</table>

（续表）

顺序号	英雄姓名	王系、部落、官职等
16	僧隆 སེང་བློན།	格萨尔之父
17	岭木姜仁钦达尔鲁 གླིང་དཀྲུ་སྤྱང་རིན་ཆེན་དར་ལུ།	属木姜部落
18	阿努巴僧 ཨ་ནུ་དཔའ་སེང་།	属翁木部落
19	达容达擦俄路 སྟག་རོང་སྟག་ཚ་ངོ་ལུག	岭国四个英俊好男儿
20	阿库仓格俄路 ཨ་ཁུ་ཚང་གེ་ངོ་ལུག	
21	夹罗普亚珠杰 སྐྱ་ལོའི་བུ་ཡག་འབྲུག་རྒྱལ།	
22	杰亚尼玛让夏 སྐྱེས་ཡག་ཉི་མ་རང་ཤར།	
23	夹罗顿巴绛粲 སྐྱ་རོའི་སྟོན་པ་རྒྱལ་མཚན།	有名的富翁
24	班第玛尔鲁 བན་དེ་དམར་ལུ།	百户官
25	超擦奇尔钦 ཁྲོ་ཚ་འཁྱིལ་ཆེན།	千户官
26	仁钦达尔绷 རིན་ཆེན་དར་འབུལ།	万户官
27	托桂巴尔瓦 ཐོག་རྒོད་འབར་བ།	十万户官
28	尕如尼玛绛粲 ཀ་རུ་ཉི་མ་རྒྱལ་མཚན།	属白如
29	那如台瓦绛粲 ནག་རུའི་ཐལ་བ་རྒྱལ་མཚན།	属黑如
30	②	
31	③	
注释	①“玛喜”是藏文 མ་བཞི། 的音译，意为“四母”，是超同之号。超同幼时经由四位乳母哺育，故云。 ②、③是指两位智者，文中未提名姓。	

《格萨尔王传·降伏妖魔之部》中岭国三十位英雄（以出场先后为序）

表之七

顺序号	英雄姓名
1	甲擦协尕尔　རྒྱ་ཚ་ཞལ་དཀར།
2	尼本达亚　ཉི་འབུམ་དར་ཡག

（续表）

顺序号	英雄姓名	
3	阿努巴僧	ཡ་ནུ་དཔའ་སེང་།
4	僧达阿冬	སེང་སྟག་ཨ་དོམ།
5	冬赞姜乍阿贝尔	གདུང་བཙན་རྒྱུང་གྲགས་ཨ་དཔལ།
6	达尔玛伦珠	དར་མ་ལྷུན་གྲུབ།
7	支尕代却迥贝尔那	འབྲུ་སྒྲ་བདེ་ཆོས་སྐྱོང་བེར་ནག
8	布种都地丹冬秃	བུ་འབྲོང་འདུལ་ནུས་ལྡན་སྟོང་ཐུང་།
9	那保甲那阿森	ནག་པོ་ལྕགས་ནག་ཨ་སེན།
10	超杰娘擦阿丹	ཁྲོ་རྒྱལ་ཉ་ཚ་ཨ་བརྟན།
11	雄鹰唐瓦绷梅	ཁྱུ་རྒོད་ཐང་བ་འབུམ་མེ།
12	幼系尕瓦桑培	གཞོན་རྒྱུད་དགའ་བ་བསམ་འཕེལ།
13	上师尼玛江粲	གུ་རུ་ཉི་མ་རྒྱལ་མཚན།
14	夹罗普牙珠杰	སྐྱ་ལོའི་བུ་ཡག་འབྲུག་རྒྱལ།
15	巴桂米琼索尼	དཔའ་རྒོད་མི་ཆུང་སོ་གཉིས།
16	岭国总管叉根	གླིང་སྤྱི་དཔོན་ཁྲ་རྒན་རྒྱལ་པོ།
17	巴达容阿努斯潘	དཔའ་སྟག་རུང་ཨ་ནུ་གཟིག་འཕེན།
18	冬妈系阿库超同	གདུང་མ་བཞི་ཨ་ཁུ་ཁྲོ་ཐུང་།
19	阿努容擦玛尔雷	ཨ་ནུ་རོང་ཚ་དམར་ལེབ།
20	却路达尔潘都冬	ཆོས་ལུ་དར་འཕེན་དུག་སྟོང་།
21	全力阿卧超都	རྒྱལ་འཛོམས་ཨ་བོ་ཁྲོ་འདུལ།
22	孜巴尕尔保达托	མཛེས་པ་དཀར་པོ་རྟ་ཐོབ།
23	大力士日卧叉代	སྟོབས་ཆེན་རི་བོ་ཁྲག་ཐེབ།
24	英雄塔尔巴台珠	དཔའ་བོ་ཐར་བ་མཐེབ་རྡུག
25	谋士尕惹累巴	དགྱོད་ལྡན་དགའ་རབ་ལེགས་པ།

（续表）

顺序号	英雄姓名
26	术士南夹祖顿　མཐུ་ལྡན་གནམ་ལྷུགས་མཛུབ་སྟོན།
27	雄强米玛唐代　བཙན་པོ་མི་དམར་ཐང་སྐྱེབ།
28	
29	
30	
注释	在《格萨尔王传·降伏妖魔之部》中，格萨尔大王的爱妃梅萨被魔王路赞抢走。格萨尔在降魔救妃时遇见梅萨，梅萨对格萨尔产生怀疑，于是提出一连串有关岭国的事情，一一询问格萨尔大王。这“白岭国兄弟英雄三十人”，就是格萨尔向自己的爱妃梅萨回答的问题之一。但格萨尔没有说够，还缺三名。

“圹”与“矿”同音，即Kang。将“唐”音记作“圹”，疑为“塘”字的简写之误。

第二节　岭国历代王室

一　岭国历代王室的提出

在《格萨尔》中，岭国究竟有多少代王室，各版（抄）本提出的王室代数及其名姓，不仅不完全一致，而且有的差异还很大。如戎擦叉干这位在史诗中举足轻重的人物——岭国总管王，竟然在分章本中没有他；冬氏族长、中、幼三支系，在各版（抄）本中的说法也各有异同；超同、塔潘等人，本属冬氏族长支八部，而又为何做达戎十八部的长官或部落长，等等。所有这些，在某一或某些方面的出入并不重要，关键在于像前一节辨析岭国三十英雄谁是谁否等问题一样，通过对史诗提供的丰富的资料分析，从中抓住它传递于我们的远古信息，以便全面地认识和研究这部伟大的英雄史诗。

二　岭国王室应有戎察叉根

在《格萨尔王传·英雄诞生》(甘孜抄本)中，总管王戎察叉干说：“我总管王叉干，和奔巴·僧隆两个人，是一个父母的亲子嗣，现在分领十部和五翼。从前岭地有王室十八代，加上两代有赤号(ཁྲི།)的国王共是二十世。”(请看表六)但在《格萨尔王传·贵德分章本》第二章“投生下界”中却另有一说，说岭尕地方“有一位君王，名字叫塔乍。王妃叫那曾姐毛，生了五个儿子，长子名叫僧唐惹杰，次子名叫尕雷公琼，三子名叫超同达，四子名叫采沽达，小儿子召叫邦散达”。毫无疑义，要辨明《格萨尔》中岭国历代王室十八世，首先要判定《格萨尔》之岭国王室中是否有戎察叉干这个总管王。为此，我们仔细地查阅了上述两种版(抄)本以外的《格萨尔王传·英雄诞生》的德格印本、果洛抄本、玉树抄本、贵德流传本、《岭格萨尔大丈夫顿珠雄狮降敌王传》和《格萨尔王传·花岭诞生》(甘肃铅印本)等其他六种版(抄)本，在这有关英雄诞生的六种版(抄)本中，都写有总管王和他的英雄事迹，而没有提到采沽达和邦散达。同时还查阅了近年来由西藏、青海、甘肃、四川等有关区、省出版社出版的其他二十多部藏文版《格萨尔王传》，它们都在歌颂总管王——戎察叉干，颂他“是三代人中老一辈，是三代家畜中老牦牛，是三代树木中檀香木，是白岭国奠基一石头”，他“英勇抗敌美名传四方”，在反击卡切入侵时，他虽年老体衰，但为了鼓舞英雄士气而挥戈上阵，“一边向前奔驰，一边挥舞长刀，以尼泊尔大臣米且多目为首的约十五名尼泊尔士兵被杀得东倒西歪，其余的尼泊尔士兵惊慌万状，纷纷喊叫道：‘快看这个老汉武艺多么高强，实在难以抵挡，真是个了不起的人啊！’”为此，“格萨尔大王奖给总管王一匹白库缎，十三枚金章噶”，且说“紫冬族这一族人，离开总管王是不行的，……叔叔你是劳苦功高的人”。就连篇幅最短的《格萨尔王传·分大食牛》中也在赞颂总管王德高望重，让他作分宝的主持人。另据几种版（抄）本看，在岭国三十位英雄的行列中也有总管王，他与超同、僧隆（即僧唐惹杰）一起被称为“岭地父辈三弟兄”，而没有采沽达和邦散达。由此看来，总管王戎察叉干不仅存在于岭王室，而且是一位举足轻重的人物。

三　谁是总管王之父

当我们判定在《格萨尔》之岭国王室中有总管王戎察叉干以后，随之而来的问题就是要进一步辨析谁是总管王之父。在《贵德分章本》中，说僧唐惹杰（即僧隆）、超同等人的父亲是岭地的塔乍君王，而在《英雄诞生》（甘孜抄本）中，超同的夫人向超同申述不要流放觉如母子的理由时，说“总管、僧隆和超同，是却拉潘的三个儿子”。那么究竟是塔乍还是却拉潘，或另有他人，这又是关系到搞清岭国历代王室上下承继关系的一个关键问题。请看：

在贵德流传本《英雄诞生》中，是却潘纳布娶邦措玛，生子戎察叉干、穆布仁钦达尔鲁和僧隆；是却拉潘娶达妃，生子超同和阿奴司潘。

在德格印本《英雄诞生》中，是却潘纳布的重孙却拉潘娶戎妃，生子戎察叉干，娶噶妃，生子玉坚，娶穆妃，生子僧隆；这个印本中也提到超同，但未说清是谁之子。

在《花岭诞生》（甘肃铅印本）中，也提到却潘纳布之重孙却拉本娶戎妃，生子戎察叉干，娶噶妃生子玉坚，娶穆妃生子僧隆。但却潘纳布的重孙在德格印本中是却拉潘（ཆོས་ལྷ་འཕེན།），在甘肃铅印本中是却拉本(ཆོས་ལྷ་འབུམ།)。“潘”(འཕེན།)与“本”(འབུམ།)是一字之差,从其他版(抄)本的写法来看,“本”(འབུམ།)是讹传。

在果洛抄本《英雄诞生》中,均写有戎察叉干、僧隆和超同的作为,但未讲明是谁之子。

在玉树抄本《英雄诞生》中,是却潘纳布娶妃,生子戎察叉干、僧隆和超同,还有阿吉那卡生霞。

在《岭格尔大丈夫顿珠雄狮降敌王传》中,有两种说法:一说是却潘纳布娶邦措玛,生子戎察叉干和穆布仁钦达尔鲁,却拉潘娶戎妃,生子超同;二说是却拉潘娶戎妃生子超同和阿奴司潘。

从上述八种版(抄)本(包括前述的《贵德分章本》和甘孜抄本)《英雄诞生》提供的资料可以看出:把塔乍王作为僧隆和超同之父、格萨尔之祖父者仅是《贵德分章本》一家之言,这一说法虽流传在贵德地区,但与同样传在贵德地区的分部本——《英雄诞生》中的讲法则完全不一。贵德分章本中的说法倒和其他几种版(抄)本中的一些讲法一致或接近。将最近看到的中央民族学院庋藏的《格萨尔王传》四章分章本(手抄),与《贵德分章本》前四章汉译文作对比,发现僧隆、超同等人之父也不是塔乍王,而叫那桑塔班(སྣ་བཟང་ཐག་དཔལ།)。可见塔乍王在岭国历代王室中存在的可能性是非常之小的。既然如此,僧隆、超同等人之父系塔乍王之说,其成立的可能性也就很小了。

当我们在依据上述资料排除塔乍王,查证和判定却拉潘可能是总管王、僧隆等人之父时,又插进来一个却潘纳布,那么到底是谁呢?依据上列一些版(抄)本中的说法,却潘纳布和却拉潘不仅存在于岭王室,而且是较知名之王。在这里辨明他俩之先后则成为一个首要问题。再请看:

在贵德流传本《格萨尔王传·英雄诞生》中,却潘纳布和却拉潘是亲弟兄,格萨尔是却潘纳布的孙子。

在果洛抄本《格萨尔王传·英雄诞生》中,却潘纳布和却拉潘是亲弟兄。

在《岭格萨尔大丈夫顿珠雄狮王传》中,按其中一种说法,却潘纳布和却拉潘是亲弟兄。按另一种说法,格萨尔王是却拉潘的孙子。

在玉树抄本《格萨尔王传·英雄诞生》中,只提到却潘纳布,格萨尔王是他的孙子,没有提到却拉潘。

在德格印本《格萨尔王传·英雄诞生》中,却拉潘是却潘纳布的重孙,格萨尔王则是却拉潘的孙子。

在甘肃铅印本《格萨尔王传·花岭诞生》中,却拉本是却潘纳布的孙子,格萨尔则是却拉潘的孙子。

在甘孜抄本《格萨尔王传·英雄诞生》中,却拉潘是却潘纳布的孙子,格萨尔则是却拉潘的重孙。

上列七部版(抄)本,有三部版(抄)本中(含一种版本两种说法中的一说)说却潘纳布和却拉潘是亲弟兄,另有三部版(抄)本却说却拉潘是却潘纳布的孙子或重孙;又一部抄本只提到却潘纳布,格萨尔是他的孙子,没有提到却拉潘,而另一版本的一种说法只提到却拉潘,格萨尔是他的孙子,没有提到却潘纳布。为此,我们又查阅了《格萨尔王传·霍尔入侵》,从书中霍尔辛巴梅乳孜与白帐王等人的唱词所提供的材料看,霍尔国的托托热庆王(ཐོག་ཐོག་རལ་ཆེན།)为白帐王之祖父,和岭国的却潘纳布是同一时代;霍尔国的托茂热庆王(ཐོག་མོ་རལ་ཆེན།)为白帐王之父,和岭国的却拉潘是同一时代。这与《格萨尔王传·霍岭大战》中的说法虽有一代人之差,王名也不尽一致(《霍岭大战》中是:"托茂热庆巴尔哇王传位给托托噶尔吉嘉庆王,托托噶尔吉嘉庆王传位给吉乃亥托杜王,吉乃亥托杜王有三个儿子。长子住的是黑帐篷,次子住的是白帐篷，幼子住的是黄帐篷。因此，人们称为黑帐王、白帐王和黄帐王”），但它却印证了却潘纳布在先，却拉潘在后，由此我们可以判定戎察叉干和僧隆等人之父可能就是却拉潘。

四　却拉潘是“十八代王室”中的最后一代

但在判定戎察叉干、僧隆等人之父是却拉潘时，随之又产生了一个与该判定相矛盾的问题：在甘孜抄本《英雄诞生》中，戎察叉干在唱词中说：“……在已往过去的日子里，岭国已经历了十八代王室，……惹叉格布（ར་ཁྲ་གདང་པོ）是岭国王室的血裔，阿尼却拉潘（ཆོས་ལྷ་འཕེན།）是岭国王室的血裔，茹叉格布（རུ་ཁྲ་གདང་པོ།）是岭国王室的血裔，在这些血缘大王们当政时，长系、中系、幼系三王系，在一个怀抱之中分开去……”从这个唱词中不难看出在却拉潘之后又有了一个茹叉格布王（རུ་ཁྲ་གདང་པོ།），这与我们判定却拉潘是戎察叉干、僧隆等人之父相矛盾（叉干所指的十八代王室实际提出的名字只有十六个，茹叉格布即是第十六代）。《英雄诞生》（甘孜抄本）中提出的茹叉格布（རུ་ཁྲ་གདང་པོ།）与却拉潘王之前的惹叉格布（ར་ཁྲ་གདང་པོ）仅是“茹”（རུ）与“惹”（ར）一字之差，所以有可能把惹叉格布误唱或误写为茹叉格布。对此，我们还可引同一版本中的两段话来作印证：一是在“珠毛择婿，觉如中选”一节中有这样一段描述，珠毛向她的父亲嘉洛·敦巴坚赞提出：“上自东赞以下，下至古如以上的三十位大成就者之中，没有比觉如生得魁伟之人啰，要挑选嘛就得选他。”而嘉洛对女儿说：“你必须前前后后都要考虑周到，不能光看觉如长相魁伟，因为这是有关终身的大事，现在做好时，则一生就好，现在搞坏时，则终身受累。”珠毛回答说：“我选择对象时，正如常言所讲：‘不喜欢高高昂首的山羊，喜欢那俯首低地的山羊，低地之处，水草丰美，能令人满意。’说起觉如他这人的父亲门第时，乃是却拉潘之裔，若讲他母亲的声誉时，他母乃是邹那仁庆龙王的公主，而他——葛姆神子觉如则是邹那仁庆龙王的外孙哪，他是岭国六部的真正后裔，僧隆大王的世子，总管王叔叔的侄儿，霞尕尔的弟弟哪！”（重点号是笔者所加，下同）。二是在“超同鼓动岭部要流放觉如”一节中，超同的妻子提出：“总管、僧隆和超同，是曲拉潘的三儿子，霞尕尔、年察和觉如，是可爱的三位好兄弟，……若把觉如当做罗刹崽，总管、僧隆和超同你，你三人怎能称为神子裔？”

另，除上述的甘孜抄本外，其他六种《英雄诞生》版（抄）本中，只有一部玉树抄本提到茹叉王原文写为茹叉坚布（རུ་ཁ་རྒྱལ་པོ།）即茹叉王，不是茹叉格布（རུ་ཁ་ཀད་པོ།）；即使茹叉坚布是茹叉格布之误，那也在该抄本（玉树抄本）中名列于却潘纳布之前五代（请看表四、六，并比较之）。

至此，可以断定：在“岭国已经历了十八代王室”之中，最后一代是却拉潘，茹叉格布是误传。按总管王在《英雄诞生》（甘孜抄本）中提出的王室人名，实有十五代，他们是：

1. 堆冬尕布（གདོས་གདོང་དཀར་པོ།）
2. 杂冬穆布（ཛ་གདོང་སྨུག་པོ།）
3. 曲冬堪巴（ཆུ་གདོང་ཁམ་པ།）

以上是母后来自天上的三代王室。

4. 尼玛楚仁（ཉི་མ་འཕྲུལ་རིང་།）
5. 达瓦楚仁（ཟླ་བ་འཕྲུལ་རིང་།）
6. 噶玛楚仁（སྐར་མ་འཕྲུལ་རིང་།）

以上是母后来自地上的三代王室。

7. 伍噶坚布王（དབུ་དཀར་རྒྱལ་པོ།）
8. 伍俄坚布王（དབུ་སྔོན་རྒྱལ་པོ།）
9. 伍赛坚布王（དབུ་སེར་རྒྱལ་པོ།）

10. 贵尼格布(སྒོས་ནེ་ཀད་པོ།)
11. 贡根尼玛(སྒོམ་ཀན་ཉི་མ།)
12. 东建扎卡(སྟོང་ཀས་གྲ་ཁ།)
13. 却潘纳布(ཆོས་འཕེན་ནག་པོ།)
14. 惹叉格布(ཙ་ཁྲ་ཀད་པོ།)
15. 阿尼却拉潘(ཆོས་ལྷ་འཕེན་པ།)

五 岭国的三个王系

从查阅前述的有关英雄诞生的八版(抄)本看,岭国长系(ཆེ་རྒྱུད།)、中系(འབྲིང་རྒྱུད།)和幼系(ཆུང་རྒྱུད།)等三个王系,是从却潘纳布王纳妃生子后开始形成的。根据《英雄诞生》(德格印本)提供的资料:却潘纳布王纳赛妃生子拉雅达尕(ལྷ་ཡག་དར་དཀར།)为长系,从母姓,称赛巴氏;纳文妃生子赤江白坚(ཁྲི་སྐྱ་དཔལ་རྒྱལ།)为中系,从母姓,称文布氏;纳姜妃生子扎坚本美(དགྲ་རྒྱལ་འབུམ་མེ།)为幼系,称木姜氏。幼系扎坚本美生子唐拉本(ཐོག་ལྷ་འབུམ།);唐拉本生子却拉潘(ཆོས་ལྷ་འཕེན།);却拉潘又纳三妃,戎妃生子戎察叉干(རོང་ཚ་ཁྲ་ཀན།),噶妃生子玉坚(གཡུ་རྒྱལ། 后阵亡于霍岭战争之中),穆妃生子僧隆(སེང་བློན།);戎察叉干生三子女,僧隆生子贾察协尕和格萨尔。史诗对中系和长系后嗣之传承繁衍,不是只字不提,就是一笔带过,采取幼系从详,中系和长系从略的写法,这与出于幼系的戎察叉干和格萨尔在史诗中处于重要地位不无关系。

当然,在有的版(抄)本中,也有把戎察叉干划为长系,超同划为幼系的,使之三王系混淆不清,但只要我们注意"叉干""超同"两名字上分别冠有的"戎察"(རོང་ཚ།)和"达让"(སྟག་རོང་།)等名号,即使史诗的某部中出现混乱,一般也会了然于目。详情请阅下文名表,在此不再一一举例赘述。

六　《格萨尔》诸版本中岭国历代王室之异同

我们虽在前文中围绕岭王室戎察叉根这位举足轻重的人物是否存在的问题，对诸多版本中的不同说法作了必要的解说和清理，但仍需看到史诗反映这一古代氏族、部落社会生活的复杂性。为此，我们用表格形式将八个版本中记述的岭国历代王室列出来，并附有藏文原文，这在进一步辨清岭国历代王室、研究古代藏族社会的氏族、部落结构及其婚姻制度等方面均具有重要的史料价值。

表一　在《格萨尔王传·贵德分章本》中：

白梵天王（ཚངས་པ་དཀར་པོ།）
绷迥姐毛（འབུམ་སྐྱོང་རྒྱལ་མོ།）
生子：
- 顿尕（དོན་དཀར།）
- 顿雷（དོན་ལེགས།）
- 顿珠（དོན་གྲུབ།）

塔乍（མཐའ་བཙན།）①
那曾姐毛（སྣ་འཛིན་རྒྱལ་མོ།）
生子：
- 僧唐惹杰（སེང་ཐང་ར་སྐྱེས།）
- 尕雷公琼（ཟླ་ལེའི་སྒོམ་ཆུང་།）
- 超同达（ཁྲོ་ཐུང་སྟག）
- 采沽达（ཚེད་བཀུར་སྟག）
- 邦散达（སྤང་ཟན་སྟག）

→僧唐惹杰　娶
- 果擦拉毛（འགོག་ཚ་ལྷ་མོ།），生子：台贝达朗，即格萨尔（གེ་སར།）
- 尕提闷（དཀར་ཐིག་དམན།），生子：甲擦协尕尔（རྒྱ་ཚ་ཞལ་དཀར།）
- 那提闷（ནག་ཐིག་དམན།）无子。

---

①　在中央民院所藏的《格萨尔王传》四章分章本（藏文手抄本）中，娶那曾姐毛为妃的是那桑塔巴（སྣ་བཟང་ཐག་དཔལ།），不是塔乍。

→格萨尔　娶：珠毛（འབྲུག་མོ།）

梅萨绷吉（མེ་བཟའ་འབུམ་སྐྱིད།）

路朗赛错（ཀླུ་སྣང་གསེར་མཚོ།）

尺姜贝孜（ཁྲི་ལྕམ་དཔལ་འཛོམས།）

巩姜卓孜（ཀོང་ལྕམ་སྒྲོལ་མཛེས།）

尕察丹玛（དཀར་ཚ་དེམ་མ།）①

吉瓦巴毛措（སྐྱིད་པ་དཔལ་མཚོ།）②

路姜孜玛（ཀླུ་ལྕམ་མཛེས་མ།）

毛吉（མོན་པ་སྐྱིད་དེ།）③

拉毛布尺（ལྷེ་ལ་མོ་བུ་ཁྲིད།）

阿尕通孜（ཨ་དཀར་ཐོད་མཛེས།）

尕瓦钟巴（དགའ་བ་འཛོམ་པ།）

阿姐达吉（ཨ་ལྕམ་དར་སྐྱིད།）

阿达拉毛（ཨ་སྟག་ལྷ་མོ།）④

怯尊夷西（མཆོག་བཙུན་ཡེ་ཤེས།）⑤

---

① 该王妃姓名（藏文）摘自上述中央民院所藏四章分章本（藏文），略有差异。
② 该王妃姓名（藏文）摘自上述中央民院所藏四章分章本（藏文），略有差异。
③ 该王妃姓名（藏文）摘自上述中央民院所藏四章分章本（藏文），略有差异。
④ 是格萨尔王降伏魔国与征服霍尔的过程中所纳之新妃。
⑤ 是格萨尔王降伏魔国与征服霍尔的过程中所纳之新妃。

另，书中提到的格萨尔大王十三妃，其名前后不一，这里是按第三章《纳妃称王》中的姓名摘编的。

表二　在贵德流传本《格萨尔王传 · 英雄诞生》中：

岭尕三贝顿珠（གླིང་དཀར་བསམ་པའི་དོན་འགྲུབ།）
曲措卓玛（冬氏）（ཆོས་མཚོ་སྒྲོལ་མ།）（གདོང་།）

- 却拉潘（ཆོས་ལྷ་འཕེན།）娶：
  - 赛措玛（གསེར་མཚོ་མ།）生：
    - 尼奔达雅（ཉི་འབུམ་དར་ཡག）
    - 塔巴索南木（ཐར་པ་བསོད་ནམས།）
    - 伍乙达盼（ཨུ་ཡི་དར་འཕེན།）
  - 达妃（སྟག་བཟའ།）生：
    - 超同（ཁྲོ་ཐུང་།）娶：
      - 旦萨（འདན་བཟའ།）东赞昂 生：欧阿华等三子
      - 阿隆吉（ཨ་རོང་སྐྱིད།）生：超毛措
- 阳拉潘（ཡང་ལྷ་འཕེན།）
  俄措玛（དངུལ་མཚོ་མ།）生：
  - 文布阿奴华桑（འོམ་བུ་རྒྱང་ཁྲི་ཇམ་ཆེན།）
  - 文布江赤唵庆（འོམ་བུ་རྒྱང་ཁྲི་ཇམ་ཆེན།）
  - 朱尕代曲郡伯那（འབྲུ་སྨ་བདེ་ཆོས་སྐྱོང་པེར་ནག）
  - 雅实达毅木
- 却潘那布（ཆོས་འཕེན་ནག་པོ།）
  邦措玛（སྤང་མཚོ་མ།）生：
  - 戎察叉干（རོང་ཚ་ཁྲ་རྒན།）
  - 梅朵扎西措（མེ་ཏོག་བཀྲ་ཤིས་མཚོ།）生：
    - 玉盘达嘉（གཡུ་འཕེན་སྟག་རྒྱལ།）
    - 连巴曲嘉（གླིན་པ་ཆོས་རྒྱལ།）
    - 昂琼玉达（སྣང་ཆུང་གཡུ་སྟག）
    - 拉毛玉宗（ལྷ་མོ་གཡུ་སྒྲོན།）
  - 穆布仁庆达鲁（སྨུག་པོ་རིན་ཆེན་དར་ལུ།）
  - 僧隆尕玛日结　娶：
    - 那提闷（ནག་ཐིག་དམན།）
    - 拉毛钟玛（ལྷ་མོ་སྒྲོལ་མ།）生子：甲察协尕尔（རྒྱ་ཚ་ཞལ་དཀར། |）
    - 梅朵拉孜（མེ་ཏོག་ལྷ་མཛེས།）生子：觉如（ཇོ་རུ།）

→ 却潘那布（ཆོས་འཕེན་ནག་པོ།）戎萨（རོང་བཟའ།）

- 卵生五子（སྒོང་སྐྱེས་ཀྱི་བུ།）
  1. 冬杰·赤玛（གདོང་རྗེ་ཁྲི་དམར།）
  2. 穆巴·达杰赤赞（སྨུ་པའི་དར་རྗེ་ཁྲི་བཙན།）
  3. 赛巴·尼玛奔图（གསེར་པའི་ཉི་མ་འབུམ་རྒྱལ།）
  4. 穆姜·仁钦达雅（སྨུ་སྦྱང་རིན་ཆེན་དར་ཡག）
  5. 噶德·超坚魏尕尔（དགའ་བདེའི་ཁྲོ་རྒྱལ་བེར་དཀར།）

  后三人之后裔构成为：尕、珠、冬等三族（སྐྱ།）（འབྲུ།）（གདོང་།）

  娶姜妃拉尕尔，生四子：སྦྱང་ བཟའ་ལྷ་དཀར།
  1. 玉盘达嘉（གཡུ་འཕེན་སྟག་རྒྱལ།）
  2. 连巴曲嘉（གླིན་པ་ཆོས་རྒྱལ།）
  3. 阿吉南卡台周（ཨ་ཅེ་གནམ་མཁའ་ཐེབ་དྲུག）
  4. 丹玛玛尕达雅（འདན་མ་མར་ཁ་དར་ཡག）
- 胎生四子（ཉོད་སྐྱེས་ཀྱི་བུ།）
  1. 阿吉·南木卡三霞（ཨ་སྐྱིད་གནམ་མཁའ་སན་ཞལ།）
  2. 戎察叉子（རོང་ཚ་ཁྲ་གན།）
  3. 僧隆（སེང་བློན།）

     娶汉妃生甲察，娶戎妃生戎察，娶葛妃生觉如（格萨尔）
     （རྒྱ་བཟའ། རྒྱ་ཚ།）（རོང་བཟའ། རོང་ཚ།）
     （འགོག་བཟའ། ཇོ་རུ—གེ་སར།）
  4. 超同（ཁྲོ་ཐུང་།）

表三　在果洛抄本《格萨尔王传·英雄诞生》中：

德巧噶布（天王）（བདེ་མཆོག་དཀར་པོ།）
德巧玛毛（天母）

生：
奴尔布占堆（ནོར་བུ་དགྲ་འདུལ།）
奴尔布知美（ནོར་བུ་དྲི་མེད།）
推巴噶哇（ཐོས་པ་དགའ་བ།）

猴子菩萨（སྤྲེའུ་བྱང་ཆུབ་སེམས་དཔའ།）
罗刹女

生许多孩子，其中冬·惹察格保（གདོང་ར་ཚ་སྣད་པོ།）是长子

→冬·惹察格保（གདོང་ར་ཚ་སྣད་པོ།）　生：
却潘那布（ཆོས་འཕེན་ནག་པོ།）
却拉潘（ཆོས་ལྷ་འཕེན།）
喇嘛潘（བླ་མ་འཕེན།）

表四　在玉树抄本《格萨尔王·英雄诞生》中：

以天为父
以地为母
生：东·南卡延满王→强·聂赤赞布王
（གདོང་གནམ་མཁའ་ཡེ་མེན།）（བྱང་གཉའ་ཁྲི་བཙན་པོ།）

→茹叉王→如拉旺丹—阿尼惹赤格布
（རུ་ཁྲ་རྒྱལ་པོ།）（རུ་ལྷ་དབང་ལྡན།）（ཨ་སྨྱེས་ར་ཁྲི་ཀད་པོ།）

→茹赤奴尔布雅奇
（རུ་ཁྲི་ནོར་བུ་ཡར་འཁྱིལ།）
达建玛
生：
尼玛赖卜钦（ཉི་མ་ལེབ་ཆེན།）
生八子，成为赛巴八部落。
赛萨玛（གསེར་བཟའ་མ།）
达瓦赖卜钦（ཟླ་བ་ལེབ་ཆེན།）
生六子，成为中岭六部落。
岭萨玛（གླིང་བཟའ་མ།）
噶玛赖卜钦（སྐར་མ་ལེབ་ཆེན།）
生四子，成为下岭木姜四部落。
姜萨玛（སྤྲངས་བཟའ་མ།）
却潘那布（ཆོས་འཕེན་ནག་པོ།）→

表五　在《岭格萨尔大丈夫顿珠雄狮降敌王传》中：

岭洛哇（གླིང་ལོ་བ།系吐蕃王室后裔中的一个姑娘）生子名叫岭尕尔三贝顿珠[①]

- 岭尕尔三贝顿珠 གླིང་དཀར་བསམ་པའི་དོན་གྲུབ 冬·却措玛 གདོང་ཆོས་མཚོ་མ། 生子：
  - 却拉潘（ཆོས་ལྷ་འཕེན།）娶
    - 赛措玛生子：赛巴·尼本达尔雅（གསེར་མཚོ་མ།）（གསེར་པའི་ཉི་འབུམ་དར་ཡག།）[②]
    - 戎　妃生子：超同（ཁྲོ་ཐུང་།）（རོང་བཟའ།）
  - 阳拉潘（ཡང་ལྷ་འཕེན།）娶 文措玛生子：（འོམ་མཚོ་མ།）[③]
    - 珠·尕德·却郡外那（འབྲུ་སྣ་བདེ་ཆོས་སྐྱོང་བེར་ནག།）
    - 文布阿奴巴僧（འོམ་བུ་ཨ་ནུ་དཔལ་སེང་།）
  - 却潘那布（ཆོས་འཕེན་ནག་པོ།）娶 邦措玛生子：（སྤང་མཚོ་མོ།）[④]
    - 穆巴仁钦达鲁（སྨུག་པོ་རིན་ཆེན་དར་ལུ།）
    - 戎察叉干（རོང་ཚ་ཁྲ་རྒན།）

另一说：却拉潘　娶
- 戎萨　生子：戎察叉干（རོང་ཚ་ཁྲ་རྒན།）（རོང་བཟའ།）
- 达萨　生子：超同和阿奴司潘（སྟག་བཟའ།）（ཁྲོ་ཐུང་དང་ཨ་ནུ་གཞིག་འཕེན།）
- 僧萨　生子：僧隆（སེང་བློན།）（སེང་བཟའ།）

---

① 岭尕尔三贝顿珠因无父受人歧视，被迫与妻冬·却措玛迁至东方玛沁邦日山下居住，后又辗转迁至岭尕尔说（གླིང་དཀར་སྟོད།）。

②、③、④ 赛措马、文错玛和邦措玛是小首领贡郡岭瓦才派（ཀུན་སྐྱོང་གླིང་པ་ཚེ་འཕེལ།）的三个孙女。小岭尕尔三贝顿珠先迁至东方玛沁邦日山下居住，后又辗转迁至岭尕尔兑时，南方贡布长（ཀོང་པོ།）王霞赤（ཤ་ཁྲི།）的部落自嘉戎察哇（རྒྱལ་རོང་ཚ་བ།）兴盛起来，贡郡岭哇才派就是冬·仁楚瓦钦布的小首领，他率领一部分部属迁至北方夏尔多玛（ཤར་སྟོད་མ།）地区的卓卧沟（འབྲོ་བོ་ལུང་།）的卓卧海（འབྲོ་བོ་མཚོ།）边的穆布滩长冬（སྨུག་པོ་ཐང་།）居住（此地在岭地北部上方）。前述三个姑娘，就是他的儿子却潘那布（重名）生的。这三个姑娘分别被岭尕尔三贝顿珠的三个儿子娶为妻子，他们的后裔形成为上、中、下三岭三王系。

表六　在甘孜抄本《格萨尔王传·英雄诞生》中：

总管王戎察叉干在一段唱词中说："我总管王叉王和奔巴·僧隆两个人，是一个父母的亲子嗣，现在分领十部和五翼，从前岭地有王室十八代，加上两代有赤号的国王共是二十世。"但从他在唱词中提供的材料来看，仅有十六代：

1. 堆冬尕布（གདོས་གདོང་དཀར་པོ།）
2. 杂冬穆布（ཛ་གདོང་སྨུག་པོ།）
3. 曲冬堪巴（ཆུ་གདོང་ཁམ་པ།）

（以上三代）母后来自天上的三代王室

4. 尼玛楚仁（ཉི་མ་འཕྲུལ་རིང་།）
5. 达瓦楚仁（ཟླ་བ་འཕྲུལ་རིང་།）
6. 噶玛楚仁（སྐར་མ་འཕྲུལ་རིང་།）

（以上三代）母后来自地上的三代王室

7. 伍噶坚布王（དབུ་དཀར་རྒྱལ་པོ།）
8. 伍俄坚布王（དབུ་སྔོན་རྒྱལ་པོ།）
9. 伍赛坚布王（དབུ་སེར་རྒྱལ་པོ།）
10. 贵尼格布（སྐྱོས་ཀན་ཉི་མ།）
11. 贡根尼玛（སྐྱོམ་ཀན་ཉི་མ།）
12. 东建扎卡（སྟོང་རྒྱས་གྲ་ཁ།）
13. 却潘那布（ཆོས་འཕེན་ནག་པོ།）
14. 惹叉格布（ར་ཁྲ་ཀད་པོ།）
15. 阿尼却拉潘（ཨ་སྐྱེས་་ཆོས་ལྷ་འཕེན།）
16. 茹叉格布（རུ་ཁྲ་ཀད་པོ།）

表七　在德格印本《格萨尔王传·英雄诞生》中：

却潘那布（ཆོས་འཕེན་ནག་པོ།）娶：

- 赛　妃（གསེར་བཟའ།）生子：拉雅达尕尔（ལྷ་ཡག་དར་དཀར།），长系（ཆེ་རྒྱུད།）
  由此分出从母姓，称赛巴氏。
- 文　妃（འོམ་བཟའ།）生子：赤江白坚（ཁྲི་སྐྱོངས་དཔལ་རྒྱལ།），中系（འབྲིང་རྒྱུད།）
  由此分出从母姓，称文布氏。
- 羌　妃（སྒྲུང་བཟའ།）生子：扎坚本美（དགྲ་རྒྱལ་འབུམ་མེ།），幼系（ཆུང་རྒྱུད།）
  由此分出从母姓，称木姜氏。

→唐拉本（ཐོག་ལྷ་འབུམ།）
→却拉潘（ཆོས་ལྷ་འཕེན།）娶：

- 戎　妃（རོང་བཟའ།）生子：
  - 戎察叉干（རོང་ཚ་ཁྲ་རྐན།）
  - 梅朵扎西措（མེ་ཏོག་བཀྲ་ཤིས་མཚོ།）

  生子：
  - 玉片达嘉（གཡུ་འཕེན་སྟག་རྒྱལ།）
  - 连巴曲嘉（སྤྲིན་པ་ཆོས་རྒྱལ།）
  - 昂琼玉达（སྣང་ཆུང་གཡུ་སྟག）
  - 拉毛玉钟（ལྷ་མོ་གཡུ་སྒྲོན།）
- 噶　妃（སྣ་བཟའ།）生子：玉坚（གཡུ་རྒྱལ།）
- 穆　妃（སྨུག་བཟའ།）生子：僧隆（སེང་བློན།）娶：
  - 拉噶钟玛（ལྷ་དཀར་སྒྲོལ་མ།）生子：贾察霞尕尔（རྒྱ་ཚ་ཞལ་དཀར།）
  - 果　萨（འགོག་བཟའ།）生子：格萨尔（གེ་སར།）

表八 《格萨尔王传·花岭诞生》(甘肃铅印本)中:

- 屈潘那布（ཆོས་འཕེན་ནག་པོ།）娶：
  - 赛萨（གསེར་བཟའ།）生子：拉亚达尕（长系ཆེ་རྒྱུད།）
  - 文萨（འོམ་བཟའ།）生子：赤江巴杰（中系འབྲིང་རྒྱུད།）
  - 羌萨（རྒྱང་བཟའ།）生子：札甲绷海（幼系ཆུང་རྒྱུད།）（དགྲ་རྒྱལ་འབུམ་མེ།）

- →托拉绷（ཐོག་ལྷ་འབུམ།）
- →屈拉绷（ཆོས་ལ་འབུམ།）娶：
  - 容萨（རོང་བཟའ།）生子：
    - 容察叉根（རོང་ཚ་ཁྲ་རྒན།）
    - 美朵措
    - 生：
      - 玉潘达加（གཡུ་འཕེན་སྟག་རྒྱལ།）
      - 连巴曲加（ཟླེན་པ་ཆོས་རྒྱལ།）
      - 囊琼玉达（སྣང་ཆུང་གཡུ་སྟག）
      - 拉毛玉宗（ལྷ་མོ་གཡུ་སྒྲོན།）
  - 嘎萨（སྒ་བཟའ།）生子：宇杰（གཡུ་རྒྱལ།）
  - 木萨（རྨུ་བཟའ།）生子：僧伦（སེང་བློན།）娶：
    - 拉尕卓玛（ལྷ་དཀར་སྒྲོལ་མ།）生子：奔巴·甲察协尕尔（འབུམ་པ་རྒྱ་ཚ་ཞལ་དཀར།）也称协鲁太阳自升（ཞལ་ལུ་ཉི་མ་རང་ཤར།）
    - 果萨拉尕尔（འགོག་བཟའ་ལྷ་དཀར།）生子：世界至圣宝珠制敌格萨尔（འཛམ་བུ་གླིང་གི་སྐྱེས་མཆོག་ནོར་བུ་དགྲ་འདུལ།）也称角如（ཇོ་རུ།）

第三节　岭国氏族、部落的组成

在第一、二节,我们从多种异本的比较中分辨了所谓岭国的历代王室和英雄。这除它自身的价值外,也给我们提供了研究岭国氏族、部落组成和演变的有益资料。如果从民族学的角度加以分析、研究,乃是很有趣味的。

格萨尔称王前的岭国,其社会组织已是以冬氏(གདོང། 或སྡོང།)部落为中心组成了较小的部落联盟,冬氏部落为盟主。我们说这是较小的部落联盟,是与格萨尔称王后的新的联盟相比较而言。同时,格萨尔称王前,岭国已不止一次地与其他一些部落发生战争,有的就是以联盟的形式出兵解决的,只是规模很小罢了。另外,其他氏族部落有:达戎(སྟག་རོང།)十八大部落、丹玛(འདན་མ།)十二万户部落、戎巴(རོང་པ།)十八大部落、珠(འབྲི།)部落、果(葛 འགོག)部落、噶(གེ།)部落、噶德(དགའ་བདེ།)部落、高觉(ཀོ་འཇོ།)部落、甲纳(ལྕགས་ནག)部落、嘎如(དཀར་རུ།)部落、那如(ནག་རུ།)部落、嘉洛(或夹罗 སྐྱ་ལོ།)部落、鄂洛(ཛོ་ལོ། དངུལ་ལོ།)部落、卓洛(ཁྲོ་ལོ།)部落,等等。由于冬氏部落在这些部落中处于盟主地位,史诗对它的来龙去脉也就交代得比较清楚:

岭国共有六部落,
分为长中幼三支系。
同是却潘那布后代孙,
并非地位有高低,
乃是出生有先后,

宗族始终是统一。[1]

长中幼三支，是由却潘那布王娶三个妃子而形成：娶大妃赛萨（གསེར་བཟའ།），生子为长支，居住上岭，称赛巴部；娶二妃文萨（འོམ་བཟའ།），生子为中支，居住中岭，称文布部；娶三妃木萨（མུ་བཟའ། 或 སྨུ་བཟའ།，名是 མུ་སྨྱང་། 的简称），生子为幼支，居住下岭，称木姜部。有的抄本说：大妃生八子，二妃生六子，三妃生四子，从而形成赛巴八部，文部六部，木姜四部，加起来号称岭国冬氏十八部。从《格萨尔》史诗传递的这些信息中我们至少可以领悟到：一是在父系氏族制的族谱中仍留有母系氏族的痕迹，若将冬**氏族名**称的由来加以上溯，更可看出**其名是按母系确认的**，详情见前本章第二节附表五；二是部落是在氏族的基础上发展起来的，实行的是氏族外婚制；三是岭国最迟是从却潘那布王开始进入父系氏族制的，且随着生产的发展、人口的增加，冬氏氏族、部落本身也在分裂、增加；四是不仅各有自己的地域，而且以血缘、地缘的双重联系结成部落。

再看冬氏这个中心部落与前述其他一些氏族部落的关系。这里先说史诗中引人瞩目的两个部落：

一个是达戎部落。该部落虽因冬氏族却拉潘王娶妃达萨（སྟག་བཟའ།），生子达戎超同和达戎斯潘而称达戎部（见上节附表五），但有所不同，超同或斯潘系属冬氏族长支，只是在达戎部落和岭国发生战争后，他俩出征有功，兼其部落长。

另一个是丹玛部落。据《丹玛青稞宗》描述，岭国大臣丹玛江叉原系丹玛部落人，年幼时被丹玛青稞宗的国王驱逐到了岭国，丹玛江叉长大后，要求丹玛青稞宗的王子丹玛萨江（这时驱逐

---

① 王沂暖等译：《格萨尔王传·花岭诞生之部》。

丹玛江叉的国王已死）归还他的属地、属民以及财物，王子不允所请，丹岭两军发生战争，萨江战死，丹玛青稞宗归属于岭，丹玛本人成为岭国大臣并兼丹玛部落长，这可能就是史诗中丹玛向岭国称臣的原因。与此同时，丹玛也常讲他的全名是察香丹玛姜叉（ཚ་ཞང་འདན་མ་སྐྱང་ཁྲ།）。ཚ་ཞང་། 是甥舅之意，其来由是岭国冬氏长支超同之大妃丹萨（འདན་བཟའ།）是丹玛部落的女子（见上节附表二），与丹玛部落结成甥舅关系。

其他部落，如：戎部，岭王室有两代人（却潘那布和僧伦）娶戎女（རོང་བཟའ།）为妃（见上节附表四）；噶部，有却拉潘娶噶女（སྨ་བཟའ།）为妃（见上节附表七）；果（葛）部，有僧伦娶果女（འགོག་བཟའ།）为妃（见上节附表四、七、八）；还有嘎如、纳如、丹玛、卡拉曲拉、色拉诸多部落也是岭冬氏各部联姻的对象，正如贾察协尕尔在动员岭国各部调兵设防时所唱：

嘎如一万二千户，
它和长系是甥舅，
……

纳如一万一千户，
它和中系是甥舅，
……

丹玛、卡拉曲拉、色拉三部落，
它和幼系是甥舅，
……[①]

① 青海藏文版《霍岭大战》。

从以上所述可见，以冬氏部落为中心的较小部落联盟，其结合有的是通过战争的，但较多的还是通过联姻把自己的亲属部落组成了联盟。也正因如此，在岭国三十英雄的行列中，不仅有冬氏族部落长中幼三支的成员，也有丹玛、高觉、珠、噶德、卡拉曲拉、甲纳、夹罗、嘎如、纳如等部落的部落长、首领和统率官加入其中（详见本章第一节三十英雄花名册和附表一至七）。同时还应指出，有些部落长不只是代表他这一个部落参加联盟的，而是代表两个或三个部落参加的，如察香丹玛和丹玛古如坚赞代表了丹玛、卡拉曲拉、色拉等三个部落；却郡贝尔那代表了珠、噶德两个部落。

描述岭国部落特点的文字，在史诗中虽然零散，但随处可见，在此就不赘述。重要的是务须研究一下格萨尔称王前在玛域向岭国各部分封草场时唱的一大段诗文，从分析中可以悟到如下几点道理：

一是在分给冬氏长支部落长尼绷达尔雅的封地上，除有赛巴八部之外，还有高觉部落；在分给冬氏中支部落长阿奴巴僧的封地上，除有文布六部之外，还有噶、珠、丹玛等三部落；在分给冬氏幼支部落长仁钦达尔鲁的封地上，除有木姜四部之外，还有夹罗部落。可见，原来以血缘关系为基础的部落已在演变为地缘部落。这里，我们还可从资料上加以补充，请翻阅本章第一节附表一至七。摘录在这个附表上的英雄之部落所属，均系在岭国迁徙玛域之后格萨尔参加赛马或参加世界公桑祭祀、出征魔国时，岭国英雄出场时的称谓。在这些称谓中，如原属高觉部落的僧达阿东已列入冬氏中支或幼支；原属丹玛部落的察香丹玛已列入冬氏幼支；原属珠、噶德部落的却郡贝尔那已列入冬氏中支；原属甲纳部落的甲纳阿生已列入冬氏达戎支；原属夹罗部落的普雅珠杰已列入冬氏中支，等等。这些资料不仅补充说明了岭国各部迁徙于玛域之后已确实变成地缘部落，而且提示我们进一步思考："部族是原始社会解体之后，进入阶级社会时，由部落发展而来的。”[1]如果在民族形成之前确有“部族”，那么史诗描述的这种情况可说是一种“部族”萌芽形态的反映。

二是个人得到封地的有总管王戎察叉根及其子囊琼玉达（说“总管王地位高”）、有僧伦王及其子贾察（说“僧伦王有权势”）、有超同王（说他是“鲁莽的汉子”）、有娘察阿丹（说他“是英雄”）、有达戎斯潘（说他是“英武的男儿”）、有僧达阿冬（说他是“勇敢的汉子”）、有却鲁达潘（就他是个“胆大人”）、有察香丹玛（说他是个“机警人”）、有夹罗顿巴（说他是个“富人”）、有冬赞阿班（说他是个“捷足男儿”）、有米钦加哇（说他是个“伟人”）、有百户长和千户长。可见，一些“有权势”“地位高”等等一类的人物以封赐土地的方式得到奖赏，从而取得了单独发展致富的条件。

三是得到个人封地的还有：甲纳部落长官僧僧、中支的姜赤阿钦和尼玛龙珠、幼支的戎察玛兰和希尕江扎、夹罗部落的普雅珠杰等人，让他们分别到长支、中支、幼支和夹罗等部落选择精华、舒适快乐之地去居住。可见，已有一些人得到了特殊的照顾，如其中的戎察玛兰就是僧伦王之次子、格萨尔之兄；普雅珠杰就是格萨尔未婚妻珠毛之弟，等等。

四是得到个人封地的还有：咒术家、星相家、神医、大公证人。可见，一些有个人特长的人已从部落中单独分居出去，受到了特别优待。

五是在得到个人封地的人中，值得特别一提的是让握有大权的人，去经营管理大部落集会和汉藏商客聚驻的玛帝雅达贡玛地方，可见已有了商业。

---

① 杨堃：《民族学概论》，中国社会科学出版社，1984年，第195页。

综上所述五点，足以说明岭国的部落不仅已由血缘部落转向具有军事民主制性质的地缘部落社会，而且在部落中“地位高”“有权势”的人，有“长官”、“英雄”头衔的人，以及一些有声望和具有某些专长的人，他们不再随着自己的部落，而是各有封地散居各地，开始经营自家的地盘，为从夫居的个体家庭的发展创造了有利条件。虽说“广大土地分给众兄弟，但应算作岭国公有物”，然而毕竟是随着生产力的发展，“穷者变富，弱者变强”，特别是商业的出现，已破坏了原始公社制度，引起了私有制和阶级的产生。岭国的较小部落联盟在国家形成的道路上又跨进了一大步。

格萨尔称王不久，岭国在群敌相继挑衅、进犯的严峻形势下，不仅原有的较小部落联盟进一步巩固和加强，其职能在一致对外中得到了充分发挥，而且在相继反击、征服魔国、霍尔国、门国、姜国等许多部落、邦国之中，组成了新的大的部落联盟。到格萨尔为王后期，一个强大的岭国已在青藏高原上兴起了。这时，岭国原有的较小部落联盟已进入部族的形成、发展阶段。这里必须指出，我们这是在分析、研究《格萨尔》史诗。《格萨尔》不是一个世纪的产物，氏族部落、部落联盟、部族的产生和发展形成，哪能在格萨尔一代人之内完成！

第四章

藏族《格萨尔》史诗中的民俗文化

藏族《格萨尔》不仅是一部跻身于世界文学名著之林的伟大史诗，而且也是一部难得的研究古代藏族社会生活的大百科全书，其民俗描述之丰富，就足以令人倾注全力潜心探研。当然，史诗不是为写民俗而写民俗，而是别有意蕴。比如说饮食风俗，史诗中纯粹为表现风俗的饮食描写并不多，凡是铺排得比较详尽的，一般都另有意图。如在《英雄诞生》中，超同殷勤招待侄子格萨尔的那一顿颇费安排的茶酒筵席，光描述香茶美酒就连写了二十四行诗句，①不仅写出了藏族先祖制作茶酒的古代习俗及其艰辛，而且在写超同“奉献”给格萨尔的每一碗茶、一杯酒、一块肉、一团糕中，都蕴藏着超同骗换格萨尔的快速赤兔马、阻止格萨尔赛马称王的阴谋。这是从文学塑造人物性格表现民族特色的角度讲。但在这里，我们主要是从研究民俗的角度着眼看待《格萨尔》史诗中的各种民俗事象。

《格萨尔》关于各类习俗的叙写，不管铺排得比较详尽还是三

---

① 青海省民研会编译：《英雄诞生》(果洛抄本)。

言两语地一笔带过，只要我们注意留神并予以大体分类，就不难发现《格萨尔》中蕴含有大量的民俗事象，我们有理由把《格萨尔》史诗中记述的各类民俗称为“《格萨尔》民俗”。由于《格萨尔》反映了古代藏族社会几个主要发展阶段的内容，因此，所载民俗基本上也是藏族古代历史文化的伴随物。

第一节 《格萨尔》民俗的门类

《格萨尔》民俗虽然非常丰富，但也显得极为零散，它嵌杂在一百多部的一百多万行诗中，要全部摘录出来加以分类，这在目前还难以完全做到。因为其多数分部本还尚未整理成文，现只能从看到的部本中理出一些，予以分类概述。

一 生产习俗

《格萨尔》描述的社会是一个部落社会。从史诗展现的古代牧民社会的景象来看，社会成员的绝大多数以从事游牧业生产为主的畜牧经济，也有少数从事农业、狩猎业、商业和小手工业的，处于极次要的位置，可以说仅是牧业生产的辅助部分。

马、牛、羊是牧民的主要财富，他们分别以“达瓦果松”(ཟླ་བ་མགོ་གསུམ།)、“阿尕惹赞巴拉”(ཨཙརྫོཛྙལ།)、“大鹏鸟卵”(ཁྱུང་གི་སྒོ་ང།)、“冈瓦桑布”(གང་བ་བཟང་པོ།)、“尕玛冬惹”(ཀ་མ་དུང་ར།)比喻马运、牛运、母牦牛运、绵羊运、犏牛运，把“白白的绵羊黑黑的牛/斑斓的花马紫色母牦牛/白色大鹏般的公犏牛/还有那白色的母犏牛”等，称为传家宝，视为藏地福分的根子。为此，岭国的长辈总管王戎察叉根总是谆谆告诫大家：“根子没有怎样能发展，王臣们请把这话记心中。”岭国的婶嫂姑娘女婢们，也视总管王的告诫为“甘露雨”，总是把挤下的鲜牛奶供给神佛，祈请把成就赐藏人！

牧业生产，牧场是必需的条件。史诗描述：“平坦坦的大草原，像金盆内凝住了酥油那样的美，在它的中央，散布着牧民们的黑色牛毛帐房，密密麻麻像蓝天上的万点金星。”牧业生产也只能在这样富饶的草原上发展起来，呈现出“牦牛、奶牛和犏牛/还比天上星星多/山羊、绵羊和小羊/好像白雪落山坡”的一片兴旺景象。牧场基本上是部落公有，但放牧区域的划分仍由部落首领来掌管。岭国各部因遭严重雪灾而向角如请求迁入玛域牧地时，各部的草场就是由管理玛域的角如一一点名作具体分配的。当时除给各部分配外，虽然也给一些地位高、有权势、有长官、英雄头衔以及一些有声望和具有某些专长的人单独划分了牧场，但角如仍然强调说：“广大土地分给众兄弟，但应算作岭国公有场。”同时，一个部落或个人占牧了其他部落或个人的牧场时，则要收取地皮税（ས་ཁྲལ།）和草钱（རྩྭ་རིན།）。如超同在侄子角如招待他的宴席上答应给角如“沟头的高草山”“沟尾的小木桥”“沟中间的蕨麻海”之后，角如就对在那里放牧的牧民唱道：

上沟高高的草山，
叔叔超同给我啦。
下沟的小木桥，
叔叔超同给我啦。
中沟的蕨麻海，
叔叔超同给我啦。

你们来放牲口，
把草都给踩坏啦。

你们来饮牲口，
把水都给弄浑啦。
吃草，草钱要留下！
喝水，水钱要留下！[1]

放牧的人们，赶忙回家，凑足草钱和水钱，交给角如。在岭国各部因遭灾求请迁入角如掌管的玛域草地时，角如也说：

别留白岭赶快迁这里，
住一辈子当然也可以。
若住三年尽可享幸福，
地皮税和草钱分文我不取。
这是对岭国兄弟看情面，
特别看的是甲擦哥哥你。

从角如在玛域分配住地和牧场中，可看出当时牧场已有冬夏之分。他说：

夏住山头天气凉，
冬迁山湾气候暖。
这是英雄的居住地，
分给娘察阿丹做家园。[2]

色拿宁青象鼻地，

① 王沂暖等译：《格萨尔王传·贵德分章本》。
② 王沂暖等译：《格萨尔王传·花岭诞生之部》。

威风凛凛如笑纹虎。
有大部落的冬夏放牧场，是英武男儿的居住地。[①]

上有三大山沟交汇口，
下有三大草原接连处。
有万部落冬夏放牧场，
今分给千户超擦去居住。[②]

当然，这种冬夏牧场的划分，放牧则必然要适应这种季节性的迁移。由于牧场基本上是部落公有的，所以，这种迁移基本上也是集体性的游牧。牲畜的放牧是按类分群。如：格萨尔“便起身前往岭国叫作邦迥楚毛草场、石山与雪山的交界处，把马群放在草场的右方，把牛群放在草场的左方，把羊群放在草场的中间……”；格萨尔在出征魔国前向王妃珠毛交付国政时也说：

左边沟口那里是马场，
右边沟口那里是牛场，
中间沟口那里是羊场，
交付时全数来交付，
收回时也要全数收。[③]

牧业生产的劳动，主要是放牧牲畜。一般是男子放牧、打猎、揉制皮革等，女子纺毛线、挤奶、制作奶品、操持家务等。这在史诗

① 王沂暖等译：《格萨尔王传·花岭诞生之部》。
② 王沂暖等译：《格萨尔王传·花岭诞生之部》。
③ 王沂暖等译：《格萨尔王传·降伏妖魔之部》。

中也多有描述，只是由于史诗的中心是写战争，男子在疆场上杀敌逞勇的事更为突出。但无战事之时，仍从事牧业生产，随畜群游牧。如丹玛所唱：

我这个人你若不认识，
你是上岭绵羊的放牧人，
我是下岭山羊的放牧人，
我是中岭羊羔的放牧人。
早上才摘下牧羊帽，
现又戴上了白头盔。
早上才脱下无面白皮袄，
现又穿上了白甲衣。
早上才放下抛石器，
现又挎上了三眷属，
早上才放下放牧事，
现又跨上了好战骑。①

同时，每当岭国征服一国后，敌国的王子或将臣在请求饶命时也唱道：

我姜维玉拉托居尔，
愿留大王手底下，
放马背水都可以，
……②

① 青海藏文版《霍岭大战》。
② 王沂暖等译：《格萨尔王传·保卫盐海之部》。

请别杀我饶条命，
最好我是当臣子，
其次是放马和喂牛，
……[①]

又如岭国在打败察瓦戎国后，甲擦令其大臣考虑："把你带到幸福的岭国去/不是放马或牧羊/就是照料小羔子/试一试可不可以你考虑。"[②]足见，男子除参战外就是放牧。女子除挤奶外，还要制作奶品和酿酒（这在消费习俗中要谈到）等，当然也有从事放牧的，但这多在婚前。如珠毛准备去追赶格萨尔大王时，对两个女婢说：

阿琼吉和里琼吉，
你俩是我好伴侣。
小孩时一同采花来，
大了时一同放羊去。
你如明白我们是姐妹，
如不明白我们是主婢。[③]

由于马牛羊是牧民的主要财富，牧业经济的发达与否，关系到部落社会每个成员的衣食住行和每个游牧部落的兴衰。因此，围绕牧场水草的区划，牲畜的分群放牧管理、男女分工的经营技术、畜产品的加工处理等所形成的习俗惯制，几乎都构成了牧业经济中物质生产民俗传承的主要内容。这种在"格萨尔时

① 《格萨尔王传·松岭之战》（藏文版），西藏人民出版社，1981年。
② 《格萨尔王传·察瓦戎箭宗》（藏文版），西藏人民出版社，1982年。
③ 王沂暖等译：《格萨尔王传·降伏妖魔之部》。

代”之前或期间形成的牧业生产习俗一直传承到解放前夕，有些甚至沿袭至今，如季节性牧场的区划、牲畜的按类分群放牧等。当然，现今这些习俗惯制，比起那时改进得合理、完善、科学得多了。

“格萨尔时代”的部落社会虽以牧业经济为主，但部落成员中也有少数从事农业、狩猎业、商业和小手工业。在这里只举几例说明，如史诗对农事描述：

撒下珍珠般的种子，
庄稼苗像松儿石一般绿。
秋天快刀割庄稼，
两个犏牛往回拉。
圆圆的石臼捣成米，
糠皮儿被风吹到海角和天涯。[①]

对渔猎活动的描述：

在贡庆杂扎滚玛地，
山峰顶上鹿满山，
山腰峭崖有麋獐，
山下河水鱼儿繁。
即便是上午渔猎空手回，
傍晚收获也可观。[②]

---

① 王沂暖等译：《格萨尔王传·保卫盐海之部》。
② 王沂暖等译：《格萨尔王传·花岭诞生之部》。

同时，也有狩猎野牛和各种野羊以及其他野生动物的描写。在当时，他人只要碰上狩猎者正在收拾猎物也给分给一半或一部分，这一习俗可能更为古老。

对经商活动的描述：

玛域的朝阳莲花沟，
向上去是客商必经地。
转回时是货物聚集处，
商品可在这里来交易。①

当时的玛域，不仅成了汉藏两地通商的好地方，而且也是上部阿里、拉达克与汉地通商的要道。

综上所述，说明了"格萨尔时代"的部落社会，是以牧业经济为主体，构成了以牧业生产为主，兼有少量农业、狩猎业、商业和小手工业的生产惯例。各类生产品之间的流通，基本上都是以物易物，就连劳动工钱也是用实物偿付："小裁缝工钱牛一条/大裁缝工钱马一匹/每次缝上一针线/工钱要给羊一只"②，形成了以牧业生产资料马牛羊（也是生活资料）为主来计价进行交易的习俗。甚至对女性的评价，也要用马牛羊等实物来衡量：

珠毛你右转好像风摆柳，
你左转好似彩虹飘。
你前走一步价值百骏马，
好像半空中空行在舞蹈。

① 王沂暖等译：《格萨尔王传·花岭诞生之部》。
② 王沂暖等译：《格萨尔王传·降伏妖魔之部》。

你后退一步价值百紫骡，
好像天上的仙女在舞蹈。
你眉眼含情价值百犏牛，
人人都为你倾倒。
你嫣然一笑价值百羔羊，
齿如珍珠排得好。[1]

二 消费习俗

物质的消费习俗主要表现在衣、食、住等方面，它与物质生产的习俗惯制紧密相关，不可脱离。

藏族《格萨尔》传播到土族群众中，土族人民在结合本民族的神话传说创作自己的《格萨尔》时便这样描述："有一天，阿朗加吾打发孔雀分别到贡玛、完玛和许玛等地方通知色卡喜尔、益卡喜尔和党卡喜尔三姊妹，'叫她们到我跟前来'。随后，加吾又对前来听经的飞禽走兽们说：'你们到处飞走，看出了没有，哪里的树皮和草长的好，绵软结实？'飞禽走兽们回答：'香树的叶儿大又好，才毛相树的树皮结实，半山腰里的草，长得又软。'加吾听后说：'那好，以后你们拿来！'第二天，色卡喜尔姊妹三人来到了加吾跟前，加吾说：'我们的身上全是毛，我给飞禽走兽们讲了，让它们把树叶树皮和草送给你们，你们想个办法把它连起来，然后把身体来个遮前盖后。我自己也想办法这样做。'之后，色卡喜尔三姊妹用树叶、树皮和草遮盖身体，过了一段时间，各自觉得身上的毛少而短了，肤色也好看了一些，而且当感到时冷时冻时，就把树叶、树皮和草绾起来多连些，绾紧些。多连多绾，做得越来越好了。"可见

① 王沂暖等译：《格萨尔王传·降伏妖魔之部》。

人们的穿衣,从一开始就是一种文化创造,具有文化内涵。随着人类智慧的增长,其装饰也日趋多样化。从藏族《格萨尔》史诗的描述来看,人们的性别、民族、职业、地位、年龄、以及服饰的用途、质料、色彩、工艺等等,都成了构成服饰习俗所依据的因素。珠毛的珍宝衣——珠砂红宝聚:"九十九个衣褶有小环/大环系在小环上/衣前衣后尽大环/大环还系上小铃铛/在上岭尕穿上这件珍宝衣/在下岭尕听到银铃叮当响。"[①]缝制这种"珍宝衣",工艺特别精细,珠毛说:"每次缝上一针线,工钱要给羊一只。"珠毛还描述自己的发压:"我头上美玉四眼右发压/是绿松儿石做成的/我头上鼠头红鸟左发压/是红玛瑙做成的/我头上巴乍八对后发压/是灿灿的黄金做成的/我头上花像逞威顶发压/是黄金珊瑚鹿角做成的。"[②]其珍宝衣和发压除表明服饰的女性特点十分突出外,还说明了它的质料,标志着人们的身份地位的差异。人们身份、地位的尊卑、高低促成了服饰习俗的变化,其穿戴有所不同。戎察叉根是岭国的总管王,他头戴风帽檐上卷的尖顶帽,顶嵌红宝珠,插着五根孔雀翎,身着白水獭的黄缎袍。腰扎黄色绸腰带,足登三道彩虹的缎靴,结着红绸靴带,下身穿紫红色裤子,耳戴镶着绿松石的金耳环,腋旁带着镶着汉地珊瑚的银盒,颈上挂着玛瑙珠串的项链,黄色缎子的碗袋上系着红红线穗子,边上还镶着白色象牙……[③]这种人体外部装饰,就总体而言,则系藏族男性的服饰打扮,但从质料和某一部分的样式上又把部落首领和一般百姓区别开了。却巴嘎惹身穿黑熊皮僧衣,头戴黑鸟毛羽冠,项上戴着大自在天的人头

---

① 王沂暖等译:《格萨尔王传·降伏妖魔之部》。笔者于1964年参加的西藏阿里改则县南罗玛民主改革庆祝大会上,见到许多藏族妇女就是这种装饰,但所系小铃铛则多为铜制。

② 王沂暖等译:《格萨尔王传·降伏妖魔之部》。

③ 王沂暖等译:《格萨尔王传·分大食牛之部》,甘肃人民出版社,1986年。

骨项珠，右手握着大红降魔兵器，左手拿着三楞忿怒橛；贾察协尕尔“戴着压伏三界的黑风盔，穿着螺月六翅的白战袍，腰悬宝珠缚蛇剑带，披挂整整齐齐”。看了这两种衣着妆扮，就知前者是本教黑咒术师，后者是武将，其服饰的职业性标记和样式，便各具一格。据《格萨尔》描述，岭国人民的服饰惯制大体分两类：一是实用的服饰惯制，它是在人们处于青藏高原的气候条件下，在从事畜牧业生产的具体环境中形成和发展起来的，其服装的用料多系自己生产的畜产品，实用价值高；二是观赏的服饰惯制，它是在人们有了自己的美感，从观赏方面形成和发展起来的，但往往受生活水平和时代风云的制约。“格萨尔时代”战争接连不断，人们不大注意服饰的观赏。珠毛有四种珍贵漂亮的发压，当格萨尔外出时她才拿出挽留他：“你若不走留岭尕，我佩戴这些作妆饰。”《格萨尔》史诗中，服饰的观赏习俗只见于特殊场合的描述：格萨尔打了胜仗，王妃、姑嫂们在一连多日的欢庆大会上，身着华贵而得体的盛装，众人观后赞不绝口。此外，史诗还描绘了礼仪的服饰惯制。

饮食习俗，是人类由自然饮食状态进入调制饮食状态时产生的。岭国地处青藏高原，当地的出产直接关系到人民的饮食习惯。格萨尔在玛域让拉达克、汉地两方商人修建宫殿时，“每一百人分给一口袋糌粑，一驮酥油，一驮茶叶，还有许多肉和蕨麻……”这段叙述则基本如实地反映了岭国人民的饮食习俗。此外还饮奶茶和酥油茶以及喝青稞酒。许多饮食习俗是围绕青稞、牛羊肉、奶子和茶叶而产生和传承的。糌粑、酥油、酥油茶、奶酪、酸奶、青稞酒等的制作习俗，在《格萨尔》里都有描绘。如珠毛向格萨尔敬酒时陈述：

我左手拿的这瓢酒，
说起它来有历史。

……
要说酒是怎样造，
造酒先要有粮食。
……
青稞用来煮美酒，
花花的汉灶先搭起，
铜锅用毛布擦干净，
青稞放在铜锅里。
倒上清洁碧绿的水，
灶火膛里红色火焰呼呼起。
青稞煮好摊在白毡上，
再拌上精华的好酒曲。
以后酿成好美酒，
一滴一滴滴进酒缸里。
酿一年的是年酒，
年酒名叫甘露黄。
酿一月的是月酒，
月酒名叫甘露凉。
只酿一天的是日酒，
日酒叫甘露旋好名堂。

在藏族人民的生活中，饮茶是不可或缺比吃糌粑还重要，如何调制法，则有具体传承，描写得惟妙惟肖；格萨尔唤侍女阿琼吉和里琼吉烧茶，叫她俩“快去快去提水去/快来快来烧茶来/锅里烧水要适当/不多不少舀三瓢/大块茶砖要用大瓢舀/小块茶砖要用小瓢舀/茶叶只能放三盘/既不能多也别少/火焰烧得要像猛虎跳/风袋打得要像野牛叫/柴烟要像彩云飞/茶气要像雾缭绕/茶沫块块和点点/要像半空落冰雹/烧茶柴火多/烧法也不少/黄刺是乌鸦/应当摞着烧/刺鬼是魔神/应当压着烧/羊粪是饿鬼/应当撒着烧/劈柴是英雄/应当堆着烧/柏树是好友/应当挑着烧/麦秸是青年/应当摆着烧/酥油是大臣/多放些儿好/盐巴只提味/少放些儿妙"①。据《格萨尔》描述,岭国人民的饮食惯制大体分三类:一是群众日常生活的饮食惯制,它受牧业生产季节性的制约,在产肉、奶的旺季和淡季各有差异;二是节日仪礼的饮食惯制,它多是从社会的需要出发而形成,除诞生、结婚,庆功等要举行盛宴外,在素日也有牧民个人摆酒款待客人的。其饮食虽各有讲究,但主要饮食仍不离当地的畜产品。如超同为商定赛马一事而摆宴:"各种三白食物如同大海波涛滚,三甜食品一似密雨下降,红肉白奶酪好像石山成堆,香茶美酒好像河水倾泻。"宾客的座次席位,由大公证人安排,当时已有等级、尊卑之分。席间还伴有歌舞,祝吉话祥;三是心意信仰上的饮食惯制,与人们的信仰心理紧相连,他们常以"牺牲"、三白三甜、茶酒等为祭物来祭祀或供奉神佛,其例很多。

三 婚葬习俗

婚俗:家族的构成和发展,亲族的产生和扩大,都是以婚姻为基础的。不同时代、社会的婚姻习俗传承,是社会民俗中极为重要的内容。从婚姻俗制的发展来看,史诗《格萨尔》呈现在我们面前的是:一是留有古老的原始群婚的痕迹。说岭国以财宝、王位和美女珠毛为赛马的彩注,谁能夺冠,谁就可获其财宝、王位和珠毛。结果在参加赛马夺冠的行列中,就有珠毛姑娘的亲生父亲夹罗敦

---

① 王沂暖等译:《格萨尔王传·降伏妖魔之部》。

巴坚赞和弟弟普雅珠杰。二是一妻多夫。在《格萨尔》里，这种婚姻俗制中的“一妻多夫”之“夫”，有的是以山神的面目出现的，如说格萨尔是宁钦格错山神和僧伦与果萨拉姆龙女共同所生的孩子，这说明过去曾有过一妻多夫的家庭，只是随着婚姻俗制的前进而逐渐被排斥和否定。当然，把格萨尔的另一父亲说成是山神，这还有其他含义(已在前面章节中谈及)。三是一夫多妻。这种婚俗在《格萨尔》中最为多见，如说岭王格萨尔就娶有十多个妃子(《贵德分章本》中说有十五位，分部本中说有十八位)，其中珠毛、来琼等还是叔伯三姐妹。格萨尔的父祖辈也过着多妻生活(详见《〈格萨尔〉历代王室》一节附表)。四是一夫一妻。如说贾察协尕尔(格萨尔的哥哥)只娶阿错姐毛过着一夫一妻的生活。以上《格萨尔》所描述的几种情况虽已说明，“格萨尔时代”的婚姻俗制，由不太稳定的对偶婚姻家庭已开始逐渐向比较稳定的一夫一妻的个体婚姻家庭过渡，但占统治地位的还不是一夫一妻制的专偶婚。因此，这一时期婚姻的民俗形式主要是：一是掠夺婚。如霍尔王抢劫格萨尔大妃珠毛，魔王抢劫格萨尔二妃梅萨绷吉。二是惩罚婚。如霍岭大战结束后，岭王格萨尔把为霍尔国镇守关隘的古尔错等霍尔王的三义女俘获后，分别强配给扎拉则杰等三名岭国战将。三是转房婚。如在霍岭大战中，总管王戎察叉根之子昂欧玉达战死，其未婚妻达萨钟玛又由格萨尔作主转嫁于扎拉则杰。扎拉则杰是总管王叉根之弟——僧伦之子贾察的儿子。四是赏赐婚。如霍岭大战结束后，格萨尔听从其爱妃珠毛的劝告，在免除辛巴梅乳孜的死罪后，把岭国美女梅朵通孜赏赐给他，并封他为岭大臣和霍尔王。辛巴梅乳孜便至死效忠格萨尔，屡立奇功。另外，还有以缓和双方矛盾，或维系和加强部落联盟为目的而进行联姻的婚姻形式，我们暂称之为“和亲婚”。《格萨尔》中，不论是汉皇将三个女儿分别嫁给岭国的僧伦王、姜国的萨丹王和霍尔国的白帐王,还是格萨尔王在戎国说亲,把戎国公主聘为岭王子扎拉则杰之妃,它都带有一定的政治缘由。如在姜岭大战中,辛巴梅乳孜受格萨尔之命出使姜国。辛巴对姜雏玉拉托居尔说:"霍尔国和黑姜国/和解的人儿就是我/亲事一成人民乐/亲事不成动干戈。"这虽是辛巴为了劝降姜雏而在其面前假造霍尔王派他前来说亲一事,但它的确明白无误地道出了当时"和亲婚"的政治目的。"和亲婚",还要有人充当"媒人"。戎、岭和亲是格萨尔王亲自充当"媒人"向戎国国王嘉瓦伍尕提出的,"霍姜和亲"是辛巴梅乳孜前去作"媒"的。从姜雏所提出的条件看,当时的"和亲婚",男方要拿聘礼,姜雏说:

今天霍尔来求亲,
姑娘的身价要细说:
金马要送十八匹,
能跑会走的还要两三个;
银羊要送十八只,
会叫妈妈的还要两三个;
玉象要逆十八头,
能驮会运的还要两三个;
铁人要送十八个,
能征惯战的还要两三个;
铁马要送十八匹,
能上阵打仗的还要两三个;
白水晶丫环还要十八名,
能歌善舞的还要两三个。

只送这些礼,

还是娶不走。
心爱的姑娘，
容颜好还要百匹马，
颈项好还要百头牛，
身材好还要骡子一百匹，
头发好还要牦牛一百头；
白螺般的好牙齿，
还要绵羊一百只；
红绸般的软舌头，
还要软缎一百匹。

这些聘礼都齐全，
今天还是不能娶。
她的智慧大，
身价要给的多；
她的性情好，
身价要给的多。
要给百驮金，
千条大象驮；
要给百驮银，
千匹骡马驮；
要给松儿石和珊瑚，
千头犏牛驮。
这些聘礼全，
才能把亲说。[①]

① 王沂暖等译：《格萨尔王传·保卫盐海之部》。

可见，当时女性的相貌和人品，都是索取聘礼多少的条件，甚至把女性身体的每一部位来分开评价，按其美、丑提出聘礼的高低。对离婚习俗，《格萨尔》描述虽不多，但《贵德分章本》中提供一例说，大妃尕擦拉毛年逾五十才怀孕（即以后的格萨尔），其夫僧唐惹杰依了三妃那提闷要大摆酒肉筵席的建议而出外打猎。其间，那提闷和超同达相互勾结，从各自不可告人的目的出发，先后偷偷地剪掉了尕擦拉毛右边和左边的发辫，僧唐惹杰王回来看见大妃剪掉了辫子就昏迷过去。待苏醒后，超同达借机提出："分给她一份财产，把她送娘家。"接着，僧唐把尕擦拉毛逐出家门。这一离婚习俗的认识价值将在下节探讨。

葬俗：《格萨尔》描述的类型有：一是水葬（如冬喇察格布被凶狼围困咬死后，老三儿子找见背着回家途中，见一河水就将爸爸的死尸葬了下去）；二是土葬（如梅萨绷吉唱道："说是岭国大丈夫格萨尔／不在人间升天了／他死去大约有两年／坟墓已经生茅草。"在霍岭大战中，丹玛提出："……其他英雄的遗体也该驮在马上，带到黄河边山麓下埋葬。"）；三是火葬（这种葬俗，在《格萨尔》中描绘较多，如总管王之子昂琼在霍尔国战死后，就将其遗体驮回岭地焚化了）；四是塔葬（如格萨尔要投生下界降魔，为此便在天界死去，天上给他修了一座宝塔，把其尸骨安放在里面）。在丧葬的处理过程中，有的葬俗还伴有浴尸、招魂、寻求"中有身"之生缘、超度等一系列具体习俗，这里就不再一一举例说明了。

四　信仰习俗

信仰习俗反映在《格萨尔》中则多种多样，其中崇敬大自然和信仰各种占卜则尤为突出。关于大自然信仰，除了石崇拜之外，我们已在前面《格萨尔与本波文化》一节中较为详细地作了论析，这里不再赘述。石崇拜在《格萨尔》中的表现常常是在岭国打了胜仗，战败国大小首领遵照格萨尔大王之意，在一个山口垒一个石堆（上万个石头为一堆），以示信仰和敬奉。占卜，就《格萨尔》描述来看，主要的有如下几种：

梦卜：梦卜是最原始的占卜形式。有的自己做梦自己破，有的做了梦请他人来圆。梦卜有吉有凶。如格萨尔次妃梅萨做梦后说："从上沟刮来了红风。从下沟刮来了黑风，我被卷进风中刮走了。"结果，梅萨被黑魔抢走了。总管王剖析格萨尔大妃珠毛之梦时说：

水上跑着红野马，
征兆大王的赤兔宝马驰骋欢；
……
上沟石山忽崩裂，
征兆大王要凯旋回岭地；
乱石滚满山谷间，
征兆大王健康无灾难。[1]

结果，格萨尔降伏魔王路赞返回岭国。这样的例子举不胜举。梦卜虽与原始信仰有直接关系，但佛教传入藏族社会后，也和原始本教文化相融，如说僧伦与其妻果萨拉毛同居，果萨梦见"一位身穿黄金铠甲（指宁神格卓），容貌俊伟非凡的人来到身边，情意缠绵地同她共枕交欢，难舍难分。待黎明时分，有前次梦中见到的喇嘛放在自己头顶的金刚杵的光辉、彩虹的光辉、玛瑙的光辉一齐并入顶门，从来没有过的愉快遍及全身……"以后格萨尔诞生了。这

① 青海省民间文学研究会翻译整理：《格萨尔》(4)。

个梦境中既有原始本教的文化内核,也有佛教的文化内核。

鸟卜: 鸟卜是一种古老的占卜,格萨尔之父僧伦与叔叔超同曾为争娶戎萨而占卜就用其法。超同拿出三颗鸡蛋,以所孵鸟色来卜定胜输。这可谓原始状态的鸟卜法。在《格萨尔》中多以黑老鸹飞来的时间、方位及其叫声来预卜吉凶。如珠毛让乃琼姑娘给总管王禀报说:

昨天老鸦来窥视,
今早怪鸟又来偷望,
虽然前后两件事,
接踵而来兆灾殃。

乃琼在禀报时说:

昨天黑鸦来探信,
今早怪鸟又降临,
丑态怪相难形容,
落在松石宝帐顶。
也许是霍尔、门、戎出大兵,
也许是鲁赞乘虚来犯境,
事关重大难预料,
要与部众细议论。①

骨卜: 从历史上看,其法也由来已久。藏族的骨卜常用牛、羊之肩胛骨。如在霍岭大战中,岭国达戎长官超同派人偷盗了大

① 青海省民间文学研究会翻译整理:《格萨尔》(4)。

食国的“青色凤翅”千里马之后，大食国的大臣冬赤及其助手云章拉甲等人追寻，途中云章拉甲让冬赤解下右靴带，自己从怀中取出占卜用的肩胛骨，然后用靴带捆了三道放在火中去烧，进而占卜。

线卜：据研究，线卜形式是从古人结绳记事的方法演进而来。在《格萨尔》中占卜者多用彩线，但也有用其他线绳（如靴带、羊毛线）代卜的。如魔王路赞抢了格萨尔次妃梅萨之后心神不宁，让梅萨把他的算卦彩线拿来进行占卜，并祈祷道：“明智仙人薄伽梵，雍仲明咒辛饶本，请明见神加持我，凡我所求皆明现。”

另外，在《格萨尔》描述中还有**箭卜、骰子占卜、圆光占卜**等多种占卜法，这里就不一一列述，其中有些占卜法是以相互结合的方法而施用的。如在《霍岭大战》中，女巫冬郭先在布起的“占坛”上，插上白、黑、花等三支彩箭，供上各种食物，接着一边祈祷，一边睡起觉来，过一段时间后，她突然翻起身来，此时，黑、花两支彩箭已仆倒于坛，只有白色彩箭兀立着，最后女巫讲出占卜结果。这是将箭卜与梦卜相结合。又如女巫祁尊益西在占卜时，先“将虎皮卦毯铺在地上，把白螺卦箭、红色卦绸、绿松儿石骰子放在毯子上，又插上黑色、白色、黄色的三支箭”，然后在供食祈祷打卦完毕后，她又闭眼入睡得一梦。当她睁眼看时，黑、黄二色彩箭已倒，白色彩箭还插在毯子上。这时，她唱出梦中所见，公布于众为卜辞。这是把线卜、骰卜、箭卜和梦卜等四种占卜法相结合而用。此外还有将骨卜、线卜、箭卜、骰卜和三百六十种占卜图表等多种占卜法结合起来进行卜算的。这一多种复合占卜法，从信仰者心理来讲，是力求占卜结果的准确性；从占卜法的产生、演变来看，是从简到繁，从原始本教、本教信仰到本佛相互吸收、融合，则经历了一个相当长的历史演进过程。

五　游艺竞技等其他习俗

在《格萨尔》史诗中还有**猜谜语**、**掷骰子**、**射箭**、**赛马**等许多游艺竞技习俗和人生诞生、住、行等方面的习俗描述，这里限于篇幅就不再一一分类叙及了。

第二节　《格萨尔》民俗的特征

一　《格萨尔》民俗的原始性特征

《格萨尔》"是在民族意识刚刚觉醒时，诗领域中的第一颗成熟的果实"[①]。因此，史诗中有的民俗事象尽管被代代传承者随着社会的发展而发展，改造而改造，但原始风俗的影子依然清晰可见。这种原始风俗的影子，在《格萨尔》史诗中的顽强保留便构成了《格萨尔》民俗的原始性特征。

《格萨尔》民俗的原始性，首先可从史诗对人类的繁衍描写来看。《英雄诞生》部开篇有这样一个故事情节的描述：很早以前，有一个秘密的黑暗地区，那里是一个不知善恶的罗刹地面，也是一个畜生地区，互相残噬，相互吮血，是名副其实的罗刹。就在这里有一位观世音菩萨的化身——猴子菩萨，在雅隆的水晶石洞中坐静修行。一天，忽然有一个非常美丽漂亮的女罗刹跑到猴子菩萨的身边说："我们俩同居到一块儿吧！应终生相伴才对！"表现出情欲勃发的种种淫态，猴子菩萨听后说道："我是猴子之身，臀部拖

---

① 《别林斯基论文选》，新文艺出版社，1958年。

着尾巴，身上长着兽毛，脸上堆着皱纹，我不愿做你丈夫，供你情欲所用，最好你去找一个比我更好一些的男罗刹满足你的欲望好了；再则，我已在普陀山观世音菩萨之前受了出家人之戒律，一个人一生不能有两个身子呵！”罗刹女不肯，一再要求猴子菩萨做丈夫，且说：“我若去找一个男罗刹做丈夫，那将生下许多罗刹小娃娃，因父母都是罗刹，仍将会产生不良后果。只有和你才能生下一个聪明的小孩，他精通正法，会使黑暗的藏区升出正法的太阳来。”但当猴子菩萨增进修炼，没有任何动心时，罗刹女一直赖着不走，她一连七个昼夜露出乳房和下身，缠着猴子菩萨不愿离去。猴子菩萨无奈便跑到普陀山上师处，将这个罗刹女的一切言行作了禀报并请示上师：“因果与神变究竟怎样？应该如何对付？”上师说：“这说明了藏族人类要从你猴子的后裔中演化而出的因缘，情况非常良好。与她同居，将使黑暗的藏区可以现出善法的太阳来，可以完成巨大的利他事业，应该照她的要求办好了。”这样，猴子菩萨回来之后就照上师的吩咐与罗刹女同居，生了许多孩子。[①]故事中说猕猴是观世音菩萨的化身，说他与罗刹女同居生子是普陀山观音菩萨之点化，这无疑是后世一些藏传佛教僧人，特别是宁玛派僧人在插手编纂《格萨尔》史诗时加进了自己的观点。我们在研究时，只要剔除其中这些明显的佛教的渲染与附会，就可看出编制在诗中岭国先民起源的这个生动有趣的故事，真实地传承了其婚俗的原始性。

在葬俗方面，其原始性表现，我们仍可接续上述故事来说：过了一段时间，猴子菩萨和罗刹女的长子东·喇察格保的后裔中生了三个儿子，他们长大后和东方玛嘉邦喇山神仪亲，玛嘉将三个女儿分别许配给喇察格保的三个儿子，他们各自建立帐篷，分成三户

---

① 青海省民研会编译：《英雄诞生》，果洛手抄本。

居住。但在一次搬家中，爸爸被凶狼围困咬死，老三儿子找见爸爸的尸首往家背回途中，见一条像苍龙似的河水流过，于是他将尸首葬了下去。在这里除提到“在那水的一旁，生长着不可思议的各种各样的草木和花卉”，“征兆因缘配合的极为佳妙”外，没有更多宗教色彩的渲染。即使在史诗描述火葬、天葬，对死者灵魂进行超度的民俗中，其观念意识也无不含有原始性特征。

在祭祀、祈祷、占卜、巫术等众多习俗事象的记述中，则更为大量地表现了《格萨尔》民俗的原始性。就岭国来说，素日人们祈求丰收，祷却灾异；战时，祈求胜利，攻克敌军。格萨尔一称王就统领将臣、英雄和众兵马到他的寄魂山——玛卿雪山煨桑祭神，祈祷天地神祇佑助他伏魔治国；每当战将们出阵迎敌时，都向自己的保护神祈求，让其附体鉴临，护己杀敌；在家的王妃、姑嫂、姨婶等也祈祷于岭神，让其佑助自己的丈夫和岭军杀敌取胜，凯旋而归。这种祈祷意识既是人们期冀于自然力或神力的流露，又是原始性民俗心理的表现。至于占卜，史诗《天岭卜筮》《赛马称王》《降伏妖魔》《霍岭大战》《大食财宗》等许多分部本都有描述，其中叙及的梦卜、骨卜、鸟卜，其手段的古老性则不言而喻。有时，史诗将此占卜与巫觋之术相联系。《宗教流派镜史》载：“当藏王支贡赞普时，有凶煞，藏地之本徒，无法克制，乃分从罽宾、祝夏、象雄等三地，请三本徒来除凶煞，其一人则行使巫觋之术，修火神法，骑于鼓上游行虚空，开取秘藏，鸟羽截铁示现诸种法力。其一人则以色线、神言、牲血等而为占卜，以决祸福休咎。其一人则善为死者除煞，镇压严厉，精通各巫觋之术。”[①]类似这般记载，在《格萨尔》史诗中均有较为具体生动的描述，不再列例赘述。

---

① 善慧法日著，刘立千译，王沂暖校订：《宗教流派镜史》，西北民族学院研究室，1980年。

二　《格萨尔》民俗的神秘性特征

《格萨尔》故事产生、流传年代久远，从史诗巫术信仰、图腾崇拜等一些民俗行为的具体描绘可以看出：一是人们在进行某些民俗活动时，不仅带有一种神秘的心理，而且具有一种神秘的力量；二是某些民俗活动本身也处处表现出一种神秘的色彩，再加它常常和《格萨尔》民俗的原始性、宗教性等密切地联系在一起，这就使《格萨尔》民俗的神秘性特征更为明显。

史诗中描述：观世音菩萨和白梵天王商量之后派遣一位天神——顿珠尕尔保下界降妖伏魔，其母绷迥姐毛用神力将他变成一只神变的小鸟飞到人间超同的帐房门外，超同看见后心里极不愉快，说："来了三七二十一个不吉祥"，"我要一箭射死它！"于是忙叫妻子阿隆吉满把抓起灶灰来进行驱邪！当超同搭起毒箭正待要射时，神鸟又飞走先后落到僧达和僧唐王的帐房门前，他们都认为是吉兆，僧达让尊钦和尊琼两个妻子拿来白色哈达、羽毛箭，在箭杆上系上白哈达，然后向天神鸟奉献酥油、米粉和三甜等供品；僧唐王的妻子见后欣喜若狂，因一时手头不便就挤己奶上供，神鸟吃了便想："这就是我将来下界投生的妈妈呀！"于是离开人间，飞回天上。[①]"三七二十一"和"九九八十一"是藏族先民用来表示最不吉祥的两个数字，一旦遇到认为是不吉利的兆头时，就呼喊这个数字，并抓起三脚灶内的灶灰撒灰驱邪；一旦遇到认为是吉祥的兆头，就献哈达，供奉三甜食品，进行崇拜。在前述这六七个人分别进行的驱邪、迎吉的一系列民俗活动中，无不带有种种神秘心理，表现出神秘的色彩。

---

① 王沂暖等译：《格萨尔王传·贵德分章本》。

史诗中关于格萨尔大王在分牛分宝时，举行的召请福运的习俗描绘，更是当时藏族社会人们的信仰习俗在文学作品中的反映。如《分大食牛》叙写：岭国王臣们在夺取大食的牛只和财宝后，举行了盛大而隆重的分宝召福大会，会上先是格萨尔大王向三宝、本尊和上师祈请加持，向白度母、绿度母和三部主上供，向天神、龙神和地神等三类神灵作付托，然后供献茶酒和五种谷米及各种食物，大煨神桑，奉敬诸神。随之，诸神"飘然而来，侍立在大王左右"，后由大宁神投掷骰子，分配珍宝，众神在王臣们煨神桑献美酒的欢送中，欢喜受纳，各回本地。之后，总管王戎擦叉根尊大王之命分赏了大食牛只，接着格萨尔大王除要求岭国众人对分赐的财宝以自己召福的各种方法，去诵颂祈祷外，还亲自"用六转调唱呼召福运之歌"（歌词多达220多行）。并把呼运修运之法付托给大家，大家见了"叹未曾有，信乐无量"[①]。这一对格萨尔分赐宝物的信仰习俗进行的详尽描述，字里行间无不充满神秘感。这里既有藏族先民们建立在原始思维观念即万物有灵观念基础上的召运等民俗活动，又掺揉着本教祭祀于神灵，佛教上供祈祷于三宝的宗教活动仪式，其神秘性更为浓厚，从而令人们慑于这种神秘，"叹未曾有，信乐无量"。

《格萨尔》民俗的神秘性，在巫术民俗中表现得更加突出。如在卡岭两国的战争中，卡切国"本教徒阿旺计美抛出天雷橛，把以小辛巴达本为主的九个人消灭得无影无踪"。当岭国大将辛巴梅乳孜把阿旺计美一斧劈成两半时，卡切国"黑咒术师却巴嗄惹身穿黑熊皮法衣，手握大红火焰降魔法物"抛向辛巴，辛巴"虽未立刻丧命，但却昏迷不省人事，好像生命的活力已从身上消失了一般，变成半死不活的样子。随行的十八个人都口吐鲜血而死……"

---

① 王沂暖等译：《格萨尔王传·分大食牛之部》。

而黑咒术师随之“抛弃本教法，乘大鹏鸟腾空飞走了”[①]。又如在葛岭战争中，葛萨拉毛的胯骨跌坏，超同当即提出用咒术治疗。后经他施行咒术后，葛萨姑娘果然“能大踏步地行走了”[②]。这些巫术性的民俗活动，不仅使人们产生浓厚的神秘感，而且还表现出了一种神秘的力量，往往不可理解。越是不可理解的，神秘性也就越强。这些古老的巫术民俗，也许在它产生的年代倒是可以理解的，到后世反而不能理解了。但这种神秘性，其中既有迷信和巫术，也有真实和科学。如果我们将其咒术在拨开宗教性的迷雾之后，进行具体地科学地分析，则不难发现那种神秘的力量也许正是藏密气功所致。

三　《格萨尔》民俗的宗教性特征

宗教信仰这本是宗教学的对象，不属于民俗学的范围。但在古代藏地，藏族先民先是信仰土生土长的原始本教，以后佛教传入藏地，在本佛二教相互斗争、互相吸收容纳的基础上形成藏传佛教，且全民崇信，使之在精神文化方面深受藏传佛教的影响，因此，由宗教信仰而派生出来的信仰习俗已无不打上宗教信仰的烙印。作为藏族人民信体创造并家喻户晓，世世传唱的《格萨尔》，则带有不少这种宗教信仰的描绘，这是不同历史阶段人们的信仰在史诗传承中打下的烙印。也正是出于这个原因，才在《格萨尔》所描述的一些民俗心理、民俗思想和民俗行动中都杂有较为浓厚的宗教色彩，这就构成了《格萨尔》民俗的宗教性特性。对此，《格萨尔》民俗研究不仅不能弃之不顾，而且应当深入

① 王沂暖等译：《格萨尔王传·卡切玉宗之部》。
② 青海省民研会编译：《格萨尔王传·英雄诞生之部》。

研究。

格萨尔称王后，就召集岭国臣民进行了一次大型的煨桑祭神活动，这是在民俗思想指导下的民俗行动，正如格萨尔大王借用藏谚所说那样："没有弓，箭射不了；没有神，事办不成。"在这一民俗行动中，既显露了格萨尔"要收复这一切神灵，让他们给白岭国出力"，决心降伏妖魔的政治、军事目的，又充满了浓厚的宗教迷信色彩。[①]自此以后的战争中，几乎凡有王臣英雄们出阵或归来，岭国不去参战的叔叔兄弟、母婶姑嫂、妯娌妻妾等都要欢送和迎接，这时除举行丰盛的宴席、载歌载舞和奉献哈达、礼物外，还要煨桑祭神，向神、佛上供祈祷，呼唤各有关神佛之名，祈求他们予以佑助和加持……这似乎已形成了一种带有浓厚的宗教色彩的民俗仪式，其中既有"祝吉祥，保平安"的民俗心理之流露，也有迷信思想的表现。

在《卡切玉宗》中有这样一段描写：岭国超同之子拉桂在战场上被卡切国尺丹王的大臣鹰头红眼一刀砍断右腿而落马，但尚未死去，随后大家将他抬到格萨尔大王前，大王"赐给拉桂以迁识成佛法、中有自性解脱以及领受自然解脱法等教诫与法物"之后，拉桂说："我又得到了度过中有身的教诫，能够超生脱离阎王地狱之苦，这是格萨尔大王的大恩……但愿在未来的净土中，能常常见面。"当拉桂死去后，"由具有三昧戒的勇士们为他洗净身体"，使他"成就虹身，往生净土"[②]。毋庸置疑，在这里拉桂的死与丧葬仪式，是以藏传佛教教义进行指导和解释的。与此同时，格萨尔大王也被描绘成一位超度死者的大活佛。这大多是藏传佛教的知识分子，特别是宁玛派僧人在记录整理《格萨尔》史诗时加写进

---

① 王沂暖译：《格萨尔王传·世界公桑之部》，甘肃人民出版社，1983年。
② 王沂暖等译：《格萨尔王传·卡切玉宗之部》。

去的。

《格萨尔》民俗中这些带有宗教色彩的表现，是《格萨尔》民俗中的糟粕成分，在史诗的传唱中也会产生一定的消极影响，甚至成为民族的一种保守心理，成为人们接受新风俗、新思想的障碍，从而影响民族的进步。因此，在研究《格萨尔》民俗时，对其宗教性特征也不能弃之不顾，且要在阐明它是历史产物的同时，还要指出它的危害性。

四　《格萨尔》民俗的民族性特征

史诗记述了古代青康藏高原上纷繁的民族关系以及以古代藏民族为主体走向统一的必然趋势。在表达这个美好愿望和理想的过程中，展现出许多以藏族风俗为主和其他不同民族风俗为副的风俗画卷。这些风俗画卷虽然显得有点零散和不系统，但也各呈异彩，别具特色。《格萨尔》史诗里这些别具特色的风俗画卷，它既指在不同民族生活中传袭着的不同民俗事象，也指同一类民俗事象在不同的民俗中呈现出不同的特点。对此，我们称它为《格萨尔》民俗的民族性特征。

就目前所知，《格萨尔》描写的战争就有数十场，除以古代岭国人为代表的藏族“全民族参与其间”（别林斯基语）外，还有戎、羌、姜、霍尔、素波、门、突厥、党项等许多古代民族。其实从《格萨尔》描述看，比他们更为古老的氏族、部落就已有了自己的特有习俗。如岭国的嘉洛、鄂洛和卓洛三大部落将本部落的灵魂分别寄在嘉洛湖和鄂洛湖、卓洛湖，就是冬氏族（ལྡོང）长、中、幼三支的寄魂物也各不相同，长支寄魂于大鹏，仲支、幼支分别寄于青龙和雄狮。这无疑是图腾崇拜的演化，有其信仰者自身的意识、心理和行为，各有特点。《格萨尔》描述的民族不同，其民俗也相异，如同是信仰中的祈祷行事，出阵时，岭国格萨尔王的祈祷对象是“本尊、上师和三宝”“湖生咒术莲花师”等；卡切国尺丹王的祈祷对象是“战场得胜的血眼神”“生命之主甲尺独眼神”等；霍尔国三帐王的祈祷对象是“无畏善变的白天台魔鬼神”“孔武有力的花中台魔鬼神”“行走快速的黑地台魔鬼神”等。又如婚丧习俗惯例，岭国有夫之妇剪断发辫表示断绝夫妻关系；人死后进行天葬、火葬、水葬等，表现出岭人独特的民族民俗。《格萨尔》民俗的民族性特征，表现在人们衣、食、住、行等各个方面的民俗活动，更是丰富多彩，不必在此一一赘述。但必须指出，岭国每次取胜后总是让战败国首领和人民皈依佛法，改变信仰。因此，在研究《格萨尔》民俗时必须重视其民族性，哪些是某一民族自身的，哪些是由他民族习俗转化来的，都要严格区分，并注意它们产生的民族文化土壤和同化、融合的特有历史条件。这不仅使我们能够科学地阐明《格萨尔》民俗的民族性，而且对于探索、研究古代及青康藏高原上众多的部落和小邦国家由分散割据到逐步联合走向统一以及到藏民族的形成，都有极为重要的意义。因此，对《格萨尔》民俗所提供的认识价值，我们是不能低估的。

五 《格萨尔》民俗的阶级性特征

史诗《格萨尔》也是一部大型的展现古代藏族社会的历史画卷，其中既有描述岭国王臣将领的各种活动，也有描述在其统治下的一般平民和佣人的活动，在他们的多种活动中无不含有丰富的民俗事象，只要我们注重分析研究，则不难发现其中所显示的阶级的差异。这个阶级差异是民俗的重要社会属性之一，在此，我们将它称为《格萨尔》民俗的阶级性特征。

史诗特写格萨尔还在未称王的穷困时期，为了向驱赶他的叔叔超同王索取一份家产，便“打了很多野牛回来”，“就在草滩上摆起酒席，去请叔叔们来赴宴”①。而超同为了从格萨尔手中骗得快速赤兔马，以便在赛马中夺得王位也向格萨尔大王摆茶酒宴席，席间就古雪泽甲茶以下，甲居拉口茶以上的各种茶叶摆了十八种；藏地的白青稞以下、丹地的青青稞以上等十八种不同谷物酿的酒就有九蒸九煮的隔年酒，月华露的隔月酒，无漏甘露的隔宿酒；还有酥油、肥肉、糕点等食物。这里，同是饮食习俗，但两相对比，正好区别显示出了消费习俗中的阶级差别。就拿格萨尔本人的服饰来说，在他未称王之前，其穿戴表现完全是一个贫家孩子的服饰习俗，他“身上穿一件难看的黑山羊破皮袄，脚上穿一双难看的红勒子破马靴，腰上扎一条难看的结六个疙瘩的麻绳作腰带，头上戴一顶难看的像鹰翅膀一样的尖尖帽，背后插了一个小旗儿”②；当他称王之后，其衣冠佩挂，则完全是一个古代藏王的服饰习俗，他“身上穿着树叶和玉珠花纹的红缎衣和碧玉一般的带有云纹的绿绸衣，披着红黑宝石色的战袍，腰上扎着金黄色的腰带，头上缠着白绸子的缠头。特别是颈饰是放光宝珠，法衣是孔雀交颈，密衣是战神紫袍，内衣是千佛无畏，短褂是卐字宝珠，下衣是九宫图案，足登镇压天龙八部的弯头红皮靴……”③这是我们从物质生活方面列举并予以分析的例证。就在精神生活方面也不乏其例，如在岭国紫冬族长、中、幼三支的权利争斗中，对角如母子的迫害是从赶出角如母亲出家另立帐篷开始。达戎长官超同心怀鬼胎，编造角如母子是罗刹女和罗刹子，从而下令从速流放，否则就会大难降

① 王沂暖等译：《格萨尔王传・贵德分章本》。
② 王沂暖等译：《格萨尔王传・贵德分章本》。
③ 王沂暖译：《格萨尔王传・世界公桑之部》。

临，对岭国不利，并提出用驱逐邪魔的办法来驱赶角如母子。“到时，喇嘛们用吹海螺来驱逐！青年们用射披箭来驱逐！妇女们用撒灶灰来驱逐！孩子们用打炮石来驱逐！”这个驱逐流放者的陋规恶习，足以说明奴隶主等压迫者则是千方百计地利用民俗为手段竭力压迫奴隶等被压迫者，从而给被压迫者在精神上造成巨大的威胁和压力。

在研究《格萨尔》民俗时，之所以明确指出它的阶级性特征，是因在我们分类审析这些共有的民俗惯制中，从经济的民俗到社会的、信仰的、游艺的民俗看，其显示的阶级差异是十分鲜明的，它除表现经济地位的不同，民俗形式的繁简程度有差异外，还反映了剥削阶级利用民俗压迫被剥削者的阶级对立性质。我们这样分析和认识《格萨尔》民俗的阶级性特征，并不是说在一个民族的内部一个阶级就有一个阶级的习俗。如果不是这样，而是将阶级学说在《格萨尔》民俗研究中予以简单化的臆造，搞个敌对阶级决然对立的风俗，那则是形而上学，是把阶级的对立原则绝对化，是违背民俗的传承规律的。《格萨尔》史诗中的民俗事象主要是描述丰富多彩的藏族民俗，它是从藏族这个整体的民族文化积层中世代传承发展来的。审析研究《格萨尔》民俗，既要看到某一民族的民俗整体性，又要看到它所表现的阶级差异，这样方能在比较中得出科学的结论。

六 《格萨尔》民俗的历史性特征

《格萨尔》从其故事流传到成书，直至集成今天这样结构宏伟、卷帙浩繁的长篇史诗，是经历了许多个世纪的。因此，反映在《格萨尔》民俗中的各种民俗事象不可避免地打上了时代的印记，这是民俗发展的时代标志，也是民俗发展在时间上或在特定时代里显示出来的一种特征，我们将它称为《格萨尔》民俗的历史性特征。它的构成是与藏族的社会发展、历史变革等特定的历史阶段和环境分不开的。

《格萨尔》中有情欲勃发的女罗刹缠着臀部拖着尾巴、身上长着兽毛、脸上堆满皱纹的猴子菩萨不放，要求与他同居并生了许多孩子的描写；有岭洛哇姑娘的儿子岭尕尔三贝顿珠只知其母而不知其父，与妻冬·却措玛前后辗转于东方玛钦奔惹和上岭尕尔繁衍后代的描写；有珠毛弟弟普雅珠杰及其父夹罗顿巴坚赞伙同格萨尔和其他英雄一块参加争夺财宝、珠毛和王位的赛马大会的描写；有魔国路赞王、霍尔国黄帐王分别抢走岭国王妃梅萨和珠毛等许多抢婚之事的描写；有僧隆王娶汉妃生子甲擦、娶绒妃生子绒擦玛尔雷、娶果妃生子格萨尔和格萨尔大王娶大妃珠毛、二妃梅萨绷吉等十三王妃的描写，等等。这些分散在《格萨尔》各版（抄）本中的简短记述，虽然不完全，也不是各种婚俗的系统叙写，但却反映了在婚姻发展过程中人类婚姻所经历了的某个或某几个阶段的婚俗历史变化，给《格萨尔》民俗中的婚姻习俗打上了鲜明的历史印记。

从《格萨尔》中岭国人命名的习俗看，岭国十三英雄特别是出身于岭王室的早期英雄，其命名不仅尚未染有佛教的色彩，而且还留有母系氏族社会的残迹。有些人的名前不是冠有氏族姓就是加有部落名；表现更为原始的则是以某动物之名来命自己的名；当人有高低之分后，便在自己的名前加上官职名称；有的则把氏族名、官职名、本名连在一起作为自己名姓的全称。例如：绒擦玛尔勒，绒擦（རོང་ཚ།）是母系氏族之姓，玛尔勒（དམར་ལེབ།）是本名；冬·玛系阿库超同，冬（གདོང་།）是本氏族之名，玛系（མ་བཞི།）是号，阿库（ཨ་ཁུ།）是长辈尊号，超同（ཁྲོ་ཐུང་།）是本名；夹罗普雅珠杰，夹罗（སྐྱ་ལོ།）是部落名，普雅（བུ་ཡག）是爱称，珠杰（འབྲུག་རྒྱལ།）是本名；僧达阿东，僧达(སེང་སྟག)是狮虎之义，阿东(ཨ་དོམ)是熊之义；冬·总管容察叉根，冬(གདོང་)是本氏族之名，总管(སྤྱི་དཔོན)是官职名称，容察(རོང་ཚ)是母系氏族之姓，叉根(ཁྲ་རྒན)是本名，老鹰之义，等等。到后来，命名之习俗，不是被染上本、佛二教的混杂色彩，就是完全被染上了浓烈的佛教色彩，特别是高贵的人物命名还要举行隆重的仪式。如《格萨尔》史诗的主人翁格萨尔生下后，岭国总管王认为他是个神子，很高贵，对他的诞生要设筵贺喜，向天神、宁神、龙神等"荐福申表求名字"，而超同不同意，则说："在过去的时代，在那十八代王朝中，也没有做过向天神、龙神、宁神荐福申表请求命名的事，只由父母们起个名字就行了。"但总管王仍将岭国弟兄们集合在上岭达郭息巴寺，召集岭国巫师们进行占卜，接着按卦象和卜文所示进行命名。为此，长、中、幼三支各举行了七天庆贺筵席，献上白酥油团等，祈请上方神祇、佛祖等，要求岭国各位大上师"给孩子施予长寿灌顶和洗礼"。从前述这些简短的事例中，我们也能够明显地看出古代岭国人在命名习俗中所走过的历史轨迹。从主要方面讲，这个轨迹则比较符合古代藏族社会中由原始的本教到本、佛相互斗争、互相吸收，再到藏传佛教统治整个藏区并给人们以深刻影响的历史事实。从史诗角度看，也是《格萨尔》民俗特征在其历史性方面的具体反映。当然，从《格萨尔》史诗中人们的服饰等其他习俗看，其历史性特征也是十分突出的，不再一一赘述了。

由于《格萨尔》说唱流传了许多个世纪，至今还活在群众口耳之中，因此，我们研究《格萨尔》民俗，不论就其本身还是与今天的藏族民俗进行比较研究，都不能忽视它的历史性特征。

《格萨尔》民俗的特征，除上述六个主要方面之外，还含有**实用性、地方性、传承性和变异性**特征，在此就不再一一论析了。

第三节　《格萨尔》民俗的价值

在前已叙及的《格萨尔》民俗的门类和《格萨尔》民俗的特征两节中，我们已不难看出《格萨尔》史诗中确实保留有非常丰富的古代藏民族习俗。民俗，不论它是人们可见可感属于文化表层结构的部分，还是它是人们感情趋向属于文化深层结构的部分，都表明它自身含有适应那一时期人们需要的潜在价值。在这里，我们不打算全面、具体地去分析研究它，只是从《格萨尔》民俗的某一角度和某一方面，简略地谈一谈它所具有的文学价值和认识价值。我已在前面说了："史诗不是为写民俗而写民俗，而是别有意蕴。"超同"把角如请到自己家里，端上喷香的牛奶，摆上甜香的好点心，献上肥美的绵羊肉"，目的是向角如恳求"一片好地方"。如果我们把这一民俗事例和角如初生之时，超同认为角如是"半人半鬼的怪物"，想"乘火苗弱小时进行扑灭"，进而以送"颚酥"为名毒死角如，以请本教师为给角如作"长寿灌顶"为借口，咒死角如的一系列民俗活动事例加以对比，就可看出超同在这些民俗事象的背后所隐藏的险恶用心，其两面派形象则昭然若揭。格萨尔要降魔出征，珠毛则唱："雄狮大王格萨尔/珠毛请求你听我言/我有一件流苏珠宝衣/名叫珠毛的紫獭衫/用一百个公羔皮作下摆/用一百个公羔皮作腰肩/金钱花豹皮作领口/大尾巴水獭皮镶边缘/长胡子猞猁皮作纽扣/吃肉的红狼皮作钮垫/打开来能够盖住全岭国/叠起来可以藏在掌心间。"[①]这里通过珠毛倾诉她的服饰"流苏珠宝衣"的用料、做法及其无比珍贵为衬托，烘托她最后

① 王沂暖译：《格萨尔王传·降伏妖魔之部》。

以肺腑之言直陈了她不愿离开丈夫，也不愿让丈夫离开她的爱恋之心（说："你留下我永远献给你，你不留我痛苦就增加"）。史诗中这样的例子则很多很多，都是通过不同民俗事象的描述揭示了不同人物的心理活动。当超同以"半人半鬼的怪物""罗刹"等来诬陷角如，以占卦为借口下令驱逐角如时，以总管王为首的岭国众将臣，不是处于误解，就是信以为真，结果用"喇嘛吹响驱逐的海螺，……青年小伙子放箭驱赶，……姑娘撒出糌粑，……"的陋习，终于将角如驱出岭国。格萨尔称王后，在煨桑祭神、"收复一切神灵，让他们给白岭国出力"时，说了一首古谚："没有弓，箭射不了；没有神，事办不成。"在沙场上岭国勇士拉桂的右腿被敌砍断，临终前他在"为国捐躯心安理得"的同时，也在为"得到了度过中有身的教诫"而感恩于格萨尔。这一切无不从描述人们的信仰习俗入手，揭示了人们的感情趋向及其所起的强有力的支配作用。可见其民俗具有的潜在意义是不可低估的。如果我们从判定《格萨尔》产生、形成和发展的几个阶段着眼，来探究《格萨尔》民俗的认识价值则更有意义。在这里我们可举几个例子以分析：一如梦卜。梦卜是最为原始的占卜形式，当它在《格萨尔》中以单一方式出现并把它与在敦煌古藏文文献中发掘的一份卜辞手卷加以比较时，更可看出它的原始性来。敦煌卜辞分卦词和释语两部分，如：

啊！子嗣呢如金宝，
金水呢流滔滔，
水流呢弯曲曲，
仇敌呢纷纷逃，
地位呢日日升，
这是呢幸福兆。

对这首卦词的释语是:"此卦应的是游览风景之卦。若卜家宅和寿命,善神和女神们在游玩山水和观赏风景,好好供奉,有求必应。卜经商则获利;卜游子则归;卜病者则愈;卜财则大发;卜怨敌则无;卜子嗣则有。此卦任卜何事皆吉。"[①]其中的卦词,则如《格萨尔》描述的梦卜中的梦词;释语,则如《格萨尔》描述的梦卜中的破梦语(或称圆梦语)。这种敦煌古藏文卜辞手卷,无疑是古代藏族人民口头流传的类似《格萨尔》梦卜形式之基础上演化、发展而成文的。二如《贵德分章本》描述:超同达和那提冈为了实现各自的阴谋,则相互勾结偷偷地剪掉了尕擦拉毛的左右两条辫子,并在迎接其夫僧唐惹杰打猎归来的公众场合示众,公开表示和他断绝夫妻关系。"在出现了对偶家庭时,……配偶的离异也开始出现了向大家公告的某种形式。如在印度东北部的卡息人部落中,当一对配偶离弃时,便有专人在部落中加以宣布。这正表明离婚的开始出现。"[②]《格萨尔》史诗提供的民族学材料表明,"格萨尔时代"的婚姻俗制,已由不太稳定的对偶家庭逐渐地向比较稳定的一夫一妻的个体婚家庭过渡。因此,有理由将上述情况视为当时配偶离异的一种形式,或是这一离异形式的保留。三如掠夺婚,这一婚俗形式在《格萨尔》叙写较多,它与在"格萨尔时代","在氏族内部,严格禁止通婚。因此,某一氏族的男子,虽能在部落以内娶妻,并且照例都是如此,却必须在氏族之外娶妻"[③]的婚姻俗制和那时男子尤其是部落首领择偶的标准紧密相关。关于实行氏族外婚制的情况,已在前面第三章的"岭国氏族,部落的组成"一节中作了简要的分析,这里不再重复。至于男子择偶的标准,霍尔黄

---

① 中央民族学院《藏族文学史》编写组编著:《藏族文学史》,四川民族出版社,1985年。

② 杨堃:《民族学概论》。

③ 《马克思恩格斯选集》第四卷。

帐王则有明白无误的表白：

亲王大臣都来齐，
听我大王说根底。
我今年二十一岁整，
还少一位美丽好妃子。

我的宫殿是黄金筑成的，
要配头带红珊瑚的好妃子；
我们门坎是绿玉修成的，
要配足登四色花靴的好妃子；
我的大门是白木白螺做成的，
要配十指雪白开门闭门的好妃子；
我的库房紫黑色茶砖堆个满，
要有个会烧茶打茶的好妃子；
我的上沟下沟牛羊遍地走，
要有个能挤奶的好妃子；
我南征北战凯旋归来时，
要有个牵马坠镫的好妃子；
这样的妃子有没有，
你们快快寻找去！[①]

寻来找去，说岭国格萨尔大王的爱妃珠毛，“不像人间凡家女，身似修竹面如花，天上神仙也难比……冬天她比太阳暖，夏天她比柳荫凉，遍体芳香赛花朵，蜜蜂成群绕身旁。……人间美女虽无数，

① 王沂暖等译：《格萨尔王传·贵德分章本》。

只有她才能配大王”[①]。“黄帐王一听此言，真是心花怒放，乐不可支”，立刻传令，发兵去抢珠毛。“格萨尔时代”的抢婚是真抢，不是后来只具摹拟性和象征性的“抢婚”。《格萨尔》民俗是社会的活化石，有其历史发展的轨迹可寻，系统地整理和研究《格萨尔》民俗，不仅对认识古代藏族社会很有裨益，也对考定《格萨尔》产生、形成和发展的几个历史阶段具有重要的认识价值。

---

① 王沂暖等译：《格萨尔王传·贵德分章本》。

第五章

藏族《格萨尔》史诗中的军事思想内涵

英雄史诗《格萨尔》是古代藏族人民的智慧结晶，它反映了古代青藏高原由分散到统一的历史状况，概括了那一历史阶段的社会现实。《格萨尔》篇幅虽然很长，但其内容主要是描写战争的，写主人公格萨尔登上王位后统帅岭国将领、英雄和人民，战南征北，与一个个来犯的部落或邦国作殊死的浴血奋战，直到对方归顺称臣于岭国的整个过程。《格萨尔》的作者们在描绘或演唱这一幅幅战争画面时，把岭国英雄们在战争中如何逞勇又如何施智和神变，写得既活灵活现，瑰玮动人，又神通广大，变化多端，这正是史诗巨大艺术成就的一个主要方面。笔者探讨《格萨尔》所描述的军事思想之内涵也正是从通过各路英雄们的一幅幅逞勇、施智和神变的生动、悲壮的艺术形象的画面表现而着眼的。笔者的思路和表述即使有所缺失，相信读者也会从具体的论说中略悟出几条来。

第一节　英雄的武勇神威

《格萨尔》描写吐蕃时期的古代战争，表现其间以岭国英雄为代表的武勇神威是非常成功的。

反映古代战争，描绘古代英雄之武勇，几乎离不开单枪匹马地“过五关，斩六将”闯入敌国；或踏进敌营，冲杀一阵；或跃入王宫，里应外合；或两军对阵，一刀一枪地厮杀。然而就在这种种最易落入俗套、使人实感乏味的截架厮杀的描述中，《格萨尔》却取得了神色动人的艺术效果。在这里，主要是《格萨尔》的作者们给我们成功地塑造了以格萨尔为王、以戎擦叉干、贾擦协尕尔、戎擦玛尔勒、丹玛、僧达、斯潘、贝尔那、达尔潘、尼绷、达尔鲁、阿奴巴僧等为中心的三十位英雄乃至八十位英雄战将的形象。史诗中的降伏四魔、十八大宗等众多篇章都成为脍炙人口的故事。上千年来，听众无不为说唱艺人的精彩演唱而扣住心弦，激动神色；读者无不为作者描写战场厮杀的神来之笔而深深吸引，不忍释卷。《格萨尔》中众多英雄的武勇神威，无不受人钦敬。

一　用渲染战斗场面的气氛来烘托人物的武勇

《卡切玉宗》之部中，卡切国大臣妙龙和辛都两人商量包围铁城的一段故事情节，就是通过战前、战时和战终的气氛变化的描写，巧妙地表现了格萨尔那种绝伦的武勇。在格萨尔出战之前，先是辛都和妙龙一同上阵据守铁城，“像铁环一般把城围得水泄不通。两门大炮同时放了三炮，响声像巨雷轰击石岩似的，震耳欲聋，东面和南面的城墙各被轰垮一半，把姜国和南门国的二百多名兵士打死，飞起来的尘土遮蔽了天空”。接着辛都迎战岭军，连发三箭，一箭射中门国玉珠的额头，玉珠应声倒地；一箭射中达瓦的肩膀，使其受伤；一箭射中达拉的前胸，使其从马背上跌落下来。紧跟着辛都又挥起锋利的青钢刀迎击前来的岭国英雄，因刀砍不伤身着绸甲的玉拉，辛都干脆插刀入鞘，“张开双臂，飞一般地扑向玉拉，迅速抱紧玉拉不放，玉拉设法挥舞大刀。战马腾空，在马背上他俩就像鹞子捉麻雀一般，辛都使劲要用臂力把玉拉从马背上摔到地上的岩石上”。就在这千钧一发之时，格萨尔骑着神智赤兔马，警告道：“哎，辛都小鬼头！今日帮助玉拉来对阵，中间由我看面子的人来担保。”这里格萨尔王之勇不言而可见。这是第一层。

其后，玉拉向格萨尔启奏，说像辛都“这样的人，在九国中还未见到过，这次败在他的手下，要想一个办法来制服他”。这时辛都也立誓要与岭国决一胜负，“即使魔敌格萨尔亲自出马也决不后退一步！”当辛都率领达惹和勇士们冲上前来，并打算冲进城门，他人紧闭城门不敢迎战之前，格萨尔再次出战，同手握青钢刀立于马上高喊“我同敌人较量像阎王，我力大无比赛黑魔。……我钢刀一举伸向天，把日月星辰全遮遍；向下一抽刀出鞘，半空闪光金灿灿；对着怨敌一挥舞，就像霹雳劈石山；砍烂格萨尔的血和肉，谁最厉害大家看”的辛都交锋。他挥起宝剑，砍向骄气大发、冲上前来的辛都。这时，“辛都的脑袋就像圆根一般咕碌碌滚落到地上，大王跟着又把无头之身一刀劈成两半，再挥一刀，把魔马连同鞍子一起也劈成两半，五脏和鲜血洒了一地”。接着，“卡切兵退的退，逃的逃，岭兵打的打，追的追”。格萨尔的英武神威，在这里又不言而可见。这是第二层。

这两层描写，首先着重于战斗环境气氛的渲染，一层进一层；

之后才以直接写交战过程来表现人物的武勇。在写交战过程表现人物武勇时，也不是先写格萨尔，而是先写岭国其他英雄们与敌国战将的交战，在其他英雄难以战胜、战势严酷之时，格萨尔威然出阵，马到成功。

又如岭国大力士噶代却迥“手握盘石砸魔主”的一段描写，更是惊人肝胆、扣人心弦。首先描写卡切国大将魔主黑风旋转，想单独出阵加倍报仇，“最好能把格萨尔杀掉”，于是跃马直奔岭军右营。岭国的“……却珠……等十三名猛将出阵迎敌，刀箭如暴风狂舞，喊声像青龙怒吼。双方交战之后，岭国猛将全敌不过魔主黑风旋转，他高举铜刀，威风凛凛地一个接着一个向岭将猛攻猛打”。此时此刻，岭军中“蒙古大臣托玛奔秃的脑袋，被青铜刀砍落在地上，杰日国的琼桂巴杰，被青铜刀劈成两半。英雄们无法抵挡青铜刀，纷纷逃回军营”。这是第一层。

接着描写魔主直奔中营，岭军三人轮流出击，“章桑蔡玛被青铜刀从盔顶直劈到马背，坠马而死，桂杰和道孚二人受伤，败阵回营”。此刻，魔主大喊一声冲近中营，岭军的“左、右、中三支军营的英雄们都像老鹰聚集在平川上一样，众兵马也像尘土遮住了日光一般，密密麻麻地把魔主从四面围了起来，喊杀声震天动地”。在“刀箭像落下的冰雹，从四面向他围攻”时，魔主“也自知失控，加上青铜刀因砍杀次数太多，刀口涂满鲜血，砍杀已经不利，于是他把刀在马鬃上擦拭了几下后，插入刀鞘”，随后又拿起长矛刺杀而出。这是第二层。

接着又描写岭军左营的“却珠、丹玛……等英雄战将约十三人，纷纷向魔主射箭”，而“魔主骑着他的黑风有翼千里马，四蹄发出黑光，跑了一圈，把众英雄的眼睛都晃花了”，并“在左冲右闯中，已逃得无影无踪了”。这时，卡切国的魔主及其战马的本领使岭兵都为之震惊，都希望能想出一个报复的办法。这是第三层。

之后，描写魔主为了给辛都报仇，“率领四名达惹和三千名骑兵，分三路进攻岭营”，不是双方“刀箭并举，相持不下，……停止战斗”，就是把岭兵“杀得东逃西奔……乱杀乱砍，如同削割麦穗一般”。就在岭军大臣脑袋落地、猛将全敌不过，英雄们无法抵挡纷纷逃回军营、士兵被割麦穗一般，营中岭军为之震惊，切望想出一个报复办法的气氛中，岭军大力士噶代却迥奋勇而上。这是第四层。

大力士噶代却迥“心头怒火高起，跳上黑旋风快马，未穿任何护身铠甲，单身匹马，手握一块牦牛一样大的盘石，怒目瞪着魔主，喝道：‘魔主你疯狂来迎战，必将成为地狱一罪石。……你这黑风怪小子，想要惊叹都来不及。’”唱毕，“他把手中的盘石向魔主砸过去，正好打中魔主的头，魔主来不及挥刀和唱歌，就像石头砸在瓦罐上一样，把脑袋砸成一团烂浆……”显然，大力士噶代却迥名不虚传，其神威英武则不称而现。

从上述二例可见：把战斗气氛渲染得越紧张越浓烈，把敌方战将描绘得越勇猛越凶狠，把疆场态势描述得越严重越危机，胜利者的英勇也就显得倍加突出。史诗作者正是抓住了这一点，才取得了在战场上凸显英雄人物武勇的艺术效果。同时，对其中某一具体细节加以详尽地描绘，以此来展现人物的武勇，使厮杀双方人物形象各自取得传神的效果，而又不枯燥雷同。

二　把箭射、刀劈的厮杀场面描写与塑造人物形象、刻画人物性格相互交融在一起

叉干、贾擦、丹玛、昂琼等同是格萨尔为王的岭国英雄、侵略者的劲敌，他们面对进犯者的挑衅、掠夺，虽都冲杀得无比武勇，

但却各不相同：叉干是英勇而老练；贾擦是勇猛而憨直；丹玛是勇敢而机警；昂琼是勇猛而纯稚。以贾擦为例，憨实坚强，勇猛粗豪是他性格的主要方面，这在《诞生》《赛马》等部的一些故事情节中已有所表露。但他是岭国的一员威名赫赫的战将，其性格在反对侵略、保卫岭国的战场上则更加突出。如在《贵德本》《征服霍尔》一章中的“珠牡速报战情，贾擦披挂出征”一节，正是刻画贾擦这一性格的最好例证：珠牡赶夜叩门，向贾擦速报：“霍尔兵马无其数，无缘无故来犯边。十五打到蕨麻海，马主马童都死完。八大英雄七勇士，十有八九丧黄泉。岭国出了这样事，大王回来怎答言。敌人一心要抢我，哥哥呀，你说这事怎么办？”贾擦一听就说：“王妃如果被霍尔抢，不如挺身战死沙场上。”他随即披铁甲、拿兵器、跨战马，离妻别子，疾驰岭地，向岭国人民宣告：“国中有难，大家团结起来，同心同德，努力杀敌，为民除害，为国立功！”“平常自称是猛将，猛将要在阵上找。……猛虎闯进羊群里，骚霍尔看你逃何方！”贾擦说着望见霍尔兵马，于是“便纵马冲入霍尔阵营，白缨刀左挥右砍，杀得霍尔兵血肉横飞。霍尔大将杰康死于白缨刀下，恩莫被贾擦拦腰一把，像老鹰捉小鸟一般给提过来，带到一箭以外的地方，把他的头往石岩上一撞，撞得脑浆迸裂，死于非命。贾擦杀的人太多了，白缨刀满是人油，不能再用，就换另一把刀……”对此，霍尔官兵们都惊慌失措道：“贾擦他武艺超群，难以抵挡，是一个六面英雄，比起格萨尔不相上下。……还是走为上策，赶快回去好些。”此时，霍尔大臣辛巴梅乳孜提出要“打一仗，获得一个小小的胜利，挣得一点面子，再回去也不迟”，并让霍尔战将“超夹打头阵，呐喊助威”。当超夹中箭翻身落马后，梅乳孜骑马飞驰过来，“与贾擦大战数十回合，招架不住，便转头勒马，败下阵去”。至此展现在读者、听众面前的贾擦是何等的气魄和威风！他敢于迎战势不可遏的强敌，在格萨尔北征未归时，其勇冠全军得到了充分的显示；数十回合的酣战，又进一步揭示了贾擦超人的武艺。在梅乳孜面前，其他英雄、勇士“十有八九丧黄泉”，而贾擦则越战越猛，他三绕长矛，杀向梅乳孜。然而梅乳孜却在退却中欺骗贾擦，提出“贾擦协尕尔啊，请你不要苦追赶。今天恰是十五日，黄帐王正在守月圆，他守月圆是行好，不杀不打结善缘。……我俩今天别真打，做个游戏玩一遭”。贾擦“是一个实心眼的人”，当梅乳孜进一步提出“谈谈心，比比箭”时，他“信以为真”，向梅乳孜回言：不射你的战马、花鞍、铁甲、铁盔，“要把你盔顶兜矛作箭靶，让你的盔顶往地上落”。话后，一箭射去，正中梅乳孜的铁盔的兜矛，“把盔顶射得飞到半天的云彩里去了”。“梅乳孜顿时吓得魄飞天外，心生一计”，说贾擦“是好汉是朋友，讲仁讲义信用多”，口说射“头盔的白缨口”，而实际射前额，用诡计暗算了贾擦。这时，贾擦虽“头部血如涌泉”，“像万箭穿心”，便“立刻挺直身子，抽出腰刀，把白背马连打三鞭，一鼓气冲入敌阵。往上冲杀了一千人，往下冲杀了一百人，霍尔兵马慌做一团。梅乳孜看见来势不妙，早已转头勒马，逃出阵地”。在绝气前，贾擦还握住珠牡的手高唱：“聪明的王后起来，夹罗家的姑娘别悲哀！……要给岭国英雄报血仇，要给岭国百姓除祸害，坐在家中活百岁，不如为国争光彩。”至此，贾擦勇猛顽强、憨实粗豪的性格以及高强的武艺则了然于目，一位为祖国为人民而抛弃一切私欲，驰骋于疆场，厮杀于敌群的高大英雄形象巍然挺立在我们面前。

与此同时，读者脑海里也会不时浮现出那马嘶人喊、蹄疾尘扬、枪剑交织、人仰马翻的厮杀场面。这种在厮杀中塑造人物形象、突出人物性格的描写，使读者既在交战中见到了“人”，又在人物的冲突中观到了“战”，从而使人物性格的凸显与箭射刀劈的厮杀战斗场面相互交融在一起。

第二节　英雄的韬略智术

《格萨尔》的战争描写，不但成功地表现了英雄们在疆场上的武勇，而且也表现了英雄们在战争中的运筹谋划，显示了智术在战争中的巨大作用。从对主人公格萨尔这一艺术形象的塑造来看，史诗作者不仅喜欢有勇的英雄，也喜欢有智的英雄，更喜欢像格萨尔这样智勇双全的英雄。因为智勇兼备才能在战争中夺得更大胜利。

《格萨尔》的一系列战争描写，作者为我们塑造许多满腹韬略的英雄形象，特别是机智多变、神通广大、称为天神之子、誉为智慧化身的格萨尔，其形象更是光彩夺目。

格萨尔的智慧虽在《诞生》《赛马称王》等部本中伴随着一些有关斗争情节的描绘已有所显露，但作为岭国之王、岭军的统帅，其智谋更应运筹于反对侵略、保卫岭国的战争中。《降伏妖魔》是描写格萨尔初次出征，他以武力征服了魔王路赞之妹阿达拉毛，后又以自己的"好名声"夺得姑娘之心，相互发誓，结成夫妻。数日后格萨尔按妃子阿达拉毛所说的降魔法，一路上骗魔狗、斩魔头，并智勇兼施，与魔臣秦恩发誓结友，随后由秦恩传消息于梅萨绷吉(格萨尔的二妃)，格与梅里应外合，运筹于魔宫，并肩降伏了路赞王。降伏妖魔的胜利，实际上是格萨尔先得魔国女英雄阿达拉毛，后得大臣秦恩相助，施里应外合之战计的结果。

如果说，在格萨尔第一次出征的《降伏妖魔》中他仅是智谋初露，那么在格萨尔第二次出征的《霍岭大战》中他就是大显智斗的神手了；如果说，作者在《降伏妖魔》设计以计取胜的情节还较单纯，那么在《霍岭大战》中就精心描绘了纷繁复杂的斗智情节，喻人以智取胜的道理。描述霍岭战争的《霍岭大战》从开始到结束岂不更是蕴寓着这个深刻的哲理吗?

在近八十万字的《霍岭大战》中,前二十五个章节主要是叙写以贾擦为首的岭国英雄们在格萨尔去北地降魔未归之前,全军上下奋勇反击以白帐王为头子的霍尔国侵略军的故事,情节中虽有如何施智的描绘,但主要是谱写岭国英雄们以武勇制敌的战歌。箭飞矛举、刀剑相交、你追我赶、人仰马翻、蹄疾尘扬、杀声四起的氛围,无不充满整个疆场。从第二十七章开始,描述格萨尔起程返乡平服霍尔的故事,情节中虽有如何逞勇的描绘,但主要谱写格萨尔以智术制敌的乐章。

第二十七章中,格萨尔扮装大商人,与超同派的收税人接头,了解到哥哥贾擦、弟弟玛尔勒为国殉身,叔叔超同作了“霍尔国的一根支柱”窃取了岭国王位;第二十八章中,格萨尔化装成一个耍猴老乞丐,迎合超同想打听格萨尔王在魔地的信息的心理,编造“所见”,使超同心花怒放,忘乎所以。然后借机向打听格萨尔消息的母亲果萨说了真情,向岭国的人民和英雄现了真身,惩罚了超同。第二十九章中,格萨尔从老俩口、乞丐夫妇、当地人与外地人之间的吵架、骂仗中,发觉百姓的情绪,从而立即决策,亲自出征霍尔国,报仇雪恨;第三十章中,格萨尔智勇兼施,战胜了沿途凶敌;第三十一章中,格萨尔伪装成戎地大臣秦恩,先以掷骰子为计巧收霍尔王侄女三姊妹,后又化扮成乞丐——汉族小人物唐本,与船户桑吉加取得联系,疏通思想,以渡送向霍尔王贡献的海螺宝塔为名,速灭了阻止他渡河的两船工,渡过了霍尔河;第三十二章中,格萨尔先化装成一个老和尚,和前来背水的姑娘——铁工王却达尔的女儿噶萨曲钟接上了头,明白了铁工王父女皈依佛法的心愿,后装扮成大商人探听霍尔王臣之虚实;第三十三章中,霍尔军出征消灭商队,格萨尔扮为小孩,藏在商队堆积的渣滓中,被铁工王发现后收留为徒弟，共骑一马返回家中；第三十四章中，格萨尔继续扮作流浪儿，在艰辛的劳动中不仅取得了铁工王的信赖，而且得到曲钟的痴情，终于结成海誓山盟，与此同时，格萨尔要求曲钟在"征敌时为我深谋远虑"；第三十五章中，白帐王给流浪儿赐名为唐聂，唐聂通过修金座、比射箭，博得白帐王的欢心，受到铁工王的器重；第三十六章中，唐聂遵令以铸造金幢迷惑白帐王，并在庆贺新装金幢的宴会上借比武为乐之机铲除了霍尔大力士歇庆。第三十七章中，唐聂又遵命以打制霍尔王宝刀肖像之时整治霍尔君臣，并借挖坑掩埋贾擦头颅之机除掉了霍尔巴图尔羌拉。其后，君臣们按辛巴吉后察的提议，决定让唐聂去牵霍尔王室的魂命虎，想借虎杀唐聂。结果唐聂设谋施计，吉后察反被虎吃。第三十八章中，在煨桑时对岭尕的山形、地势等问题，唐聂既不回避，对答如流，又不露一点神色，以此来解珠牡之忧情，除却白帐王之疑心。第三十九章中，唐聂向曲钟提出平服霍尔的时机已经成熟，通知岭军速来霍尔，指出："出谋划策有我格萨尔，英勇杀敌依靠众兄弟。"白帐王看见开来的岭国大军便惊慌万状，命唐聂应战。唐聂披卦整齐，跃上白帐王的"雪山飞"战马，出城迎战，先在叔侄佯装相杀中，唐聂有意丢盔弃甲，狼狈逃跑。后唐聂受命假装去见辛巴梅乳孜时，到岭军大营现出格萨尔真身，并作了攻打雅泽城的战斗部署。第四十章中，当岭军围攻雅泽城时，格萨尔手提铁链登上城头，把铁链抛向城楼挂到铁钩上，格萨尔、泽加、丹玛等依次蹬铁链逐个爬上城楼，消灭了白帐王。

上述十四章，生动地描写了格萨尔返回故乡消灭白帐王的一幕幕有声有色、威武雄壮、变化万千的斗智情节。在这里，格萨尔所施计谋无一不应，无一不成，使读者觉得格萨尔的智慧远远高于他人之上，令人为之拍案叫绝。而且这一连串的施计斗智过程，描写得既惊险、生动、扣人心弦，又入情入理，严密细致，仿佛使人目睹了斗争的全过程。

如果说,《降伏妖魔》《霍岭大战》中的格萨尔多是在单枪匹马中与敌斗智,以智取胜,那么在以后的战争描写中则更多的是格萨尔在统帅全军的战略部署中强调以“神变”指挥全军赢得胜利。如在《卡切玉宗》中,当卡切国尺丹王贸然发动三万精兵进袭岭国时,格萨尔则不是单个去“过五关,斩六将”,而是召集六国(除岭国外还有五个称臣国)全副武装的四十二万官兵,强调“如不弹奏神变曲”,“将士虽勇难攻克”。也正是在这个作战思想指导下,他统帅全军,除派出三勇士各率领一千骑敢死兵马去把守三个通道外,其余兵分三路,命令按时赶到并埋伏于玛格红岩隘口。与此同时,他亲自扮装成已俘的卡切侦探,打入卡切军营,然后诱敌深入,把侵岭心切的卡切军迅速引到玛格红岩隘口,由早已埋伏好的岭军前后夹击,一举歼灭,打响了反击卡切侵略战争的第一仗。

至此,格萨尔的形象则不只是一位个人逞勇施智、夺取胜利的英雄,也不只是一位最善于运用智谋的军事指挥家,而是被刻画成一位智勇双全、统帅全军的军事家。

第三节 英雄的奇特神变

《格萨尔》在成功地表现岭国英雄们逞勇、施智的同时,还生动地描绘了英雄们特别是格萨尔大王的奇特神变,使其交织于截架厮杀、运筹谋划之中。这种穿插往往妙趣横生,具有很强的艺术魅力。

在英雄们逞勇、施智的过程中,格萨尔则神通广大,变化无穷,无论其武勇,还是智术,总是超人一等。但这种神变和超人,并不使人感到是凭空臆造，是外加的或天神所赐而是现实的，合情合理的。其原则：一是根据对方的心理逻辑，变为这个，化为那个，天广地阔，进退自如，翩翩然如天马行空。如超同是一个狂妄自大、心地奸诈鼠目寸光的小人，常常窥探时机，以卖国卖亲求荣。因此，格萨尔就变作身份低贱的人物出现，这正好用以引出超同攀上欺下、爱富嫌贫的小人心怀，然后大显格萨尔之真身，惩制超同，进行有力的揭露，无情的鞭挞。又如萨丹王是一个荒淫无度的暴君，喜欢游山玩景，格萨尔猜透了他内心活动的逻辑，先变化出美丽的环境，然后再变作一尾小鱼，游入口中，致萨丹王于死地。

二是使神变沿着现实生活应有的路子，把真与假、虚与实结合起来，达到自然合理，奇特而不失真。如在征服卡切国的战斗中，他变成了前来岭国侦探的两个卡切达惹，昂首挺胸地步入卡切军营，并在呈报侦探情况时提出并阐明了卡切已足具消灭岭国的六个条件，诱敌上钩、入深，然后歼灭之。

三是遵循现实中应有的想象逻辑，大胆夸张，驰骋想象。如在霍尔军攻占岭国之后，格萨尔从千里迢迢的魔国射出一箭，神箭插在霍尔王宝座上，惊散了喜庆宴会，吓得霍尔君臣们都屁滚尿流，不知所措。这样的情节，在现实生活中是不可能有的，但霍尔王畏服格萨尔的思想却是确实存在的。因此，这种想象符合逻辑，使人感到它是现实基础之上的夸张，合情合理。

第四节　战争的物质基础

前述三节，我们不难看出英雄们逞勇、施智和神变，是《格萨尔》史诗描写战争的三大艺术特色。这三大特点中特别是逞勇和施智的特点把战争写活了（尽管文中有的地方杂有一点宗教神话色彩)，给人以血肉丰满、生动逼真之感，鼓人之勇气，增人之智慧，长我之正气，灭敌之邪气，这正是《格萨尔》战争描写所取得的巨大艺术成就。

当然，作者们精心塑造的各种艺术形象中虽有不少浪漫夸张之笔，但只要我们注意拨开宗教的迷雾，把握神话的实质，就会发现作者们并没有完全忽视战争赖以进行的重要物质基础，而把武勇、智术和神变的作用夸大到令人难以置信的程度。如在《征服霍尔》一章中，珠牡向出征的尕雷公琼等三人“千叮咛，万嘱咐，……指出了守望侦察的方法”。为此，初次踏上征途的布琼，“把四外山形，追根搜底地问了个够”。叔叔尕雷公琼骑着战马，指着山势，向布琼和帕雷两个侄儿一口气道出了二十九个山川之名，并把每个山势及其特征描绘得清晰如画，历历在目。在《霍岭大战》中，霍尔军为了防止岭军袭击，命令一百二十万大军，“每人搬来四方大石五块，草皮三方，筑起高有三尺、宽一尺的长围墙，东西各留一门”。在岭军反击卡切国入侵时，格萨尔为了“御防敌人的青钢刀”，出“库藏绸软甲这个宝”，让“九位勇士穿上它”。在卡岭两国战争持续之时，卡切国老臣贞巴让霞尔提出：“卡切中部富牧区，境内有药山和药地。山口隘地不去苦据守，等于给敌人供军需。”为此，卡切国达惹路尺拉塞“率领精悍骑兵一百名，去防守卡切中部的富牧区，坚守当中的药山和药地，以及各处要隘”。在岭国军营地的帐房里大家也在议论：“……战事持续的时间太长，我们的军需供给稍感不足，先应当到……富裕万户畜牧部落去行动，派出达尔兵抢财产，然后再去攻打毒水的军营。”

类似上述事例还很多，不必一一列举了。这些描述都说明敌我双方不论运筹谋划于帐内，还是挥戈逞勇于战场，都很重视利用地理环境、气候等条件，分析武器的优劣、利弊，注意阵地的筑建与利用，关注军需的来源与供给等等。重视客观的物质条件，强调物质实力在战争中的作用，是史诗《格萨尔》的创作者们在不否认物质条件作用的基础上，成功地表现了英雄们的“武勇”“智术”和“神变”，再现了古代吐蕃时期的战争全貌。

第五节　战争的战略战术

从前述英雄形象的简略分析中，我们不难看出作者们要竭力揭示《格萨尔》军事描写之思想内涵。这话又得从头说起。

《格萨尔》开卷写道：“话说生活在五浊恶世的野蛮众生，罪孽深重，……他们心性冥顽，犹如磐石一般，不用凿子去凿，拿水更是难以泡软；……拿佛法戒律，也难以把他们约束。”“那时，南赡部洲大地，特别是雪域藏土境内，到处战乱纷起，民众灾难横生。”于是，大慈大悲的观音菩萨看到后心中不忍，便向阿弥陀佛祈请。之后，经观音菩萨、阿弥陀佛、莲花生和五方如来等诸多佛与菩萨的加持，使天界神子脱巴嘎瓦（格萨尔在天界之名）“具有了在三界中无与伦比的功德威光”。与此同时，莲花生大师又观察选定了神子将要投生到人间的处所、部族门第、生身父母和未来的妻子，赏赐了全身武装的战神九兄弟和一匹马头明王加持过的宝马，跟他一块到凡世去！并教诲神子牢牢记住：“……对待边荒藏土有情众，慈悲不可小啊！调伏五浊黑方众妖魔，威力不可小啊！”“……马快甲胄要坚韧，英雄兵马要众多，更需武器良而精；若以方便大慈悲，再加权势与武力，对付难调教化众，仍然不能慑服住，则是一帮造孽徒，即便是佛也难度。因此，更加需要你，增长神力扬威武。”至此，不言而喻的是，投生到人间尤其是称王以后的神子格萨尔，他既具备了佛性，又具备了人性，他将以佛性教化南赡部洲特别是雪域藏土境内的众生，使其人性归善，他也将以人性对待冥顽的部落首领及其势力(《格萨尔》称其为“妖魔”),即指用武力来征服。这就是史诗的作者们给《格萨尔》中的格萨尔称王之后为进行南征北战降伏妖魔而设计的指导战争全局的军事战略。那么,实践这一战略思想的情况又是如何呢?我们不妨在此举例一看:

格萨尔赛马称王之后做的第一桩事情就是召集岭属各部落的大臣、英雄、勇士和民众,举办隆重的烟祭仪式大会,力主“把所有神灵都收服过来”,改变以前“所有的土地神和当方神,几乎都看着雍仲苯教和黑方魔类的脸色行事,所以白岭的一切事情都不怎么顺利”的局面。为此,他向大家吩咐:“天神派我下凡尘,事业是要去打仗,帮助众生得安宁。”“要向雪域地祇当方神,去献圣洁神烟保社稷。要把善方神灵都收服,要让所有黑魔作奴隶!这样今后四方四大敌,若去征服他们就容易。”于是,“参加集会的人们,不分尊卑贵贱,都领会了大王旨意,同声称是。”同时,“各路战神都会集一起”与“岭地的保护神和天、念、龙三神”不断助威,从而使格萨尔大王具备了“降伏四方四魔、攻取十八大宗、打开了上部天竺佛法大门、运来下部汉地茶叶,把众生引向信佛之路,使佛法能够弘传等各种因缘之标志。”“天神们显示了真面容,众人们心情愉快”,大家“沉浸在欢乐和幸福当中”。这是格萨尔王在烟祭仪式大会上达到的第一个战略目的,随后的一切战略行动都是按此办理的:

在魔国,格萨尔箭射魔王路赞将其灵魂超度到了净土。格萨尔返回岭国时把香恩任命为魔国的首领,香恩以唱誓言:“雄狮大王身不变,衷心皈依请关照!……安置众生享太平,收我香恩做法臣,恩重如山永不忘!”表示谢恩。

在霍尔国,格萨尔面对请求留一条生路的白帐王说:“我是强梁的压颈者,扶持贫弱是常情。叫你这罪魁白帐王,今天就把地狱进！”说后“怒火冲天，立即抽出并砍去无敌宝剑，劈死了白帐王”。同时格萨尔又以慈悲之心将前来投诚的唐泽玉珠收为法臣，“打开白帐、黄帐、黑帐三大王的祖传宝库，向霍尔的乞丐、穷人和鳏寡孤独、老弱病残们广行施舍，让他们人人满意。并在霍地方广传佛教善法，立下了弃恶从善的法纪，……格萨尔还以慈悲心做了吉祥的开光和加持，……霍尔各部百姓们对格萨尔更加拥护和爱戴。”格萨尔还发布命令给“辛巴梅乳孜戴狗具一年，以作惩罚，处分期满后可以列入大臣行列，随侍格萨尔去降伏各地的妖魔鬼怪”。

在姜国，格萨尔变作一条侧身虫子被萨当王吞下肚子后又变成千辐铁轮，搅碎了萨当王的命脉，使其栽倒气绝身亡后将他的灵魂度往空性极乐净土，“让他在莲花花蕊中获得化生佛体，并忏悔以前所造罪孽，发誓在以后的菩提大道上精进苦修，永不休止”。同时“把姜国亡灵们犹如力士射出的箭一般，直接引渡到清净佛土去了”。姜国王子玉拉托居得释后向格萨尔表示“往后征服十八大宗时……可让我做开路先锋”，格萨尔“随即加封玉拉托居王子为岭属姜地的大王，众人高高兴兴，表示祝贺”。

在门国，格萨尔“射出一箭，由天神、念神和龙神引领着箭头，犹如火焰、雷雹、疾电一般，射中了辛尺王的护心镜，……用辛尺王的躯体做了火施供养，而后把他的灵魂引渡到了东方普陀山净土”。对前来谒见岭王的冬迥达拉赤嘎，格萨尔大王“便任命他做门国七大部落的首领，归属于岭国治下”。“门国的头领和黎民百姓们，都叩头祈祷，敬仰无二，异口同声地向雄狮大王承诺，定要按他的教诲办事”。与此同时，格萨尔大王“还给冬迥达拉赤嘎、达瓦查赞和玉珠托杰三人，授予了岭国英雄的称号。之后，大家在一起共享筵席，长久交谈，难舍难分”。

上述的简要论析就是《格萨尔》所展示的军事战略思想及格萨尔大王统帅岭国军民在与魔国、霍尔国、姜国、门国等“四魔”进行殊死决斗并一一降伏的有效实践。降伏四魔是这样，随后的降伏十八大宗也是这样。至于表现在这一军事战略思想指导下的种种战术如：单枪匹马，闯营冲杀；刀枪厮杀，以勇制胜；里应外合，明暗夹击；声东击西，乘虚而入；借地伏击，攻其不备；分兵合围，四面迎击；视情布阵，相机接应；临危不惧，以奇制胜；等等。可看出运用得非常熟练。同时，《格萨尔》在描述军事斗争时还使用了大量的谚语来进行说理，哲理性很强，颇有特色。这一点我在后面的“藏族《格萨尔》史诗中的韵、散两文”一章里列举了不少例子，望读者查阅，不必重述了。

第六章

藏族《格萨尔》史诗中的韵、散两文

藏族《格萨尔》史诗是以韵文为主韵散两文相间的说唱体。其中韵文是由“颂偈体”“年阿体”和“鲁体”等组成。在整个史诗中，谚语的运用数量很大(据统计，二十九部分部本中就有谚语一千多首，基本上不重复)，而且形式多样，具有很高的思想性和艺术性。因此，在本章单列一节来论述，称之为《格萨尔》谚语；另外，史诗中的韵、散两文也各具特色，艺人在说唱时，又把韵文和歌紧密地结合在一起，就是散文也不是一般地说说，其节奏感很强。因此，也将其各列一节，分别称之为《格萨尔》歌诗和《格萨尔》散文。我想，我们从《格萨尔》史诗本体的实际出发，并考虑到今后的深入研究，故提出上述三种称谓即《格萨尔》谚语、《格萨尔》歌诗和《格萨尔》散文，这样分法或有可能成立。

第一节 《格萨尔》谚语

《格萨尔》谚语是藏族古代社会各方面经验的结晶品，是古代藏族人民群众日常用语的升华，它同其他事物一样，也经过一个萌芽、生长、成熟的漫长过程，最后形成一颗颗闪闪发光的明珠。它里面掺和着群众的无尽甘苦，蕴蓄着群众的大量心血和智慧，也显示出人民群众攫取事物真髓的特殊本领。藏族史诗《格萨尔王传》的作者（或艺人）在编著或演唱《格萨尔王传》这部史诗时，大量精确地选用了藏族谚语，它使我们发现《格萨尔王传》中的谚语，不仅形式多样，而且具有高度的思想性和艺术性。《格萨尔王传》的编著者（或艺人）在书中不但用了大量的谚语来论证观点，进行说理，而且用它来刻画人物，加深环境的独特性，增强人物的典型性，从而使描绘的对象一个个活灵活现，跃然纸上。它不但在文学作品中，增强其艺术性，起了很大的作用，而且对于研究藏族古代社会也有重要的资料价值。

《格萨尔王传》中谚语数量之多，内容之广，是藏族其他文学作品望尘莫及的。而《格萨尔王传》这部史诗本身，数量多得惊人，我们现在见到的还只是极少的一部分，只是百分之几。我们只能就这一小部分中所引用的谚语，进行初步分析论述。

一 《格萨尔》谚语的分类

如果将已见到的《格萨尔王传》中的谚语摘录下来，按形式进行广义的分类，可分为下列二十大类：

（一）一句体谚

* 自视过高有隐患。

* 话太多时无重点。

（二）二句体谚

* 心生后悔是愚人，

　事先料到是智者。
* 病入膏肓无良医，
　人届死时无上师。

（三）三句体谚

高山上雨雪吐噜噜，
大海上蒸气吐噜噜，
坏人讲话吐噜噜。

（四）四句体谚

三高歌曲要自青天唱，
美妙语言要打半空来，
言词后果要在大地上，
是非道理要从学问来。

（五）五句体谚

出行远路的众商旅，
若不把家庭挂心上，
尽管财宝丰富无尽期，
海岛的金砂用斗量，
有它自己脸上也无益。

（六）六句体谚

指示正路的善良人少，
心不外骛的修行者少，
永远知耻的朋友少，
买卖正直的商人少，

信仰不变的徒弟少，
和睦相处的夫妻少。

（七）八句体谚

在长空万里高天上，
鸟王高飞与天齐。
六羽横展接天壁，
飞翔在高空是目的。
万里蓝天飞翔后，
仍回到白岩旧居地。
鸟类回巢是规律，
以后还有上天时。

（八）二句二段体谚

红火燃烧如过度，
沸水也可熄灭你。

黑铁坚硬如过度，
无火也能折断你。

（九）二句三段体谚

上部雪山如不变，
雪山上的狮子哪会变？

下部大海如不变，
海里金眼鱼儿哪会变？

中部大树如不变，

树上杜鹃鸟儿哪会变？

（十）二句四段体谚

绝顶聪明大智者，
乱事过多害自家。

赫赫有名大国王，
乱想过多害国家。

过于享受的修法人，
不知积累会受苦。

过于暴饮暴食的人，
不自节制会中毒。

（十一）二句五段体谚

在转水晶般的白雪山时，
有一个白狮子来转才是美丽。

在转花花的石岩时，
有一条红角野牛来转才是好装饰。

在一飞横断青天时，
有一只白胸鹰才显得山高峻。

在转无边的大森林时，
有一只红老虎才显出更凶狠。

在转汪洋的大海时，
有一个大鲸鱼才显得更怕人。

（十二）二句六段体谚

不知黑心的老头子，
好愿坏愿一齐来；

无知无识的小孩子，
好事坏事一齐来；

不会咬人的狗崽子，
叫声哭声一齐来；

大声叫嚷的灰毛驴，
正驮反驮一齐来；

红色残酷的小豺狼，
活扒死扒一齐来；

不可信赖的男子汉，
利人害人一齐来。

（十三）三句二段体谚

小海螺是从大海中捞得，
用洁白的乳汁精来养育，
它在防鲸鱼时用得着。

六种良药须从上边卫藏买，
配药的物品具备时，
在防止寒热疾病时用得着。

（十四）三句三段体谚

白雪山顶的白狮子，
若要玉鬃长得好，
别下平原住山里。

森林中间的斑毛虎，
若要笑纹长得好，
不要外出住洞里。

大海深处的金眼鱼，
若要金鳞长得好，
别到海边住海里。

（十五）三句六段体谚

大喇嘛需要的是正法，
无正法只穿红黄衣，
那与湖里黄天鹅有何异！

大智者需要的是正直，
丢掉正直行私贿，
那和坏人骗子有何异！
男子大丈夫需要勇猛，
带上三眷属腿肚子抖，

那和小黄狐狸有何异！

年轻姑娘需要贤淑，
头发蓬松腰带烂，
那和老母牛有何异！
施食于己的需要回敬，
如果吝啬不回报，
那和守财恶鬼有何异！

有话来问需要回答，
闭着口舌抿着嘴笑，
那和不说话的哑巴有何异！

（十六）四句二段体谚

上边雪山水晶宫，
白狮子绿发如碧玉，
他是一切猛兽王，
炫耀威力应在雪山里。

下边檀香碧树林，
猛虎六条笑纹真美丽，
他是四爪野兽王，
炫耀笑纹应在森林里。

（十七）四句三段体谚

两个上等男子相遇时，
像绸子与羔皮放一起。

又是轻来又是软，
温温暖暖最相宜。

两个中等男子相遇时，
像甜食与炼乳放一起。
又是甜来又是油，
甜甜蜜蜜很好吃。

两个低级男子相遇时，
像毛驴打滚尘土起。
又是呛人又使昏乱，
惊惊抛抛四者俱。

（十八）五句三段体谚

青青的高天上有玉龙，
住在厚厚的紫云城，
发出猛烈吼声示威武，
抛出赤电长舌像箭锋，
劈烂鹰窝、粉碎红石峰。

白白的雪山一角有雄狮，
住在白雪山顶上守坚城，
头披玉发示威武，
发出猛烈吼声大地动，
张牙舞爪，专捕猛兽把饥充。

高高的花石山上有野牛，

住在花石山顶守坚城，
角磨草山起烟雾，
角利蹄坚显威风，
敌人遇见立刻就丧生。

（十九）六句三段体谚

大鹏鸟王戏飞示威武，
地下的毒蛇喷毒气。
鸣声快速飞在天空，
要它收翅非容易。
如不将毒蛇全吞掉，
叫做大鹏鸟是虚誉！

红老虎在森林正睡眠，
逞强的骏马跑在洞外时。
花老虎六条笑纹已丰满，
要它四爪蜷曲非容易。
如不把骏马身头咬破烂，
叫做红老虎是虚誉！

大河流从雪山流出来，
半空又落下丝丝雨。
大河流流过大路来，
要它不流淌非容易。
如不把六个盆地汇成海，
叫做大河流是虚誉！

（二十）八句二段体谚

上边雪山水晶宫，
雪白狮子绿玉发。
它是世上百兽王，
好似英雄力量大。
但是仰看云层中，
青龙吼叫惊天下。
如果敌不过青龙丧性命，
头上白白长了绿玉发。

下边檀香碧树林，
猛虎笑纹如火焰。
它是四爪兽中王，
如花笑纹多灿烂。
但是往下看村时，
长尾巴老狗须满面。
如果敌不过老狗丧性命，
长了六种笑纹也羞惭。

上述二十大类是《格萨尔王传》中谚语的初步分法。从它的形式结构上可以看出，有一部分谚语比较长，最长的是六句三段体谚或八句二段体谚，可长达十八句。因此，我们研讨《格萨尔》谚语，要用历史的眼光去分析和鉴别，不能用今天藏族谚语的形式去硬套。如果我们单从形式看，上述多段体谚语很像现在藏族中流传的多段体“鲁体”民歌。为了阐明问题，这里各举一例，以便比较：

四句三段体谚语：

白雪山顶雄狮王，
绿发盛时不显示，
等到下山到平原，
绿发恐怕受损失。

大森林中斑斓虎，
笑纹丰满不显示，
等到觅食出森林，
笑纹恐怕受损失。

大海深处金眼鱼，
六鳍丰满不显示，
等到浮游到海边，
恐怕金眼受损失。

四句三段体民歌：

高高的山峰有千百座，
却看不见故乡的山峰，
要不是山峰太多了，
要不是我心中太悲伤。

澎湃的大河有千百条，
却看不见故乡的河流，
要不是河流太多了，
要不是我心中太悲伤。

大村庄有千百个，
却看不见故乡的村庄，
要不是村庄太多了，
要不是我心中太悲伤。①

如果我们既看了它们的形式，又分析了它们的内容，就不难发现《格萨尔》多段体谚语形式上虽同多段体“鲁体”民歌，但它的内容却富于哲理性和道德意味，总结了人生经验。就上举一例而言，是天母阿内巩闷妲毛用一条古谚，将古比今，启迪格萨尔大王要赶快显示威武，出征魔国，降伏妖魔，为民除害，否则生命会受到损失的道理。因此，和民歌有明显的区别，是谚语而不是民歌。

为了透彻有力地说明问题，论证观点，《格萨尔》谚语在结构上还有另两个特点。一个结构特点是往往“借用”别的谚语构成排比式的句子。这种“借用”式的排比句子，又是根据书中环境、人物，甚至曲调的变换等实际需要，而可增可减，不是固定不变的。如在《世界公桑》之部中，前面的“没有弓，箭射不成；没有神，事办不成”两句体谚，则在后面就改变成“没有箭哪里能拉弓，没有弓哪里能射箭，两样齐全才可能；没有人天神保护谁，没有神事情办不好，两样齐全才如意”的三句二段体谚，视情而定，按需增减，运用自如；另一个结构特点是多在二段体以上的谚语之后，加上字数（指藏文）、行数同样的一段，纳入谚语，予以新意，一下子使该条谚语的含义一目了然。如在上例“二十”类八句二段体谚之后加上了——

གླིང་སེང་འབྲུག་སྒྲག་རྩེ་ཕོ་བྲང་ན།།	岭尕僧珠达孜宫
གླིང་སེང་ཆེན་གསེར་གྱི་རྨོག་ཁྲབ་ཅན།།	雄狮王金甲光灿烂。

① 中央民族学院语文系藏族文学小组编：《藏族民歌选》，民族出版社，1981年。

ཁྱོད་མགོ་ནག་ཡོངས་ཀྱི་རྒྱལ་པོ་རེདཞ།། 你是黑头人类王，
ཕྱོགས་དགྲ་བོ་འདུལ་བའི་དཔའ་བོ་རེད།། 能降四魔是好汉。
ནུབ་བདུད་ཡུལ་ལུང་ནག་པར་ལྟོས་དང་།། 请你往西看魔国，
བདུད་ཚེ་ཟད་ཀླུ་བཙན་སྡིག་ཅན་པོ།། 命尽的老魔是路赞。
འདི་མ་ཐུབ་ཀླད་ལ་ནོར་སོང་ན།། 你若敌他不过丧性命，
རྒྱབ་ཁྲབ་དཀར་གྱོན་པ་ངོ་རེ་ཚ།། 穿着黄金铠甲也丢脸。

若按此结构，上例“二十”类八句二段体谚，即可称为八句三段体谚。最长的谚语可达二十四句。

二 《格萨尔》谚语的思想内容

《格萨尔王传》是一部伟大的英雄史诗，镶嵌在史诗中的条条谚语，就像一颗颗五光十色、晶莹耀眼的明珠，不仅丰富多彩，而且具有高度的人民性。这主要表现在以下几个方面：

《格萨尔》谚语具有鲜明的民族性。例如：

* 昏官的命令，词意不连贯；觉巴熊皮帽，表里不一般；寺院大铜锣，两面不一样。

* 不发怒时是观音菩萨，发起怒来是马头明王。

* 班第吃饱想喝酒，本波吃饱想放咒。

* 如果砸烂金佛头，不能指望受保护。

* 黑暗之中乱放箭，提防射中佛慧眼。

* 与其在山上静修行，不如去山麓解纠纷。

* 清辉皓月多明媚，光照三界若明灯，黑云动静若不顾，将被黑暗来遮蒙。

* 须弥山腰石窟中，阿修罗部众在会商，想派出黑暗魔部

队，想使天国不安康，帝释打败了非天军，塔桑心中很颓丧；虚空不变庭院中，罗刹、部多、鬼类在会商，想派出霹雳冰雹为部队，部多八部很恐慌。

* 即使神威如白狮，若无雪山来蹲踞，孤孤单单像绵羊。

* 没有弓，箭射不成；没有神，事办不了。

这一类谚语，具有鲜明的藏族特色，不论是总结的每一条经验教训，或是要说的每一条事理，都立足于本民族长期居住的青藏高原的地方特点；运用的比喻都是藏族人民非常熟悉的、经常耳闻目睹的事物；表现的内容都是反映了藏族人民特有的高原生活与心理状态。就其民族风俗来讲，"没有弓，箭射不成；没有神，事办不了"，正是藏族旧时的风俗迷信；在藏族人民中，把"雪山"和"白狮"往往看成密不可分的一体，论其意义，它总是被作为纯洁、神威、吉祥的象征。谚语中的"天国""须弥山"，是藏族佛经神话传说中的地名；"寺院"、"觉巴"、"班第"（指藏传佛教徒）、"本布"（指本布教徒）等，只有在藏族中才会有，别的民族是不可能有的；"金头佛""佛慧眼""静修行""三界""喇嘛""阿修罗""帝释""非天""塔桑""罗刹"和"部多"等，也是藏族人民非常熟悉的宗教术语。"须弥山腰石窟中……"之谚，就是取材于佛经"帝释与非天之战"的故事，以此来进行说理，鼓励岭国军民击败霍尔雅司君臣会商派出的"大军一百二十万"。类似这样的谚语，毫无疑问是明显地打上了藏传佛教的思想的烙印。从《格萨尔王传》中这类谚语来看，它无疑和古代的藏族历史、语言、文化、宗教以及风俗习惯、衣食住行等有着千丝万缕的联系，其内容和形式同别的民族的谚语有明显的区别。

* 对汉人讲情会欢喜，对藏民造福得安乐。

* 智者名扬汉藏间，由于学识渊博确实有表现；英雄名扬

宇宙间,由于毅勇顽强确实有表现。

* 商旅往来藏汉莫叹苦,赚钱时候自会有。

* 汉地货物运至卫地,并非藏地不产什么东西,而是为把汉藏关系联络起。

《格萨尔王传》中的这几首谚语,其意义更为重大,它是古代藏汉族人民相互友好往来,进行经济和文化交流的历史见证,是真实地记录和反映了当时历史上汉藏两个民族的友好关系。这一类谚语只有在中国才会有,具有中华民族的明显的特征。

《格萨尔》谚语具有鲜明的战争特色。这是因为"全部史诗内容主要的是战争。从降伏妖魔一部起,降伏十八个大宗是战争,降伏七个中宗是战争,降伏四个小宗是战争"。"它的内容虽然复杂,实际简单,就是战争,就是为民除害。"[①]这种战争题材决定了史诗的编著者(或艺人)必须根据本民族使用的语言习惯,大量选用有关军事斗争方面的谚语来进行说理。例如:

对敌不回击,是只懦狐狸;对友不回敬,是个大骗子。

谚语明确提出要分清敌友,对敌人不能宽容仁慈,要坚决回击;对朋友不能中伤欺骗,要讲友情。

大江河面虽宽阔,有了船只不难过;大树枝梢虽繁多,有了快斧不难剁。

谚语指出,在战争中不仅要做到知己知彼,还要十分重视创造

---

① 王沂暖:《关于〈格萨尔王传〉的几个问题》,《西藏文艺》1981年第3期。

作战的具体条件，落实具体措施，这样才有可能在“兵马众多”的敌人面前夺取胜利。

> 砍树要在幼苗时，灭火当在火小时；揉虎皮应从头上起，对敌人必须迎头击。

谚语从两方面告诫人们，一方面当敌方的力量弱小或处于劣势时，要及时抓住战机，予以消灭；另一方面，一旦敌人气势汹汹地来侵犯，就不能退守苟安，而要迎头痛击，以当头一棒之势，打掉敌人的嚣张气焰，从而鼓舞己方的斗志，以利再战。

> 山间探哨的事情难，机警者才能去承担；鲁莽粗人不能派，不见敌人就空喊。

谚语指出，与敌军作战，要及时摸清对方的军情动向。为此，派出的侦探、巡逻兵，要敏捷、勇猛和机警，以防“人多马乱目标大，机密泄漏误事情”，并提出对不同的地形环境要采取不同的巡逻方式。如谚语说：

> 巡逻高山峰，要速快如旋风；巡逻大平原，要勇猛如雄鹰；巡逻山谷洼，要敏捷如狼扑食。

在对敌作战的过程中，要随时了解敌人的“动静”，做到胸中有数，免除后患。而不能因“岭国儿郎多英雄，能破顽敌百万军”，就去“不顾情况硬拼打”，而导致“将士必然徒受损”。如谚告诫：

> 清辉皓月多明媚，光照三界若明灯，黑云动静若不顾，将

被黑暗来遮蒙。持大地女多聪明，压住天下四洲地，雨水动静若不顾，黑土将要被冲洗。

在战争进行到一定阶段，取得一定胜利的时候，还要注意“节制”，选择适当时机，进行总结休整，以利再战。正如谚语所说：

雪山蹲踞若不知节制，它与山岳昂踞有何异？白鹫翱翔若不知节制，会在天空中失踪；旅客行路若不知节制，跋涉过度会疲惫。

谚语热情讴歌与敌人勇敢顽强搏斗的英雄品质；无情鞭挞胆小鬼的软弱怕死行为，鼓励战士为捍卫祖国，降伏妖魔，同侵略者作殊死的斗争，如：

与其像狐狸夹尾逃深山，不如像猛虎斗死在人前；与其厚颜老死埋坟场，不如英勇战死赴九泉。

与敌军作战，不仅要靠每个战士的英勇顽强，奋不顾身，还要靠战士相助，靠部队整体的力量，这样方能赢得胜利，现出英雄本色。史诗谚语总结了这一经验：

白狮没有雪山不壮观，青龙没有白云不威严，英雄没有战友力不展。

红色的大火还要有助燃的柴禾，绿色的水还要有伴流的江河，英雄好汉还要有同行的队伍。

牧人单行打瞌睡，会把羊儿送狼嘴；小驮牛离群贪独食，会被野狼抓了去。

只要妖魔还存在，就会来侵犯，来破坏人民的安居乐业。因此，谚语提醒官兵和人民注意克服麻痹思想，把降伏妖魔为民除害的正义战争进行到底：

浓云深处藏冰雹，绝不让谷穗长得旺；群星深处藏浓霜，绝不让芳草活得长；深山巨崖藏恶狼，绝不让羔羊长得胖；死主魔王的魔鬼军，绝不让黑头苍生寿命长。

战争分正义的和非正义的。侵犯他国，危害人民的侵略战争，必然会激起被侵略国广大将士和人民的义愤，起来揭露敌人的贪婪本性，进行有力的还击，使其落个“搬起石头砸自己的脚”。如在史诗《霍岭大战》中，岭国七大勇将之一的丹玛，在战争一开始就面对霍尔军大将梅乳孜，用了一首排比式的谚语进行有力的揭露：

狂妄过甚不克制，
老虎也会被碰死；
吞食过甚不知足，
饿狼也会被噎死；
贪食过甚不知足，
蜜蜂也会被胀死；
欺人过甚无止境，
孩童也会反其齿。

《格萨尔》谚语具有鲜明的斗争性。《格萨尔王传》这部长篇史诗，“内容情节虽然复杂，但目的却是一个为民除害”，它的中心思想是“降伏妖魔，抑强扶弱，让黑头人过上好日子”[①]。史诗的编

① 王沂暖：《关于〈格萨尔王传〉的几个问题》，《西藏文艺》1981年第3期。

著者(或艺人)紧紧围绕这个中心思想,用大量的谚语揭露抨击了压迫和剥削者的残暴、丑恶、无耻和贪婪,激起人们对压迫剥削者的愤恨,进而起来反抗。

《格》中所反映的藏区社会,地方官吏和喇嘛、贵族紧密勾结,狼狈为奸。谚语在揭露、抨击这些压迫者和剥削者的时候,首先把斗争的矛头集中指向最反动的长官、喇嘛和富人。如:

会制造是非的喇嘛多,会做生意的僧侣多,罪恶严重的讲经人多,贪鄙悭吝的富人多,压榨庶民的长官多。

谚语一针见血地揭露了暴君和喇嘛的欺骗手段,抨击了他们的罪恶目的。如:

暴君的奖赏,不是爱抚是罪行;喇嘛的闭眼沉思,不是诵经是想财。

谚语揭露了官吏和喇嘛的贪婪嘴脸,并指出"百姓失信","属民变志",就是他们压迫剥削的结果。如:

如果喇嘛贪欲大,村庄的施主会减少;如果官吏贪心大,失信的百姓会增多。

谚语抨击了官吏们颠倒黑白,混淆是非,进行徇私舞弊、敲诈勒索的罪恶行径。如:

官吏徇情枉法行私弊,是丧失威信的标志;强霸欺压弱小贫苦人,是贪暴残酷的标志。

脏地方尘土腾空中，青草香花不会生；赃官诡计满脑中，是非曲直辨不清。

不守法度的官吏，决策时只为奸诈、贿赂所驱使。

谚语明确提出："要使羊儿安生，就要打死豺狼，要使人民过上好日子，就要降魔除害。"如：

青青草原放绵羊，
三峰岭上有豺狼，
不把豺狼脑砸碎，
绵羊不安命也危；
恶霸盗贼和骗子，
痛苦灾难的引子，
不把他们消灭去，
苦头不会有尽期。

另外，**《格萨尔》谚语也有许多是讲人生道理和处世道德的。**在阶级社会里，不同的阶级有不同的处世哲学。劳动人民从长期的生活感受中，领悟了一套对待人生的哲理经验，以谚语的形式总结流传下来，它充分表现了人民群众的健康的生活情趣，高尚的道德品质，积极正确的处世态度。

如："渴死不喝沟渠水，那是兕牛的高贵品格；饿死不吃泥塘草，那是野马的高贵品格；痛苦至死不掉泪，那是大丈夫的英雄品格。"它赞扬了人们不畏艰难、忠贞刚强、宁死不屈的高尚美德。

如："不要与强梁并辔，不要与恶魔聚赌，不要与盗贼同住。""黑暗使太阳更明亮，夜晚使星星更光明；诬蔑使英雄更荣耀，诽谤使男士更显明。”它教育人们要光明磊落，要有高尚的情操，即使诬蔑和诽谤，也绝不与邪恶势力同流合污。

如：“公心虽如上弦新月，但它会逐渐圆满，私心虽如十五圆月，但它会逐渐亏缺。”它启发人们，公心要发展，私心要消亡，要树立公心，克服私心。

如：“田中若不种庄稼，哪有糌粑来充饥；不救弟兄于贫困，自己贫困无人济。”它教育人们在遇到困难时，要讲友情，讲互助，做到互通有无，同舟共济。

如：“学问没有主，看谁能钻研，野畜没有主，看谁猎技全。”“不经陡峻的石崖，难到平坦的草地；不经艰难困苦事，难得喜欢的所需。”则是鼓励人们要刻苦学习，艰苦奋斗，否则，将一事无成，一无所获。

如：“懊丧时不要面朝地，愉快时切勿脸朝天。”“心中充满痛苦时，打起精神别萎靡；心中充满快乐时，戒骄戒躁要谦慎。”则是教诫人们在遇到困难、处于逆境时，要鼓起勇气，不要灰心丧气，失去信心；在取得成绩、处于顺利时，不能骄傲自满，得意忘形。

如：“事前如果思谋少，事后必然懊恼多。”“心生后悔是愚人，事先料到是智者。”则是启发人们不论做什么事，都应考虑在前，计划在前，不应盲目从事，事后懊悔。

如：“有食时主妇不积累，灾荒时会生争食事。……闲的时候不做事，临行路时掉鞋底。”则是教育人们，平时要注意勤俭持家，做到有备无患。

三 《格萨尔》谚语的艺术特色

《格萨尔王传》这部英雄史诗，使我们“读起来不忍释手，放下来回味无穷”[1]。这固然是由于作品本身有很强的人民性、宏伟的结构和动人的情节，但也与史诗富有形象的生动的谚语是分不开的。长篇史诗中用了谚语犹如糖水中更掺入蜂蜜一样的甜味无穷。因此，研究一下《格萨尔》谚语的艺术性，实在很有必要，它可以帮助我们理解《格萨尔王传》中谚语的价值，回味出艺术上的甘甜。

一是**《格萨尔》谚语具有语言整齐的特色**。整齐的有音律的语句，容易背诵和流传。《格萨尔》谚语正是具有这种整齐性的特点。例如：

（一）	ལས་ཨུ་ཚུགས་	མཐའ་སྐྱེལ་	ཐོད་པོ་ཡིན།
	མདའ་རྟིང་མ	ཚོང་བཟུང་	མཁས་པ་ཡིན།
（二）	དཔྱད་བསམ་བློ་	སྟོན་གཏོང་	མཁས་པ་ཡིན།
	སེམས་འགྱོད་པ	རྗེས་སྐྱེ་	གླེན་པ་ཡིན།
（三）	རྗེ་དཔོན་ལ་	བཙར་ན	འཕྲལ་ཕྱུགས་སྐྱིད།
	ཁྲི་ནག་པོར	བཙར་ན་	ཉ་ཡུ་ཚོར།
（四）	ཕོ་དཔའ་པོ	ང་རྒྱལ	སྐྱེས་ན་འདར།
	རྟ་འདོད་པ་	བང་ཁ་	འཕྱེད་ན་འདར།
	མཚོ་སྔོན་མོ	མཉེན་གྲོང་	འཛོམས་ན་འདར།
（五）	རི་མཐོན་པོའི་	ཁ་ཆར་	ཐུ་ལུ་ལུ།
	དམའ་རྒྱ་མཚོའི་	རླངས་པ་	ཐུ་ལུ་ལུ།
	མི་ངན་པའི	གཏམ་ངན་	ཐུ་ལུ་ལུ།
（六）	གངས་མེད་པའི	ར་སྟོང་	སྐམ་པོ་ལ།
	སེང་དཀར་མོ	སྡོད་པ	སྣང་བ་འཁྲུལ།
	ཆུ་མེད་པའི་	ལུང་སྟོང་	འདམ་རྫབ་ལ།

---

① 王亚平：《读史诗〈格萨尔王传〉》，《青海湖》1959年第12期。

ཉ་གསེར་མིག་　　སྤྲོད་པ　　སྣང་བ་འཁྲུལ།
ནགས་མེད་པའི་　　འཛག་མའི　　ཐང་སྟོང་ལ།
སྟག་རི་བཀྲ　　སྤྲོད་པ　　སྣང་བ་འཁྲུལ།
（七）གངས་མཐོན་པོ　　མི་སྤྲོད་　　འགྲོ་རྒྱུ་ཡིན།
གངས་ལག་མཐིལ　　ཙམ་ཞིག་　　འདུག་རྒྱུ་རེད།
སེང་དཀར་པོའི་　　སྤྲོད་ཡུལ་　　དེ་ལ་གྱིས།
ཆབ་ཆུ་བོ་　　མི་སྤྲོད་　　འགྲོ་རྒྱུ་ཡིན།
མགོ་མི་ལོང་　　ཙམ་ཞིག　　འདུག་རྒྱུ་རེད།
ཉ་གསེར་མིག་　　སྤྲོད་ཡུལ　　དེ་ལ་གྱིས།
སྤང་རི་བོ་　　མི་སྤྲོད་　　འགྲོ་རྒྱུ་ཡིན།
སྤང་རྟ་གདན་　　ཙམ་ཞིག　　འདུག་རྒྱུ་རེད།
ཤ་ཡུ་མོའི་　　སྤྲོད་ཡུལ་　　དེ་ལ་གྱིས།
（八）ཕོ་རབ་　　འདྲ་གཉིས་　　ཐུག་པ་ན།
དར་དང་　　གོས་ཚར་　　སྤེབས་པ་འདྲ
ཡོང་ནི　　འཛམ་ནི　　གཉིས་འཛོམ་རེད།
རྫོད་ནི　　ཡང་ནི　　བཞི་འཛོམ་རེད།
ཕོ་འཁྲིད་　　འདྲ་གཉིས　　ཐུག་པ་ན།
མངར་པོའི　　གྲོ་ཞུན　　སྤེབས་པ་འདྲ།
ཞིམ་ནི　　སྣུམ་ནི་　　གཉིས་ཀ་རེད།
མངར་ནི་　　བརྒྱུགས་ནི　　བཞི་འཛོམས་རེད།
ཕོ་མཐའ་　　འདྲ་གཉིས་　　ཐུག་པ་པ་ན།
བོང་བོས་　　ཐལ་བ　　བརྫུབས་པ་འདྲ།
ན་ནི་　　ཚ་ནི　　གཉིས་ཀ་རེད།
འཇོགས་ནི　　གཡུགས་ནི་　　བཞི་ཀ་རེད།

这八条谚语，虽然形式不一（一、二、三条是二句体谚，四、五条是三句体谚，六是二句三段体谚，七是三句三段体谚，八是四句三段体谚），但每条谚语，每句字数一样，语言整齐，顿法一致。如一至七条，每条不论句子多少，都是每句八个字，是三、二、三三顿；八条是每句七个字，是二二、三三顿。为了琅琅上口，易于记忆和流传，这种整齐的语句，在排列上，前一句和后一句，第一段和第二、三段均有许多变化，前后句和后一句，第一段和第二、三段均有许多变化，前后句、上下段都有不同方式重复和对称。像第一条中第八个字“ཡིན”重复；二条中第七、八两个字“པ་ཡིན”重复；三条中第四、五两个字“བཙར་ན”重复；四条中第七、八两个字“ན་འདར”重复；五条中第六、七、八三个字“ཐུ་ལུ་ལུ”重复；六条中第一段首句的第八个字“ལ”和第二、三段首句的第八个字重复，第一段末句的第四、五、六、七、八五个字“སྡོད་པ་སྣང་བ་འཁྱིལ”和第二、三段末句的第四、五、六、七、八五个字重复；七条中第一段首句的第四、五、六、七、八五个字“མི་སྡོད་འགྲོ་རྒྱུ་ཡིན”和第二、三段首句的第四、五、六、七、八五个字重复，第一段第二句的第四、五、六、七、八五个字“ཙམ་ཞིག་འདུག་རྒྱུ་ཡིན”和第二、三段第二句的第四、五、六、七、八五个字重复；第一段末句的第四、五、六、七、八五个字“སྡོད་ཡུལ་དེ་ལ་གྱིས”和第二、三段末句的第四、五、六、七、八五个字重复；八条中第一段首句的第三、四、五、六、七五个字“འདྲ་གཉིས་ཐུག་པ་ན”和第二、三段首句的第三、四、五、六、七五个字重复，第一段第二句的第六、七两个字“པ་འདྲ།”、第三、四句的第七个字“རེད།”分别和第二、三段第二句的第六、七两个字，第三、四句的第七个字重复外，在同一段同一句中还有重复，如在第一、二、三段的第三、四句中，每句的第二、第四个字都是“ནི”字的重复。除上述交错纵横的重复外，还有一些不同方式的对称。正是《格萨尔》谚语语句所具有的整齐性（在整齐中又具有千差万别、错综复杂的重复和对称方式），故而给人在听觉上以快感，视觉上以美感，从而表现了高度的艺术性。

二是**《格萨尔》谚语具有音律和谐的特色**。“谚，俗之善谣也。”[①]所谓“俗之善谣”，就是指谚语具有和谐的音律，易于咏叹，有音乐性。《格萨尔》谚语，除了具有一般民谚所具有的音乐性外，还有它自己独特的音律美。《格萨尔王传》是以诗文为主的说唱体文学，大量的谚语被编入诗文，纳入演唱。谚语伴随诗文，和诗句交融一体。每句不是二、二、三三顿，就是三、二、三三顿，加之编著者（或艺人）还充分运用了藏族语言在语音语调上“平衍与升降，舒徐与疾促”的特点，使其达到了抑扬顿挫、升降起伏的明显效果，因而节奏鲜明，音律和谐。还应看到在《格萨尔王传》中，几乎出场的每个人物都有自己的演唱曲调。如“镇压三界曲”“六音六颤曲”“九高六变曲”“压惊镇神曲”“鬼门青刀曲”“赛马比刀曲”“傲慢威严曲”等等。这些曲调的采用，往往因人因事不同而不同。结合不同的人物和内容，采用不同的演唱曲调，这就使得《格萨尔》谚语不仅能咏叹，而且能咏唱，它词曲合一，式样丰富，音律各别，比一般谚语更富有音乐性，使人闻声而生快，听音而感美。

三是**《格萨尔》谚语具有形式多变的特色**。谚语是劳动者创造的，扎根于人民生活的土壤，概括很深广的社会生活，因此，形式也是多种多样的。《格萨尔王传》的编著者（或艺人）正是运用了形式多、概括生活面很深广的谚语，来描写书中很深广的生活内容，刻画各种不同的人物性格。我们从上述分出的二十大类里，可明显地看出《格萨尔》谚语具有形式多变的特点。《格萨尔王传》流传群众之中，许多民间说唱家扎根、生活在人民群众当中，他们根据需要，随时随地吸收和选择了大量的长短不一、形式各异的民间谚语，用于说唱《格萨尔》，结合实际，需长就长需短就短，形式多变。例如在《降伏妖魔》之部第三章中，格萨尔大王根据“天帝

① 《国语·越语》韦昭注。

的预告”去北地降魔，而王妃珠毛再三挽留大王不让出征，结果双方展开“舌战”，进行说理。在此就用了二句体、三句体、四句体、六句体，二句二段体、三句三段体等九条形式多变长短不一的谚语，相互说服对方，内容各别，情文理并茂。

四是**《格萨尔》谚语具有形象丰富的特色**。藏族谚语是藏族群众日常用语的升华，是广大藏族群众在长期的生活实践中不断观察和琢磨、推敲、锤炼而成的，它不仅具有形象的丰富性，而且形成了整套的艺术表现手法，如比喻、对比、夸张、排比、反衬和推理等。《格萨尔》谚语也正是用这种手法来塑造《格萨尔王传》中的人物形象的。

请看《降伏妖魔》之部，编著者（或艺人）在描述天母传旨降魔、大王遵命出征、王妃苦心挽留等情节中，天母阿内巩闷姐毛、大王格萨尔、王妃珠毛等三人，在一段各表其理的唱词中，共用了形式各异的十五条谚语，它用形象的比喻，有力的对比，高度的夸张，恰当的排比，合情的推理，紧密地配合唱词，把当时当地的场景、人物活灵活现、栩栩如生地描绘了出来，使人有如闻其声、如见其人、如临其境之感。

谚语在塑造艺术形象时，关键的地方往往只用一条谚语就勾勒出一个典型，甚至用一条谚语就能刻画出三种不同人物的性格特征来。在《格萨尔王传—贵德分章本》中，有这样一段唱词，它是僧唐惹杰向刚从魔地回来的儿子叙述格萨尔大王离开岭尕以后的变化情况：

英雄战死在沙场，
甲擦中箭一命亡。
所有的男子被杀尽，
所有的姑娘都抢光。

珠毛被困珠康寺，
支吾霍尔等大王。
最后被敌人强迫走，
不知现在怎下场。
超同奸细回岭地，
独掌大权作国王。

唱词在关键的地方，用“金鸡先叫没人知，毛驴后叫占便宜”一条谚语作了结束。这里用“金鸡”比喻为国杀敌、奋不顾身、死而后已的英雄；用“毛驴”比喻叛国求荣的超同得了便宜，当了岭王，使英雄与叛徒这两个根本对立的人物性格，形象鲜明地跃然于纸上，读后真叫人拍手叫绝，惊叹不已。

又如在《霍岭大战》中，霍尔辛巴梅乳孜面对敌手丹玛香察，疑惑不解地唱道：“……常言道，上等汉子像藤条，太阳一出随意弯；中等汉子像牛角，冷热合适才能弯；下等汉子像顽石，无法成器永不弯。”这是一条二句三段体谚，每段用一个人们在日常生活中可感的具体事物做比喻，勾勒出一种人物性格，三段六句话，塑造出三种不同人物性格的特征，使抽象的人物性格显得既很深刻，又很形象。

第二节 《格萨尔》歌诗

《格萨尔》史诗中的韵文都是合歌的唱词，即使在今天，只要是艺人，他们对史诗中的“颂偈体”“年阿体”和“鲁体”等诗文都会分别予以诵咏和唱歌。因此，我们将《格萨尔》中的韵文称为《格萨尔》歌诗。

一 《格萨尔》歌诗的分类及其作用

《格萨尔》史诗中的歌诗，按体裁大致可分下列三类，其作用也有所不同。

（一）**“颂偈体”**：颂偈体本是佛经的体裁之一，由固定字数的四句组成，其种类不一，在《格萨尔》史诗中则多用“别偈”，且有所创新。颂偈体诗多出现在《格萨尔》史诗之卷首。如：

འཛམ་གླིང་ཕན་བདེ་སྒྲུབ་པའི་རོལ་མོ་བརྡུང་།	大奏世界安乐曲，
ཡེ་ཤེས་ནོར་བུ་དཔའ་འབར་ཟེར་ཕྲེང་གིས།།	遍照智慧宝珠光，
ནག་ཕྱོགས་བདུད་དགྲ་འདུལ་ལ་མཐུ་བོ་ཆེ།།	降伏妖魔大力士，
སྐྱེས་མཆོག་སེང་ཆེན་རྒྱལ་པོས་ཤིས་པ་བསྩོལ།།	雄狮大王赐吉祥。

一首四句，每句九言，可谓是标准的“别偈”。意在赞颂格萨尔降伏妖魔所赢得的辉煌成果，与《分大食牛之部》描述格萨尔将夺取的大食国的牛只和财宝，分赏给有战功的部落和战将，大家无比喜悦地迎领牛只、财宝及其福运，歌颂格萨尔功德无量的思想内容是一致的。将其置于卷首，则起提纲挈领、总括全书的作用。而有的“别偈”则较长。如：

མཁའ་ཁྱབ་ཡེ་ཤེས་སྒྱུ་འཕྲུལ་དྲ་བའི་སྐུ།།

མཐའ་ཡས་འགྲོ་ལ་རྗེས་སུ་ཆགས་པའི་གཟུགས།།

གང་འདུལ་ཡུལ་ལ་དེ་སྙེད་སྤྲུལ་བའི་གར།།

ཅི་ཡང་སྟོན་མཛད་ཐུབ་པའི་དབང་པོར་འདུད།།

གང་དེའི་འཕྲིན་ལས་མི་ཟད་རྒྱ་མཚོའི་རྡུལ།།

རྗེ་སྙེད་འགྲོ་ལ་རྣམ་པར་རོལ་བའི་དཔྱིད།།

མངོན་པར་རབ་སྟོན་མཚོ་སྐྱེས་པད་མའི་གར། །
གངས་ཅན་སྐྱེ་འགྲོའི་དཔལ་དུ་ཤར་དེར་འདུད། །
སྨོན་ལམ་སྟོབས་ལྡན་དགོས་འདོད་ནོར་བུའི་ཆར། །
དཀར་ཕྱོགས་ལྷ་མིའི་རྒྱུན་དུ་འབེབས་པ་དང་། །
ཆབས་ཅིག་མཐུ་སྟོབས་ཐོག་མདའ་འབར་བ་ཡིས། །
བདུད་དཔུང་འཇོམས་མཛད་སེང་ཆེན་རྒྱལ་པོར་འདུད། །
ནག་ཕྱོགས་ཙ་མཚོན་དར་བའི་རྒྱལ་མཚན་ནི། །
འཇིགས་མེད་མཐུ་སྟོབས་རྣོ་རྩེས་མཐར་མཛད་དེ། །
རྒྱལ་བསྟན་གསེར་གྱི་གདུགས་དཀར་བསྒྲེངས་མཁས་པ། །
ཆོས་ལྡན་ཆོས་ཀྱི་རྒྱལ་པོའི་མཛད་པ་ཡིན། །
གང་ཞིག་དག་པའི་ཡིད་མཁར་དད་པའི་སྤྲིན། །
མངོན་པར་དཀྲིགས་ཀློང་ངོ་མཚར་རྟོགས་བརྗོད་ཀྱི། །
བདུ་ཐབས་རྨད་བྱུང་སྣ་ཚོགས་དབང་པོའི་གཞུ། །
ཡོངས་སུ་བཀྲ་བ་སྐལ་བཟང་ཁྲིད་ཆོས་ལགས། །
དེ་ཕྱིར་སྣང་བ་དཔེ་ཙ་ཤར་བ་ཡིས། །
རང་བྱུང་ངོ་མཚར་ཚིག་གི་ཧྲུ་རའི། །
རྩོལ་མེད་དྲི་ཟའི་གླུ་དབྱངས་སྙན་མོའི་སྒྲ། །
དུས་སུ་བབས་ཚེ་འགག་མེད་ལྷུག་པར་རྫོལ། །
遍布空间智慧幻网身，
慈悲无边所有众生体。
教化一切有情现神变，
能仁释迦佛祖我顶礼！
事业无尽多于大海水，
众生享乐犹如逢春日。
现前教化犹如莲花舞，
雪域众生吉祥我顶礼！
无尽大愿降下宝珠雨，

善方人天由你作美饰。
降伏魔军猛如霹雳火，
世界雄狮大王我顶礼！
手执无畏的大力金刚杵，
黑方邪教的旗帜全披靡。
崇佛信法的格萨尔大宝王，
正法的黄金伞盖高举起。
我清净心田涌出信仰云，
蒸腾翻滚升起在天际。
雄狮王稀有的传记如彩虹，
我有幸看到听到心欢喜。
因此上要把我所见所闻的这些事，
谱成天然美妙的琵琶曲，
让寻香天女动听的好歌喉，
无阻无碍地唱给人间世！

它是四句一首“别偈”体的发展，全首二十四句，每句九言，实际是由六首“别偈”连缀组成。第一、二首是作者对释迦佛祖的供赞，第三、四首是对雄狮大王的颂扬和崇信，第五、六首是讲作者由于信仰格萨尔大王而将他的稀有传记“谱成天然美妙的琵琶曲”，使之传唱于人间的缘起。这种供赞、崇信和缘起，是作者从正面入手抒发自己的感情和愿望。也有从宣扬“六道轮回”入手，揭露敌国当政者的罪恶而陈述作者写作某部《格萨尔》的缘起的。如《松岭大战》（藏文版，1981年，西藏人民出版社出版）。

（二）**“年阿体”**：在《格萨尔》史诗中，年阿体的运用见之不多。若有，则多与一段简短的散文相结合，载于卷首，称为“绪论”（མགོ་བརྗོད།）。主要是阐明作者崇信格萨尔大王，在总括其一生降伏妖魔、压制强梁、为民除害、扶助弱小的英雄业绩的基础上，指出某一部是专门讲述格萨尔降伏某一敌国的故事。如：

དུས་གསུམ་རྒྱལ་བའི་སྤྱི་གཟུགས་མཚོ་སྐྱེས་རྗེ
དུས་དགྲ་འདུལ་ཕྱིར་མི་ཡི་རྣམ་རོལ་ཏུ། །
དུས་འདིར་ཕྱོན་པའི་སྐྱེས་མཆོག་སེང་ཆེན་རྗེར། །
དུས་དང་རྣམ་པ་ཀུན་ཏུ་གུས་ཕྱག་འཚལ། །
གངས་ཀྱི་རི་བོས་བསྐོར་བའི་ཡུལ་ལྗོངས་སུ། །
གངས་ལ་སེང་གེ་འཁྲིང་ལྟར་གྲགས་ཆེ་བའི། །
གངས་རི་ཤེལ་རྫོང་འབབས་པའི་རྟོགས་བརྗོད་འདི། །
གངས་དཀར་རི་བོའི་དབུས་སུ་བརྗེད་པ་འདྲ། །
མི་མིན་བདུད་ཀྱི་སྒྱུ་འཕྲུལ་གཞོན་ནུ་དགས། །
མི་རྣམས་སྡུག་ལ་སྦྱོར་བའི་དུས་དེ་ཙ། །
མི་བདག་སེང་ཆེན་ནོར་བུ་དགྲ་འདུལ་གྱིས། །
མི་འཇིགས་དྲག་པོའི་ཕྲིན་ལས་སྤེལ་ཚུལ་འབྲི། །

总汇三世佛相的莲花佛，
为降魔现已幻化为人身，
那降临尘世的雄狮王啊，
我们世代向你顶礼致诚心。
在那雪山环抱的雪域高原，
征服雪山水晶国的传奇故事，
恰似昂首雄狮的吼声一般，
永远回荡在雪山里。
旋努呷沃王魔鬼幻变，
他残害百姓暗无天日，
人主雄狮制敌大宝王，
创建了镇压强暴的赫赫战迹。

དེ་ནས་འདིར་གླེང་བར་བྱ་བ་ནི། སངས་རྒྱས་སྟོང་གི་ཐུགས་སྲས། སློབ་དཔོན་པད་མའི་བཀའ་མངགས། ཁྲི་སྲོང་ལྡེ་བཙན་གྱི་སྤྲུལ་པ། འཛམ་གླིང་སེང་ཆེན་རྒྱལ་པོ། གེ་སར་ནོར་བུ་དགྲ་འདུལ་དེ་ཉིད་ཀྱིས། སྒང་པ་བོད་ཀྱི་ཡུལ་ལྗོངས་འདིར། བདུད་དཔུང་ཆ◌ོམ་ལ་བབས། བདུད་ལུང་ཆོས་ལ་བསྒྱུར། བཙན་པོ་གཞའ་ནས་ནན། ཉམས་ཆུང་མཐའ་ནས་བསྐྱངས། སྐྱེ་རྒུ་བདེ་ལ་བཀོད། མངའ་འབངས་ཡོངས་སྐྱིད་འཕེལ། དབུ་འཕང་དགུང་ལས་མཐོ། སྙན་གྲགས་ཕྱོགས་ཀུན་ཁྱབ་པར་མཛད་པའི་རྟོགས་བརྗོད་ཀྱི་སྒྲུང་མཐའ་ཡས་པ་དེ་དག་ནམ་མཁའ་ལས་རྒྱ་ཆེ། རྒྱ་མཚོ་ལས་གཏིང་ཟབ། རྩེ་ཤིང་ལས་གྲངས་མང་བ་ལགས་ན། སོ་སོའི་སྐྱེ་བོ་བློ་གྲོས་ཀྱི་མིག་གསལ་བ་བདག་ལྟ་བུས་བརྗོད་པར་མ་ནུས་ཀྱང་། དང་ལྡན་དང་བ་འདྲེན་པའི་ལམ་སྣེ། འབྱོར་ལྡན་བསོད་ནམས་བསགས་པའི་ཞིང་སའི་དཔེ་ལྟར། སེང་ཆེན་ནོར་བུ་དགྲ་འདུལ་རྟོགས་བརྗོད་རྒྱ་མཚོ་ལྟ་བུ་ནང་། རང་བློས་གང་དཔོག་སྤྲ་རྩེ་ཟེགས་མ་བླངས་པ་ཙམ་དུ་གངས་རི་ཤེལ་རྫོང་བླངས་པའི་ཚུལ་ཙུང་ཟད་ཙམ་ཞིག་འདིར་བཀོད་པ་ལགས་སོ།།

在这里要说的是，释迦佛的心传弟子、阿阇梨莲花生的遣使、墀松德赞的化身——世界雄狮大王格萨尔奴尔布战堆，在高原藏区降伏魔军、弘扬佛法、压制强梁、扶助弱小、拯救众生、造福臣民，威望比天高，美名传各方，其传奇故事的内容，比虚空还广漠，比大海还深邃，比森林还茂密，凡夫俗子，既无慧心，又无慧眼，不敢妄自讲说。然而正如谚语所说：这是“信仰者引发净心的起点，有财者积累福报的良田”。雄狮奴尔布战堆的传奇故事犹如大海，这里记叙的《征服雪山水晶宗》，无论怎样奋力，也仅是一根发梢从大海中挑起的一滴水珠。

（三）**“鲁体”**：鲁体是藏族韵体文学中最为古老的一种诗歌体裁。在《格萨尔》史诗中则是以它为主，用对唱的形式通贯全书。《格萨尔》主要是写战争，敌我双方对唱的每首歌诗一般由四个部分组成：一是在诵咏“六字真言”之后，以某一曲调起头，祈请自己信仰的神灵（包括某一上师、本尊或三宝），佑助和加持。如：

唵嘛呢叭咪吽， ཨོཾ་མ་ཎི་པདྨེ་ཧཱུྃ།
我唱阿拉塔拉塔拉， ཨ་ལ་ ××||
塔拉塔拉是歌曲的唱法。 ཐ་ལ ××||
请无欺的救主三宝， སྐྱབས་བསླུ་མེད་དཀོན་མཆོག་རྣམ
保佑我这领兵人。 གསུམ་མཁྱེན།།
格萨尔大王与战神畏尔玛， གེ་སར་ལྷེར་མའི་དཔུང་དང་བཅས།།
请在此地帮助我大臣。 འདི་ཅ་བློན་པོའི་གྲོགས་ལ་བྱོན།།

二是向对方简介自己的姓名、身世、职业和有关所在地名。如：

这个地方你若是不认识， ས་འདི་ ××||
这是玛格红岩关隘地。 རྨ་སྐད་བྲག་དམར་ལེབ་འཕྲང་ནས།།
是英雄阻截敌军时， དཔའ་བོས་དམག་དཔུང་བཀག་པའི་དུས།།
懦夫高唱假歌地。 སྡར་མས་རྫུན་གླུ་ལེན་ས་རེད།།
我这个人你若是不认识， ང་འདི་ ××||
我统率杰日十八部落军。 བྱེ་རི་རྒྱལ་ཁག་བཅོ་བརྒྱད་ཀྱི།།
我是大将名字叫却珠， གོ་འཛིན་དམག་དཔོན་ཆོས་འགྲུབ་ཟེར།།
现在是岭大王御前一噶伦。 ད་ལྟ་གླིང་རྗེའི་བཀའ་བློན་ཡིན།།

三是揭露敌方的阴谋，嘲讽其无理和懦弱，陈述自己的有理，夸耀自己的英武，从而指出对方只有投降才是唯一出路。如：

你的军队是直向花岭国， དམག་སྣ་ཁྲ་མོ་གླིང་ལ་གཏད།།
刀尖是指向岭英雄。 མཚོན་རྩེ་དཔའ་རྟུལ་ཐོག་ཏུ་གཟིངས།།
英雄猛石火焰的吓人话， རྡོ་རྡོད་དཔའ་བོའི་འཇིགས་གདམ་བཤད།།

一嘴两舌脸应红。	གཏམ་ཁ་གཅིག་ལྕེ་གཉིས་ངོ་རེ་ཚ།།
你猛石好汉似滚石，	ཁྱོད་རྡོ་རྒོད་བུ་དང་རི་གཟར་ཐབ།།
虽然不用别人来招引，	སྐེ་ལེན་མེད་ལེ་འདྲ་ན་ཡང་།།
平川大路你滚不成。	ཐང་ཡངས་པའི་དཀྱིལ་ལ་འགྲིམ་ལེ་མིན།།
……	……
藏地古人有谚语：	གནའ་མིའི་བོད་x x།།
坏母亲女儿的坏行为，	མ་ངན་བུ་མོའི་རང་སྣང་དེ།།
是招人耻笑的根源；	སྟོང་གསུམ་མི་ཁའི་ཁྲེལ་རྒྱུ་རེད།།
恶狗到处想咬人，	ཁྱི་ངན་ད་ལེའི་འཛུ་འདོད་དེ།།
是招引顽石的根源；	གོར་མོ་རྡོ་ཡི་ལག་གཡུག་ཟེར།།
边地兵马的吹牛话，	མཐའ་དམག་རང་མཐོང་ཁ་ཐད་དེ།།
是招引英雄大军的根源。	དཔའ་རྟུལ་དཔུང་པའི་སྣ་འདྲེན་རེད།།
白岭国三十大英雄，	གླིང་དཀར་དཔའ་རྟུལ་སུམ་ཅུ་དེ།།
像天上雷电一样猛，	གནམ་ལྕགས་ཐོག་ལྕེ་ངར་མ་ཡིན།།
天上霹雳石岩挡不了；	ཐོག་གནམ་ལྕགས་བྲག་རིས་ཏེན་པ་མེད།།
勇士鹰、雕、狼三个人，	ཞེ་ཐེལ་ཁྲ་གླག་སྤྱང་གསུམ་དེ།།
是不坏的钢铁大磐石，	འཇིགས་མེད་ཁྲོ་ཡི་ཕ་བང་ཡིན།།
大磐石斧头砍不了。	ཕ་བང་སྟ་རེས་བཤིག་ས་མེད།།
……	……
因此要听我的话，	དོན་དེ་ཕྱིར་ཚུར་ཆས་ལས་དམག་འདིས། །
往这里来的卡切军，	མགོ་འབུལ་གེ་སར་རྒྱལ་པོར་འབུལ། །
投降要投降格萨尔，	ལུས་འབུལ་དཔའ་དུལ་དཔུང་ལ་འབུལ། །
献身要献给勇士们，	ཁྲི་བརྟན་དཔོན་པོའི་རྒྱལ་སྲིད་དེ། །
要献上尺丹王的卡切国，	གླིང་དཀར་འབངས་ལ་ཁས་ལེན་གྱིས། །
归顺白岭作属民。	ཞུ་སྣ་ང་རང་སློན་པོས་བྱེད། །
如要请降我来引见，	རང་སྒྲོག་ཐལ་བ་ལག་པའི་མཐིལ། །

你们性命操在我手心。	དགྲ་མཆན་འོག་ཚུད་ན་བུ་ལས་བྱམས།།
敌人投诚爱之如赤子，	ཟེར་བའི་དོན་དེ་བདེན་པར་གོ།།
我说此话真又真。	
除非请罪和投降，	དེ་མིན་སྲོག་དམར་སྐྱེལ་ངེས་ན།།
你的老命要完结。	ཁྱོད་རྒྱ་སྟག་བཞིན་དུ་མཆོང་ལ་ཤོག།
你敢像猛虎扑上来，	
我的利箭怎能不射你的心，	ངས་ས་མདའི་སྙིང་འཛེར་མི་སྦྱང་དེ།།
我的箭头怎能不喝你的血！	འཛོམ་དྲུག་ཁྲག་ལ་མི་འདྲེས་རེད།།
玛桑大丈夫顿珠王，	མ་སང་སྐྱེས་བུ་དོན་གྲུབ་ཁོང་།།
你若敬奉他可发慈悲，	མཆོད་ན་ཐུགས་རྗེ་ཆེན་པོ་ཡིན།།
你若敌对他要作屠夫。	
你可细细来盘算，	འགྲན་ན་གདོལ་པ་ནག་པོ་ཡིན།།
如何是好自作主！	གང་དགའ་བསམ་བློ་ལེགས་པར་ཐོངས།།

四是向对方慎重指出以上所言的重要，使其三思而后行。它也是每一首对唱歌诗的结束语。

如：

听话要用耳朵听，	གོ་ཤེས་ཡོད་ན་རྣ་བས་ཉོན།།
实行要用心考虑。	སྒྲུང་ཤེས་ཡོད་ན་བསམ་མནོ་མཐོངས།།
明白此语它是耳中甘露，	གོ་ན་××།
如不明白可以再解释。	མ་གོ××།

上述四个部分中，第三部分是核心。往往为了说理有力，展开舌战，压倒对方，在本部分歌诗中纳融了许多格言和谚语，并从格律上将其“鲁体”化，从而与其他三个部分有机地组合起来，浑然一体，形成了《格萨尔》歌诗的独特风格。

在"颂偈体""年阿体"与"鲁体"中，"鲁体"是最基本的，它产生于古老的藏族民间文学。"偈体"和"年阿体"的出现则较晚，其中"年阿体"的介绍和运用，当在十三世纪以后。

二　《格萨尔》歌诗的语言艺术

《格萨尔》是文学语言艺术的宝库，对它的深入探索，目前还难以全面进行。"文学是人学。"在这里，我仅从塑造人物形象、刻画人物性格、揭示人物内心活动等方面着眼，略述二、三。

一是**比喻**。珠毛选女婿不合妈妈的心意，因之和妈妈发生了口角，门里（妈妈）门外（姑娘），母女俩对唱争执：

（一）

妈妈唱问：	姑娘唱答：
岭地的三姐妹，	岭地的三姐妹，
去挖蕨麻去。	去挖蕨麻去。
走到半路上，	走在半路上，
私自把亲许。	自愿把亲许。
不选核桃仁，	选了核桃仁。
却要核桃皮，	没要核桃皮。
珠毛你这个傻丫头，	我夹罗珠毛呵，
断送了今生好福气！	才算真有好福气。

（二）

岭地的三姐妹，	岭地的三姐妹，
去挖蕨麻去。	去挖蕨麻去。
走到半路上，	走在半路上，
私自挑女婿。	自愿把亲许。

不选杏儿肉，	选了杏儿肉，
却要杏核子。	没要杏核子。
珠毛你这个傻丫头，	珠毛自有好姻缘，
失掉了好姻缘，	妈妈何必生闲气！
哪有好福气！	

（三）

岭地的三姐妹，	岭地的三姐妹，
去挖蕨麻去。	去挖蕨麻去。
走到半路上，	走在半路上，
私自挑女婿。	自愿把亲许。
不要红苹果，	选了红苹果，
却要绿叶子。	没要绿叶子。
珠毛你这傻丫头，	珠毛有了好姻缘，
好姻缘被你断送到底！	妈妈好歹也不知！

（四）

岭地的三姐妹，	岭地的三姐妹，
去挖蕨麻去。	去挖蕨麻去。
走到半路上，	走在半路上，
私自找女婿。	自愿把亲许。
不选大食财宝王，	不选大食财宝王，
却选台贝达朗穷孩子。	选上了台贝达朗穷孩子。
珠毛傻丫头还多嘴，	富贵贫贱我不管，
你有什么好福气？	珠毛得了个好女婿。[①]

从第四段对唱词中可以看出，妈妈将有钱有权有势的大食财

① 王沂暖等译：《格萨尔王传·贵德分章本》。

宝王比喻为“核桃仁”“杏儿肉”“红苹果”，把姑娘许给他，将台贝达朗（即格萨尔）穷孩子比喻为“核桃皮”“杏核子”“绿叶子”，拒绝姑娘的自愿抉择；姑娘却与妈妈的认识相反，她不管富贵贫贱，将穷孩子台贝达朗比喻为“核桃仁”“杏儿肉”“红苹果”，毅然抉择为自己的伴侣。几个比喻，精当贴切，生动而形象地展示了妈妈和姑娘各自的内心世界。

辛巴王持假信前去姜国说亲。姜王子回答：

我们姜国美公主，
想嫁霍尔是枉然；
……
年纪虽小智慧大，
人间的姑娘难比她。
洁白的皮肤像白螺，
红润的双颊赛莲花。

两只眼睛像日月，
嘴里一串雪白牙，
头上长长的青丝发，
好像绿柳迎风斜。

身体还比箭杆直，
语声还比布谷娇，
心地明白像石火，
性情温柔赛羊毛。

头戴金玉花，

好像碧玉映玉阳；
颈带玛瑙链，
好像一串小月亮。

身穿绸衣红艳艳，
好像彩虹闪光芒；
近看远看一个样，
真似一朵鲜花开在草原上。[①]

玉拉托居尔连用了十多个比喻，形容姐姐美丽的外貌，描述姐姐“性情温柔”“心地明白”的内心世界，从而回绝了辛巴的说亲。

描写战争，表现英雄，是《格萨尔》的中心。在《霍岭大战》中，贾察派丹玛去探敌情，他唱道：

察香丹玛香祭呀！
没有你这样的神箭手，
没有你这样的好骑士；
你勇猛剽悍如猛虎，
六艺熟练像老雕，
灵敏机警似鹰鹫，
唯有你是好哨探。

丹玛回答：

我察香和岭尕布，

① 王沂暖等译：《格萨尔王传·保卫盐海之部》。

犹如眼帘和眼珠，
犹如脑袋与颈脖，
犹如骨肉和皮肤，
犹如领子和衣服。

我是白色的酥油块，
除了太阳和火谁都喜欢我；
我是黑色的布钉儿，
除了白帐房谁都需要我；
我是宴席上的青咸盐，
除了糖和酒谁都少不了我。[①]

丹玛是岭国的英雄武将，贾察用“猛虎”“老雕”“鹰鹫”来比喻丹玛的勇敢、武技和机警，则显得非常形象、贴切；丹玛是岭国的忠臣，他又用一连串比喻来说明自己与岭国的骨肉关系及其不可缺，也是十分恰当的。

二是**夸张**。姜国要侵占岭国盐海，格萨尔率兵迎击，“兵多青天遮不住/马多大地载不了/河水喝的断了流/山石不够搭火灶”[②]。这种艺术的夸张，充分表现了岭国的军威和军心，他们齐心协力，保卫祖国，势不可挡。《格萨尔》描述黑魔王洽巴拉忍：“头上的前额像牧场/能放百牛和百羊/左右鼻孔赛城门/行人东来又西往/两只绿眼像紫电/黑夜照亮白雪山/大嘴张开像山洞/豺狼虎豹里边藏。”还说他“要吃一百个成人作早点/要吃一百个童年作午饭/要吃一百个少女作晚餐”[③]。这种夸张手法，有力地

① 青海省民间文学研究会翻译整理：《格萨尔》(4)。
② 王沂暖等译：《格萨尔王传·保卫盐海之部》。
③ 王沂暖等译：《格萨尔王传·保卫盐海之部》。

揭露岭国敌对者的丑恶和凶残，从而给予无情的鞭挞。作者在塑造岭国英雄形象时，又往往用夸张这种修辞手法，先描绘敌人的威力：姜王“属下西方部落各酋长/身高力大本领强/还有铁角辛巴五个人/血盆大口吃人肉/还有野人英雄六个人/扛着大山半空走/还有大力狮子头六个人/能抗天雷抓紫电/还有大力红熊头六个人/举起两手可托天”[①]。然后描述格萨尔成竹在胸、沉着遣将的统帅才干和丹玛面临凶敌不惧而喜受王令、勇赴疆场的英雄品格。

三是**排比**。格萨尔要去北亚尔康降魔，爱妃珠毛硬是追赶跟随，为之两人发生口角。但天母不让带她，结果格萨尔将其割爱强扔在荒草滩上。之后，格萨尔在行进中于心不忍，唱了这样一首歌：

指示正路的善良人少，
心不外骛的修行者少，
永远知耻的朋友少，
买卖正直的商人少，
信仰不变的徒弟少，
和睦相处的夫妻少。
……
人心焦呵，格萨尔大王焦，
马心焦呵，格萨尔大王焦，
弓心焦呵，硬角变弓焦，
箭心焦呵，喝血霹雳焦，

---

① 王沂暖等译：《格萨尔王传·保卫盐海之部》。

刀心焦呵，斩魔红刃焦。[1]

前一段歌词是说格萨尔出外降魔，得不到爱妃珠毛的理解，直至两人吵嘴不和；后一段歌词是说格萨尔强扔爱妃于荒野，让她单身返回而于心不忍。通过两段歌词的排比，把格萨尔想念和怜悯爱妃的愁苦之心，形容刻画得惟妙惟肖。

四是**回环**。格萨尔要出阵，爱妃珠毛依依不舍地问他：

雪山不留要远走，
丢下白狮子住哪里？
大海不留要远走，
丢下金眼鱼住哪里？
草山不留要远走，
丢下花母鹿住哪里？
岭国大王不留要远走，
丢下珠毛姑娘托身在哪里？

珠毛通过这种多段回环体歌诗的回环反复，一迭三唱，音韵协调，浓化感情，把她与丈夫难分难离的爱恋之情表现得非常深厚。

当然，《格萨尔》歌诗中，**还有字、词重叠句和对偶句，也运用得很多**，都为《格萨尔》的人物塑造增添了光彩。

三　《格萨尔》歌诗的音乐性

《格萨尔》歌诗的音乐性，主要体现在两个方面：一是由于歌

---

① 王沂暖译：《格萨尔王传·降伏妖魔之部》。

诗本身运用了大量的重叠句、对偶句和排比句，具有和谐的音律，易于咏叹，富有音乐性，令人闻声而生快，听音而感美；二是在咏唱《格萨尔》歌诗时，几乎出场的各种主要人物，每人都有自己的能够表现自己鲜明形象特征的演唱曲调，如“镇压三界曲”“六音六颤曲”“九高六变曲”“压惊镇神曲”“鬼门青刀曲”“比马赛刀曲”“傲慢威严曲”等等。这些曲调的采用，常常因人因事不同而有异。

对于演唱《格萨尔》歌诗所采用的各种乐曲牌名及其音乐性和它的体系化，我基本上是擀面杖吹火——一窍不通。但我在多年的考察中，由于和说唱艺人的广泛接触，聆听他们的演唱，深感《格萨尔》歌诗的咏唱曲调丰富多彩，它是《格萨尔》史诗的一大基本要素，听众对它的需求表现得非常强烈。我们在书面的《格萨尔》中，看不到歌诗押有韵脚，但在艺人演唱中，歌诗的韵脚则非常明显和谐，且时有转换。这种韵脚都是艺人用衬字、衬词、衬音等处理的，而被《格萨尔》歌诗的记录、整理者在整理成书面文学时删去了。《格萨尔》歌诗的咏唱，不是一成不变，而是随着故事情节、人物以及人物情绪、状态的变化而变化。如霍尔国白帐王的专用调“傲慢威严曲”（中速），则表现了史诗中反面人物白帐王的性格，富有贬义：

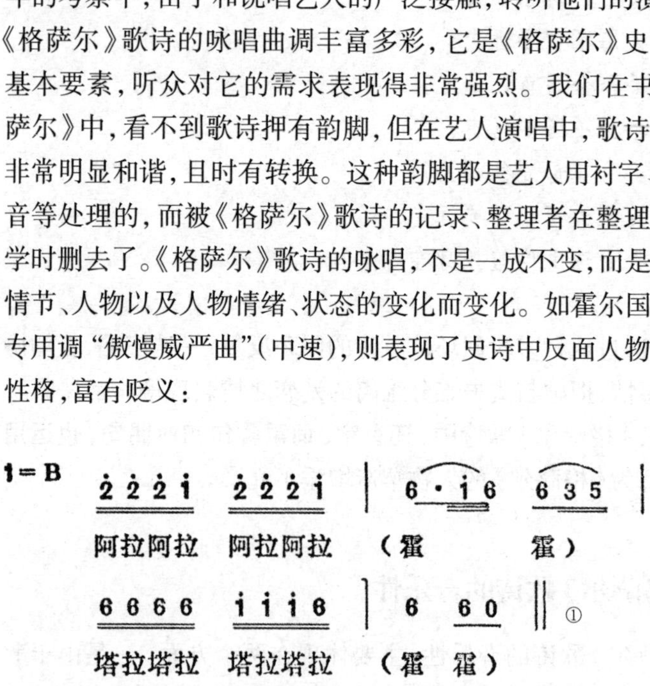

①

① 扎西达杰：《〈格萨尔〉说唱音乐研究》，首届国际《格萨尔》学术讨论会论文。

又如珠毛的“九曼六变曲”(慢、自由地):

它则表现了史诗中正面人物格萨尔爱妃富有缠绵的抒情感。

《格萨尔》流布很广，同一乐曲曲牌，在各地的演唱中也有所异，在此就不列述了。总之《格萨尔》歌诗的演唱曲调丰富多彩，据扎西达杰同志调查研究，已发现的多达二百多首。我们渴望有志于《格萨尔》说唱音乐的研究家，能够深入下去，为建设和形成“格萨尔学”体系中的音乐学派作出重要的贡献。

第三节　《格萨尔》散文

在《格萨尔》艺人说唱中，我们对散文部分的感受则不同于自己的阅读(现在有的铅印本已在很大程度上失掉了原有的本色)。艺人对散文部分叙诵，具有比较强烈的音乐性和艺术性。他们的叙诵，常常根据故事情节的变化和各种情绪的对比，按群众一定惯用的语法原理，以语调的高低、语气的强弱、节奏的缓紧，或是急促

---

① 扎西达杰:《〈格萨尔〉说唱音乐研究》，首届国际《格萨尔》学术讨论会论文。

的述说式，或是昂扬的朗诵式，或是动人的歌唱式（它不同于《格萨尔》歌诗的歌唱，而是似唱非唱）等进行表现，使听众通文达意，进入意境。1989年11月初，在首届《格萨尔》国际学术讨论会上，我有幸见到年轻的藏族作曲家扎西达杰同志和《格萨尔》著名说唱艺人桑珠老人。扎西达杰同志根据桑珠老人对《格萨尔》散文一小篇段的叙诵，记下了以下多种不同的节奏，以达到高度音乐化的组合：

① $\frac{5}{8}$ ××× ×××× ② $\frac{4}{8}$ ×××× ××××

③ $\frac{4}{8}(\frac{2}{4})$ ×× ×× | ×× ×× | $\frac{4}{8}(\frac{3}{4})$ ×× ×× | ×× |

④ $\frac{5}{8}$ ×××× ××× ⑤ $\frac{7}{8}$ ×××× ××× ××

⑥ $\frac{7}{8}$ ××× ×××× ⑦ $\frac{6}{8}$ ×××× ××××等。

各种不同的节奏，音乐化的组合，则把《格萨尔》散文和一般意义上的散文作了严格的区别。在目前见到的几十部藏文版分部本《格萨尔》中，只有扎巴老人留给我们的《天岭九藏》之部基本上是散文本外，其他都是以韵文为主的韵散结合本。

《格萨尔》散文在整部史诗中的作用，最突出的有两点：一是承上启下，把前后两个对唱的两段歌诗，用最简短的几句叙诵散文有机地结合起来，使之构成整体；二是描述、叙诵敌对双方在疆场上具体、形象的实战场面。

《格萨尔》是韵散相间的文体，在过去的研究中有人总是把它和变文的文体列在一起对比。我们说，藏族《格萨尔》的说唱文体与敦煌变文这种文体不一定就源于印度佛教文学。事实上“变文这种文体则来自土生土长的汉语文学”，“主要是由汉语特点所规定的四六文和七言诗所构成的”。“它不仅与杂赋有继承关系，而且与屈赋也有密切的因缘；它不仅限于四言、六言和七言，还应包括五言、杂言以及散文体的句式，这些句式都可以从秦汉魏晋的赋里找到来源。”[①]在敦煌发现的古藏文写卷的历史资料中，有一部分是赞普传略（其中含有聂赤赞普的传略），其体裁就是散韵结合的说唱体。由此推想，吐蕃时期赞普传略的文体，一定首先是在吸收本民族民间文学体裁样式的基础上形成的。作为藏族人民创造的伟大史诗《格萨尔》，其韵散结合的说唱文体也只能从它的创造者那里去溯源。

① 程毅中：《敦煌俗赋的渊源及其写变文的关系》，《文学遗产》1989年第1期。

第七章

藏族《格萨尔》史诗的横向流传

在世界上，藏族《格萨尔》不仅是最长的史诗，也是传播最广的史诗，确实是一个“世界绝无，人间仅有”的奇迹。因此，在研究藏族《格萨尔》史诗时，对其横向流传资料的发掘和探研则不能不说是一个重要内容。横向流传应包括两个方面：一是指史诗在本民族地区的流传，二是指在其他民族地区（含在国外一些民族中）的流传。但本章不打算涉及《格萨尔》在本民族地区的传播情况，而重点是讲在蒙古族、土族、裕固族等地区的流传。对蒙古族《格斯尔》因已有不少专家学者研究，所得成果丰硕，在此，我只是想简单地阐述一下它与藏族《格萨尔》的关系问题。对土族、裕固族《格萨尔》，因是首次调查发掘，就需多费一点笔墨。为了便于比较研究，对其中有的故事则写了较为详细的梗概。

第一节　寻宝略记

《格萨尔》是宝，但藏族《格萨尔》在其他民族中如何传播，至今还鲜为人知。

那还是1982年5月，我就听说甘肃甘南藏族自治州卓尼县康多公社的勺哇一带，有位八十多岁的土族老大爷会说《格萨尔》，但他一般不说，要说就得先煨桑祭神，以免神灵发怒。那时，我病魔缠身，未能前往问个究竟。1982年8月，我去天祝藏族自治县天堂寺藏医院看病，顺便打听到天堂寺的土族群众也喜欢《二郎杨戬》，说："《二郎杨戬》就是《岭·格萨尔》。"因为当时苦于病魔，未能弄清在《岭·格萨尔》和《二郎杨戬》之间为什么要划等号。1986年7月，我向《格萨尔》研究室主任王沂暖教授汇报了搜集与研究这一资料的打算，很快得到他的支持。于是，先去天祝牧区的松山乡搜集《格萨尔》，在松山镇上拜访了一些老人，其中就有几位是土族，他们把《格萨尔》也称《二郎杨戬》。我问了一位老人先祖的经历，他说："我们是解放前从青海互助地方跑到这里来的，那时马步芳抓壮丁，站不住脚啊！为什么把《格萨尔》称《二郎杨戬》？我说不上，互助那里都这么说，我们天祝县的天堂、朱岔等乡的群众也叫《二郎杨戬》。"随后，我便搭车赶到天堂寺。第二天，就和天堂寺乡党委书记一块兴致勃勃地进了尼土尔沟。据说那里有位土族董老大爷，是说《格萨尔》的行家。对此，我抱着极大的希望，很想知道土族的《格萨尔》，把它介绍给国内外喜爱和研究《格萨尔》史的人和专家学者们。两个小时后，我们到了阿古塘村。它座落在尼土尔沟的半山腰阳坡一面，对面阴坡是一片郁郁葱葱的松林。我们先找到了村长，书记向他说明了来意。谁知今已九十三岁高龄的董老大爷恰恰在这个时候病倒，卧床不起，已有几天发烧不退，有时昏迷不醒，不愿启齿，后人们在旁护理。此时此刻，我感慨万千，可又能说些什么呢！只在心里悄悄地祝愿："愿董老大爷早日病愈康复，成为百岁老人！那时，我要再次长途跋涉走到你的身边，录上几段土族老人说唱的《格萨尔纳木塔尔》[①] 把它留在人间，供学者、专家们研究。”随后，我返回天堂寺，一边进行调查，一面急切地等候董老大爷病情好转的消息。天堂寺有位八十多岁的老喇嘛，据说他对《格萨尔》也颇有研究，但令人十分遗憾的是，他于1984年就不能说话了，见了人只是炯炯有神地目视几下，然后则是静静地一粒一粒地捻动着手里的念珠。有位和他相好的藏族学者给我说：“据他讲，‘外国人曾三次来过这里，最早是在一百多年前，再就是民国二十几年，解放前一二年也来过，他们从天堂寺和互助等地搜集走了许多《格萨尔》方面的珍贵资料’。他还说，‘已故喇嘛赤嘎旦增曾有一部《格萨尔》叫《丹玛整军》，系手抄本’。”当时我真是喜出望外，还没等他把话说完就急切地追问对方：“现藏在哪里？”正想知道古代藏族将领整军的奥妙。此时，对方非常惋惜地说：“在1958年就被人烧掉了，当时认为它是毒草！”他这一说，仿佛在我火热的心头猛浇了一瓢凉水，一时心中不禁打起了冷颤。当我慢慢地平静下来后，不由得在心里责问：“这不是把奉献给祖国人民和世界人民的一串珍珠中的一颗璀璨的明珠毁了吧？我想：对史诗《格萨尔》，只有去发掘它，拂去历史沉积的灰尘，让它恢复其光彩照人的容颜的义务，而没有任何毁坏的权利！”

五六天后，董老大爷的病势依旧，我只好怀着急切和忐忑不安的心情离开天堂寺，走向新的寻宝征途。八月，我结束了在甘南舟曲的调查。九月六日下午，我乘坐由西宁市开往互助土族自治县的班车。一上车就相识了坐在我前排的两位一老一少的旅客，对话中夹杂着一些蒙藏词语。长者戴着一顶绾边尖顶白毡帽，大约五十来岁；年轻人全是汉族服饰，看上去年约二十上下。经一问，他俩是土族，叔侄关系，刚从塔尔寺朝佛、探亲回来，现要返回互助

① “纳木塔尔”是藏文“རྣམ་ཐར”的音译，土族人仍读此音，故未译为“传”。

县卓科村。我打问他们那里土族群众知道不知道《格萨尔》？长者抢先回答："那怎么不知道，就是《二郎杨戬》呛！五十乡的巴处村还有格萨尔庙呢？"这时我进而探问："你们那里有会讲《格萨尔》的吗？"他说："有！我们村上有几个老汉。但赶不上霍尔郡的班旦，他会讲，还会唱。前年，我去串亲戚碰上他说唱《二郎杨戬》，我听了半天一晚上，他还没说完。"我问："群众爱听吗？"他回答："怎么不爱听！那么多人，听到天亮了还舍不得走。"这时，我心里踏实得多了，决心去找这个"宝"。一到互助县，我们三人吃了顿便饭，就搭去平安驿的班车，一个小时就到卓科村，晚上就住在年轻人家里。天黑前，我在村头巷尾遛了几趟，打问了几个人，晚上又和几位土族老人寒暄了一阵，他们都晓得《格萨尔纳木塔尔》，有的还能说上几段哩。

第二天，长者自愿给我带路，我们取弯路途经巴处村，有意观拜了格萨尔庙。其庙座落在巴处村口，不像藏式寺院，而像汉式小庙。据说该寺历史久远，只是在1958年破除迷信时被毁掉了，而我参拜的这座庙是近两年政策放宽后，在原地新建的。我踏进小庙殿门，正逢一位年过花甲的老人在点灯焚香。我向他点头示意后问了几句，他将磬敲毕后回答说："我是汉族，供的是二郎神。"于是，我见殿堂两边各放一台同样的轿子。"有没有身子？"他说："没有。"这时，我走近供桌见案头有闪烁光亮的油灯，一支神箭竖立在桌上，约有三四尺长，上绕许多彩绸和哈达。当我们走出庙门后，长者又对我说："就是的，以前还有塑像，着实像格萨尔。"在我问他答，或他问我答的探求中不觉到了霍尔郡。在山沟里来讲，这是个较大的村落。我们穿过杨树林，越过小溪，绕过磨房，进入大街小巷，在街上顺便找了一个小孩将我们引到了班旦家门口。班旦两口子一见我们有事登门，便放下手中正干的土坯活，让我们入屋上炕。这里是连锅炕，我们盘腿坐在炕上向主人说明来意。班旦的妻子也忙着揽来一背兜麦草，在灶前燃火烧茶。我们寒暄了几句农事后，就扯到《格萨尔》上来了。班旦说他多少年没说了，现在唱不上几句；我说他前年有次说了半天一晚上还没说完呢！他望着坐在我身旁的长者笑了一下，然后答应给我从头开始唱几段。说后，他下炕出门了。不一会，和班旦一同进来一位大爷，我们站起来把大爷让到炕的上方，班旦向我介绍："他是我们霍尔郡村年寿最大的，今年八十一岁了，德高望重，年轻时他既能唱'酒曲'，也会说《格萨尔纳木塔尔》。"当然，这时我这个寻宝人比谁都高兴。待我们大家坐定后，班旦的妻子将茶、馍等端到桌子上，让大家吃、喝。我也掏出一瓶酒来，先给老大爷敬了一杯，然后敬于班旦，希望班旦"与君歌一曲，请君为我倾耳听"[①]。此时，班旦轻轻地抿了两下酒，并向老大爷示意了一下，不时"森阿隆云、拉毛、拉拉冬、兰那，牙隆云、拉毛、拉拉冬、兰那"的古朴曲调开始在室内回旋起来。有时，他停下来谦虚地请教老大爷，让他指导。老大爷满意地给我说："班旦心灵，记性好，在我们这里方圆上百里就算他了。"我只是高兴地点头会意。录完两盘磁带时天已黑了，给我带路的长者问我怎么办？当我表示住下来继续倾听、录制班旦说唱的《格萨尔纳木塔尔》，并和班旦商量具体事宜时，班旦踌躇起来，他说："我以为王同志听一听就算了呢，真要把它记下来我可不敢说，以后有人再整我怎么办？果真要记要录，就请王同志写下个证明。"当时我怔了一下，心想：给《格萨尔》平反已近十年了，他们还这样怕！这难道怪说唱艺人吗？不能，一点也不能怪他们。我在心里自问自答后就持笔写了份证明，念给班旦夫妇听，然后将它递交给班旦。这时，班旦笑容可掬，除随手把它交给妻子叮咛保存好，还说："那我就放心地说，高兴地唱吧！"这时，老大爷和满炕

---

① 李白：《将进酒》。

满地听《格萨尔纳木塔尔》的人们都喜笑颜开了。这次调查正处秋收大忙季节。因此，我除对班旦说唱的各部《格萨尔》主要内容作个大概掌握和《格萨尔》在土族群众中流传的有关情况，进行了较为详细的调查外，对《阿布朗创世史》只笔录到上半部（即到“祖拜嘉错”升了天为止）。

1987年7月，我又到天祝县土族群众居住比较集中的朱岔、古城等乡，跋山涉水走遍了那里的山山沟沟。这次考察受益匪浅：一是发掘了两位土族艺人，年近花甲的更登什加会说唱（土语说，藏语唱）多部土族《格萨尔》，其中《二郎成亲》最具土族特色。更登什加是解放前土族著名艺人恰黑龙江的外孙；年已七旬的乔老大爷，会《格萨尔诞生》，他不唱，只用土语讲说。二是通过拜访这两位艺人和周围一些当年曾聆听过土族《格萨尔》故事的老人，大致搞清了1948—1949年，德国传教士多米尼克·施罗德在互助搜集贡保说唱《格萨尔》和藏族《格萨尔》在文体形式上逐步向土族《格萨尔》演变的真实情况。随后，我又到班旦家，继1986年的笔录完成了他说唱的《阿布朗创世史》。

早在1982年夏天，我在天祝天堂寺藏医院看病时，就有土族老大爷给我说：“我们是班嘎尔加吾的后代，甘州马蹄寺是当年班嘎尔加吾的皇城。”我从这里受到启迪，曾连续三年（即1987年8月、1988年10—12月、1989年8—9月）去肃南裕固族自治县进行田野考察。不论是哪一次，那里的各级领导和群众都给予很大支持，有的曾多次给我提供调查线索，安排路线，有的退居二线或已休息的老同志，不顾自己年老体弱还给我召集艺人动员说唱，有的在百忙中抽闲带路，安排食宿。在三次考察中，我曾直接和间接地采访了近三十名艺人和知道一些《格萨尔》故事及其风物传说的老人。不论是炎热的夏天，还是大雪纷飞的严冬，他们都是那样的热情，支持我把裕固族《格萨尔》调查彻底，书写成文。1987年8

月，年过花甲的安发福同志，从牧场赶回冬窝子，给我讲说了《盖赛尔》；1989年11月下旬，肃南县城发生五点三级地震，但他一听到我已又来肃南调查，就不顾当时可能再次发生地震的危险，而匆匆赶到县招待所和我同住一床，讲完了他在1987年给我未讲完的《盖赛尔》。但我万万没想到这次回去不几天，他就与世长辞，成了永别！随后，我在杨生虎同志的介绍下，动员其亲戚裕固族老人申石旦才让，给我回忆讲说了三十年前他曾常说的《盖赛尔》，我录了音；当1989年9月，我再次拜访他，问他还有什么补充时，七十八岁高龄的老人已力不从心。接着，我按安正虎同志提供的线索，到皇城区东滩乡找到了安金莲，除录她说唱的《降伏蟒古斯》之外，她又从病床上扶起她八十六岁高龄的母亲燃智，给我回顾了她和她的姐姐尕力安（1988年逝世，终年93岁）以及其他裕固族老人传唱《格萨尔》的历史。尕力安是裕固族著名艺人，燃智说她姐过去说唱的《格萨尔成长史》《白帐王抢珠毛》《魔王抢梅萨》《格萨尔攻克霍尔城》《格萨尔封辛巴梅乳孜为王》等，都是脍炙人口的。令我惋惜的是，竟在第一次调查中未能谋面，把她说唱的裕固族《格萨尔》留在人间！在三次考察中，现任县长贺敬农同志的父亲贺永贵老人，他不止一次地支持我。夏天，他和我坐在草地上；冬天，我和他围着火炉，晚上睡在一个热炕上。他和兰志成同志分别给我讲说的《辛丹和好》和《降伏十五头妖魔》，不仅独具裕固族的民族特色，而且为研究藏族《格萨尔》文体如何在裕固族化的问题上，提供了十分有用的资料。

三次考察，我都把大河、康乐和皇城等三个区作为重点，并特别注重了解了坐落在临松山的马蹄寺和雅则红城遗址的由来，还有关于巴达霍尔（སྦ་ད་ཧོར）村的许多传说。我所见到的马蹄寺和《霍岭大战》中描述的雅则红城遗址，现在连接在一起。对马蹄寺、雅则红城和巴达霍尔村的进一步考定，则无疑有助于我们发掘

《霍岭大战》所反映的历史因素。

史诗是劳动人民创造和传承的。今天，当它还活在人民群众之中时，我们只有竭尽全力、积极认真地去发掘和搜集它，将它奉献给祖国和世界各族人民的义务，而没有任何漠视和贬低它的权利！

第二节　土族《格萨尔》

对土族《格萨尔》史诗的介绍和研究，这里主要以班旦说唱的内容为据，对其他艺人提供的材料，仅随研究需要在《藏、土、裕固族〈格萨尔〉比较》一节中略有涉及。

一　史诗的内容

班旦说唱的土族史诗《格萨尔纳木塔尔》，其主要内容有："阿布朗创世史""乔同毁业史""格萨尔诞生史""堆岭大战史""霍岭大战史""姜岭大战史""嘉岭大战史"[①]"安定三界史"等八个部分。第一部分《阿布朗创世史》，其内容独特，在现已见到的藏族《格萨尔》分章本和分部本中是没有的。因此，故先将这一部的内容予以介绍和分析。

（一）史诗描述仙人祖拜嘉错住在空山野林里，他除了坐静就是给飞禽走兽们讲经。他来自天上，"吃的瓜果，喝的水都是飞禽走兽们送的"。三个既无阿爸也无阿妈的光身子男娃，常以弓箭打猎维生，在一次猎鹿中与祖拜嘉错相遇。结果，在弄清祖拜嘉错

① 一说是《闷岭大战史》。

是仙人之后，老大拜他为师，老二老三乘云上天了。祖拜嘉错给老大起名为“阿布朗叉根”，并预言：“以后你到了萨·札吾岭地方就叫阿布朗嘉吾。”

我们从语音上分析，“阿布朗”就是藏文ཞིང།字的古音读法，“叉根”就是藏文ཁ་ཀན།一词的译音，是老鸹、老鹰之意，合起来读为“岭叉根”。“岭叉根”正是藏族《格萨尔》中岭国总管王的名字。在藏族《格萨尔》中，叉根是一位正直无私，足智多谋，善于运筹帷幄，一心辅佐格萨尔称王并南征北战勇于与敌拼搏的英雄，而在土族《阿布朗创世史》中，则是一位居于萨·札吾岭地方的人类和其他万物的造世者。

阿布朗叉根尊师傅祖拜嘉错之命，由飞禽走兽迎接到萨·札吾岭这个空山野林之地，坐在一个天然生就的男女佛像各一千尊的百洞里，开始了诵念《嘎夏》经、祭天、祭地、祈祷如愿成就的创世生活。一切飞禽走兽听他讲经，和他生活得非常和谐。

（二）史诗描述龙王的三个公主到萨·札吾岭地方去采花，结果未能返回，从此拜阿布朗叉根为师。师傅让孔雀引路，把色卡喜尔、益卡喜尔和党卡喜尔等三位公主分别安住在萨·札吾岭地方的德隆岗玛、德隆完玛和德隆许玛等三个地方。三位公主天天煨桑叩头，祭天祭地，开始了繁衍人类的生活。然而色卡喜尔等三位公主生孩子，以及以后她们的姑娘生孩子，都与阿布朗叉根建敖包密不可分，并形成这样一个套式，即：建敖包——三位公主（还有后来的公主女儿）和阿布朗叉根做梦（天光感生梦）——阿布朗叉根释梦——生孩子。孩子们长大后只有其母、不知其父。同时，从三位公主第二次生孩子开始，总是要从野外发现三个婴儿送到她们跟前抚养，而且这种发现都由做梦作先兆。这些孩子更不知其双亲，只称她（他）的抚养者是妈妈。当萨·札吾岭地方有了三十名英雄之时，其中出生最早的嘉色夏嘎等四大英雄，又尊岭王阿布朗叉根之命，将三十名英雄分别安排在三十个石洞里，各自为家。史诗还描述阿布朗叉根为了在萨·札吾岭地方发展马牛羊各类牲畜，专门筑建了一个敖包，敖包内除放其他宝物外，还特别放了千匹野马的蹄、千头野牛的角和千只野羊的毛。

（三）史诗描述阿布朗叉根，给孩子们起名字总是和原始的宗教、习俗和孩子的出生地及其由来分不开。如："岭·达嘎尔岗日"一名，"岭"是代表孩子的出生地方，"达嘎尔"是指孩子是白虎转世的，"岗日"是取"敖包"名字的一半。又如"拉错多来玛"一名，"拉错"是山神之意，"多来"是扁石之意，指该孩子是放在石板上送来的，"玛"是女性之意。

（四）史诗描述了原始人从过采集瓜果到狩猎并开始过上了发展畜牧业的生活过程；他们从全身长毛不知着衣，到用软草连接树皮遮前盖后，一直发展到有了自己的裁缝；还提到有了木匠和铁匠。

（五）史诗提到佛教，但描述最为突出的、详细而具体的还是原始宗教，而且它和神话有机地掺揉在一起。佛教描述仅是后人之附会。

《阿布朗创世史》，比较充分地表现了土族先民思维的特点。这篇创世史诗所提供的史料，从原始社会史、民族学、民俗学、宗教学等多学科的研究角度讲，都是非常有用的。从史诗研究方面看，使我们看清了藏族《格萨尔》传播到土族群众中，土族人民是怎样将它容纳于土族传统文化机制，创造出了自己的《格萨尔》。

二　史诗的说唱习俗、形式和曲调

在说唱完土族《格萨尔纳木塔尔》中的第一部《阿布朗创世

史》之后，我以该部史诗为例，又向她的说唱者班旦探讨了土族史诗《格萨尔纳木塔木》的说唱形式和有关曲调。

说唱前，一般都要煨桑和烧香，求霍尔王不要发怒，允许说唱《格萨尔纳木塔尔》。因为，在土族群众中普遍流传他们是班嘎尔三弟兄[1]的后裔，历史上也曾有格萨尔和霍尔王交战、霍尔王战败被格萨尔所杀的故事。说唱《格萨尔》，班嘎尔三弟兄不喜欢，特别是塑有班嘎尔神像作为供养的家庭，但也可到没供养班嘎尔像的家中去说唱。现在，有的年轻说唱者也未必继承这种习俗，因为他们已不相信神祖会发怒。有的说唱者对岭王和霍尔王采取不褒不贬的态度，有的认为格萨尔是个英雄，救了他们，他们可以赞颂他。

说唱时，一般需请来一位比演唱者年长的老人坐在上席，让他指导。这次，班旦请的上述那位老大爷就是这么作的。在班旦说唱过程中或者说完一段停下时，他也要插上几句或一段，但其内容多是强调和重复之词。过了几天，当我和班旦熟悉后，又将这个问题提出来问他时，他说："这位老大爷是我们霍姜村一百多户人家中最年长的。我请他来，一方面表示我对长者的尊敬，一方面他年轻时也是个'酒曲'唱家，让他来指导，这也可谓是我们土族人的习惯。"

土族是一个能歌善舞的民族，许多男子都爱唱和善唱"酒曲"。他们中许多人虽不会说《格萨尔纳木塔尔》，但在《格萨尔》艺人说唱时可进行伴唱。这种伴唱大大活跃了演唱气氛，增强了音乐感，往往在无乐器伴奏的情况下，起到了乐器伴奏的作用。这

① 班嘎尔三弟兄即指黄帐王、白帐王和黑帐王。土族人说：这是他们的先祖。现佑守寺的左河旁还修有班嘎尔三弟兄的宫殿，有些土族群众家中也立有他们的神位。

次，在班旦说唱《阿布朗创世史》时，开头也是一位善唱“酒曲”的中年人伴唱。后来，由于我的请求才停止了伴唱。这样，录音清晰可辨，以利今后整理。

班旦说唱《格萨尔纳木塔尔》，是先唱后说，唱词基本上是藏语，其中掺有少量土语，说词基本上是土语，其中间有少量藏、汉语借词。说，是唱的情节的继续和发展，不只是唱的重复。事实上，这也是藏族《格萨尔王传》在土族人民群众流传过程中形成的一种独特的演唱形式。“土族语言属阿尔泰语系蒙古语族，基本词汇和蒙古语相同或相近，和东乡语、保安语则更为接近一些。”① 按此，土族《格萨尔纳木塔尔》应与蒙古族《格斯尔传》相近。但恰恰相反，更多的则是藏族《格萨尔王传》的影子，就演唱曲调来说也是如此。这是一个很值得深入探讨的问题。在班旦演唱的《阿布朗创世史》中，大概有以下一些曲调：

1. 桑吉祖拜嘉错唱的曲调。
2. 三个猎手娃娃中老大唱的曲调。
3. 三个猎手娃娃中老三唱的曲调。
4. 阿布朗叉根唱的曲调。
5. 喜嘎尔国王唱的曲调。
6. 龙王之大臣唱的曲调。
7. 天王之大臣唱的曲调。
8. 山王之大臣唱的曲调。
9. 龙王、天王和山王唱的曲调。
10. 乌鸦唱的曲调。
11. 飞禽代表孔雀唱的曲调。

---

① 《中国少数民族》。

12. 走兽代表斯达阿罗唱的曲调。
13. 龙王的大公主色卡喜尔唱的曲调。
14. 龙母唱的曲调。
15. 龙王唱的曲调。
16. 龙王的二公主益卡喜尔唱的曲调。
17. 龙王的三公主党卡喜尔唱的曲调。
18. 龙王的三十位大臣唱的曲调。
19. 龙王的伦布穷瓦唱的曲调。
20. 龙王的伦布钦瓦唱的曲调。
21. 布谷鸟唱的曲调。
22. 鹦鹉唱的曲调。
23. 萨俊丹玛唱的曲调。

上述曲调仅是按《阿布朗创世史》中发现的人、神鸟、兽等不同种类和同一种类中不同身份而分的。其实，同一个人也往往为遇人遇事不同而采取不同的演唱曲调。神、鸟、兽等个个也是如此。这些曲调节奏鲜明，音律和谐，使人闻声生快，听音感美。

当我了解了上述这些曲调的传承流传情况时，班旦说："和以前（指1958年或1966年前）相比，有的失传，有的忘怀。有的虽然忘了，若有几个说唱者聚集在一起，我唱他唱，或许还能想起来。"

在录、记土族《格萨尔纳木塔尔》的空闲时间，我也倾听了霍尔郡、卓科、僧多等村的土族歌手们唱的"酒曲"，两相对比，不难听出《格萨尔纳木塔尔》的曲调是受了土族"酒曲"的影响，而土族"酒曲"又和天祝藏族的"酒曲"有许多相似的地方。这可能与这里的藏族和土族虽系两个民族，但在历史上就属于华锐（དཔའ་རིས།）这一共同的地域有关。

三　酷爱史诗的说唱家

由于历史进程中的种种原因，土族史诗《格萨尔纳木塔尔》该传承的未能传承下来，该保存的未能保存下来，给祖国文化已造成了不可弥补的损失。如德国的多米尼克·施罗德于1948年11月25日到1949年6月30日，在我国青海省互助县沙堂川的甘家堡，从土族歌手官波甲的口述、依夫拉的监督下记录的一万二千行蒙古尔（土族）格萨尔史诗，①其传说已大部失传；佑宁寺一土族喇嘛曾用藏文（因土族无文字）写的土族《格萨尔纳木尔》的流传本（手抄）已被毁掉；还有一些比较著名的说唱家，因其出身是“本本子”②而多次挨整，不得不放弃了史诗的传承。在此情况下，我能在这次寻“宝”中找到一位已开始打算“隐退”的土族《格萨尔纳木塔尔》说唱家——班旦，确实是一件庆幸之事。他的重新露面说唱，无疑将会填补土族文学史中的空白，他本人说唱《格萨尔纳木塔尔》的经历的纪实材料，对探讨藏族、土族《格萨尔》的关系更是一份有用的资料。

班旦的土名叫黄金山，班旦是他藏名全称班旦嘉错的简称。当我们谈起他藏名的来由时，才知他母亲生了两个儿子，他被父亲送到互助县最大的佛教寺院佑宁寺当和尚，藏名就是寺里的喇嘛起的。班旦说：“我现在会说藏话，会识藏文，就是那个时候学的。”那时的班旦比较单纯，一般不想别的，只知道埋头念经，师傅教什么，他就学什么。人小心灵，记得很快，不几年他就能读藏文经卷了。当然，他有时也心不在焉，特别是当寺前林间的阵阵歌声传到耳边时，也往往是身在寺院心在外，随之想起父亲教给自己的“酒

---

① 详见《〈格萨尔〉研究》，第二期，第239页。
② “本本子”：原指本教职业者，现多指红教中一些祭祀山神之职业者。

曲”，甚至哼出声来，惹得师傅发怒。班旦的父亲是土族群众公认的有名歌手，他结识了许多朋友，一到农闲或喜庆日子，常在一块饮酒唱曲。这时，班旦经常尾随于父，沉浸在时而催人泪下、时而令人激动的歌声之中，从小受到土族民间艺术的熏陶。

1958年，佑宁寺被封闭，班旦还俗回家。这时的班旦犹如关在笼中的小鸟一下子自由了，不知怎么飞好。离开寺院时，他别的什么也没拿，只拿了藏文写的厚厚的三本长条《格萨尔纳木塔尔》和几本念过的经书。当时，他不会干农活，老人出面托靠人带着他擀毡，一直擀到包产到户。他在回忆这一段历史时说：“那时年轻，无忧无虑，一边‘叮咚、叮咚’地弹羊毛，一边‘拉毛、拉拉冬’地唱《二郎曲》，把耳朵听到的，书上看到的，连起来就说。看的多了，说的多了，越来越系统了。……过年过节，农闲时期，我爱说，群众也爱听。先唱一遍，唱词多是藏文，有些地方因藏、土话夹杂，群众听不大懂，我再用土语将前面唱过的一段讲一遍。这也是今天我们土族《格萨尔纳木塔尔》的唱说形式。”在这里，班旦将“听”“看”“说”三个字讲得很概括，但细究起来，每个字无不凝结着班旦酷爱《格萨尔纳木塔尔》的心血。

在班旦还俗参加劳动的前前后后，五十、僧多等几个乡还有五六位精通《格萨尔纳木塔尔》的老艺人。他们虽不识字，但很善唱，据说都是前人传唱下来的。无论是他们中哪一位演唱，听众中回回不缺班旦。开始谁也没在意，后来发现班旦不仅来听，而且还学，一学就会，这就引起了他们的注意，其中有的艺人怕班旦掺了他们的行，就施心眼不让听。有一天晚上，在磨房里唱《二郎杨戬》，班旦照旧去听，但艺人好长时间不开腔，待施计将班旦撵走关上房门后才放开嗓子。悠扬的曲调缠住了班旦，他回过头来靠到磨房柱上，整整在外面听了一夜，十冬腊月的寒气也未能把酷爱《格萨尔纳木塔尔》的班旦驱走。类似这样的做法，在不同的时间、场合曾发生过多次，但班旦不大介意，只暗暗地要求自己把别人说唱的《格萨尔》全部听来，牢牢地记在心里。

随着社教运动的开展，十年内乱的开始，清理阶级队伍的深入，《格萨尔纳木塔尔》和它的说唱者也随之被推向“反动”。见此情形，一些有《格萨尔》抄本的人赶快将它埋藏起来，班旦也将离寺时带来的三本《格萨尔》白天藏起来，晚上拿出来顶着门看，在微弱的油灯下看呀，记呀，恨不得将它全部吞在肚里。没多久，他的《格萨尔》和几本佛经，在刀光威逼下被抄走烧了。对几本佛经班旦并不在意，但焚毁三本《格萨尔》却刺痛了他的心，他有时怒不可遏，有时化怒为力，有时自问：“天下的《格萨尔》能劫尽烧光吗?”他回想擀毡时跑过的山山沟沟，到过的家家户户，看谁家有《格萨尔》? 于是，他东跑西走，发现有的也被抄，有的埋在地下不敢挖取，有的挖出来后，其字迹因潮湿所致已无法辨认。有一天，班旦借擀毡的机会，远跑门源县西朱寺公社，在一个深山林的松树湾堆钦地方，找到一位八十四岁高龄的著名藏族“本本子”，班旦扶着他悄悄地把藏在石缝里的三本藏文《格萨尔》取回来，如获至宝。班旦回忆说：“当时老人用藏话唱，我用土话翻译过来，学了看，看了学，一一刻在了心里。”

听和看，并不是班旦喜爱《格萨尔》的最终目的，他和土族人民群众的想法一样，认为“格萨尔是个英雄，救了我们，我们可以赞颂他。”因此，班旦听了还要说，让大家都知道。白天，他伴随着弹羊毛弓所发出“叮咚、叮咚”的节奏，哼着《格萨尔》的各种唱曲，晚上和劳动伙伴们拥挤在热炕上，由他说唱《格萨尔纳木塔尔》。听众有时笑，有时哭，有时激动，有时愤怒。班旦说得多了，听的，看的，一个一个地连起来，融为一体。一到冬闲，一连几天几夜也说不完。“文化大革命”时，班旦没有说唱《格萨尔纳木塔尔》的自由，但那时人已精了，四处的《格萨尔》被抄焚，谁个爱，谁个不爱，群众都清楚。认为班旦是“活《格萨尔》”，是“珍宝”。因此，群众自觉地保护班旦了，请他去说《格萨尔》，再也不像过去有人告发、批判，反倒非常尊爱、当人。班旦说：“《纳木塔尔》能教育人，我的一些亲友家里吵了嘴，就叫我去说和，我说一段《纳木塔尔》，用书里的例子做比方，劝教他们。他们受到了教育，和好团结了。以后，一些人知道后也来请我，教我用《格萨尔》教育人。”

班旦和我漫谈关于他说唱《格萨尔纳木塔尔》的经历是非常诚恳的，作为一名史诗《格萨尔》研究者，我相信他会将自己说唱的《格萨尔纳木塔尔》奉献给土族人民，奉献给祖国人民，奉献给世界人民！因为百花齐放的春天已经来到。

四　格萨尔与二郎杨戬

我在前面大略提到，甘肃天祝藏族自治县的松山乡、天堂乡和青海互助土族自治县的藏、土族群众将格萨尔称为二郎，将二郎庙称为格萨尔庙，把说唱《格萨尔纳木塔尔》和说唱《二郎杨戬》的故事等同起来。这是有其缘由的。

据袁珂先生的研究介绍：“二郎神所知者有四：1. 李冰子二郎；2. 隋赵昱；3. 杨戬；4. 晋邓遐。”

李冰子二郎之名，早见于《朱子语类》，说：“蜀中灌口二郎庙，当是因李冰开凿离堆有功立庙，今来现许多灵怪，乃是他第二儿子……”[①]《都江堰功小传》也云：“二郎为李冰仲子，喜驰猎，与其友七人斩蛟。又假饰美女，就婚孽鳞，以入祠劝酒。”[②]《灌江文

---

① 袁珂：《中国神话传说词典》，上海辞书出版社，1985年。
② 袁珂：《中国神话传说词典》。

征·李冰父子治水记》也载："二郎喜驰猎之事，奉父命而斩蛟，其友七人实助之，世传梅山七圣。"①

宋王侄《龙城录》："赵昱，隋末拜嘉州太守。时犍为潭中有老蛟为害，昱率甲士千人，及舟男属一万人，夹江岸鼓吠。声震大地。昱乃持刀没水，顷江水尽赤，石岸半崩，吼声如雷。昱左手持蛟首，右手持刀，奋波而出。州人顶戴，事为神明。隋末大乱，潜以隐去，不知所终。时嘉陵涨溢，水势汹然。蜀人思昱。顷之，见昱青雾中，骑白马，从数猎者，见于波面，扬鞭而过，州人争呼之。太祖文皇帝，赐封神勇大将军，庙食灌江口。昱斩蛟时，年二十六。"②《常熟县志》："隋赵昱，弃官去，不知所终。会嘉州水涨，蜀人见昱雾中乘白马越流而过，因立庙灌江，呼曰灌口二郎神。"③

《太平御览》卷六二引《盛弘之荆州记》："沔水限潭极深，先有蛟为害。邓遐为襄阳太守，拔剑入水，蛟绕其足，遐自挥剑，截蛟数段，流血丹水，勇冠当时。于是后遂无蛟患。"④又《古今图书高成·职方典》卷九四七云："二郎神庙，在（杭州）府城忠清里。神姓邓，讳遐，……挥剑截蛟，数段而云，自是患息。乡人德之，为祠祀之，以其尝为二郎将，故尊为二郎神。"⑤

宋陆游《老学庵笔记》卷十："中贵杨戬，于堂后作一大池，环以廊庑，扃镐周密。每浴时……屏人，跃入池中游泳，率移时而出，人莫得窥。……一日，戬独寝堂中，有盗入其室，忽见床上乃一虾蟆，大可一床，两目如金，光彩射人。盗为之惊仆，而虾蟆复变为人，乃戬也。……掷一银香球与之，……盗不敢受，拜而出。"⑥

---

① 袁珂：《中国神话传说词典》。
② 袁珂：《中国神话传说词典》。
③ 袁珂：《中国神话传说词典》。
④ 袁珂：《中国神话传说词典》。
⑤ 袁珂：《中国神话传说词典》。
⑥ 袁珂：《中国神话传说词典》。

以上所录，虽系各家所云，但不论李冰子二郎、隋赵昱，或是杨戬和邓遐，都有其共同之点：武勇而神变。其中赵昱和邓遐被尊为二郎神。在上述记载中虽未说杨戬为二郎神，但据袁珂先生研究，“直至清末说唱鼓词如《沉香救母雌雄剑》(见杜颖陶编《董永·沉香合集》)之类出，始明言杨戬‘临江灌口二郎神’……”[①]这些记述虽有文可查，其作为也和格萨尔之某一点有相同之处，但未必能和《格萨尔》传说直接挂起钩来。据我所考察，青海的互助、甘肃的天祝两县的土、藏族群众在称谓上之所以将《格萨尔纳木塔尔》或《格萨尔》称为《二郎杨戬》或《二郎》，主要是受了《西游记》《封神演义》《劈山救母》的影响。《西游记》第六回“观音赴会问原因，小圣施威降大圣”，就是写孙悟空大闹天宫，玉帝遣灌口显圣二郎真君前往擒之。“大圣见了，……高叫道：‘你是何方小将，辄敢大胆到此挑战？’真君喝道：‘你这厮有眼无珠，认不得我么！吾乃玉帝外甥，敕封昭惠灵显王二郎是也。今蒙上命，到此擒你这反天宫的弼马温猢狲，你还不知死活！’大圣道：‘我记得当年玉帝妹子思凡下界，配合杨君，生一男子，曾使斧劈桃山的，是你么？’……却说那大圣已至灌江口，摇身一变，变作二郎爷爷的模样，按下云头，径入庙里……”[②]《封神演义》写猿、猪、羊、牛、狗、蜈蚣、蛇七怪，助纣为虐，杨戬、哪吒收斩之。我国古代神话传说《劈山救母》也云杨戬(二郎)曾经用斧劈开桃山，救出他被玉帝贬谪的母亲。在这些描述中《西游记》只称“杨君”“二郎”，未揭载其名;《封神演义》只揭示姓名“杨戬”，未称其“二郎”。但这些故事早在前述地区流行，且有说书人，不但汉族中有人说，藏族、土族中也有人说。

---

① 袁珂：《中国神话传说词典》。

② 《西游记》第六回。

至此，我们便可将《格萨尔纳木塔尔》等于《二郎杨戬》之说归结以下几条理由，以了此文：一是华锐地区（包括今青海互助、甘肃天祝）是多民族杂居之区，不仅有藏族、土族，还有汉族等其他民族。汉族文化，特别是汉族的民间传说在这里有较大的影响；相反，在甘肃甘南的碌曲、玛曲就听不到《格萨尔》等于《二郎杨戬》此一说，这不能不说是由那里的民族单一所致。近见有少数汉、回族人居住，但那也是后来之事。二是格萨尔和杨戬有其神变、勇武和降妖擒魔之共同点。在华锐地区，还有格萨尔箭射石山迎救其妻的风物传说。这虽不是劈山救母，也有其相似之处。三是《岭格萨尔》中的“岭”（གླིང་།），华锐地区的藏族将它读为“尔朗”，而不读为“岭”，虽“尔朗”之中的“尔”音读得很轻，且和“朗”音连得很近，但仍清晰可辨。这里的土族群众也受其影响，将“岭”（གླིང་།）读为“尔朗”。

附录：《阿布朗创世史》故事梗概

很早很早以前，有位名叫祖拜嘉错的仙人，住在一个空山野林里。这里外三层是草山，中间三层是林木山，里三层是红岩山，中间是草滩。草滩中间有一石崖，石崖上有一拉排（石洞），左右两旁有天然生就的男女佛像各一千尊，祖拜嘉措坐于当中。

这个地方，生长着各种鲜花果木，飞翔着各种飞禽，奔跑着各种走兽。祖拜嘉错生活在这个环境中，他一人无处说话，除了静坐就是给飞禽走兽们讲经说法。他穿什么，吃什么，都无人过问。

远在祖拜嘉错坐的这个石山下面，有三个光着身子的男娃，他们既无阿爸也无阿妈，天天用弓箭去打猎，打上什么就吃什么，打不上就空着肚子挨饿。某一天，三个男娃碰见一只鹿，那鹿中箭带伤后，就跑到祖拜嘉错坐的石洞中卧下了。三个男娃带着一只猎狗，跟踪追到了祖拜嘉错的石洞，发现石洞中坐着一个人，那带伤的鹿就卧在他身旁。三个娃娃感到十分惊奇，于是相互悄悄地分析着。最后，三人决定让老大去问，老二老三手执弓箭密切注视。如果他（指祖拜嘉错）是妖怪就会前来和你打仗，我们射死他，如果他是人就问候他。老二、老三站在石崖上盯着石洞，老大走到石洞口，称祖拜嘉错为贡巴（修行者），通过问答弄清了祖拜嘉错不是妖怪而是人。他是从天上来的，吃的瓜果，喝的水都是飞禽们走兽们送来的。老大口渴肚饥想烧茶，贡巴一动手锅就支起来了，水倒上了，茶叶放上了，柴燃着了，锅开了（一切在变幻中进行），扑鼻的茶香味飘上石崖。站在石崖上的两个弟弟闻见茶香后，心想：他是人（指祖拜嘉错），茶是天上的茶，人是天上的人，二人一扬手，一抬脚，就从石崖上驾云上天了。

这时，老大认为贡巴是个仙人，提出拜贡巴为师学经。贡巴提出“若要以我为师，就得诚实，不能作假”。老大在贡巴面前砸掉了弓箭，表示不打猎杀牲，要专心学经，请贡巴教传。贡巴答应为师后，随之互问了姓名，贡巴知道老大无名姓时，就算卦起名为“阿布朗叉根”，并预言：“以后你到了萨·札吾岭地方，就叫阿布朗嘉吾。”①

阿布朗叉根学完了一卷《嘎夏》经后，就按师傅的布置砍了柳木，创制了背架子，做好了出发的准备工作。四月初八日晨虎时开始，他照师傅的要求，依次烧茶、煨桑、祭天祭地。师傅送行阿布朗，让他到一个地方去修建一座沙买钦匡尔，且说：“那个地方②的国王有一本书，书里写‘只有阿布朗这个人才能修成。’建成后，你

① 阿布朗嘉吾：即阿布朗王之意。“阿布朗”是藏文 ཨེང། 的古音，黄金山在说唱时，有时也读成“阿朗”。

② “那个地方”，说唱者指的是嘉嘎尔。但从整个故事来看，不大像是嘉嘎尔，待考。

一定要回到师傅跟前来。”阿布朗起了程后，师傅煨桑，祈祷天地保佑他的徒弟。

阿布朗登上了高峻的喜玛拉山[①]，摘了卡木巴黄花、白花和柏香，又用树叶从泉中舀了一滴干净水，在山顶上煨起了大桑，说：“黄花是宗教的份子，白花是天地的份子，柏香是国王的份子，水是百姓的份子。”随后，祈请天地神佛佑助。阿布朗到了那个地方的国王住地后，就照师傅临别时的嘱咐，在街上高喊：“我是来修沙买钦匡尔的！”有人听见后，把阿布朗引到国王跟前。国王询问了阿布朗的姓名和由来后，说：“沙买钦匡尔，我修了三年未修成。我有本书中说你能修成，我专门等你，你要什么东西？”阿布朗提出只要一顶帐房外，再不要任何东西，并说：“我一个人去就行，其他人是修不成的。”

帐房上有日月、兰扎、龙和吉祥八瑞祥等图案。阿布朗坐在里面念诵《嘎夏》经。于是，龙王、山王和天王等三王的大臣们来了。他向大臣们分配了具体任务，让龙王的大臣带领全体部下当泥水匠，山王的大臣带领全体部下当木匠，天王的大臣带领全体部下当画匠。当沙买钦匡尔修到半途中，天不下雨，草木枯萎，泉水干竭了，百姓们议论纷纷，要求寺院的喇嘛到山头去念“供养经”。

龙王、山王和天王的大臣们却带着自己的部下到山头去享受供养，把修建沙买钦匡尔的事丢在了脑后。阿布朗知道后，劝阻大家不要念经，他说要在一百零八天里建成了沙买钦匡尔，而且，比以前还有发展。现在，水枯草干些也没啥关系。于是，第二天，他又动工开始修筑。

一百零八天后，沙买钦匡尔建成了。阿布朗一再表示“对不起大家”，让大家尽情地吃喝玩乐了一整天。然后，他向大家告辞

① 喜玛拉雅山，不一定就是现称的喜玛拉雅山，待考。

要返回到他的师傅眼前去。

天王、山王、龙王和国王们都来挽留阿布朗，但阿布朗却说：“我要听师傅的话，他还等着我呢?”阿布朗返回到自己的师傅跟前，向他禀报了修建沙买钦匡尔的情况后，就和师傅一块坐着。

到了第二年的七月十五日之前，师傅又说：“七月十五是个好日子，你又得起程了！你又得起程了！你要到世界的萨·札吾岭地方去！”在到达札隆通布的隆哇沟地方，那里的飞禽走兽迎接你后，应如何如何，师傅向阿布朗一一作了预示性的布置。七月十五日晨虎时，阿布朗起床烧茶，龙时煨桑、祭天祭地。此刻，师傅饯行，并把一条有四种图案的哈达搭在阿布朗手上，说：“上面的图案，其日月是宗教的份子，兰札是天地的份子，龙是国王的份子，吉祥八瑞祥图是百姓的份子。”

当阿布朗起程走到札隆通布时，那里的各种飞鸟和走兽，从四面八方赶来迎接。待他走到山垭豁时，看见一只长有四耳的虎。这时，他按师傅的预示，抓住白虎的两个耳朵骑在背上，闭起双眼，老虎一跃腾空而起，一阵风似地飞到了萨·札吾岭地方。萨·札吾岭是个空山野林之地。阿布朗口渴肚饥，他一面煨桑，诵唱着祈祷的调儿；一面环顾四周，见一石崖上有一石洞，洞内有天然生就的男女佛像各一千尊。于是，他去坐在了男女佛像的中间。

阿布朗坐在石洞里念他学过的《嘎夏》经。第二天，以孔雀为首的各种飞鸟，以老虎斯达阿隆为首的各种走兽，都给阿布朗献来了鲜花、鲜果和净水，让他吃喝，并说：“昨天，我们听见了你念经的声音，岭王你来了！这支红花献于你，它代表宗教的份子；这只美果献给你，它代表国王的份子；这滴净水献于你，它代表百姓的份子。”阿布朗煨了个桑，将飞禽走兽们送来的花、果、水用来祭天祭地，祈祷如愿成就。晚上，以斯达阿隆为首的走兽都来了，个个把头转向阿布朗，把他包围起来说：“你不要怕，我们不吃你，我们的毛挨着你对你有好处。你讲的经，我们听见了，我们尊敬你，疼爱你！”晚上，阿布朗过得非常舒服。他有时吟唱：“我没有父母，到深山野林，晚上睡在虎豹之中，让它们疼爱我，真苦啊！”有时，他又思谋着：“我是到这里开发来的，给它们讲经，吃喝都由他们送来，晚上还守护我。如此看来，我的命还是好的！”当东方发白时，阿布朗便把斯达阿隆等打发回去，说他们“家里”还有“孩子”。当太阳照到山顶时，再请它们回来听经。它们来时，又带着花、果、水，供在阿布朗面前的曼荼罗上，让他吃喝，他便给它们讲经。如此日复一日地过着。

一天，龙女色卡喜尔大公主给龙母说：“阿妈，昨晚梦见我到了世界的萨·札吾岭。在那里的岭日岭卡斯多地方，有一金轮放射出金光，它的四周开放着各种鲜花。花丛中有一白须老人，让我把花儿摘到龙宫供献起来，说：‘这样做，地方会平安，父母会长寿！’阿妈，你破破这个梦吧！”龙母破不了此梦，就去问龙王。龙王说：“看来，在萨·札吾岭地方要出好人哩！色卡喜尔将要生好儿子，她可能到那里去繁衍人类呢！你去说，别让她乱串乱走了！”龙母回来后，静静地坐着。但龙母、龙王和大公主的心都不平静，各自一直想着，思谋着。又有一天的晚上。益卡喜尔（二公主）和党卡喜尔（三公主），都先后做了和大公主同样的梦，只是金轮放光的地方不一样罢了。二公主梦见金轮在岭·岗日岗卡山顶上放光；三公主梦见金轮在岭·德钦塘地方放光。一天晚上，龙王自己也梦见：从天上降下一个班旦然玉花苞，飞落在龙宫顶上，开放出绿色松耳石般的花儿；从花蕊中射出了三道亮光，直射到萨·札吾岭那个地方。龙王梦醒后，赶快将龙母叫起来，让她烧茶、煨桑，祭天祭地。龙母一一照办。尔后，龙王让龙母分辨梦的好坏。龙母只说：“我俩生活一辈子，只知给你烧茶做饭，你是龙域之王，一抬头就计上心来。”龙王给龙母说：“前些日子，三个公主先后做了梦，今夜我又做一梦。我分析：那三个金轮象征着我的三个公主，每个金轮发射的光象征每个公主要生一个男孩，金轮周围开放的各种花儿，说明那里的百姓将要繁衍生息！班旦然玉花蕊中射出的三道亮光，预示着我的三个公主将要到萨·札吾岭地方去呢！”

过了一些日子，在四月初八那天，色卡喜尔向龙母提出姊妹三个要到萨·札吾岭地方去采花，并拿来供在龙宫，以祝愿父母长寿，百姓平安。龙母劝阻说：“老大年方十六，老二十三岁，老三十岁，嘴里还吃着阿妈的奶呢！出去怕被野兽吃掉。”四月十三日，大公主又提出说：“四月十五是个好日子。一过四月、五月，这个花儿就没有了。”龙母无奈，就将此事告诉龙王。龙王让龙母把三个公主叫到自己跟前，仍然进行劝说：“……那萨·札吾岭地方有花儿，你们摘去我高兴，但从你们姊妹三人和我的梦境看，还是别去为好，去了恐怕回不来！”色卡喜尔坚持要去，说：“我们把花儿采来供在龙宫，你的福运如果好了对我们也有利。你是龙王，派你手下的大臣出去跟随我们，狼虫虎豹就吃不了我们的。”龙王同意后，随即和龙母商定派三十个大臣，同公主们一道前往。这时，让侍从把大臣们唤来，当面一一交代了保护三位公主的任务，并令他们做好准备，待命出发。四月十四日，龙王举行欢送宴会，吃喝玩乐整整一天。会上，龙王把自己和三个公主的梦境阐说分析了一遍，并以此据理，要求三十个大臣，将三位公主保护好。大公主提出带一顶上有日月……和兰札、青龙、吉祥八瑞祥图案的黄色帐房，再各带一顶白色帐房和蓝色帐房。四月十五日晨虎时，龙母起来烧茶、煨桑；侍从遵命于龙时将三十位大臣叫到龙王家里。龙母和公主们先以茶、酒祭天地，祈求如愿成就。然后由龙母向大臣们一一敬茶。随后，龙王下令，命大家出发不逾龙时！

公主和大臣们，于当日到达了目的地，搭起了三顶帐房。三位公主住在黄帐房里，三十个大臣分别住在搭在左右的蓝、白色帐房里。第二天早晨起来，他们照例煨桑、祭祀、祈祷之后，色卡喜尔让三十个大臣在萨·札吾岭地方观景玩耍，大公主带两个妹妹去采花。姊妹三人看花儿样样都好看，不知采哪朵才好。因此，三人闭着双眼来摘，睁眼一看，一人各摘了一样。色卡喜尔站在中间，让两个妹妹各站一旁，祭天祭地，呼唤着："该我们采的花儿往高里长吧，站出来！"不一时，见一只鹿站在丛林中。她们上前看时，又见那里开着艳丽多姿、碗一般大的三朵散恰曼当花儿。他们每人各采一朵拿了回来。傍晚，三十个大臣也回来了。色卡喜尔让他们看散恰曼当花儿。大臣们说："这就是桑吉的花。"要求用此花摸顶。色卡喜尔拿着散恰曼当花儿，在每个大臣的头顶上拍摸了一下，把花儿放在自己的帐房。晚上，安睡时，她们没有点灯，而三朵散恰曼当花儿放射出亮光，犹如三盏明灯。大家异口同声地说："这是桑吉花！"第二天（十七日）早晨，大臣们仍如昨天一样出外游玩，公主们仍到原地去采花。当她三人各采一抱桑吉花时，又看见眼前的花朵比摘到的花儿要大。于是，她们又扔又摘，一直追逐着花儿，穿过密林，赶到一个草滩上，在一眼泉水的旁边，每人采了一朵火盆般大的桑吉花。

当公主们把花摘到手，感到又饥又渴时，转身往后一看，茂密的森林封闭了去路，怎么走也出去不了。这时，已到下午。三公主喊着煨桑，敬祭天地，祈求天地、父母佑助！二公主看见一只孔雀便向它诉说情由，恳求孔雀引路。孔雀自称是神鸟，并说今晚到不了萨·札吾岭岗玛地方，只能指引她们到阿隆朗日隆卡什多地方去，那里有位贡巴仓巴，让他卜算。三位公主赶到阿隆朗日隆卡地方，太阳已经落山，她们在那里又看又听。看看冒烟的方向，听着传来的鼓声，找到了贡巴住地，并要求贡巴允许她们姊妹三人在这里住宿。贡巴说:“你们不能在我这里住,可以到上面石洞里去住。当虎豹来时,会将头转向你们围成圈,不要害怕,它不会吃你们。今晚没时间同你们说话,明晨龙时我们再谈。”当三位公主住到石洞时天已麻黑,老虎豹子都来了。大公主色卡喜尔说:“两个妹妹呵,咱们是同一父母养的姊妹,没有什么怕的,想一想父母,祈求天地保佑吧!”

三十个大臣回来后不见公主,便一面煨桑求助,一面满山满地寻找,一直找到第二天还未找到。他们只好拿着公主们采撷的三朵桑吉花,带了一些那个地方出产的瓜果,返回龙宫向龙王请求赦罪。龙王一面说大臣们没有完成使命,一面却又说不怪大臣们,只是自己的命不好。龙王和龙母把三位公主采的三朵桑吉花和带来的瓜果献到龙宫。那天晚上,三朵花儿光芒四射,宫内无比辉煌。果味扑鼻芳香,沁人心脾。大家都说:“这预示龙王的百姓将要发展呢!”

第二天早晨龙时,三位公主来到贡巴面前,把拿着的桑吉花和果子,献在曼荼罗上,由色卡喜尔述说了到萨·札吾岭地方采花的经过,请求贡巴卜上一卦。贡巴将法书一看,说:“三十个大臣已返回,桑吉花也献上龙宫。”随之,贡巴按三位公主各自回报的姓名一一卜算后说:“你们三个人已到了人世间,再也回不去了。你们三个非一般女人呵。”色卡喜尔思谋了一阵又说:“你住的地方好似一个曼荼罗,你也非一般之人,给我们指条回去的路吧!不然恩重的父母很熬煎。”贡巴煨桑,祭祀龙王,并呼唤着让龙王听:“晚上天麻麻时,空中会出来三颗星星,那就是到萨·札吾岭去采花的三位公主,见了它们就和见了三位公主一样,她们和天上的尼达嘎尔松[①]一样,其他星星围绕着她们要发达兴旺。”

---

① 尼达嘎尔松是指太阳、月亮和星星三者。

飞禽走兽们又衔着各种鲜花、嫩果和净水，整整齐齐地摆在曼荼罗上，恭敬地听着贡巴讲经说法。这时，色卡喜尔心想：当它们走后，我要拜贡巴为师。贡巴提出："要以我为师，那你们三位就不能回家。若听，我就当，否则不当！"三位公主齐声表示不再回家。于是，贡巴将自己的名字"阿布朗叉根"告诉了三位公主。随后，师傅指定色卡喜尔住到萨·札吾岭的德隆岗玛去，那里的石洞上有一千尊自生的男佛像；让益卡喜尔住到萨·札吾岭的德隆完玛去，那里的石洞上有一千尊自生的卓玛佛像；让党卡喜尔住到萨·札吾岭的德隆许玛去，那里的石洞里有一千尊自生的卓嘎佛像。

按照阿布朗叉根的吩咐，孔雀领着三位公主到了各自的住地。色卡喜尔看了自己的住地说："这里以后佛教要发展。"益卡喜尔看了自己的住地也说："这里以后人类要发展。"党卡喜尔看了自己的住地说："以后这里牛羊要发展。"三位公主住在各自的地方，天天煨桑叩头，日复一日地过着幽静的生活。孔雀回到阿布朗跟前，向他报告了三位公主刚到自己住地时发表的讲话。阿布朗听后说："神鸟，我的事成功了，你回家吧！以后，你到哪里都是顺利的。"

当天下午，阿布朗给所有听经的飞禽走兽下了通知，令大家明早到齐，有要事要讲。第二天早晨，飞禽走兽们照例把带来的花、果、水摆在曼荼罗上，斯达阿朗和孔雀代表大家问候了阿布朗。阿布朗向大家讲了要在岭·岗日岗嘎尔建一个敖包的缘由，要求大家把各种珍宝找来，明晨去建敖包。斯达阿朗和孔雀分别向飞禽走兽们分配了任务，让大家到四面有关的地点去寻找，并要求他们按时返回。第二天，大家来到岭·岗日岗嘎山顶，按阿布朗说的顺序一一放置了各种珍宝，在四周砌垒了石头。此时，阿布朗让大家煨起大桑。尔后，他面向飞禽走兽，起名这个敖包为萨·札吾岭岗日岗嘎拉普赞[①]。这个敖包建成后,阿布朗还向大家(飞禽走兽)宣布:以后我们的一切将吉祥如意、兴旺发达呢!人类繁衍,佛教发展,庄稼丰收呢!……孔雀等提出:"哪里还需建敖包,我们再去寻找珍宝吧!"阿布朗回答:"再不需建了,只是以后每年四月十五日那天,大家来煨桑祭它就行了。有一天,若是兴旺起来还要跑马庆贺呢!"

色卡喜尔住在萨·札吾岭的德隆岗玛石洞里,一天晚上梦醒后思谋着:我一个人在这里天天烧茶煨桑,供养着一千尊男佛,已过了很长时间,还未做过如此这般的梦:在萨·札吾岭背后山顶,从天上降下一把黄云般的宝座,上面放着一朵瓦那达加花,从四面发射出四股亮光。第二天,色卡喜尔将两个妹妹叫来敬祭天地后,又让她们替她破梦。益卡喜尔说是好梦。那个宝座象征姐姐要生儿子,瓦那达加花放出的四股亮光象征着你的儿子做官掌权,四面八方的生灵都会信仰佛呢!接着,益卡喜尔和党卡喜尔都说自己做了同样的梦,只是她们所梦宝座的颜色和降落的地点不同。为此,按色卡喜尔的提议,姊妹三人来到了师傅阿布朗叉根的跟前。她们把所带的花、果和水放置后,由色卡喜尔开始依次将自己的梦境向师傅陈述了一遍。师傅卜算后作了回答:姊妹三人将各生一个男孩,并扬名四方。听后,各自回到自己的住处,天天煨桑,祭祀天地。

过了一段时间,色卡喜尔又梦见在萨·札吾岭的德隆岗玛山顶上搭起一顶黄帐房,上有日月、兰札、龙和吉祥八瑞等图案,依次排列着。第二天,色卡喜尔把两个妹妹叫来破梦。益卡喜尔和党卡喜尔一听,说自己也做了同样的梦,只是帐房的颜色和搭起的地点不同。老二梦见青色帐房,搭在萨·札吾岭的德隆完玛山

---

① 拉普赞:系藏语,山神之意。

顶上；老三梦见的是白色帐房，搭在萨·札吾岭的德隆许玛山顶上。姊妹三人又拿着花、果和水来到师傅跟前，一一陈述了自己的梦境。师傅听了算了算回答："日月是佛教的份，兰札是天地的份，龙是国王的份，吉祥八瑞是百姓的份。你们仍回去煨桑敬祭天地吧！"

又过了一段时间。一天晚上，色卡喜尔梦见自己的左手心里开了一朵花，从花蕊中放射出的一道亮光进入她的心口，花根串满了萨·札吾岭整个地方。梦醒后，她一直思谋着梦境而不得其解。第二天，她又将两个妹妹叫来解梦。益卡喜尔和党卡喜尔都说做了同样的梦，只是梦境中的花色不同，老二手心里开的是蓝花，老三手心里开的是白花。姊妹三人又如同以前，把所带的花、果、水等三样东西整齐地摆在曼荼罗上，将昨夜的梦境向师傅依次述说了一遍，但不知是好是坏，等待着师傅的回答。师傅照旧着经卜卦，然后极高兴地说："你们每人将会各生一个有名望的娃娃呢！"

三人回来后，便按师傅的嘱咐，天天煨桑，祭祀天地。姊妹三人腹部一天比一天大了起来。她们疑虑重重，又去问师傅。师傅说："这不是啥病，是好事，你们回去吧！"色卡喜尔三姊妹返回自己的住处，到四月初八那天早晨龙时，她们果然各自生了一个男孩。此刻，阿布朗叉根梦见：岭·德隆贡玛地方，升起了一轮太阳，光芒四射，无比辉煌；岭·德隆完玛地方，升起了一轮月亮，光芒四射，无比明亮；岭·德隆许玛地方，升起了一颗璀璨的星星，光芒四射，无比灿烂。阿布朗叉根醒后，将孔雀、布谷鸟和鹦鹉叫来，说："你们眼明耳灵，分别到岭·德隆岗玛、岭·德隆完玛和岭·德隆许玛地方去查访。"三只神鸟查访回来后，向阿布朗叉根汇报说姊妹三个各生了一个男娃娃。阿布朗听后又派孔雀、布谷鸟和鹦鹉分别去伺候色卡喜尔和益卡喜尔、党卡喜尔。满月那天，姊妹三人各自抱着自己的孩子，带着花、果和水来到师傅跟前，让他给孩子们起名。阿布朗叉根经卜算,给色卡喜尔的儿子起名为焕·嘉色夏嘎尔,说他是佛教的主人;给益卡喜尔的儿子起名为焕·贡盼玛兰,说他是天地的主人;给党卡喜尔的儿子起名为焕·名为焕·桑斯迭阿端,说他是百姓的主人。师傅并让她们回去煨桑,敬祭天地。

过了几年,阿布朗叉根梦见:岭·德隆许玛的一个草滩里,有一棵参天大树,茂密的树叶遮盖了整个萨·札吾岭地方,把高高的蓝天都遮严了。醒来后他自言自语地说:"好极了!我这个地方,以后还将来一位武将呢!"有一天,从东面白石山里果然走出一位光着身子的男娃娃来。在这之前,阿布朗就梦见:在长树的德隆许玛下面草滩里,有个骑白马的人在练武艺。第二天早晨,阿布朗把斯达阿朗叫来,让他到那里去查看。斯达阿朗回报后,阿布朗又命它将那个光着身子的娃娃抱到色卡喜尔那里去,斯达阿朗如此照办了

又过了几年,四个娃娃都已长到七岁。她们一块前去,让师傅给抱来的孩子起名。无名的娃娃回答着师傅的问话,说他是东面白石头山里的一只白鹰引来的,只知道色卡喜尔是自己的阿妈。接着,阿布朗给他起名叫萨俊丹玛,随后向大家宣布:"我武艺高超的四员大将成长起来了,我的想法实现了!"并再三叮嘱特别要关照好四个孩子,有事要及时禀报。

过了一段时光,色卡喜尔又把两个妹妹叫来,说自己梦见在德隆滩里,有四个娃娃在打靶练武,但没有一个打中的。说完又前去禀报了师傅。师傅说:"这是我的四员大将,未能中靶,那是没有师傅教导的原因。"姊妹三人回来商量后,又带领四个娃娃前去拜阿布朗叉根为师,阿布朗欣然接受,且说:"那好,我是他们的师傅,他们是我的四员大将。"一天,三姊妹又经商量,由色卡喜尔前去请师傅,两个妹妹采花、摘果,在姐姐的石洞里摆曼荼罗,给阿布

朗准备座位。色卡喜尔拜见师傅，禀报了她代表姊妹三人和四个儿子，请师傅前往德隆岗玛石洞的心愿。师傅听后欣然前往。此时，焕·嘉色夏嘎尔手执一朵白花，焕·贡盼玛兰手执一朵蓝花，焕·桑斯达阿端手执一朵白花，萨俊丹玛手执一片树叶，依次排列在石洞前迎接师傅。洞前桑烟缭绕。师傅来后，色卡喜尔对阿布朗说："往后，你是我们七人的师傅，你说怎样办好？"师傅回答说："日后就再别叫我师傅了，称我为阿布朗嘉吾吧！在今天这个日子里，你们都听着：嘉色夏嘎尔的一朵黄色花我接下，它是佛教的份，佛教的事业要成功！贡盼玛兰的一朵蓝花我接下，它是国王的份，将后，萨·札吾岭地方要发展，国家的事情要成功！桑斯达阿端的一朵白花我接下，它是百姓的份，以后，百姓要发展，百姓的事情要成功！萨俊丹玛的一片绿叶我接下，它是英雄的份，英雄的武器要发展！以前，我的师傅给我起名为阿布朗叉根，并预示以后的名字为阿布朗嘉吾。那么，以后大家就叫我阿布朗嘉吾吧！"

当阿布朗叉根称王，四员大将出来之后，祖拜嘉错梦见：自己十三岁时，整个肉身像一个花苞，三十岁时，像花儿开了一般，肉身直如修竹，眼睛明如亮明星，耳朵灵如海螺，头发乌如黑金，牙齿白得像银。现在到了八十岁，头发白了，眼睛麻了，耳朵聋了，牙齿掉了，肉身躬得像弯弓了……梦后，他思谋这是阎王给自己打招呼呢！到九十九岁的九月初九日晚上，他又梦见：住地花儿、瓜果、树木要一一枯萎凋零，听经的飞禽走兽也不见了，天空降下一朵黑云落在石洞山顶上面，自己坐到黑云座上，黑云腾空而上。九月初十日早晨，祖拜嘉错又反复思谋："这不是好梦啊！"顿时，头耳齐鸣，他和白云一同升天了。

九月初十日晚上，阿布朗嘉吾梦见：西面的太阳落了山，祖拜嘉错的石洞里一股彩虹升到高空散了。醒后，阿布朗嘉吾匆匆煨桑，祭祀天地，敬愿师傅平安升天。

来年正月初一日，色卡喜尔姊妹三人给阿布朗嘉吾去拜年。当嘉吾问时，色卡喜尔说：“我拿的是黄色哈达，中间有佛塔，它代表宗教……”益卡喜尔说：“我拿的是蓝色哈达，中间有青龙，它代表国王……”党卡喜卡尔说：“我拿的是白色哈达，中间有吉祥八瑞图，它代表百姓……”这三色哈达是姊妹三人离龙宫时，她们的父亲让带的。当时他说：“拿上吧，以后有用处！”姊妹三人把哈达放在嘉吾手上，问候道：“你的身体如塔一般，眼睛如亮明星一样，耳朵赛海螺，脚宛如大海。塔、亮明星、海螺和大海都平安吧？”当嘉吾称赞她们聪明非凡，又会如此比喻之时，三姊妹回答说：“这是我们来到萨・札吾岭地方采花之前所做的梦呀。”色卡喜尔说：从萨・札吾岭地方的上空，落下来一朵黄云，云中有一宝座，座上有塔，这塔就是你阿布朗嘉吾。塔顶上明光灿烂，照耀四方……益卡喜尔说：从萨・札吾岭地方的上空，落下来一朵蓝云，云中有一宝座，座上有一青龙，这青龙就是你阿布朗嘉吾。青龙身上灿灿明光，放射四方……党卡喜尔说：从萨・札吾岭地方的上空，降落下来一朵白云，云中有一宝座，座上有一吉祥八瑞图，这图就是你阿布朗嘉吾。八瑞祥图上的明光灿灿，照耀四方……嘉吾说：“正月初一是一年之首，你们说了这么多吉祥如意的话。你们不是一般的女子，你们头上的左右两边各有五百尊女佛像，以后，你们会儿女齐全，事业成就！”三姊妹听了接着说：“加吾你是天地的主人，以后，天上地下都会得到发展的！”言毕，她们各自返回。

正月初二早晨虎龙之时，加色夏嘎尔、贡盼玛兰、桑斯达阿端和萨俊丹玛等四大英雄，手持弓箭向嘉吾去拜年。他们除了每人叩三个头外，还和嘉吾碰了一个头，随后将弓箭献给嘉吾。嘉吾高兴地问：“这么好的弓箭，你们怎么知道拿它来？有什么意思？”加色夏嘎尔回答说：“以后，你既是国王，又是师傅，我们学好武艺要保卫你。”嘉吾说：“本应是我先给你们弓箭，现在你们拿来了，这再好不过了，现原还给你们吧。正月十五日后，我教你们学。以后，我如日月，你们如星星，我所思谋的将如愿以偿！”

正月初三的早晨，斯达阿隆带着各种走兽向嘉吾去拜年，见后就叩头、碰头，并说：“我们没啥带的，只能将各种宝石献给你，以后有用处，请你高兴高兴。”嘉吾说：“以后你们死后再不会转世成走兽，我怎么发展，你们就怎么发展！为了发展萨·札吾岭地方，你们知道哪里有好东西就带来！”

正月初四早晨，孔雀带领着各种飞禽向嘉吾去拜年。它们从东南西北四方寻觅了四种宝物送给嘉吾，说：“我们没啥拿的，将这四种宝献给你，以后有用处。你是天地的主人，请你高兴高兴，念经给我们吧！”嘉吾说：“你们都很聪慧，这些宝物在哪里，你们都知道。以后，你们死后再不会转世成飞禽，我怎么发展，你们就会怎么发展！”

当三姊妹、四大英雄和飞禽走兽们分别返回时，嘉吾给他们讲了正月初八那天要祭“敖包”，让大家准备准备。

初八早晨太阳出来时，飞禽走兽们带来了各种香木、宝石和树叶、净水，三姊妹、四大英雄拿来了弓箭和木刀，阿布朗嘉吾拿来了三姊妹献给他的三色哈达。随之，大家一起将这些东西放置在“敖包”上。遵照嘉吾的吩咐，大家采来了枯黄的白康巴花、柏香枝和各种草革，衔来了泉水，在“敖包”前煨起了大桑。首先是飞禽们飞着叫着，走兽们跑着跳着，围绕“敖包”转了三圈。尔后，是阿布朗嘉吾、三姊妹和四大英雄们围绕“敖包”转了三圈。嘉吾接着说：“岗日岗嘎尔，你是我们最大的山神，我们来祭你。空野的萨·札吾岭地方要发展，飞禽要发展，人口要发展，宗教要发展，英雄大将要辈出，这要全靠你——岗日岗嘎尔山神！天地龙王诸神，你们都知道，请你们佑助我！我们保卫你！”

二月十四日晚上虎时，色卡喜尔梦见在岭·德隆岗玛上空开了一朵鲜花，花根扎在她的住地，她将花儿拿在手里端详。这时，从花蕊当中射出一道亮光，直射她的心口，花叶展向四面八方。她的两个妹妹也在同一时辰做了同样的梦，只是花儿分别开在她俩各自的住地——岭·德隆完玛和岭·德隆许玛的上空。第二天早晨，姊妹三人聚在一起相互解析梦境，但又难于断定。于是，她们来到嘉吾跟前请教。嘉吾说："你们姊妹三人不是命苦而是命大。正月初八，我们祭了岭·岗日岗嘎尔敖包，祈求发展人丁。现在你们梦见花儿开，这预示着你们要生儿娃，你们的父母都平安无事，别请假回家。你们回去要天天煨桑，祭天祭地。往后，你们的命比这还要好呢！"此后的一天晚上，色卡喜尔姊妹三人又梦见在各自住地空山上空有三朵蓝云飘然而下，其中有一条彩虹直射自己身前。与此同时，阿布朗嘉吾也梦见东方上空飘着三朵红云。他知道色卡喜尔姊妹三人都已生孩子坐月了。

第二天早晨，孔雀、布谷鸟、黄天鹅等飞禽向嘉吾送来瓜果和净水。嘉吾依据昨夜的梦境，向它们解析萨·札吾岭地方来了什么东西，并为此打发它们去察看。在岭·德隆岗玛空山林里的三朵云雾中，它们各自发现一个赤身裸体、没有父母的婴儿。经禀请嘉吾，他们便就地取材，把一个包在树皮里，把一个裹在野草中，把一个放在石板上，一块送到了嘉吾面前。嘉吾看后说："我们祭天祭地祭山神，这是天地赐给我的娃娃，我所思谋的成功了。孔雀、布谷鸟、黄天鹅把他们分别送到色卡喜尔三姊妹跟前去吧，让她们像对待自己的孩子一样进行抚养，出月后，再抱到我跟前来吧！"孔雀、布谷鸟、黄天鹅，把放在石板上的孩子送给了色卡喜尔，把包在树皮里的孩子送给益卡喜尔，把裹在野草中的孩子送给益卡喜尔，并向她们一一转达了嘉吾的嘱咐。色卡喜尔姊妹三人向送来孩子的鸟群诉说了一番苦楚，高兴地接受了孩子，并表示当好妈妈，她们煨桑，祭天祭地，祈请神灵保佑！

三姊妹到了出月的那天，嘉吾打发孔雀等飞禽去接，布置斯达阿隆等走兽来迎。色卡喜尔抱着自己生的孩子，孔雀抱着送的孩子，嘉色夏嘎尔拿着散恰曼当花儿，益卡喜尔抱着她亲生的孩子，布谷鸟抱着送来的孩子，玛兰拿着各样瓜果，党卡喜尔抱着她亲生的孩子，黄天鹅抱着送来的孩子，阿端拿着三种水，大家一同到了嘉吾住地。按色卡喜尔三姊妹的要求，阿布朗嘉吾分别一一卜算，给六个孩子先后起名，将色卡喜尔生的孩子叫岭·达嘎尔岗日，并说“岭”代表他出生之地，“达嘎尔”是白虎转世的意思，“岗日”是取“敖包”名字的一半。在打造岗日岗嘎尔敖包时，那只白老虎送来了各种宝石，所以，它便转化成“岭·达嘎尔岗日”。她抚养的孩子叫拉错多来玛。“拉错”是山精之意，“多来”是扁石头之意，“玛”是女性之意。把益卡喜尔亲生的孩子叫拉争吉仁岗嘎尔。“拉争吉仁”是手持长刀之意，“岗嘎尔”是敖包名字的一半；把她抚养的孩子叫祥帕喜兰玛。“祥帕喜兰”是树皮所包之意，“玛”是女性之意。把党卡喜尔自生的孩子叫为札玛曼巴尔。“札玛”是红岩之意，“曼巴尔”是火燃之意。把她抚养的孩子叫桑日松兰玛。“桑日”是好草山之意，“松兰”是持拿之意，“玛”是女性之意，关键时，她能手持一草隐蔽在草丛中。

在某年六月初五，阿布朗嘉吾派遣通知大家于初六日晨，岭·旦曼塘拉平滩里聚会，并说：岭·达嘎尔岗日等三个娃娃和拉错多来玛等三个丫头都已长到十三岁了，六月初六是个好日子，让他们把弓箭都带来。另外，还通知了飞禽和走兽。六月初六日早晨，大家先后出发前来，布谷鸟衔来一朵黄花，黄天鹅衔来了最佳的瓜果，慢飞在嘉吾两旁，让他走在中间，好不威武。色卡喜尔姊妹三人商定：色卡喜尔拿好花，益卡喜尔拿好果，党卡喜尔拿石板替嘉吾安个座位，铺上各种香草。到了岭·旦曼塘拉大滩，让嘉吾坐在石板座上，并将大家带来的鲜花、瓜果和净水摆在嘉吾面前。色卡喜尔及其孩子和飞禽走兽们也各自列队面向嘉吾一排排入座。接着，嘉吾讲："六月初六不仅是个吉日，而且也是个大节日。你们这么聪慧，萨·札吾岭地方定会兴旺发达，我的事业定会如愿以偿！"这时，那朵黄花不但显得更为鲜艳，而且变得五光十色，从中又长出各种花儿，将嘉吾从身后到头顶包了起来；一朵黄花竟变成了一千尊自生佛像。姊妹三人和飞禽走兽，无不兴奋异常，称赞阿布朗非一般国王可比，并向嘉吾表示："今后一切都听你的，我们萨·札吾岭地方一定会兴旺！"嘉吾听后，依次点名让大家耍武艺。首先，是嘉色夏嘎尔等四大英雄出场耍了一场。他们武技高超，威力无比，连整个大滩都震动了。这时，嘉吾幻化无穷，一会儿是国王，一会儿是佛，一会儿是披甲戴盔、身佩弓箭的军王。大家见后，个个心悦诚服，并表示："今后嘉吾说啥我们听啥！"接着，达嘎尔岗日三个男孩和拉错多来玛三个女孩等以及飞禽走兽，都分别依次作了表演。当嘉吾看到达嘎尔岗日一箭射穿三棵大树，拉争吉日岗嘎尔一刀劈下三只禽首，札玛曼巴尔右手一扬放出火舌，烧掉一块大石，三个女孩随之腾云驾雾不见身影时，他喜出望外地说："你们年龄这么小，十三岁的孩子竟有如此这般的本领，萨·札吾岭地方的事业定会如愿以偿的！"散会后，布谷鸟和黄天鹅仍如早晨一般护送嘉吾回原地了。

一天早晨，嘉吾打发孔雀去叫色卡喜尔三姊妹，并向前来听经的飞禽走兽们说："你们到处飞走，看见哪种树皮好，质地绵软叶儿大，果实香甜，哪座山上的草长而结实味美，就把它带来！"大家听后，立即散开到处去寻觅。第二天，三姊妹来到嘉吾跟前。嘉吾说："我们身上全是毛，下半身也不好看，要想个办法遮住才是！"不久，飞禽走兽们拿来了草和树皮，嘉吾打发孔雀、布谷鸟和黄天鹅把它分送给三姊妹，让她们做个遮前蔽后的东西。于是姊妹三人按嘉吾说的，将树皮用草连起来穿在身上，遮了前挡了后。过了一些时日，各个觉得身上的毛不仅少而短，肤色也好看多了。但又感到自己的身体时冷时冻。这时，她们就把树皮多连些，缩得密些。这样，越做越会做，做得比以前更好了。

丫头们长大了。她们每天用树皮去泉边盛水，向自生佛像煨桑、叩头。一天，色卡喜尔梦见：在岭·岗日岗嘎尔阿布朗闭关静修的洞前，搭起了三顶白色的黄顶圆帐房，内置一黄色宝座，宝座上有一花苞。当揭开帐门看时，花儿不但开了，而且发出一道亮光射入了自己的心口。同样，益卡喜尔和党卡喜尔也做了一样的梦，只是帐房、宝座的颜色各异。第二天，色卡喜尔打发自己的丫头拉错多来玛去叫两个妹妹。第三天早晨，姊妹三人相互诉说和剖析了自己的梦境。当色卡喜尔提出又要到嘉吾那里去破梦时，益卡喜尔却提出了异议："姐姐和妹妹，我们别去了。以前破过此梦，这又是生娃娃的梦，以后没事了再去吧？"姐妹听了都表示同意。

时光又过了一段，嘉吾梦见从岭·旦曼塘拉大滩的一个泉眼里升起一股云雾，雾内跳跃着三条鱼儿。这三条鱼发出三道光，把萨·札吾岭地方圈成了三个圈，但看起来有点远。为此，第二天早晨，嘉吾打发前来听经的飞禽走兽到旦曼塘拉大滩去察看，说："你们耳明眼亮，看那里出来啥东西了没有？"于是，大家奉命前住。

不久，色卡喜尔三姊妹拿上花束、瓜果和净水来到嘉吾跟前，向他禀告了前些日子各自的梦境。嘉吾说："好得很，札吾岭地方一定发展！"姊妹们返回各自的住地煨桑，祭天祭地。一天晚上，她们各自又生下一个娃娃。这时，嘉吾也同样梦见："萨·札吾岭地方降下雨一般的花朵"。他醒来一卜，卦上说："萨·札吾岭地方将要出名人，事业要发展兴旺！"一天，拉错多来玛等三个丫头去抬水，发现三股云雾中有三个娃娃在号哭，回来她们告诉了自己的妈妈。色卡喜尔难以断定吉凶，又打发嘉色夏嘎尔等四大英雄去禀问阿布朗嘉吾。嘉吾说："这是吉祥之事，如我所梦。"之后，他们遵照嘉吾的旨意将三个娃娃抱来，让嘉吾端详后，又分送到色卡喜尔三姊妹手里。三姊妹表示一定要像对待自己的孩子一样抚养成人。

又一天，飞禽走兽们听完经后，嘉吾给它们布置了四月初八要在札玛曼巴尔石崖顶上筑打敖包的事宜，除说明筑打敖包的理由外，还向它们提问在敖包内装置何物为好？飞禽走兽们认为装置“南方的火石”“天上的黑云”“北方的海水”“地上的宝石、檀香木”等物为好，并答应由它们去寻找。四月初六早晨，除飞禽走兽外，还有嘉色夏嘎尔等四大英雄，岭·达嘎尔岗日等三个娃娃、拉错多来玛等三个丫头前来学经。此时，嘉吾要求六个孩子各自做个刀和弓箭带上，代表他们的妈妈去筑打敖包，吩咐嘉色夏嘎尔率领他们；孔雀带上所有飞禽，斯达夹夹带上所有走兽，一块去岭·札玛曼巴尔石崖顶去。四月初八早晨，大家携带各自要带的东西按时到达目的地。这时，嘉吾说：“这个山顶真好，站在这里能看见四面八方！”随后，大家遵照嘉吾的指挥，抬来了方石头、圆石头，采来了黄、白康巴花，摘来了柏香枝，舀来了好泉水等，作了打造敖包的准备。到旭日东升的龙时，大家煨起了大桑，嘉吾祈祷道：“四月初八早晨，我们在岭·札玛曼巴尔石崖顶上打敖包，这事天知道，地知道，请天地帮忙，将这个敖包打得特别好！”接着，大家遵照嘉吾的指导，依山形在四面放上了方石头，四角放上了鹅卵石，中间放上檀香木，周围一圈放上了火石、黑云和海水，打成了岭·札玛曼马尔敖包。接着，大家插上了刀和弓箭，煨桑叩头。嘉吾一会面对敖包祈祷：“你是岭·札玛曼巴尔拉普赞，你要保护萨·札吾岭地方，特别是关键时刻，保护这里的英雄！”一会，嘉吾又对大家说：“这个敖包是四月初八龙时打的，是靠天靠地打成的，是靠人、飞禽、走兽们等一同打成的。里面放有各种宝物，以后一旦地方发生危害时要祭它，去练武打仗时也要祭它，要高呼拉嘉朗!”

一天,色卡喜尔打发拉错多来玛通知了两个妹妹。第二天,她们抱着孩子,拿着花和瓜果来到嘉吾跟前,一一问候嘉吾之后,色卡喜尔说:“我们姊妹三个,一人各生了一个孩子。你让夏嘎尔、玛兰、阿端等送来的三个孩子,我们也分别抚养出了满月,今天请你给他们一一起名字吧!”嘉吾先给三姊妹生的孩子算卦起名。嘉吾把色卡喜尔的孩子起名隆多吉唐玛尔,把益卡喜尔的孩子叫隆曲拉古俄,把党卡喜尔的孩子叫隆冬嘎扎西。然后,嘉吾又给三姊妹抚养的孩子算卦起名。他把色抚养的孩子叫阿鲁彭错玛,益抚养的孩子叫阿鲁彭错玛,益抚养的孩子叫阿鲁果尔错玛,党抚养的孩子叫阿鲁甲索玛。起名时,嘉吾解说了每个名字的含义,说三姊妹生的娃娃是英雄,抚养的三个丫头是三条鱼儿的星宿,她把萨·札吾岭地方圈成了三圈。正月初八祭敖包祭得好,我们从山里拣来了娃娃,从泉里拾来了丫头,萨·札吾岭地方一定是要发展的。

第二天,夏嘎尔将三方众人集中到贡玛,在自己的住地经与大家商量,由夏嘎尔、玛兰、阿端三人去接护嘉吾,由丹玛事前搭好座位,由色卡喜尔三姊妹来欢迎!四月初八早晨,丹玛率先到了旦曼塘拉滩,用石板安置了一个座位,上铺香草,前摆鲜花、瓜果和净水;夏嘎尔和丹玛分走嘉吾两旁,阿端手举鲜花走在嘉吾前头;色卡喜尔三姊妹领着孩子们手捧花束上前迎接;飞禽走兽们来后也一排一排地入座。嘉吾就座后,说:“今天是四月初八,风和日暖,是个好日子。我们煨桑先祭天祭地,再高高兴兴地比试比试武艺吧!”这时,从献在嘉吾面前的三色花朵中又生出多种花儿,嘉吾之身一下被围在当中,显得十分壮观。当即全场一片赞语,说他是王中之王,佛中之佛。然后,先是夏嘎尔、玛兰、阿端、丹玛等四人比试了一场武艺。结果,大滩像地震,天上如龙吼。嘉吾看后连连称赞不已地说:“以后就称你们是‘华钦余’(四大英雄)吧!大家有啥事就给你们讲，你们已三十岁了，有啥事自己去办就是了。”其次，达嘎尔岗日三个男娃和拉错多来玛三个女娃也相继出来各耍了一场。前者耍时林中的走兽满山跳跃奔跑，后者耍时林中的鸟儿因受惊而乱飞翔。这时，嘉吾说：“好！你们是萨·札吾岭的英雄，以后有事就向‘华钦余’禀报。”最后，是阿鲁多吉唐玛尔三个男娃和阿鲁彭错玛三个女娃出来各耍了一场。三个男娃耍时，红雷金刚一摇，声传四面八方；三个女娃耍时，一会天降冰雹铺天盖地，一会大雾弥漫，一会彩虹升起，令人迷恋。这时，嘉吾说：“好！你们也是萨·札吾岭的英雄。我们的女娃娃都有这么大的本领，萨·札吾岭一定要发展！以后有事就向‘华钦余’禀报吧！”接着，飞禽翱翔鸣叫，走兽上跳下蹿，也各表演一番，让嘉吾欣赏。嘉吾问道：“我很高兴！萨·札吾岭将来发展不发展？平安不平安？”大家异口同声回答：“一定会发展的！”说完，大家欢乐而散。嘉吾由夏嘎尔、玛兰和阿端三人送往原处。

一天晚上，拉错多来玛梦见萨·札吾岭地方的后面山顶上修有一座金塔。塔顶有日、月发出的亮光，那光除射入自己的心口，还把萨·札吾岭地方圈成了一圈。祥帕喜兰玛梦见萨·札吾岭地方的前面山顶上修有一座蓝塔。塔腰有一圈兰札，它发出的亮光除射入自己的心口外，还充满了整个萨·札吾岭地方。桑日松兰玛梦见阿朗许曼大滩里修有一座白塔，塔上有吉祥八瑞图，发出的亮光犹如雨点。它除投入自己的心口外，还将整个阿朗许曼大滩下满了。第二天，她们各自烧茶、煨桑、祭天祭地，并向自己的妈妈说了昨夜的梦境。色卡喜尔说自己的丫头将要生一个儿子来保卫萨·札吾岭地方。益卡喜尔说自己的丫头要生一个儿子弘扬萨·札吾岭地方的宗教。党卡喜尔说自己的丫头要生一个儿子繁衍萨·札吾岭地方的人口呢。不久，拉错多来玛等三个丫头生孩子坐月了。就在这一天，四大英雄到山后一片森林里去练武。阿端在抬水途中，听见几种怪声在吼叫。于是，匆匆返回如实告诉了其他三人。他们立即煨桑，祭天祭地后，带上弓箭随声去寻找。他们发现一石缝里有三个女孩在号哭，旁边站着一只黄鹰和一只大鹿。黄鹰不时伸嘴要吃小孩，而那大鹿却不遗余力地阻挡着。一见来人，鹰飞了，鹿跑了。四大英雄赶快抱起三个孩子送到了嘉吾跟前，嘉吾细听详情后说："昨夜我梦见山后有三只母鹿在探视着我们萨·札吾岭，它们还欢快地跳跃着，……这是我们的人，也是我们地方的吉祥呀！"他们遵照嘉吾的嘱咐，将三个女孩分别送到了拉错多来玛、祥帕喜兰玛和桑日松兰玛跟前，让她们如同自己的孩子一样抚养，坐满月子。

一天，色卡喜尔三姊妹分别对夏嘎尔、玛兰、阿端等三人说："明天，你们的妹妹们要出满月，你们拿上花、瓜果和净水，到嘉吾跟前去让他给孩子们算卦，起个名字！"嘉吾听了夏嘎尔等三人的禀报，便随即给孩子算卦起了名。多来玛的男孩叫阿朗华建顿珠，女孩叫强布日吾毛那宗玛；喜兰玛的男孩叫阿朗夏然顿珠，女孩叫强布日吾毛色唐玛；松兰玛的男孩叫阿朗达尔色顿珠，女孩叫强布日吾毛尼来玛。最后，嘉吾说他（她）们都是萨·札吾岭地方的英雄。那宗玛只要将手一挥，就可遍地成林；色唐玛只要将手一挥，就可果子成堆；尼来玛只要将手一挥，母鹿就可成群。夏嘎尔等三人回来，就分别向自己的妹妹报了孩子的大名及其含意，转告嘉吾要让他们把孩子抚养成人，他的事业就会成功的嘱托。

一天早晨，嘉吾对夏嘎尔说："根据我卜算结果，萨·札吾岭地方还要打一个刮好风降好雨的敖包才是！"第二天，夏嘎尔遵照嘉吾的嘱咐，去贡玛、哇玛和许玛等地将大家召到嘉吾面前。同时，嘉吾将此事也给孔雀和斯达夹夹讲了，让她们分别去通知飞禽走兽。大家来到嘉吾跟前，嘉吾又向大家重讲了打敖包的意义，并提出在什么地方筑打为好，敖包内装置什么东西，让大家议一议。黄天鹅首先提出将敖包筑在北方桑日松巨山一个最高峰顶上为好。因为那十三座山峰根里有十三眼泉，它不仅能刮风而且又能下雨。它还提出要把天上的蓝、白、黑、黄等云彩来，把檀香木拿来，把四方的药草摘来，把须弥山的黑土抬来，把十三个泉里的水端来，把南方的火石背来，一一装置在敖包里，萨·札吾岭地方就会风调雨顺。嘉吾听后以此为定，让大家二月初一做准备，初二到桑日巨松地方去。二月初二早晨，丹玛按夏嘎尔的安排率领众人，夏嘎尔、玛兰和阿端等三人去接护嘉吾，孔雀带着飞禽鸟类，斯达夹夹带着走兽，大家一起来到桑日巨松山顶，煨了桑祭天地，随后遵照嘉吾的指挥，一一安置宝物，筑起了敖包。嘉吾接着说："二月初二是龙抬头的日子，……我们打这个敖包是请风请雨的。一旦天旱、吹黄风、下冰雹时一定要来祭它！它的名字既可叫祥色恰拉普错，也可称桑日巨松拉普错。"

又一天晚上，拉错多来玛梦见阿朗雅宗贡玛的山顶，有条黄龙在吼叫，声音响彻了整个萨·札吾岭地方，而龙如云一般腾飞起来跃入了自己的心口。祥帕喜兰玛梦见阿朗雅宗哇玛的半山沟里，有条青龙在吼叫，声音震动了整个萨·札吾岭，而龙如云一般腾飞起来跃入了自己的心口。桑日松兰玛梦见阿朗雅宗许玛的大滩里，有条白龙在吼叫，整个萨·札吾岭地方像巨口喷火一样闪了一下，而龙如云一般腾飞起来跃入了自己的心口。第二天早晨，她们向自己的妈妈述说了昨夜的梦境，让她们圆梦。色卡喜尔对拉错说："……你要生一个名扬四方的武官呢！"益卡喜尔对祥帕说："……你要生一个名震八方的大将呢！"党卡喜尔对桑日说："……你要生一个保卫萨·札吾岭地方的将官呢！"三人都说自己丫头的命好。

某一天，四大英雄出外浪山来到桑日巨松地方，丹玛去挑水，其余三人在煨桑。丹玛回来说他又见了怪物，那边草滩里有一群蛇围绕成圈，当中有白蛇、花蛇和青蛇。为此，四大英雄匆匆喝了茶前去看个究竟。

四大英雄来到那里不见蛇，只见三个娃娃躺在地上正在扬手弹脚。于是，他们将娃娃包到草里送到嘉吾面前让他看看。嘉吾看后说："这特别好，萨·札吾岭地方定要发达兴旺！"言毕，便让他们将孩子分别送到拉错、祥帕和桑日三人跟前，让她们精心照看，个个养大。四大英雄抱着孩子回到拉错、祥帕和桑日的住处，夏嘎尔遵照嘉吾的旨意，分别向她们一一作了交代。到了孩子们出月的那天，夏嘎尔、玛兰和阿端三人，按照色卡喜尔三姊妹之意，分别拿着最好的花、瓜果和水，到嘉吾跟前给孩子们起名。嘉吾卜算起名说："拉错生的男孩叫雅宗色珠巴吉，抚养的女孩叫肉错吾毛贵松玛；祥帕生的男孩叫雅宗珠俄达尔吉，抚养的女孩叫肉恰吾毛贵古玛；桑日生的男孩叫雅宗古嘎桑吉，抚养的女孩叫肉来吾毛色争玛。"嘉吾解释这些名字时说："男孩是发展萨·札吾岭地方的著名英雄，女孩不仅是英雄，而且还将成为萨·札吾岭的好裁缝！"夏嘎尔三人回来将孩子的大名一一转告了他们的妈妈，也传达了嘉吾的再三嘱咐，让她们疼爱孩子，精心照料，萨·札吾岭地方定会兴旺发达。

一天，孔雀和斯达夹夹飞往岭·岗日岗嘎尔敖包处死了。黄天鹅见状告诉了嘉吾，嘉吾回答了黄天鹅的提问，说它们的死对敖包没有什么妨碍，且让飞禽走兽把尸体抬到了高山顶上。

过了很长时间，大家听完嘉吾讲的经之后，嘉吾提出说："我卜了一卦，萨·札吾岭地方还缺一个敖包。现在要筑打一个发展马、牛、羊的敖包！飞禽你们眼明耳亮，走兽你们四处都能到，这个敖包里放置什么宝物好？你们说一说吧！"黄天鹅接着说："这个敖包里除仍需放檀香木、须弥山的土外，还要装置很早以前的野马蹄、野牛角和野羊毛才是！"嘉吾听后以此而定，让大家于六月初八日到许米塘拉那日巨松山上去。六月初八早晨，大家同以前一样分头到许米塘拉那日巨松山顶，将所需的宝物都带到了那里。先是采来了黄、白康巴花，后是拿来了柏香枝、抬来了泉水，煨桑祭天祭地，祈求天地佑助打成一个发展马、牛、羊的敖包；尔后，抬来四方的土、石，放上了檀香木和千匹野马的蹄，千头野牛的角，千只野羊的毛，而筑起了敖包。嘉吾祈呼道："发展萨·札吾岭地方的马牛羊吧！"

一天，四大英雄到夏强岗日巨松山顶去游玩。阿端在取水途中，听见石洞发出一声巨响。为此，他匆匆返回，煨桑祭天祭地后，四人背起弓箭到洞前察看，发现洞内有一个如猴子的娃娃全身长毛，拿石头敲打着石头。四大英雄正在抬着这孩子返回时，又见一只黄鹰将一个毛疙瘩扔在眼前。他们打开一看，中间又裹着一个娃娃在里面，但不知其是好是坏。于是，一块抬到嘉吾面前。嘉吾听了夏嘎尔的述说，算了算之后说："这不是什么怪物。黄鹰送来的娃娃叫华吾果拉祥来顿珠，他将是木匠；石洞里的娃娃叫华吾果然扎普冬罗旦，他将是铁匠。他俩同是萨·札吾岭地方的英雄，以后将要出名，没有他俩事情不成！"夏嘎尔又遵嘉吾之命，将他俩分别送到益卡喜尔和党卡喜尔跟前，让她们操心抚养。

过了一段时间，嘉吾不再给飞禽走兽们讲经了。一个正月初一的早晨，四大英雄走在前头，后面跟着许多人，这是大家一块给嘉吾去拜年。嘉吾接受大家问候之后说："我所思谋的全部成功了！以后，萨·札吾岭岗玛会如酥油一般；哇玛会如奶子一样；许玛也将如奶子一般。人要成千上万，马牛羊要满山遍野。现在是三十名英雄，以后我的大臣要有三百六，弓箭三百六十把，打炮石三百六十个，四条铁索金环绳，宝剑三十把……另外，还会有一百零八个敖包，九百九十九个塔。到那时，不要忘掉祭天祭地，不要忘掉日月，不要忘掉国王、百姓和父母呵！"正月初三早晨，嘉吾又让四大英雄把大家安排一下，说："现在人多了，让他们分开一家一家地住，都住到好地方去吧！”四大英雄听后，将三十个英雄一个个地分住在石洞里面。

又过了很长时间，英雄们又陪同嘉吾到旦曼塘拉大滩练武。那时，人已发展到三百六十口，马牛羊都有人放牧，各有己圈。一天早晨，牧乌人要出牧，看见一匹不像马驹的“小马”在吃奶，而其他许多都在盯着它。牧马人十分惊讶，就将此事禀报了夏嘎尔。夏嘎尔又唤玛兰、阿端和丹玛等英雄，将这匹“小马”牵到了嘉吾跟前。嘉吾卜算后说：“他的名字叫阿朗妈余贡保，要吃马、牛、猪、狗等四种动物的奶。其人命大，他要说好，好事就层出不穷，他要说坏，坏事就会接踵而来。以后，他只会往坏里说，是不会说好的。以后，你们别让他说，办好事时别让他参与，他若不肯硬来时，就别让他说话！”

过了好久，嘉吾让大家到旦曼塘拉大滩去练武，大家拉拉扯扯走到一起来了。嘉吾对大家说：“往后遇有好事，就吹右旋白海螺，竖黄旗，打扎年嘎尔如鼓，击黄钹。遇有坏事，就吹左旋黑海螺，竖黑旗，打坏鼓，击坏钹！”不久，嘉吾又召集三十英雄、三百六十个大臣，说：“以后吹黑海螺，竖黑旗，打坏鼓，击坏钹，你们都得到，一个不能留！”以后人更多了，衣服、甲盔、甲帽做起来了，房子盖起来了，马牛羊发展了，萨·札吾岭地方兴旺了。

第三节　裕固族《格萨尔》

一　裕固族《格萨尔》的流布

根据笔者调查，在甘肃肃南裕固族自治县境内，1958年反封建斗争之前，不仅居住在这里的藏族人民酷爱《格萨尔》，就是在裕固族人民群众中也普遍地流传着《格萨尔》和《盖赛尔》。《格萨尔》和《盖赛尔》同是藏文《གེ་སར།》的裕固语译音，操东部裕固语的裕固族群众称《格萨尔》，操西部裕固语的裕固族群众称《盖赛尔》。二者之间不只称呼有别，其内容和形式也有较大的差异（这将在后文中详述）。东部裕固语和西部裕固语是同属阿尔泰语系的两个不同语族，前者属蒙古语族，后者属突厥语族。一个民族形成两种语言，虽然目前学者们说法不尽一致，但总与裕固族形成的某些历史原因有关，而《格萨尔》和《盖赛尔》在裕固族人民中间流传内容和形式的差异又与它使用两种语言的历史缘由维系在一起，尽管在当时还难以辨明。但一个民族操两种语言的独特情况，是我们考察藏族《格萨尔》对其产生横向影响时必须考虑的。

裕固族是以古老的部落（又称家）形式组成，共有亚拉格家、贺郎格家、西八个家、五个家、东八个家、四大马家、大头目家、杨哥家，罗儿家和曼台部落等十个部落，这一组织形式一直延续到1958年。

上述十个部落中，操东部裕固语的有五个家（含有顾令、安帐、巴依亚提等三个户族，分布在今大河区的红湾洞、大滩等地方）；东八个家（含有安帐、兰恰克、常曼、巴依亚提、鄂盖尔等五个户族，分布在今康乐区的寺大隆、大草滩、红石窝、东毛牛等地区）；四个马家（含有安帐、各个格兹、妥鄂什等三个户族，分布在今康乐区的赛鼎等地区）；大头目家（含有安帐、苏勒都斯、蒙戈勒、鄂盖尔、巩鄂拉、亚赫拉格、巴依亚提、托鄂什、呼郎嘎特等九个户族，分布在今康乐区的西毛牛、巴音、康丰等地区）；杨哥家（含有安帐、巴依亚提、巩鄂拉提、鄂盖尔等四个户族，分布在今康乐区的大小长干、大小里藏等地区）；罗儿家（含有安帐、冲萨、兰恰克、西喇、浑、托鄂什、呼郎嘎特、杜曼、贾鲁格、格勒克、乌郎、巩鄂拉提、鄂盖尔等十三个户族，分布在今康乐区的大小孔刚木、海牙沟地区）和曼台部落（含有安帐、兰恰克、巩鄂拉提、绰罗斯、呼郎嘎特、齐鲁、杜曼、乌郎等八个户族，分布在今马蹄区的友爱乡以及1958年从青海省祁连县迁入今皇城区的北滩、东滩等乡）。在这些部落群众之中流传的主要是《格萨尔》。1958年前，多以抄本流传，其中有《英雄诞生》、《赛马称王》、《世界公桑》、《降伏妖魔》、《霍岭大战》（缩写本）、《姜岭》、《门岭》、《大岭》、《卡岭》、《松岭》、《朱岭》、《地狱救妻》、《分大食牛》、《安定三界》、《阿古叉根史》和《阿古乔同史》等部，群众最喜欢听。但这些抄本在1958年的反封建斗争中却全被打为毒草而焚毁，从此《格萨尔》在操东部裕固族群众中中断了二十年，直到1978年后，特别是近几年来，上述抄本除《阿古叉根史》和《阿古乔冬史》、《安定三界》、《霍岭大战》（缩写本）之外，其他各部的藏文铅印本才又在裕固族中陆续流传。他们说，这些铅印本与1958年前的抄本相比，其内容大同小异。

上述十个部落中，操西部裕固语的有亚拉格家（含有安帐、巩鄂拉提、索嘎勒、杜曼、亚赫拉格、哈勒嘎尔、阿克达塔尔、斯娜等八个户族，分布在今明花区的明区、大河区的长乐、亚乐等地方）；贺郎格家（含有呼郎嘎特、扎鄂什、钟鄂勒、乌郎、鄂盖尔、克孜勒、安帐等七个户族，分布在今明花区的莲花、前滩，大河区的西岔河等地方）；西八个家（含有安帐、帕勒坦、增斯恩、杜曼、苏勒都斯、卡勒嘎尔、索嘎勒等七个户族，分布在大河区的松木滩、红湾寺、西柳沟等地方和今皇城区的金子滩、西域等乡）。在这些部落群众中，流传的主要是《盖赛尔》。

二　说唱习俗与风物传说

根据笔者直接或间接地调查的二十多位艺人以及其中一部分

艺人的前辈材料来看，不管是说唱《格萨尔》还是讲说《盖赛尔》，在1958年前，它和裕固族的其他文化一样紧密地贯穿在人们的生活之中。如过春节要说《格萨尔》，说春节象征着春天的到来，那时雪化冰消，万物生长，一切都开始欣欣向荣，说《格萨尔》将会给人们带来吉祥如意；孩子长到三岁时要过小孩剃头节。在亲朋好友们热诚祝贺之时也请艺人前来说唱《格萨尔》，说孩子听了越长越聪明，以后会像格萨尔那样勤劳能干，智勇双全；每年农历四月十一日，裕固族牧民就给到龄的马驹剪鬃尾，首次备鞍骑驯，同时也请艺人说唱《格萨尔》，赞祝小马长大后，像格萨尔的枣骝马那样，矫健善走。据传说，这一天曾是格萨尔给自己的枣骝马剪鬃尾的日子，等等。

史诗《格萨尔》流传到哪里，哪里就有格萨尔的风物传说。雪泉乡白泉门十八公里处有一石柱，说是格萨尔从山顶上丢下来拴赤兔马的石桩；东柳沟南山崖上有一石槽，传说是格萨尔休息时立宝剑留下的痕迹；萨隆章垭口甘青交界之地有个石台，据说是格萨尔在征战途中煨过桑的桑台。甘肃裕固族自治县城东百余公里的临松山下有一马蹄寺石窟，凿于悬崖峭壁之间，初建于晋，明永乐十四年赐名“普光寺”，如《甘州府志》所载：“普光寺又名马蹄寺，有石门二十，石洞七，为晋之郭瑀隐处，石窟凿于郭瑀及其弟子，后人扩而大之，加以佛像。”而较之上述传说更甚的则是，围绕马蹄寺石窟雅则库玛尔城的一组传说，在把格萨尔神化的同时，也将他进一步历史化了。据传，格萨尔当年反击霍尔国时，跃跨赤兔神马亲临霍尔王都城雅则库玛尔，因神马所踏，故后人在这个马蹄印上筑起佛寺，起名马蹄寺（该蹄印在第八号窟内，现保存完全，清晰可见）；同时，传说格萨尔在攻打雅则库玛尔红城之前，将一间平房般大的巨石捎在赤兔马后，在去雅则库玛尔红城的马莲滩盘道上扔下来，当众一刀劈成两半，取出石宝，以此施威教诲前来阻击的霍尔国官兵(这把刀被后人视为珍宝,珍藏在马蹄寺第三窟内的宝塔中)。1958年宝塔被毁,刀被人盗,那块被劈的巨石仍竖立在盘道上岿然不动;格萨尔攻打霍尔王宫时钉挂在雅则库玛尔城墙上的铁橛、铁链至今仍遗留在马蹄寺石崖上;马蹄寺石崖上端的最高处凿有"三十三天"[①]石洞,内有白、绿度母的塑像,说这是僧姜珠毛和梅萨绷吉跟格萨尔大王一同返回天界时留在人间的化身。石崖下端的低处凿有一洞,内有一坟,传说是原霍尔国大臣辛巴梅乳孜归服岭国后,跟随格萨尔王在与突厥国作战阵亡后埋葬于此地;雅则库玛尔城和西水连绵百里。今西水乡有座高山叫拉吾加日,据说格萨尔大王爱妃珠毛被霍尔白帐王劫后曾去这山峰顶上煨过桑,并在此遥望家乡。以后,当岭国降伏侵略者霍尔国后,格萨尔大王领着自己的爱妃珠毛从雅则库玛尔城到西水正南沟,越过草大坂走向青海湖而返回久别的家乡。

三　东部裕固语说唱的《格萨尔》

操东部裕固语的裕固族艺人说唱《格萨尔》,就其内容而言,是沿袭1958年前藏族《格萨尔》手抄本如《英雄诞生》、《赛马称王》、《世界公桑》、《降伏妖魔》、《霍岭大战》(缩写本)、《姜岭》、《门岭》、《大岭》、《卡岭》、《松岭》、《朱孤》、《地狱救妻》、《分大食牛》、《安定三界》、《阿古叉根史》、《阿古乔同史》等分部本的内容的总脉络,按照裕固族的传统文化进行了口头改编(裕固族无文字)。据说其中的《霍岭大战》缩写本(仅有藏文原著的四分

---

① 佛教用语。梵文Traystrimsa的意译,音译"忉利天"。谓在须弥山顶中央为帝释天,四方各有八天,故曰"三十三天"。

之一），则是懂藏文的裕固族知识分子按照裕固族艺人自己的说唱内容和形式而用藏文编写成的。这个本子，对研究藏族《格萨尔》史诗如何演变成裕固族艺人用双语（东部裕固语、藏语）说唱《格萨尔》的特殊传承方式都具有重要价值。就其形式而言，是韵散结合，即叙述用散文，吟唱用韵文，叙述时用东部裕固语，吟唱时用藏语。叙述与吟唱虽然分别使用了两个不同民族的不同语言，但在操东部裕固语的裕固族艺人口中却是那么的和谐统一，形成了一种完整的艺术形式。就从听众的欣赏情态看，也是井然有序富有表情的，并不因为艺人用藏语吟唱而感到陌生或显得烦躁和不安。在这里，艺人与听众、吟唱与欣赏都表现出一种相互依存相得益彰的最佳效果。

说唱中用东部裕固语解释、用藏语吟唱的韵文部分，这种叙述性的解释，从史诗脉络的总体看，它虽不是唱词的继续和发展，而是唱的重复，但从解释的具体层次看，它将隐寓于诗行中的画意诗情进而明朗化、情节化，起到了连缀故事，衔接两个叙述部分（即原有的裕固语叙述部分和用裕固语解释藏语吟唱韵文的叙述部分），使其成为一种完整的散文式史诗故事的作用。也正是在解释性的叙述中，操东部裕固语说唱《格萨尔》的艺人充分发挥和显示了他们改编、移植藏族《格萨尔》的聪明才智。也就是说，他们在进行消化吸收并在不断融进本民族文化特质的过程中，将藏族《格萨尔》史诗裕固化，使其成了裕固族民间文学的一个重要组成部分。这里，我将操东部裕固语的裕固族老艺人贺永贵说唱《降魔》的录音摘辑一段，以供比较研究。他先用东部裕固语说，译成汉语是：

"格萨尔王起来，把马牛羊分别从各个山谷里赶回来以后，就骑着枣骝马到了岭尕地方。这时，他的大妃珠毛前来迎接，他俩在那里碰面后，格萨尔王就对珠毛唱道"（说到这里，贺永贵用藏语吟唱）：

སྦྲ་ཆེན་པོ་ཐབ་ཤོམ་གོང་དགུ་རེད།
ཕོ་ང་དང་ང་ངོ་མ་ཤེས་ན།
སྨན་ཤེལ་ལྕམ་འབྲུག་མོ་ཚུར་ལ་ཉོན།
ཡུལ་འཛིག་རྟེན་སྲིད་པར་དཔེ་བཞག་ན།
སེང་དཀར་མོ་གཡུ་ཡུ་རལ་བ་ཅན།
ས་རྩལ་གསུམ་རྫོགས་པའི་དཔའ་པོ་རེད།
ལྷ་གཡུ་ལྦྲུག་ཟེར་བའི་ངར་སྐད་ཅན།
སེང་གཡུ་རལ་རྒྱས་པ་ངོ་རེ་ཚོ།
སྟག་དམར་ཡག་མེ་ལྕེའི་འཛུམ་རི་ཅན།
བཀྲ་ཐིག་ལེ་འཛུམ་པའི་དཔའ་པོ་རེད།
ཁྲི་བདའ་ལུ་རྒྱ་པོ་ཛ་རིང་པོ།
སྟག་འཛུམ་དྲུག་རྒྱས་པ་ངོ་རེ་ཚོ།
གླིང་སེང་ཆེན་གསེར་གྱི་ཁྲབ་རྨོག་ཅན།
ཕྱོགས་དགྲ་བཞི་འདུལ་བའི་དཔའ་པོ····
རེད།
བདུད་ཚེ་ཟད་ཀུ་བཙན་སྡིག་ཅན་པོ།
རྒྱབ་ཁྲབ་དཀར་གྱོན་པ་ངོ་རེ་ཚོ།
བདུད་གླུ་བཙན་རྐོད་པོ་འདུལ་རན་ཡིན།
བདུད་ནོར་གླིང་ལ་འདྲེན་རན་ཡིན།
གོ་ཡོད་ན་དཔོན་མོའི་ཡིད་ལ་ཞོག།

ས་འདི་ཡི་ས་ངོ་མ་ཤེསས་ན།
གླིང་སྐུ་རྗེ་སེང་ཆེན་ནོར་བུ་རེད།
མི་ང་ལ་ཨ་ནེས་ལྷ་སྐད་གསུངས།
སྟོད་གངས་རི་ཤེལ་གྱི་ལྡིང་་ཁང་ན།
ཁྱོད་གཙན་གཟན་མང་བའི་རྒྱལ་པོ་ཡིན།
སྤྲིན་སྨུག་པོའི་གསེང་ལ་ཡར་ལྡོས་དང་།
འདི་མ་ཐུབ་གླད་ལ་ཤོར་སོང་ན།
དམའ་ཙན་དན་ནགས་ཀྱི་སྐྱིད་ཚལ་ན།
ཁྱེད་སྟེ་བཞི་ཀུན་གྱི་རྒྱལ་པོ་རེད།
ཡུལ་གྲོང་སྟེ་དཀྱིལ་ལ་མར་ལྷས་དང་།
འདི་མ་ཐུབ་གླད་ལ་ཤོར་སོང་ན།
གླིང་སེང་འབྲུག་སྟག་རྩེ་ཕོ་བྲང་ན།
ཁྱོད་མགོ་ནག་ཡངས་ཀྱི་རྒྱལ་པོ་རེད།

ནུབ་བདུད་ཡུལ་ལུང་ནག་ཕར་ལྡོས་དང་།
འདི་མ་ཐུབ་གླད་ལ་ཤོར་སོང་ན།
བྱང་གནམ་མཐའ་མི་མེད་ཡུལ་དུ་སོང་།
སྨན་མེ་བཟའ་འབུམ་སྐྱིད་ལེན་རན་ཡིན།
དེ་གསུངས་པ་ཨ་ནེ་ལྷ་སྐད་ཡིན།

贺永贵老人稍作停顿之后，换用东部裕固语解释前面的藏语唱词：

“这个地方你认识不认识？你如果不认识，它就叫塘尚木贡古大帐房。我这个人你认识不认识？我是岭主，名字叫雄狮宝珠。

珠毛，请你听！刚才上天姑母有指示，你要把耳朵放亮些！她举世上几个例子来打比方：‘雪山上面有狮子，它是兽王，数它名声最大，威力也最大。可是狮子呵，你朝天上看看，天上有条龙，它若一叫，威力也特大的，你狮子如果敌不过龙，你那么大的名声，不仅人家会笑话你，就是你自己也会害羞的！森林里面有老虎，花纹闪闪，威力也够大的，动物中也算是个头。可是老虎呵，你往村子里看看，村子里有老狗，夹着长长的尾巴，你老虎如果敌不过狗，你有那么大的威力，不仅人家会笑话，就是你自己也会害羞的！僧珠达孜宫里面有岭国雄狮格萨尔王，金甲灿烂，威震四方的敌人。可是格萨尔呵，我往魔地看看，那里有即将完蛋的路赞魔王，你格萨尔如果敌不过魔王，有那么大的名声和威风不仅人家会笑话你，就是你自己也会害羞的！’珠毛呵！上天姑母指教我，叫我这次去魔地，把魔王路赞消灭掉，把梅萨崩吉领回来，把魔地财宝运到岭国来，珠毛啊！听见这些话，你要放心上！”

上述贺老艺人的一段说唱与藏族的藏文版《降魔》原文一比，藏文原文中的曲调名如：གླུ་ཐ་ལ་ལ་མི་ཐ་ལ་ལེན། 神名或祈祷词如：སྐུས་མཆོད་དོ་ཧྲ་གཞན་གླུ་གསུམ་མཆོད། ང་གེ་སར་རྒྱལ་པོའི་གླུ་ལ་ཉོངས།以及一些与连缀故事无关或关系不大的词句，如：འདི་མི་ཤེས་སྟོན་པའི་གླུ་ཆུང་རེད། འདི་འཛིག་རྟེན་བོད་ཀྱི་གཏམ་དཔེ་རེད། དུས་ད་ལྟ་དགོས་དགྲ་བྱུང་བ་ལ། ས་ཡར་ཁམས་བྱུང་མ་རི་བརྒྱུད་ནས། དོན་གོ་བ་ཨེ་བྱུང་འབྲུག་མོ་ལགས། 等，不是被艺人完全删去就是使其单一化或简单化，这是就内容方面而言。论及形式，其特点已在前文提述，将它和土族艺人说唱《格萨尔》的形式（用藏语吟唱韵文部分，然后用土语进行解释）相比，则基本是相同的，只是在解释韵文时所用语言不同。而土族艺人和操东部裕固语的裕固族艺人以及这种基本相同的至今仍鲜为人知的用双语演唱英雄史诗《格萨尔》的特殊传承形式，当然是有其历史原因的。在操东部裕固语的裕固族群众中，也传播着只用东部裕固语讲说的《格萨尔》，但不多见。

四　西部裕固语讲说的《盖赛尔》

操西部裕固语的裕固族艺人讲说《盖赛尔》，就以我搜集的A、B、C、D、E五篇《盖赛尔》异文来看，其形式主要是散文的叙述，而很少有吟唱。这不但与藏族《格萨尔》的说唱形式不一，也与本民族操东部裕固语的裕固族艺人说唱《格萨尔》的形式大相径庭。论其内容，A、B、C、D、E五篇《盖赛尔》异文都是围绕阿古乔同挖空心思、竭尽全力地迫害盖赛尔，而盖赛尔则与其针锋相对、软硬兼施地进行殊死斗争这个中心来铺陈故事情节的。就其故事情节发展的总脉络即盖赛尔一次又一次地以智取胜阿古乔同的总趋向而言，A、B、C、D、E等五篇异文则是一致的。为了便于比较，先将A篇的主要内容概述如下：

1. 很早很早以前，有个人名叫阿卡乔同，他有一个儿子和两个丫头。

2. 一天，两个丫头同去放牧。小丫头回来给爸爸说："我听见姐姐肚子里有娃娃在哭呢，骒马肚子里有马驹子在叫，母狗肚子里有狗娃子吠呢！"

3. 乔同不相信，第二天又打发自己的老婆和大丫头同去放牧。老婆回来也说小丫头说的是真的。

4. 乔同信以为真，下令让她牵上骒马、母狗，搬到三叉路口去住，将大丫头赶出门外。

5. 那以后，乔同一连念了七天咒经，目的是让点格尔[①]下雪，把大丫头压死。

6. 七天后，乔同打发小丫头去看，她回来说："那里没有一点

---

① 点格尔：裕固语是"天"的意思。

雪，帐篷周围草绿茵茵的。骒马下了马驹母狗生下了狗娃子，姐姐生下了儿娃子，他抱着烧柴朝帐篷里面走。”

7. 乔同不信，又先后打发儿子和老婆分别去看。他们回来后说：“是真的。”于是，乔同暗下歹心，要亲自拿酥油和青布去看她，将她害死！

8. 这事被娃娃知道了，他给妈妈说：“阿卡乔同来时拿酥油，你先在狗爪子上抹一下，然后再往三角锅台石上抹一下，最后拿来给我吃！拿的青布，你先在帐篷杆子上扎绑一下！”

9. 不一时，乔同来到家说：“这点酥油是娃娃吃的，这片青布是给娃娃做缠腰的。”

10. 娃他妈接过酥油先在狗爪上抹了一下，狗叫唤着跑了；往锅台上抹了一下，锅台石爆炸了。最后，妈妈不敢给娃娃吃，娃娃却伸手要，并说：“不要紧，给我拿来，只有黑石头才爆炸呢，与我没关系！”随后，娃娃吃了酥油，见一颗牙发青了。妈妈便说：“英雄娃娃牙发青，真的没关系。”

11. 妈妈又拿起青布，先往帐篷杆子上一扎绑，杆子立刻断了。娃娃却说：“不要怕，给我系上！”

12. 当娃娃将缠腰刚接到手里时，阿卡乔同就给孙娃子起了名叫央安许鲁①。这时，许鲁举起青布片，在空中甩了三下说：“央安许鲁日益兴旺！阿卡乔同日趋灭亡！”说毕，许鲁将青布系在腰里。乔同气得火冒三丈，匆匆离开这里。

13. 乔同回到家里就叫嚷：“这是个怪物，对我们不吉利！”于是，打发儿子前去让他们把帐篷搬到一个崖洞的对面搭起。

14. 妈妈背着央安许鲁上了路。路上拾了一个铁制的打炮石、半个磨盘和一块磨刀石。母子边拾边问到了洞口对面，搭好帐篷

① 央安许鲁：意为散漫的男孩。

后，乔同的儿子就回去了。

15. 许鲁往洞里一看，发现洞里有一条大蟒就要动身。他将打炮石和半个磨盘要来，立即堵住了崖洞。

16. 一天，乔同打发他的黄狗娃去看，黄狗娃回来说："人家的帐篷搭得挺好，崖洞已堵。"二次又打发他的神老鸹去打探。

17. 许鲁给妈妈说："明天阿卡乔同打发他的神老鸹来看虚实，你将我在磨刀石上磨成一个看不见的东西！"妈妈听后就将儿子磨得极小极小。

18. 第二天，乔同的神老鸹拿着弓箭飞落到帐篷上，边四处张望着，边问许鲁的妈妈："你的许鲁怎么看不见？"当神老鸹一张嘴时，小小的许鲁一下子钻到神老鸹嘴里，把它的嘴顶开，让上嘴顶天，下嘴着地，并把它的弓箭接过来做了自己的武器。

19. 乔同见神老鸹一直不来，就打发黄狗娃去看个究竟。黄狗娃看后报告乔同："神老鸹的两只翅膀，一只被许鲁当成褥子铺，一只被当成被子盖了。"

20. 乔同来到许鲁家里叫他去玩。路上乔同将许鲁用四个黄白刺木橛和一个铁橛，分清东西南北钉在地上。乔同走不几步，许鲁一骨碌立起身来说："在我的心部钉上铁橛，我的性命就像铁一般牢实；四肢钉上木橛，我要将四方的战事压下去！给我钉上黄白刺橛，那是我要当皇上！"

21. 乔同回到家里就和家里的九个僧人商量对策，看怎样才能将央安许鲁干掉。随后他将许鲁叫来，不但给他念咒经，还让他给自己送施食。许鲁在送施食时，把乔同教的咒语打了个倒，口念："愿央安许鲁兴旺发达起来，愿阿卡乔同走向死亡！愿送掉一个施食，让念咒经的僧人死掉一个！"结果，乔同手下的僧人先后都死了。

22. 这样，乔同在无法可施的情况下，便打发许鲁到雪山根去放牛,企图让他冻死在那里,但未能得逞。

23. 乔同一计未成,又想与白皇上[①]作亲,并给皇上说:“有个叫央安许鲁的人真不简单,弄不好有一天他要把你的皇位篡掉!”这事被许鲁知道后,要求乔同作主给自己娶个媳妇。

24. 许鲁提出找白皇上的女儿成亲。乔同说:“白皇上的女儿不给穷人嫁。”两人争执不下就到白皇上面前去问。

25. 乔同先向白皇上说:“央安许鲁要与你攀亲,他穷得精光,……而我阿卡乔同是有名的富人,也打算要与你作亲。”

26. 白皇上回答说:“我不管谁是有名的富人,也不管谁是有名的穷人,我的女儿总要出嫁的。我只要两件宝,一个在野牛头上,一个在孔雀头上。不管是谁能把这两件宝拿来,我就将女儿嫁给谁!”听完白皇上的回答,各自匆匆回了家。

27. 乔同回家后,就打发他的黄狗娃到许鲁那里探听。黄狗娃回来给乔同报告说:“许鲁明天要到河坝里去取宝。他说:‘过去的野牛在雪山上,明天的野牛在河坝里’。”

28. 乔同信以为真。第二天,天不亮就赶到河坝里去取宝;而许鲁却到雪山上去猎野牛。待乔同听到枪声立即跑到雪山上去时,野牛头上的宝已被许鲁取走,他只拣了一些皮毛和肚屎,他还硬拉着许鲁去见白皇上。白皇上见了便说:“许鲁拿的是真宝,乔同拿的是假宝。”

29. 乔同回到家里又打发黄狗娃到许鲁那里去打听。黄狗娃回来报告说:“许鲁明天要到雪山上去取宝呢,他说:‘过去的孔雀在河坝里,明天的孔雀在雪山上。’”

30. 乔同一听又信以为真。第二天天不亮就起来赶到雪山上去取宝;而许鲁却到河坝里去打孔雀,待乔同听到枪声立即跑到

① 白皇上:即白帐王之意,当地汉语。

河坝里时，孔雀头上的宝早已被许鲁取走，他只拣了一些孔雀毛，还硬拉着许鲁同去见白皇上。白皇上见了便说："许鲁拿的是真宝，乔同拿的是假宝。"

31. 这样，白皇上就把女儿嫁给了央安许鲁，并让乔同和许鲁各自分开住。乔同提出让许鲁搬过山去。自此以后，乔同也就变成九头妖魔，经常危害许鲁。

32. 许鲁搬过山以后，就和白皇上的女儿搭了一座草棚而成了亲。这时，乔同见了黑皇上[①]的丫头就进行挑唆，让她到许鲁的草棚周围不停地将乔同的话进行重复："你跟上穷人有什么意思……"第二天，她又跑来欺侮白皇上的丫头。

33. 许鲁的妈按儿子的意思叫黑皇上的丫头到草棚里喝茶，但她嫌草棚不好不愿来。为此，许鲁走出草棚，念了一下"强卡经"，顿时，云飞雷滚。

34. 这时，黑皇上的丫头跑到草棚来避雨，不一时睡着了。许鲁跑到黑皇上的马群里牵了一匹有孕的骒马骑上，来回奔跑，使骒马流了产。然后，许鲁将死马驹拿回塞进黑皇上丫头的衣襟底下。同时，他还将妈妈的线陀螺也塞到了他的袖筒里。

35. 丫头睡醒起来要走，许鲁挡住说："你偷了我妈的线陀螺！若不信，就将衣袖摔一下看吧！"于是姑娘将衣袖一摔，线陀螺掉了下来，丫头猛地起身要走，但见一只死马驹从衣襟下掉了下来。这时的许鲁大喊"黑皇上的丫头生了马驹了，真是羞死人呀！"丫头听后道："请你不要这样，我给你当小媳妇吧！"

36. 许鲁将两个媳妇和妈妈安排在草棚里，自己却在另一个地方闭关坐静。

37. 就在这个时候，白皇上的丫头做了梦。黑皇上的丫头去问

---

① 黑皇上：即黑帐王之意，当地汉语。

许鲁，许鲁一卜算，说这个梦不好，而她回来却说："没啥事，你好好地睡觉吧！"可是到了晚上，乔同骑着黑公羊把白皇上的丫头领上走了，黑皇上的丫头却也跟在其后。

38. 第二天一早，许鲁一掐算，知道乔同已把白皇上的丫头抢走。他正在追赶中，被一阵恶风吹迷了方向，走到川下找了一个汉人媳妇，和她一住就是十三年，他忘了家乡。

39. 一天，许鲁看见三只黑老鸹，把它们抓来询问："你们早上朝下飞，下午朝上飞，是在干什么？"老鸹回答："我们早晨出去要找吃的，下午要回家，哪像你这个忘了家乡的盖赛尔呀！"

40. 许鲁决定要返回家，并将此告诉了汉人媳妇。这时，汉人媳妇硬要跟随他。两人准备上路时，见墙头上落下一只白头鹰，许鲁射箭未中，老鹰扔下一封信，他打开一看，正是许鲁天上的妹妹简·它日尔，催他速返家乡呢。

41. 许鲁起程，对汉人媳妇说："今晚得住路上，明晨如若我俩的马头都朝山那面，我俩就一起走；如果马头各朝自己的家乡，我们就各走各的路吧！"第二天早晨，许鲁起来一看，见两个马头都朝山，于是许鲁将媳妇的马头朝下拴下。

42. 媳妇起来一看便哭。许鲁劝说："你别哭，我射一箭，你跟着箭返回你的家吧，你今后的日子会过得好的。"说后，许鲁在箭上系了一块白布射将出去。箭后显出一条白路，于是，汉人媳妇就跟这条白路走了。

43. 一天，乔同打发一妖魔变下的牛来，把许鲁的马用舌舔成兔子般大，还让许鲁睁不开眼睛。这时，许鲁按天上妹妹的指教，采花煨桑。不一时，人马都完好如初，继续前行。

44. 许鲁走到一条山梁上往下看时，见乔同变成九头妖魔向上走。他一箭射掉了妖魔的一个头，于是九头妖魔便昏昏不明。

45. 许鲁下山跑进乔同房内。白皇上的丫头先在锅墙底下挖了一个坑,把他藏起来。

46. 妖魔走进来一占卜,便对准三座大石山(指三石锅台架)下面射了一箭。这时,白皇上的丫头说:“许鲁没来此,他早已死了,骨头都化了……”妖魔听后便睡了。

47. 许鲁走出坑,感到肚子很饿,他便向白皇上的丫头要吃的。丫头不敢给,就拿锥子两次刺娃娃大哭。然后借口娃娃所要,将三年没下奶的白乳牛和白母羊给许鲁吃了。结果,他精神大振,就同乔同妖魔搏斗起来。

48. 白皇上的丫头按照许鲁妹妹简·它日尔在空中的指教,在妖魔脚底下撒上面粉,在许鲁脚底下撒上豌豆,结果妖魔被许鲁摔倒在地,虽然被他压住,但一下子还收拾不住。许鲁又按妹妹的指教把妖魔的大拇指划开,用人皮绳将他捆起扔在一旁。

49. 然而,许鲁最后违背了妹妹的指教,让一只白鸽和妖魔见面时,把生铁吐出落在了妖魔嘴里。这时,许鲁再一次按妹妹的指教将妖魔的肚子划开。肚子里先出来一个骑黑马的强盗,拖着半截肠子而变成了蛇;第二个是一条红狗,却变成了狼;第三个是一条花狗,却变为熊。这样将乔同妖魔彻底干掉了。

50. 许鲁领上自己的媳妇即白皇上的丫头要走,但不愿带走她和乔同妖魔生的孩子。他先给娃娃一个碟子让他去打着玩,但后来许鲁又返回将娃娃杀死,怕他“迟早来报仇”。

51. 许鲁把娃娃杀掉后吊在了天窗梁上,血一滴一滴地滴着,并发出叮咚、叮咚的声音。

52. 许鲁回来后,女人问他:“你将孩子杀了吧?”她怀疑许鲁的回答,便又反问:“你若没杀,为啥我左边的乳头跳了三下?”

53. 许鲁拉着女人到外边去听。女人虽然听见了,但仍不相信。这时,许鲁诅咒说:“我若杀了你们的孩子,今晚就让我的眼瞎了呢!”

54. 两人继续往前走。第二天早晨，许鲁的眼睛着实瞎了。这时，他无法生活，只好边走边打猎。

55. 许鲁因双眼不见，就依女人指点方向。他打猎为生，大约过了一年。

56. 有一天，许鲁妹妹简·它日尔在空中喊道："你的痛苦受够了，已经不是一般的凡夫之子，即将要成神，现在，你往上看！"

57. 许鲁抬头一看，眼前是一片万里晴空，明朗无比。他一下看见了妹妹，是妹妹给他做了个"让南"①。

58. 这时，许鲁兴奋极了，不由自主地喊了一声："昨天我是瞎子，今天我可成了盖赛尔加吾啦！"

59. 一天，白皇上和黑皇上相互交谈说："我们是正式皇上，盖赛尔当了加吾，那可不是一般寻常之事，他是神了！"

60. 由于白皇上是西藏的，黑皇上是安多的。一天，两个皇上争执起来。白皇上说："我们西藏要盖赛尔！"黑皇上说："我们安多要盖赛尔！"

61. 对此，盖赛尔说："你俩不必要争，反正有什么事，我们都相互帮忙，哪里不平我就到哪里！"

62. 这时，拉义阿吾扎千说话了。他说："盖赛尔暂时先到甲嘎尔去，那里正是佛法兴盛时节，人们都到那里去取经，一旦取不公平就要争斗，甚至要抢经！盖赛尔你要保护，让他们平平安安地取经吧！"

63. 从此后，盖赛尔就去了甲嘎尔。过了很长时间，西藏的加吾朗达起来灭佛。这时，白皇上和黑皇上商量准备讨伐加吾朗达，但请谁来帮忙呢？于是，便向拉义阿吾扎千请示。

64. 拉义阿吾扎千让他们把盖赛尔加吾请来，并说："人类发

---

① 让南藏传佛教术语，开光之意。

祥于西至哈至，佛经发祥于甲嘎尔，绝不能让加吾朗达灭了我们的佛经！”

65. 两个皇上派人将盖赛尔从甲嘎尔请来，并将自己的兵马全部交给盖赛尔加吾统率，指挥攻打加吾朗达！

66. 仗虽打了好几年，但没有个结果，打了东头压不了西头，四面八方都起了战火。盖赛尔觉得这样下去不行，于是，就让加吾朗达打散的僧伽从四面八方念了一个“强卡经”，把加吾朗达降伏了。

67. 加吾朗达由于步步失败，便召集文武大臣问原因，想办法。

68. 就在这时，盖赛尔梦见：一个格西说“灭佛之人，是一个头上长角的国王，名叫加吾朗达，要想尽一切办法将他消灭掉！”

69. 盖赛尔醒来将梦解析了一番后，把自己扮成一只“贡保夏如”神鸟，在加吾朗达集会的上空盘来旋去，看到与会众人都向一个人跪拜，从而弄清了谁是加吾朗达。接着，神鸟连叫三声“当嘎尔”。当加吾朗达抬头往天上看时，盖赛尔从空中往下发出一箭，将加吾朗达射死。

70. 从此，佛教又得到了弘扬。拉义阿吾扎千，将盖赛尔加吾封为西藏的拉毛贡保，甲嘎尔的扎拉。

将B、C两篇与A篇加以比较，仍不难发现在某些情节和细节方面又有所别，如：

1. 三篇故事在塑盖赛尔形象时，都未提及其父的身世。A篇说是阿古乔同的大丫头；B篇说其母是乔同的女长工；C篇说她是乔同的外甥女。

2. 在乔同驱赶盖赛尔母亲时，A篇描述乔同给了她一顶帐房，一匹骒马，一只母狗；C篇描述给了一顶帐房，一匹老白骒马，一只狗娃子；B篇一字未提。

3. 将盖母驱出门后，A篇写乔同念了七天咒经，让“点格尔下大雪”将盖母压死；B篇无一字述及；C篇描述乔同让“点格尔”下了三个月大雪。

4. 盖赛尔出生时，A篇描绘帐篷周围连一点雪都没有，草长得绿茵茵的，骒马下了马驹子，母狗下了狗娃子，盖母生下了儿娃子（即盖赛尔）；C篇写帐篷还在，周围草绿茵茵的，马没死，外甥女生下了一个娃娃；B篇只说生了个儿子。

5. 乔同以去看盖赛尔为名，妄图借机将盖赛尔害死时，A篇叙写乔同拿了一点酥油想把娃娃害死，拿了一片青布想把娃的福运压住；而B篇说乔同拿了一个羊腿（肉），一个酥油肚子；C篇说乔同拿了三尺绸子，一个羊腿（肉），一疙瘩酥油。拿来的酥油，盖母往狗爪子上一抹狗叫唤着跑了，又往三角锅台石上一抹，锅台石爆炸了，随之盖赛尔要去吃后，见一个牙发青……

6. 盖赛尔母子第二次搬往他方时，A、B、C三篇写母子在途中拾到一个打炮石、半个磨盘石外，B、A篇还分别提到拾有一把弓箭和一块磨刀石。

7. 盖赛尔母子到了悬崖的洞口对面，A篇描述盖赛尔发现洞里有一大蟒古思，随之一炮石用半个磨盘把洞口打得堵住了；B、C两篇描述盖赛尔先向崖洞射了一箭，发现有一大蟒古思后，又用打炮石抛出半个磨盘堵住了山洞。

8. B、C两篇说乔同将盖赛尔从洞口叫回家，进而描述乔同外出后盖赛尔将一罐蜂蜜吃光，然后装进鸡屎来整治乔同；A篇只字未提。

9. A篇描述乔同先后打发他的黄狗娃和神老鸹去看盖赛尔母子的情况，盖赛尔知道后让妈妈在磨刀石上把自己磨得小小的，当第二天乔同的神老鸹拿着弓箭飞来落到帐篷上张口询问盖赛尔妈妈时，小小的盖赛尔一下子钻到神老鸹口里，把它的嘴顶开，让上嘴顶到天，下嘴触到地，两只翅膀一只当成褥子铺上，一只当成被子盖上，并将它的弓箭接过来当成自己的武器……乔同的黄狗娃见后回去报告了这件事，接着乔同来盖赛尔家里叫他去玩。路上乔同将盖赛尔用四个黄白刺木橛和一个铁橛，分清东南西北钉在地上。乔同走后不几步，盖赛尔一骨碌爬起来说道："在我的心部钉上铁橛，我的性命就像铁一般牢实，四肢钉上木橛，我要将四方的战事压下去！给我钉上黄白刺橛，那是我要当皇上！"对此，B、C两篇一字未述。

10. A、B两篇描述乔同无法施展计谋，便打发盖赛尔到雪山根去放牛企图冻死他。但盖赛尔每天宰一头牛，当牛全部宰完之后，他把牛尾巴割下来全插进雪山，回来谎报乔同说："牛群惊了，全部跌进雪里，只露出一个个尾巴！"乔同跑去看后，让盖赛尔抓住尾巴揪。盖一揪，整个雪山就动起来，乔同害怕了，就让盖赛尔丢开牛尾巴。C篇未提及。

11. A篇说乔同在家里给盖赛尔念咒经，B篇则说乔同将盖赛尔带出去念咒经，但两篇都描述盖赛尔在送施食时把乔同教的咒语打了个颠倒，即念："愿盖赛尔兴旺发达起来！愿阿古乔同走向死亡！"C篇一字未述。

12. 在盖赛尔的婚事上，A篇描述盖赛尔曾先后娶了白皇上、黑皇上的丫头和川下一汉女等三个女子为妻，B篇只说白皇上的丫头从右手中指和无名指上各取一戒指递给盖赛尔作为定亲之礼；C篇却只字未提。

13. 在盖赛尔和乔同争娶白皇上的丫头为妻的智斗中，A篇描述当盖赛尔献交了白皇上提出的两件宝之后，白皇上就将丫头嫁给了盖赛尔，至于在丫头衣襟底下塞放流产死马驹之事那是针对黑皇上丫头的挑唆；B篇说盖赛尔在交宝之后又把死马驹塞进白皇上丫头的衣襟底下，以羞耻来迫使她前来和自己定亲的。

14. 乔同对未娶得白皇上的丫头为妻，一直贪心不死。A篇描述乔同趁盖赛尔在外地闭关之时，一天晚上他骑着黑公羊将盖妻(即白皇上的丫头)抢走了，而盖在追赶途中迷失了方向，随之走到川下找一汉女为妻，一住十三年忘返。后因受到三只黑老鸹的指责，加之他天上的妹妹简·它日尔打发白头鹰送信催他赶快返乡，他才恍然大悟，毅然回头。

15. A篇写盖赛尔在返乡追寻乔同途中，在一山梁上见乔同变为九头妖魔走上来，盖发一箭射掉了一个头，使其昏昏不明，随后盖赛尔下山跑进乔同房内与白皇上的丫头(即盖之妻)紧密配合将乔同妖魔消灭了。B、C篇未提此事。

16. A、B、C三篇在处理乔同的结局上，都是由盖赛尔亲自把乔同置于死地的，但措施有异：B、C篇写盖赛尔用铁榔头打死了乔同(这两篇中乔同未变成妖魔)；A篇描述盖赛尔压住乔同妖魔，按天上妹妹的指教将其大拇指划开，然后用人皮绳子捆起来放置一旁，然而这时盖赛尔违反了妹妹的指教，允许一只白鸽与乔同妖魔遇面，白鸽将生铁吐出来灌在妖魔嘴里。这时，盖赛尔再次听从妹妹指教，没有宰割妖魔的脖子，而是赶快划开肚子，从肚子里先走来一个骑黑马的强盗，拖着半截肠子变成蛇了；第二个是一条红狗，变成狼了；第三个是一条花狗，变成了熊。

17. 在处理乔同的死尸上，C篇描述盖赛尔先是把尸体用被子和红毡子包起来装在箱子里吊在堂屋梁上，后因盗贼受盖赛尔之骗将箱子抬去，打开后发现是个死和尚就丢给老鸹吃了。A、B篇都以死了之，别无他述。

18. 在对待乔同与白皇上丫头所生之子上，A篇描述盖赛尔先是只领媳妇要走，待白皇上的丫头提出："不带怎放心呢？"盖说："给一个碟子让他打着玩去，我们就走了。"往前走了几步，盖又想想："不把这个娃娃干掉不行，他是个妖怪，迟早还要来报仇！"于是他又返回将娃娃杀了。B、C两篇中均未提及生孩子一事。

列出《盖赛尔》A、B、C三篇异文中的18条主要故事情节和细节之异同，其目的除了说明西部裕固语《盖赛尔》本体的变异性外，更为重要的是将它与藏、蒙《格萨（斯）尔》进一步比较，以寻找《盖赛尔》故事脉络的影子。这里摘举几例以示异同：

（一）在盖赛尔与妖魔搏斗中：

1. 藏族《格萨尔王传 · 降伏妖魔》之部[①]描述：

"……格萨尔大王很快爬起来说：'古语说，男揪女打要三次。来！我俩再来第三次。'梅萨说：'对呀'！于是格萨尔大王和老魔两个又揪打起来。梅萨很快跑去，拿来一些豆子和灶灰，把灶灰撒到格萨尔大王脚底下，把豆子撒在老魔脚底下。老魔看见了就说：'啊！梅萨！这是干什么？我的脚下撒豆子，他的脚下撒灶灰，是为什么？'梅萨说道：'他的脚下撒灶灰，是要用灶灰堵住他的嘴。你的脚下撒豆子，是你要胜利的预兆。'老魔说：'这很好，你要好好帮助我！'两个又互相揪打……老魔在豆子上站不稳，摔倒在地上。这时，格萨尔大王使出大力气，按住老魔不让他起来。梅萨也上前来和格萨尔大王一起，用九股绳子像缠线球一般把老魔捆了起来……"

2. 在藏族《贵德分章本》[②]中也有珠毛在黄帐王必经之路上撒上小黑豆的情节。

3. 裕固族西部裕固语的《盖赛尔》A篇描述：

"……盖赛尔吃后精神大振，就和妖怪搏斗起来。这时，盖赛尔的妹妹在空中喊道：'在盖赛尔脚底下撒面粉！在妖怪脚底下撒豌豆！'而白皇上的丫头听错了，便在妖怪的脚底下撒上了面粉，

① 见王沂暖教授汉译本。
② 见王沂暖教授汉译本。

盖赛尔的脚底下撒上了豌豆。结果两个搏斗起来，盖赛尔却被妖怪压倒了。这时，盖赛尔说：'是好汉要来三次！'这样两个又搏斗起来。盖赛尔的妹妹又不停地在空中喊道，这次白皇上的丫头听对了，她在盖赛尔的脚底下撒上面粉，在妖怪的脚底下撒了豌豆，结果妖怪被盖赛尔摔倒在地，虽然把妖怪压住了，但还一下子收拾不住。这时，盖赛尔又按妹妹的指教把妖怪的大拇指划开，用人皮绳子将他捆起来……"

这里不同的仅是前者是格萨尔和魔王路赞搏斗，梅萨（格萨尔之二妃）助战；后者是盖赛尔和乔同妖魔搏斗，白皇上的丫头（盖赛尔之妻）助战。

（二）关于格萨尔处理己妻与他人所生之子的问题中：

1. 藏族《格萨尔王传·贵德分章本》描述：

珠毛"把小孩背起来，正待要走的时候，大王说道：'珠毛，你要有分寸，把敌人的孩子背着往哪儿去？……你把他丢在这，给他一点奶吃就走吧。'……珠毛于是把孩子抱到库房东门里……左边放上茶水给他喝，右边放上白糖红糖给他吃……两人骑上马，走出了一箭之地。大王心里又想：'孩子是敌人的骨肉，长大时还会生敌对之心，应当斩草除根，免除后患……'"于是"大王到库房里一刀砍死了孩子，转身回来，追上珠毛"。

2. 裕固族西部裕固语的《盖赛尔》A篇描述：

"……这时，盖赛尔领上白皇上的丫头——自己的媳妇要走，但不肯带她和乔同所生的娃娃。媳妇说：'不带怎么放得下呢？'盖赛尔说：'我们给他一个玩的东西，给一个碟子让他打着玩去，我们就走了。'这样，他俩向前走了几步，盖赛尔想：'把这个娃娃不干掉不行，他是个妖怪，迟早还要来报仇。'于是盖赛尔又返回来将这个娃娃杀了。"

3. 蒙古族《卫拉特〈格斯尔传〉》[①]描述：

“正待起程的时候，阿尔鲧高娃忽然腹部阵疼生出一个儿子来，夫人问格斯尔道：‘我二人正要起程，我却生这个儿子来，怎么办才好呢？’格斯尔说：‘这是蟒古思的儿子，还是把他扔在这里走吧！’……走在路上格斯尔心里想：‘活着留下蟒古思的儿子是不行的，……留下这条祸根，他日后必然要找我算帐。因此，我必须斩草除根，杀掉这婴儿。’格斯尔捉住了那小儿，捆绑得结结实实，扔在那里，然后返回到夫人跟前。”

这里第一例不仅描述了格萨尔杀的是霍尔黄帐王与格萨尔爱妃珠毛所生之子，且情节曲折，心理描写细腻入微；第二例叙述盖赛尔杀的是乔同与盖赛尔媳妇所生之子，三言两语，描述简略；第三例写格斯尔捆杀的是蟒古思与格斯尔夫人阿尔鲧高娃所生之子，心理描写仅次于第一例。

（三）关于格萨尔戏弄或整治几个女人的描述：

1. 蒙古族北京版《格斯尔传》说：

“……他为了戏弄她，便到她父亲的马群里拣来一只流产下来的马驹，悄悄地放在她的衣裙下面，伸手摇晃她道：‘姑娘快起来，快起来！’”“等姑娘睡醒坐了起来，侏儒便说：‘……你这作孽的姑娘，快起来，看一看你生了一个什么怪东西！’‘啊！你说的是什么话呀，真教人不明白！’姑娘说着跳起来往下一看，从衣裙里掉下来一个死马驹，姑娘又惊又羞，无地自容，说：‘亲爱的侏儒，我这丑事，你千万不要对外人讲，你如果真爱我，就娶我为妻吧！’”

2. 蒙古族《卫拉特〈格斯尔传〉》描述：

“待她睡熟后，格斯尔杀了一匹骒马，将胎驹取出，悄悄解开了

---

① 安柯钦夫、斯钦孟和搜集整理，那森布和译。

阿尔鲧高娃的裤带,把胎驹放入她的裆中,尔后叫醒了夫人。夫人醒后站起身,那裆中的小马驹便从裤裆脚里掉了下来。格斯尔指着说:'喂!夫人,你这是怎么回事?'……阿尔鲧高娃夫人真是害羞极了……"

3. 裕固族西部裕固语《盖赛尔》[①]A篇描述:

"一阵雨过后,黑皇上的丫头在草棚里头睡着了。这时盖赛尔就跑到黑皇上的马群里,抓住一匹有孕的骒马骑上,跑来跑去,骒马流产了,然后盖赛尔把死马驹拿回来,将它塞进黑皇上丫头的衣襟下面。丫头醒后猛地站起来要走,但见一只死骒马驹从衣襟下面掉了出来。这时,盖赛尔喊道:'黑皇上的丫头还生马驹呢,羞死人呀!'丫头听后回话道:'你不要这样说了,我给你当媳妇吧!'……"

这一情节在《盖赛尔》B篇中也有描述,只是将死马驹放在了白皇上丫头的衣襟底下,丫头发现后央求盖赛尔不要告诉白皇上,并从自己的右手中指、无名指上分别取下镶有三颗宝石和一颗宝石的戒指,递给盖赛尔。

这里不同的仅是第一例戏弄的是马巴彦的女儿阿尔伦高娃,未婚;第二例整治的乃是阿尔鲧高娃,已婚;第三、四例中系黑皇上和白皇上的丫头,向盖赛尔许了亲。其他情节则基本一致,只有详略之分。

五　裕固族《格萨尔》的形成

通过上述的比较研究,则不难看出东部裕固语说唱的《格萨尔》内容上直接受藏族《格萨尔》的影响,形式上则和土族《格萨

① 《裕固族简史》编写组:《裕固族简史》,甘肃人民出版社,1983年。

尔》基本相同；西部裕固语讲说的《盖赛尔》内容上既受藏族《格萨尔》影响，也受蒙古族《格斯尔》的影响，形式上又近于卫拉特《格斯尔传》。

藏、蒙《格萨（斯）尔》史诗所以能流传于甘肃肃南裕固族群众之中，并融进了许多新的内容，以新的形式流传至今（尤其是在同一个民族内部形成了两种不同的形式），这除了裕固人民勇于开放并善于吸收他民族的优秀文化这个内因外，还与裕固族历史的形成和所处的地理位置、宗教信仰以及和他民族的相互通婚等有着极为重要的关系。

关于裕固族民族的形成，大量的民族史研究成果表明，今日的裕固族，它是以古代回鹘人的一支即黄头回纥为主体，与蒙、藏等民族融合而形成的。在它形成的这一长期历史变迁中，几个有关时期需要提及：一是从回鹘汗国崩溃后，回鹘各部中有一支投奔河西走廊，依附吐蕃起，到甘州回鹘政权崩溃后，回鹘各部再次离散，其中数万人投奔吐蕃首领唃厮啰后又与沙州回鹘汇合在一起发展成为黄头回纥；二是从速不台征服"撒里畏吾"，纳入蒙古帝国并置于元朝统治之下的十三世纪六七十年代"一部分蒙古部落进驻撒里畏吾地区游牧戍边起，到十六世纪初明廷将设在撒里畏吾地区的关西诸卫东迁入关"（裕固族操用东部裕固语和西部裕固语也是从这个时期开始逐步形成）。在这几个时期，裕固族人逐渐与蒙、藏等族人的相互接触和融合，从多方面为以后《格萨（斯）尔》的传入创造了良好的条件（藏族《格萨尔》何时产生尚无定论）。

从地理位置看，甘肃肃南裕固族自治县地处河西走廊中部祁连山北麓狭长地带，东接天祝藏族自治县，南邻青海省海北藏族自治州，西连甘肃肃北蒙古族自治县，这是近邻。同时，在自治县境内除裕固族外还居有藏族、蒙古族、土族等。据说藏族大部渊源于“吐蕃”，人口略少于裕固族；蒙古族原系蒙古塔尔克的一个部落；土族系青海互助土族自治县迁入的。裕固族境外与藏、蒙古、土族为近邻，境内又与藏、蒙古、土族等群众杂居。毫无疑问，这种在地理位置方面分布和聚居的态势必然会带来藏、蒙、土、裕固等各民族之间的经济、文化联系，在进行这种联系的同时也必然会带来和促进《格萨（斯）尔》的横向流传和影响。根据当前对《格萨（斯）尔》流传情况研究，这里应特别提到历史上的裕固先民和裕固族与唐、五代时期进入青海海北的吐蕃，宋时的唃厮啰，十八世纪末移牧于祁连的玉树地区的阿力克藏族部落和公元1509年至1637年间先后从内蒙、新疆等地越过祁连山进入海北的阿尔秃斯、亦不剌、俺答、厄鲁特固始汗等蒙古部进行经济文化联系的历史事实，以及部分裕固族在未迁居甘肃肃南之前，长期与祁连土族杂居而所受的文化影响。

从裕固族人民的宗教信仰看，其先民起初信奉萨满教，后改信摩尼教，到十一世纪佛教在西迁河西走廊的回鹘人境内兴盛起来，特别到明朝中叶撒里畏吾儿东迁之后，随着青海格鲁派势力向北扩散，裕固族很快便接受了藏传佛教，并建立了古佛寺（黄蕃寺）。到清代，又先后兴建了景耀寺、康隆寺、青隆寺、长沟寺、水关寺、明海寺、莲花寺、红湾寺等，基本上每个部落都有自己的寺院，其中除康隆寺、红湾寺属青海大通县广惠寺管辖外，其余均属青海互助县的佑宁寺（郭隆寺）管辖。这些寺院在解放前都是有关部落的政治、经济、宗教、文化等活动的中心，加之允许僧人结婚（有的名义上不许，但实际上平时也居小家庭），这对藏族文化（包括《格萨尔》）的传播创造了更为有利的条件。在我调查到的二十多位《格萨尔》艺人中，多数会说藏语，有的懂藏文，其中有些是本人或他们的前辈就是上述寺院的僧人。如现已74岁的扎巴尼玛唯色就曾当过互助郭隆寺下属一寺的完德，他说唱的《格萨尔》即是用藏语吟唱韵文,用东部裕固语解释。

从相互通婚看,历史上裕固族与蒙、藏等族男女之间相互嫁娶的许多缘由就不必在此赘述了。这里就相互通婚对文化交流所带来的影响,仅举这次调查中的一例便可见一斑。有位艺人名叫赵嘎布藏,他原系藏族,久居青海祁连蒙、藏、土、裕固等民族杂居之区,会说东部裕固语,1958年迁居甘肃肃南皇城区北滩乡。他除会说"乔同外出做买卖亏本""乔同当岭王国家衰败"等篇段外,主要说唱《阿古叉根史》《阿古乔同史》和《安定三界》等,现年70岁,26岁时当了裕固族的上门女婿。他除在家里说外,也常给裕固族群众说唱《格萨尔》,颇有名气。

第四节 藏、蒙《格萨尔》的关系

一 藏、蒙《格萨尔》关系问题的提出

关于藏、蒙《格萨尔》的关系问题,早有不少文章涉及,近年来就更为突出。有的明确提出《格萨尔》和《格斯尔》是两部"同源分流"的史诗,并且将这一观点写入国内的一些教科书,这就不能不引起研究者和爱好《格萨尔》与《格斯尔》的人们的关注。

在《格萨尔》与《格斯尔》的关系方面,王沂暖教授早在1982年就指出:"蒙文北京版《格斯尔》是来源于藏文版《格萨尔王传》,它不是独立创作的,是以藏文《格萨尔王传》为依据的。"[①]但更多的观点则不是这样,如:"贝托尔德·劳乌菲尔强调,蒙古版本要比拉达克版本更加完善,更加有连续性,所以不能把蒙古版本说

---

① 王沂暖:《蒙文北京版〈格斯尔传〉读后记》,《民间文学论坛》1982年第2期。

成是西藏的译本。”[①]“H·A·米特连索娃……把弗兰克转述的拉达克版本和蒙古《格斯尔汗传》作了比较，得出这样的结论：《格萨尔》史诗的蒙古版本是独立的作品。”[②]（着重号是引者所加，下同）蒙古人民共和国学者达木丁苏伦认为：“想必两个史诗——蒙古与西藏的——有一个共同的起源。”[③]法国的石泰安教授从考察格萨尔王这个称呼的来源出发，得出结论说：“格萨尔史诗的组成应是各题材的两个大仓库的结合：一是本地的，另一是外国的来源。”[④]国内也有人认为：“格斯尔可汗的第一个妃子是契丹国王的公主，因此，不能简单地把蒙文《格斯尔王传》全部看成是藏文本的翻版，应当看作是蒙古族人民创作的民间文学作品，它与藏族的《格萨尔传》可能有同源的关系。”[⑤]《蒙古族文学简史》中写道：“……但是在后代的流传过程中，这两部‘同源分流’的作品各自具备了鲜明的民族特色，成为独立存在的民族史诗。”[⑥]高等学校文科教材《民间文学概论》也断然写定：“与《格萨尔》‘同源分流’的蒙古族史诗《格斯尔传》，同样也是蒙古族人民思想的结晶。”[⑦]这样，蒙古文《格斯尔》与藏文《格萨尔》是“同源分流”的两部史诗的观点，似乎已成定论。

将上述这些观点归纳一下，就是：一、蒙古文《格斯尔》与藏文《格萨尔》无关，即使有关系，也可能是同源的关系；二、《格萨尔》的来源，既有本地的，也有外国的，是二者的结合；三、蒙古文《格斯尔》与藏文《格萨尔》是“同源分流”。在这里，一、二两个

---

① 转引自策·达木丁苏伦：《格萨尔传的历史源流》。
② 转引自策·达木丁苏伦：《格萨尔传的历史源流》。
③ 策·达木丁苏伦：《格萨尔传的历史源流》。
④ 石泰安：《藏族格萨尔王传与演唱艺人研究》结论。
⑤ 上官剑壁：《史诗〈格萨尔王传〉及其研究》，《西藏研究》1982年第1期。
⑥ 齐木道吉等编著：《蒙古族文学简史》，内蒙古人民出版社，1981年。
⑦ 钟敬文主编：《民间文学概论》，上海文艺出版社，1980年。

问题说得很清楚，主要是第三个问题，有一个对“同源分流”这个概念的理解问题。所谓“同源分流”，我们的理解是：第一、二两者源于第三者，然后分流，这第三者是第一、二两者的共同之源。具体联系到这两部史诗来说，藏文《格萨尔》与蒙文《格斯尔》二者源于第三者，然后分流，这个第三者就是藏文《格萨尔》与蒙文《格斯尔》二者的共同之源。

在对“同源分流”这个概念有了上述的理解之后，我们再来联系蒙藏两部史诗的实际，辨析上述归纳的三个问题。我们认为蒙古文《格斯尔》与藏文《格萨尔》有无关系？如有，是什么关系？蒙古文《格斯尔》与藏文《格萨尔》中人名是否有相互对应的问题？这些人名是《格斯尔》中的来自《格萨尔》呢？还是《格萨尔》中的来自《格斯尔》呢？格萨尔是不是历史人物？是藏族中的历史人物？还是蒙古族中的历史人物？或是其他民族中的历史人物？历史地实事求是地探究清楚这些问题，是正确回答上述三个问题的关键。

二　蒙古文《格斯尔》诸种版本的比较

要搞清蒙古文《格斯尔》与藏文《格萨尔》有无关系，首先，要搞清在国外流行的一些主要蒙文版本的相互关系。我们知道，《北京木刻版》是1716年（清康熙五十五年）在北京刊行；《扎木萨拉诺本》（手抄），是1918年从一位内蒙古人手里获得的；《咱雅本》（手抄），是1930年从蒙古人民共和国现在的策其尔力克市的咱雅班弟达的书库里发现的；《诺木其哈敦本》（手抄），是1930年左右从蒙古人民共和国北杭盖省发现的；《内蒙古下册本》是新中国成立后，才从北京隆福寺发现的；《鄂尔多斯本》（手抄），是1956年从内蒙古伊克昭盟原扎萨克旗发现的；《乌素图召本》（手抄）是

1958年从内蒙古呼和浩特市郊区乌素图召庙发现的;《布里亚特格斯尔》是从布里亚特民间艺人的口述中搜集的。它有不同的版本,其中《阿伯格斯尔》有两种版本,一种是1953年出版的,另一种是1959年出版的;蒙文《岭格斯尔》,是从蒙古人民共和国现在的呼毕兹古勒省的拉什彦图苏木发现的译本,蒙古人民共和国于1959年铅印发行;《卫拉特托忒文本》(手抄),是1960年在蒙古人民共和国首都乌兰巴托影印刊行的。从上述十种版本发现的时间看,以《北京木刻版》为最早,可能其他大部分版本也是受到《北京木刻版》的影响,脱胎于这个本子的绝大部分版本都与《北京木刻版》有关系(详见齐木道吉的《蒙文〈格斯尔可汗传〉的版本简介》)。现在这里作以简略比较:

《乌素图召本》(手抄),共有八章,同《北京木刻本》相比,一至七章,基本内容一致。《鄂尔多斯》(手抄),共有九章,同《北京木刻版》相比,其第一章是由《北京木刻版》的第一、二两章组成;其第三章是由《北京木刻版》的第三、四两章组成;其第五、六两章是《北京木刻版》的第五章;其第七章是由《北京木刻版》的第六、七两章组成,总之它有《北京木刻版》的全部内容。

《咱雅本》(手抄),共有十八章,同《北京木刻版》相比,其中有十四章是《北京木刻版》七章内容的缩写。

《卫拉特托忒文本》(手抄),同《北京木刻版》相比,其前四章的内容同《北京木刻版》大体相同,《卫拉特托忒文本》的一至四章和最后一章,是源于《北京木刻版》的,是把《北京木刻版》中的情节转写为卫拉特托忒文的。

《诺木其哈敦本》章数较多,根据该本末尾附记有“康熙五十五年……”等字样,表明《诺木其哈敦本》的大部分内容是来自《北京木刻版》的。

《布里亚特格斯尔》虽然“是用优美的布里亚特蒙古语和精练

的诗文，以布里亚特民间故事的形式写成的，在思想内容和故事情节方面，和其他各种蒙文本《格斯尔可汗传》有很大的差异。”[①]若把其中的《阿伯格斯尔》与《北京木刻版》相比，也不难看出它们之间的依从关系。《阿伯格斯尔》共有十章，其二、三章和四章，分别取材于《北京木刻版》的第一章和第四章，而后进行创作的；其五、六两章和《北京木刻版》的第二、四章，内容大体相近，其第十章相当于《北京木刻版》的第三章的内容，从而可看出其大部分内容来源于《北京木刻版》。

除上述《乌素图召本》和《鄂尔多斯本》《咱雅本》《卫拉特托忒文本》《诺木齐哈敦本》《布里亚特格斯尔》等六种版本和《北京木刻版》有密切的关系外，现在再看《内蒙古下册版》和《扎木萨拉诺本》、蒙古文《岭格斯尔》等三种版本。《扎木萨拉诺本》同《内蒙古下册版》其章节和内容基本相同。而《内蒙古下册版》共有六章，是《北京木刻版》的续编，“只是前七章情节的补充”[②]。

至于蒙古文《岭格斯尔》，根据徐国琼同志从人名、神名、地名以及内容方面的比较研究看，蒙古文《岭格斯尔》是从藏文本翻译过去的。“第一章叙述格萨尔王在天国和下凡投生的故事；其内容和青海贵德下排拉果老人保存的祖传藏文抄本《格萨尔王传》第一、第二章基本相同。第二章至二十四章，叙述霍尔入侵岭国，抢劫格萨尔妃子珠毛的故事，内容与流传于青海、甘肃地区，原藏于甘肃甘南合作寺的藏文抄本《霍岭大战》之部几乎全同。第二十五章至第二十八章，叙述格萨尔从北地归来后平服霍尔的故事，内容与前述青海贵德下排拉果老人存本《格萨尔王传》第五章

---

① 齐木道吉：《蒙文〈格斯尔可汗传〉的版本简介》，《民族文学研究》1983年创刊号。

② 王沂暖：《蒙文北京本〈格斯尔传〉读后记》，《民间文学论坛》1982年第2期。

后半部分大王自北地回到岭国及以后赴霍尔平服霍尔的情节基本相同。第二十九章,叙述格萨尔完成了下凡的使命后,把王位让给侄子扎拉泽嘉,留下遗嘱告终返回天国的故事,内容与青海地区流传的藏文抄本《安置三界》之部大致相同。”①达木丁苏伦在他的《格斯尔传的历史源流》一文,根据书中一些附注,承认蒙古文《岭格斯尔》是从藏文本译过去的。北京本《格斯尔传》的译者桑杰扎布在他的前言中也承认《岭格斯尔》是直接从藏文翻译成蒙文的。

至此,我们不仅可以说,蒙古文《岭格斯尔》是直接从藏文译成的,其他蒙古文本的《格斯尔》也可能会受到《岭格斯尔》的影响;而且其余八种版本都与《北京木刻版》有密切的关系。

三 藏、蒙《格萨尔》版本的比较

现在,我们再来看蒙文《北京木刻版》与藏文《格萨尔》的关系。蒙古文《格斯尔》都是分章本,藏文《格萨尔》大部分是分部本。《格萨尔王传·贵德分章本》,“可能是我们目前见到的最早的分章本”②。据说大约在明朝就有这个本子,“可能是一个很重要的本子”。现在就以藏文《格萨尔王传·贵德分章本》(简称“贵德分章本”,下同)为主,与蒙古文《北京木刻版》作以下比较:

根据王沂暖教授的研究介绍,藏文《贵德分章本》共有五章(末尾有缺文,不止五章),蒙古文《北京木刻版》共有七章,二者结构顺序大体相同。藏文《贵德分章本》的第一章(天神章)、第二章(诞生章)、第三章(结亲章)的三章主要情节,均包括在蒙古文

---

① 徐国琼:《关于〈格萨尔〉史诗的原作者和整理者》,《西藏研究》1984年第1期。
② 王沂暖:《卷帙浩繁的长篇英雄史诗〈格萨尔王传〉》,《西北民族研究论文辑》〔1984〕。

《北京木刻版》里;《贵德分章本》第四章是降伏妖魔章,《北京木刻版》第四章也是格斯尔铲除十二头魔王的内容;《贵德分章本》第五章是降伏霍尔章,即将伏霍尔三帐王;《北京木刻版》也讲格斯尔讨平锡莱河白帐可汗、黄帐可汗、黑帐可汗,基本情节与《贵德分章本》第五章相同。另,藏文《格萨尔王传》分部本中有《调伏汉王》一部,与蒙古文《北京木刻版》第三章中契丹[①]公主派使召请格斯尔来劝契丹王不要抱王后尸体不放的情节基本相同,有《地狱与岭国》一部,叙述格萨尔到地狱搭救母亲出狱,上升天界,其情节与蒙文《北京木刻版》的第七章基本相同。从藏文《贵德分章本》与蒙文《北京木刻版》的对比看,各个章节的主要情节,大部分是相同的,除此,还有许多细节也是相同的,这里不再一一赘述。

以上我们简略地分析了蒙古文《岭格斯尔》,说明它是从藏文《格萨尔王传》翻译过去的,又分析了其他八种蒙古文版(抄)本与蒙古文《北京木刻版》的关系,大量的事实证明了《格斯尔》的其他蒙古文版(抄)本,其大部分内容、情节或主要内容、情节是来自蒙古文《北京木刻版》的,有的虽系创作,也是取材于蒙古文《北京木刻版》的。在此基础上,我们又以藏文《格萨尔王传·贵德分章本》为主,探究了藏文《贵德分章本》与蒙古文《北京木刻版》的关系,证实了藏文《格萨尔》与蒙古文《格斯尔》的关系是极为密切的。但二者关系的密切,还断定不了哪个是源哪个是流的问题,更说明不了《格斯尔》与《格萨尔》不是“同源分流”的问题。为此,还需要进一步通过列举大量的事实阐述上面提出的其他两个问题。

---

① 据王沂暖教授研究,“契丹”一词是藏文ཏ的义译,见《蒙文北京版〈格斯尔传〉读后记》。

四　蒙古文《格斯尔》中人名的渊源

《格斯尔》与《格萨尔》中的人名是否有音译、意译等方面的对应关系？这些人名是《格斯尔》中的译自《格萨尔》呢？还是《格萨尔》中的译自《格斯尔》呢？请看：

格斯尔，是蒙古文《格斯尔》中的主人公，也是藏文《格萨尔》中的主人公。格斯尔与格萨尔，同是藏文གེ་སར།一词的音译，藏文一词གེ་སར།是花蕊的意思，蒙古文有音无意。

侏儒，在藏文《格萨尔》中称角如，是格萨尔小时的名字，意为穷孩子，蒙古文则有音无意，同是藏文ཇོ་རུ།一词的音译。

茹格慕·高娃，是格斯尔的妃子之一，在藏文《格萨尔》中称珠毛（又译为珠茉或珠牡），同是藏文འབྲུག་མོ།一词的汉文音译。藏文是龙女的意思，蒙古文只有音无意。按藏语方言，有的方言在读འབྲུག时，将前加字འ或基字བ不读音，而将后加字ག发音，且重。故在蒙古文中将འབྲུག译成了“茹格”；但有的方言在读འབྲུག时，将后加字ག读得很轻，几乎听不出来，故在汉文中将འབྲུག译成了“珠”。

图们吉茹嘎朗，是格斯尔的妃子之一，在藏文《格萨尔》中称梅萨绷吉。图们吉茹嘎朗是藏文མེ་བཟའའམ་འབུམ་སྐྱིད།中འབུམ་སྐྱིད།一词的蒙古文意译。藏文མེ།是姓氏或部落名，བཟའ是贵妇之意，མེ་བཟའ།是梅氏夫人之意，在蒙古文中未译，只意译了འབུམ་སྐྱིད།。藏文འབུམ་སྐྱིད།，འབུམ།是十万之意，སྐྱིད།是幸福快乐之意，འབུམ་སྐྱིད།是很多幸福快乐之意。图们吉茹嘎朗，就是万福快乐之意。

哲萨希格尔，是格斯尔的哥哥，在藏文《格萨尔》中称甲擦协尕尔，同是藏文རྒྱ་ཚ་ཞལ་དཀར།一词的汉文音译。甲擦协尕尔，据说是汉女所生，故称他为རྒྱ་ཚ།，即汉人的外甥。协尕尔ཞལ་དཀར།是白脸的意思。

桑伦，是格斯尔的父亲，在藏文《格萨尔》中称僧隆惹杰，简称“僧隆”，同是藏文སེང་བློན།一词的汉文音译，藏文原意是狮臣，蒙译文则只取其音。在蒙古文《格斯尔》中，未译出“惹杰”。

格格沙，是格斯尔的生母，在藏文《格萨尔》中称葛萨拉姆，简称“葛萨”，同是藏文འགོག་བཟའ།一词的汉文音译。在有的藏语方言中，后加字ག读音明显，因此将འགོག译成了“格格”，藏文འགོག་བཟའ།是葛氏夫人之意，蒙古文有音无意。在蒙古文《格斯尔》中未译出“拉姆”。

乞尔金，是格斯尔的伯父，在藏文《格萨尔》中称容察叉根，简称“叉根”，同是藏文ཁྲ་རྒན།一词的汉文音译。在蒙古文《格斯尔》中未译出的“容察”，在藏文中ཁྲ是“鹰”，རྒན།是老的意思，合起来为“老鹰”。蒙译文则只取其音。

楚同，是格斯尔的叔叔，在藏文《格萨尔》中称超同，同是ཁྲོ་ཐུང་།一词的汉文音译。藏文ཁྲོ་ཐུང་།是“短怒”的意思。

以上，我们主要列举了蒙古文《格斯尔》中以主人公格斯尔之亲属为一方的人物姓名，即格斯尔的父亲和生母、伯父、叔叔、哥哥、妃子等人物的姓名。从这些人物姓名的翻译中可看出，只有妃子图们吉茹嘎朗是按藏名含义译成蒙古文的，其余都是按藏文名字的语音译成蒙古文的，蒙文有音无意。一句话，蒙文《格斯尔》中的许多人名，是从藏文《格萨尔》中翻译过去的。

五　格萨尔是藏族历史人物

不论蒙文《格斯尔》，还是藏文《格萨尔》，其主人公都是格萨尔。史诗的作者也是通过多种艺术手段塑造这个英雄形象的。那么，这主人公是不是以一个历史人物为蓝本塑造起来的呢？这个主人公究竟是哪一个民族的英雄？哪一个部落的君王？是蒙古族的可汗？还是藏族的君王？或者是其他什么民族、部落的首领？《格萨尔》学界研究的多数观点表明，《格萨尔》中的格萨尔其原型是个历史人物，而且是藏族史上的一个历史人物。其一，是以《宋史·吐蕃传》记载为根据，结合史诗《格萨尔》所描述的历史背景、格萨尔的身世及其活动方位与唃厮啰的生卒年代、身世和居住之地，都有许多吻合之处，估计格萨尔可能是唃厮啰译音的变音，确认格萨尔就是唃厮啰；其二，是以《灵犀宝卷》《西藏王臣记》《答问》《续资治通鉴长篇》和《德格土司世谱》等文献的记载为根据，相互印证，进行分析研究，确认格萨尔就是林葱土司的先祖；其三，是以《朗吉布第西罗》《答问》《帕龙传》和《得噶珠依》等藏文古籍中的记载为根据，认为在藏族历史上确有格萨尔其人。

笔者在古代西藏地方政权的"法典"和藏文木刻版《岗底斯山玛帕木湖简志》中，也看到有关格萨尔的一些记载。有一部"法典"在谈到"杀人命价律"时说："下部的格萨尔国王（སྨད་གེ་སར་རྒྱལ་པོ།）被丹玛（འདན་མ།）所害，其命价至今尚未偿还。"另一部"法典"也记载道："上部雅则国王被霍尔杀，偿命金和尸体一样重；下部格萨尔王被丹玛杀，命价至今未还清。"

这与《答问》中关于"……格萨尔到丹部落去，为该地的猛犬追逐，马惊坠地，因而致死"之说基本吻合。"法典"中不但明确指出格萨尔王被丹玛所害，而且指出格萨尔王就是下部（སྨད）地方之人。

藏文木刻版《岗底斯山玛帕木湖简志》中，有一处写道："与之附近七座小山的情形，如岭国的父辈七弟兄围绕着格萨尔国王。"[①]又有另一处提到上述引文中的"雅则国王"说："在阿里三围库奴等地的王臣，特别是在雅则祖朗的历辈法王们的主持下，塑

① 藏木刻版《岗底斯山玛帕木湖简志》。

造三宝，与僧众和修行者们发放丰厚的供养，抵御边军危害，以保安宁。"[①]这些均可互为印证，证实确有格萨尔其人。

综上所述，我们认为：不论说格萨尔就是唃厮啰，还是说格萨尔就是林葱土司的先祖，或者说历史上就有格萨尔其人，但都依据了一定的历史资料，证实了一个问题：格萨尔确实是一个历史人物，而且是藏族史上的一个历史人物。藏文《格萨尔王传》中的格萨尔这个英雄人物，就是藏族人民用集体的智慧，以一个历史人物为蓝本集中创造出来的，是一个艺术典型。现在再回头来看蒙文《格斯尔可汗》中格斯尔这个英雄人物，是不是也是藏文《格萨尔》中的格萨尔？除前面从人名的语音对比上说明蒙文《格斯尔》中的格斯尔等许多人名是从藏文《格萨尔》中翻译过去的以外，我们可再从蒙文《格斯尔》中举出几个实例，进行分析研究。书中有许多这样的句子：

"侏儒（前面已作注明，是格斯尔小时候的名字）故意嘲笑道：'啊呀，啊呀！你们大家看一看这位新娘，按我们吐伯特（重点号是引者所加，下同）地方的习惯，可汗的新娘三年不许见外人，百姓的新娘三个月不许见外人。'"[②]

"魔王得知此事，愤恨不已，道：'你能施用法术害我，难道我就不能报仇吧！'于是，他也照样用三个坛子盛了那三样东西，运用妖法，向格斯尔可汗居住的方向泼去。这三样毒气，照样飞进吐伯特部使格斯尔可汗忽然病倒。格斯尔统治下的全体百姓也都传染了疾病。"[③]

"为了再一次探听虚实，三大可汗商议到吐伯特去走一

① 藏木刻版《岗底斯山玛帕木湖简志》。
② 《格斯尔传》汉译本。
③ 《格斯尔传》汉译本。

遭,……三个可汗施用魔法,摇身一变,立刻变作一只巨鹰,急忙飞往格斯尔的宫帐。”①

“吐伯特的强盗听着:你们胆敢和我们作对,要知道三汗的人马是所向无敌的,你们若要厮杀也杀不过我们的三汗。”②

“于是哲萨派出传马,号令三十勇士和三大部落中的吐伯特和唐古特的马步军士陆续前来,调动大军沿着查尔查干那河到格斯尔可汗的家乡——乌兰朱鲁可草原集齐,准备迎敌。”③

以上五例译文中的“吐伯特”是藏文“བོད་ཆེན”(大博)的译语。“伯特”是བོད的音译,在有的藏语方言中,བོད的后加字ད发音。因此,“吐伯特”指的是藏族,“吐伯特部”指的是藏族的部落或国家,是格斯尔的治下,格斯尔是藏族部落的首领或君王,它不是指的蒙古族,吐伯特部也不是指的蒙古所属的一个部落。④在《辞海》(民族分册)中写道:“〔唐古特〕一作唐古忒。清代文献中对青藏地区及当地藏族的称谓。”因此,蒙文《格斯尔可汗传》中的主人公格斯尔就是藏文《格萨尔王传》中的格萨尔,是藏族的民族英雄,而不是其他什么民族的英雄。

六　藏族《格萨尔》是源,蒙族《格斯尔》是流

以上就两部英雄史诗的版本、主要人物的姓名进行了对比,和对史诗的主人公格萨尔这个艺术典型,是否在历史上真有其人等问题都列举了许多实例,通过对这些实例的分析研究,我们可以得出这样的结论:蒙古文《格斯尔》和藏文《格萨尔》有着极为密切

① 《格斯尔传》汉译本。
② 《格斯尔传》汉译本。
③ 《格斯尔传》汉译本。
④ 王沂暖:《蒙文北京本〈格斯尔传〉读后记》,《民间文学论坛》1982年第2期。

的关系，蒙古文《格斯尔》来源于藏文《格萨尔》，其中有的是直接译自藏文《格萨尔》，有的是有所加工和改编，有的是有所发展和创作，但无论是加工改编，或者是发展创作，都是以藏文《格萨尔》为蓝本的。因此，把蒙古文《格斯尔》和藏文《格萨尔》说成是“同源分流”是不恰当的，也是不实事求是的。我们赞同“蒙古族《格斯尔可汗传》最早脱胎于藏族《格萨尔王传》，但是在蒙古地区的长期流传中，经过民间演唱艺人和文人的改编、丰富和创作，最后终于形成了一部为蒙古族人民喜闻乐见的独特形式的民族史诗”[①]的提法，但不能因藏族格萨尔的故事传入蒙古族地区之后，由于“蒙古族人民依靠自己的智慧和集体创作的力量，发挥自己固有史诗创造传统，为适应本民族的社会生活、风俗习惯，通过创造性地改编或移植，使蒙古文《格斯尔》不断发展与丰富起来，逐渐演变成为具有自己民族特点的文学形式”[②]而就提出蒙古文《格斯尔》与藏文《格萨尔》是“同源分流”的观点，并写进教科书，这是不够慎重的。同样，在上述实例中，在其他史料和藏文《格萨尔》中，我们至今还尚未发现《格萨尔》来源于外国的任何痕迹，何况史诗的主要内容与吐蕃历史上的重大历史事件有关系。石泰安教授说格萨尔是罗马恺撒大帝，进而考定整个族名人名统统是自西方输入的，这是难以置信的；也尚未发现《格萨尔》来源于国内其他民族的任何痕迹，说格萨尔是蒙古的成吉思汗，是汉族的关圣帝，这只不过是一种臆说罢了。因此，蒙古人民共和国学者达木丁苏伦早先提出的“想必两个史诗——蒙古与西藏的——有一个共同的起源”的观点是不合事实的；倒是他近来提出的“今后继续

---

① 齐木道吉等编者：《蒙古族文学简史》。

② 齐木道吉：《蒙文〈格斯尔可汗传〉的版本简介》，《民族文学研究》1983年创刊号。

研究格萨尔传中的人名，可以进一步证实《格萨尔》确实属于西藏的这个理论”[①]的观点，是一个符合《格萨尔王传》实际的说法。《格萨尔王传》是藏族人民首先创造的，是藏族人民集体智慧的结晶。

第五节　藏、土、裕固《格萨尔》比较

近年来，我们多次深入到土族、裕固族地区实地考察，发现土族、裕固族群众也口传《格萨尔》，经过查访找到了一些“隐退”二十多年的老艺人，搜集了不少新篇章。土族、裕固族《格萨尔》的挖掘，不仅拓展了《格萨尔》研究领域，同时，它们之间同中有异的独特内容及其形态变异也从比较角度上给我们提供了许多珍贵资料。我们谈藏族、土族、裕固族《格萨尔》比较研究，除注重其在题材方面的关系之外，还须兼顾作品具体描写的种种宗教色彩和民俗事象，甚至人名、氏族名、部落名；只要有比较价值也应纳入。对艺人及其说唱的作品的结构形态更不能置之不顾。即使从题材上检查作品之间是否有渊源关系时，也不能局限于主要故事情节和主要艺术形象。史诗描述的内容有时则往往与一个民族由氏族、部落、部族、民族形成过程中的重大历史事件紧密相关，哪怕它是对这个民族的社会历史现实生活的概括和虚构。前述，每一方面都是一个大题目，在这里，我们不可能详述，仅从比较研究的角度做一点粗略而肤浅的探讨。

一　题材渊源

研究史诗《格萨尔》不得不考察题材的来源，特别是当我们将

① 策·达木丁苏伦：《关于〈格斯尔〉研究的一些问题》。

流传于藏族、土族、裕固族等三个民族中的《格萨尔》放在一起进行比较研究时，题材的检查就显得尤为重要。史诗中故事情节的展开，人物形象的塑造，无不以史诗的题材为基本依据。

西藏地区发现的古人类的考古资料、藏族民间传说和藏汉文献记载，都有力地证明："藏族先民自古以来就活动于青藏高原之上，长期与祖国西部各部族融合，发展形成了分布在今西藏和甘、青、川、滇等省境内的藏族。"[①]藏族《格萨尔》史诗的创作者们正是将其"融合""发展形成"的原始材料作为基本素材，然后经过选择、取舍和剪裁，再采用在史诗里作为史诗内容的基本题材，从文学角度作了具体生动的描绘和反映。

史诗明确提到：在格萨尔称王之前"岭国已经历了十八代王室"，在此期间，岭国除有以东氏族（གདོང་།）长、中、幼三支系组成的六个部落外，还有达戎（སྟག་རོང་།）十八大部落、丹玛（འདན་མ།）十二万户各部和戎巴（རོང་པ།）十八大部及珠（འབྲུ།）、噶（སྒ།）、噶德（དགའ་བདེ།）、夹罗（སྐྱ་ལོ།）、高觉（གོ་འཇོ།）、甲纳（ཅུགས་ནག）嘎如（དཀར་རུ།）、那如（ནག་རུ།）等许多部落。其中岭国东氏族六部落，无疑是从一个氏族中派生的，史诗称为嫡系部落；将其他则称为甥舅部落和旁系部落。其中的东、珠二氏就是古代藏族六氏族中的"桐"（ལྡོང་།）和"楚"（འབྲུ།）二氏族，[②]只是其音同而字不同罢了。丹玛部落归服岭国后，与岭国王室结成甥舅外戚关系；又如《赛马登位》（四川版）、《赛马称王》（甘肃版）等版本在分述英雄们的王系、部落所属时，又分出一个达戎王系，与岭国原有的长、中、幼三王系并列，把原属长系的斯潘、超同等人划入达戎系，这与岭国东氏族长系的斯潘、超同等在征服达戎部落后而担任该部落长或长官有关。由此可见，那

① 《藏族简史》编写组：《藏族简史》，第14页。
② 《藏族简史》编写组：《藏族简史》，第12页。

时的所谓岭国，已由东氏族六个部落组成的岭国，通过对其他外氏族部落的征服或联姻，组成了新的较小的部落联盟。史诗中塑造的岭国三十位英雄，就是出自这个部落联盟。同时，这仍可从岭国历代王室成员与其他族部的联姻描述中得到引证，却潘那布(ཆོས་འཕེལ་ནག་པོ།)娶姜萨(ལྗང་བཟའ།)生子扎坚本美(དབྲ་རྒྱལ་འབུམ་མེ།)；却拉潘(ཆོས་ལྷ་འཕེན།)娶容萨(རོང་བཟའ།)生子容察叉根(རོང་ཚ་ཁྲ་ཀན།)。“姜”与“容”或“绒”分别是藏文“ལྗང་།”与“རོང་།”的音译。这里的“ལྗང་།”(姜)与“རོང་།”(容或绒)实应分别音译为“羌”和“戎”。“羌”与我们将在后文述及的《姜岭大战》中的姜(འཇང་།)则是有别的。羌与戎，是我国的古族名，史籍则把居住于西北的古羌人和古戎人分别总称为西羌和西戎。就西戎而言，“殷周之际，居于黄河上游今青海东南部、甘肃西北部。”“东周时已移到今甘肃东南部及陕西西北部一带，与秦为邻。秦穆公称霸西戎，大部分为秦所并。”[①]这在地理方位上与岭国东氏族六部落及其所属各部的住地基本相近或相邻。《诗经·小雅》中的《采薇》《出车》《六月》等篇，都是出自大臣史官的手笔，歌颂周宣王执政时代征伐猃狁西戎的功业。《出车》篇：“赫赫南仲，猃狁于襄……赫赫南仲，薄伐西戎……赫赫南仲，猃狁于夷。”[②]可能正是这一历史事实的具体描绘和反映。从史籍的记载到《格萨尔》史诗和《诗经》的反映：古代藏族先民之一即岭国东氏族部与我国古代西北戎族的联姻、联盟；“秦穆公称霸西戎，且大部分为秦所并”。这绝不是一个偶然巧合的史实，这一史实佐证了岭国东氏族部及其所属的其他族部早就繁衍生息、相互往来青藏高原。当然，这是一个很长的历史时期，取之于这一历史时期的生活素材，无疑是《格萨尔》史诗题材的重要组成部分，

---

① 陈永龄主编：《民族词典》，上海辞书出版社，1987年，第384页“西戎”条。
② 《诗经·小雅》。

也是在考究《格萨尔》故事产生最早年代这一重大课题时不可或缺的珍贵史料。

从雅隆悉补野部落兴起到囊日论赞一一征服各邻部而成盟主，从松赞干布诸赞普建立吐蕃王朝、发展吐蕃政权到进行武力扩张，这是藏族以古代藏族先民悉补野部落为核心融合各部族，进入发展、形成的又一重要历史时期。藏《格萨尔》史诗中的《门岭大战》《香雄珍珠宗》《米努绸缎宗》《松岭大战》《阿柴甲宗》《霍岭大战》《突厥兵器宗》《姜岭大战》《木雅之战》《察瓦戎箭宗》等数十部分部本，就是取材于这一时期吐蕃统一青藏高原诸多族部的一系列战争，以及吐蕃与祖国西南、西北地区诸多兄弟民族进行争雄称霸的一系列战争，基本上反映了该民族兴起、发展，进而形成共同体的全过程。其中的《察瓦戎箭宗》，其题材就源于吐蕃用兵于察瓦戎且兼并于己的历史事实。

“察瓦戎”族部住在今四川大小金川一带，它是今嘉戎哇(རྒྱལ་རོང་བ།)的先祖，为古戎人的一支。据《后汉书·南蛮西南夷列传》记载，他们自称“偻让”。“偻让”是藏语“ལྷོ་རོང་།”的音译，是“南戎”之意。

《后汉书·南蛮西南夷列传》载有“远夷乐德歌诗”“远夷慕德歌诗”和“远夷怀德歌诗”三章，系白狼王唐菆等到后汉京师洛阳向汉朝皇帝“上其乐诗”“称为臣仆”的表达心愿之作，亦称《白狼歌》。①“歌诗”中，有横线者是“夷人本语”，无横线者是“重译训诂为华言”。“夷人本语”中又有不少词、句与藏语有相同或相近之处。现摘释数例如下：

---

① 《后汉书·南蛮西南夷列传》，中华书局，1965年，第2855、2856、2857页。任乃强先生在《羌族源流探索》一文中将“白狼”部所在地考定为今四川盐源、木里一带，但这与“白狼”部自称“偻让”似不相符。

1.“所见奇异，知唐桑艾”:“知唐桑艾”，对应为藏语是“འཕྲུལ་མཐོང་སིང་དེ།”，其中“འཕྲུལ་མཐོང་།”(知唐)是“所见幻化”之意，“སིང་དེ།”(桑艾)是“奇新、明亮”之意。其语音与语义同“所见奇异，知唐桑艾”则基本相近。

2.“多赐(赠)〔缯〕布，邪毗缋缅”:“邪毗缋缅”，对应为藏语是“ཡས་ཕྱུལ་ཁེབས་བུ།”，其中“ཡས་ཕྱུལ།”(邪毗)是“多赠”之意；“ཁེབས་བུ།”(缋缅)是:“掩芘、遮盖物”之意。其语音和语义同“多赐(赠)〔缯〕布，邪毗缋缅”则基本相近。

3.“蛮夷贫薄，偻让龙洞”:“偻让龙洞”、对应为藏语是“ཀློ་རོང་ལུང་སྟོང་།”，其中“ཀློ་རོང་།”(偻让)是“南戎”之意，汉语称“南蛮”；“ལུང་སྟོང་།”(龙洞)是“旷野无人空地”之意，其语音和语义同“蛮夷贫薄，偻让龙洞”相符。

4.“蛮夷所处，偻让皮尼”:“偻让皮尼”对应为藏语是“ཀློ་རོང་ཕས་ནི།”；其中“ཀློ་རོང་།”(偻让)其意同前条；“ཕས་ནི།”(皮尼)是“彼处”之意，其语音和语义同“蛮夷所处，偻让皮尼”相符。

5.“食肉衣皮，阻苏邪梨”:“阻苏邪梨”，对应为藏语是“རྩུབ་ཤའ་གཡང་ཞྲིད།”，其中“རྩུབ་ཤའ།”(阻苏)是“粗肉”之意；“གཡང་ཞྲིད།”(邪梨)是“整剥的兽、畜皮”之意。其语音和语义同“食肉衣皮，阻苏邪梨”则基本相符。

6.“不见盐谷，莫砀粗沐”:“莫砀粗沐”〔“沐”可能是“沭”(shu)字之误〕，对应为藏语是“མི་མཐོངས་ཚའ་འབྲུ།”，其中“མི་མཐོངས།”(莫砀)是“不见”之意；“ཚའ་འབྲུ།”(粗沐)是“盐、粮”之意。其语音与语义同“不见盐谷，莫砀粗沐”相符。

7.“多赐”“同赐”中的“赐毗”:“毗”可对应为藏语之词“ཕྱུལ།”，是“赠”之意，其语音和语义同“赐毗”相同。

8.“不从”“无所”“不远”“不见”等词中的否定词“莫”，对应为藏语之词“མི”，其语音和语义同“不”“莫”相符。

9.“深恩渡诺”:“渡诺”，对应为藏语之词是“ཐུགས་གནང་།”，是“赐恩”之意,其语音和语义同“深恩渡诺”基本相符。

10.“长寿阳雒”:“阳雒”，对应为藏语之词是“གཡང་ལོ།”，是“福寿”之意,其语音和语义同“长寿阳雒”相符。

上列摘释若能立足，则《后汉书》“白狼歌”（夷人本语）与前举《诗经・小雅》《出车》等篇具有同样重要的史料价值，它将启迪我们在思考《格萨尔》故事产生最早年代及其取材时，把视野放得更开阔、追溯得更早一些。

由于特定的历史阶段和生活环境，《格萨尔》史诗取材于部分宗教问题则是不可避免的，加之藏、土、裕固等三个民族有着相近的宗教文化心理（历史上，土族、裕固族群众先信奉萨满教，后信奉藏传佛教；藏族的原始本教与原始萨满教十分相似），这是藏族《格萨尔》能够流传于土族、裕固族群众中的重要因素之一。这个问题还要在后一节“宗教影响”中谈到。

综上所述，则可说明藏族《格萨尔》题材源于藏族本土，它既不是来自国外，也不是藏族本土题材与国外题材的结合。

关于土族、裕固族《格萨尔》题材，从已搜集的资料可明显地看出：它源于藏族《格萨尔》，又不同于藏族《格萨尔》。一是在土、裕固族《格萨尔》中，许多故事篇名、地名和人名，或简化或语音上有变异〔如藏族《格萨尔》中的总管王阿古戎擦叉根（སྤྱིང་དཔོན་ཨ་ཁུ་རོང་ཚ་ཁྲ་རྒན།）一人之名，在土族、东部裕固族《格萨尔》中则称阿朗（将སྤྱིང་།读为阿朗）或叉根，或阿朗叉根〕；二是在说唱形式上，土族、东部裕固族《格萨尔》的韵文唱词部分则基本上用藏语，其演唱曲调也酷似于藏调，只比藏调显得单调；三是描述的种种宗教色彩也和藏族《格萨尔》基本相似，只比后者量少而淡薄（土族、裕固族先祖未接受佛教之前，都曾崇信原始萨满教，它和藏族的原始本教相似；回鹘在接受佛教前虽曾一度将摩尼教立为国教，但在裕固族群众中没有留下什么影响）；四是土族、东部裕固族《格萨尔》中有不少母题与藏族《格萨尔》相比虽有许多变异，但故事的主要脉络则较为接近。另外，土族、裕固族《格萨尔》也各有本民族的特点：

土族《格萨尔》中的《霍尔郡本》“阿郎创世”一部和更登说唱的《二郎成亲》（即格萨尔成亲），一是在号称的三十位英雄中，除阿朗叉根、焕·嘉色夏嘎尔、焕·贡盼玛兰、焕·桑斯达阿端和萨俊丹玛等五人的名姓与藏族《格萨尔》中有关英雄名姓相近外，其余十三位男英雄和十二位女英雄的名姓则同藏族史诗中的其余英雄名姓完全不同；二是描述了阿朗叉根在无人烟的萨·札吾岭地方进行创业的全过程（从他一人到四员大将、三十位英雄、三百六十位大臣、一千多百姓；从龙王的三个公主分别留于上岭、中岭、下岭的三个石洞开始，到以后盖房立户有了许多家；从吃花果到饲养牛羊；从披挂草、树皮到做穿粗糙的衣服；从祭天祭地到打筑敖包祭山神，祈求人畜两旺，地方发达；等等），原始特征极为突出。其中虽融有佛教文化，但更多的是反映了萨满教文化。这种说唱本在藏族《格萨尔》中目前尚未见到；三是格萨尔在梅朵大滩和桑夏鲁皇上的三个姑娘（桑珊珠毛、雷吾毛拉措玛和德吉措）相遇求婚后，描写格萨尔与桑珊珠毛定亲和婚娶的过程，完全是古老的土族婚礼习俗。

在西部裕固族《盖赛尔》《盖赛尔与乔同》和东部裕固族《辛丹和好》等口传本中，一是写盖赛尔有母无父，盖赛尔与乔同斗争的故事情节，是由连缀许多有趣的小故事而展开的。最后，乔同变成九头妖魔，盖赛尔奋起反抗，由智斗变成武斗，连战数次，直至彻底消灭；二是结合裕固族民间文学，把历史传说中的西至哈至（裕固族先祖的故乡）和马蹄城（霍尔国雅则红城）融进了《盖赛尔》，使其具有了一定的历史事实因素；三是在《辛丹和好》中，通过甲擦夏嘎尔复活作证，重新塑造了霍尔王辛巴梅乳孜的形象(在马蹄石窟有甲擦和辛巴的塑像，过去每逢节日，藏、裕固族群众还去朝拜)，反映了裕固族人民的文化心理。

二　结构、文化

史诗的结构形式，归根结底则取决于内容表达的需要。藏族《格萨尔》其内容尽管丰富多彩，但中心还是描述战争。上百部分部本，除《天岭》《诞生》《赛马》《世界公桑》之外，其余多是说唱大小战争的。即使前四部虽未直接陈述战争，但也为后面绘制大大小小的战争画卷作了铺垫。创作者们结构《格萨尔》，就好像在穿制一串颗颗相连的念珠。他们先在前四部分部本中通过神子格萨尔下凡投生、诞生成人、赛马称王、纳妃，聚众煨桑等故事的叙述，描绘出主要人物形象的蓝图，提出以降伏妖魔、抑强扶弱、镇压残暴和强梁、令当权者低头、为受辱者撑腰等为使命，绾冠《格萨尔》全书，并采取现实主义和浪漫主义相结合的艺术手法，在读者未窥战争全貌的情况下，先给《格萨尔》全书勾出一幅脉络结构的缩影。然后沿着岭王格萨尔制敌降魔这根主线，或单枪匹马，或统率大军，天上地下，变幻莫测，将几十个大小不同、各具特色的战争画面如同穿制几十颗五光十色大小不同的念珠一般，串在这根主线上。其中的《降伏妖魔》《霍岭大战》《姜岭大战》《门岭大战》等分部本，犹如串上的珍珠、玛瑙、珊瑚、松耳石念珠显得格外光彩夺目。正是这种独特的结构方式，为《格萨尔》史诗的多部头创作创造了条件。当然，作者在结构每部分部本时，虽然都采用了以人物为中心和以事件为中心相结合的方式，但由于侧重点各有所异，所以，又显得灵活多姿，加之内容丰富，使整个《格萨尔》在读者面前展示出一幅古老的藏民族由产生到发展，由分散到统一，并逐渐形成一个民族共同体的丰富多彩的历史画卷。

土族《格萨尔》，说唱艺人对其并无什么“分章”“分部”之称。从我们目前调查资料得知有两类口传本，按其传承和结构方式可暂分为两种。第一种含有《阿朗创世》《乔同毁业》《格萨尔诞生》《堆岭大战》《霍岭大战》《姜岭大战》《闷岭大战》《安定三界》等八个部分；第二种含有天界篇、诞生篇、成婚篇、霍岭大战篇等五个部分。第一种系分部本，它与藏族的分部本相比，虽尚未形成那样长的系列本，但有头有尾，结构完整。它流传于霍尔郡，可称为《霍尔郡本》。第二种系分章本，它与藏族的《贵德分章本》相比，其结构同样不完整。它流传于朱岔，可称为《朱岔本》。土族《格萨尔》分部本比藏族《格萨尔》分部本，不仅部数少了许多部，结构也有差异。《霍尔郡本》以写人物为中心，其中第一部《阿朗创业》重点是写阿朗叉根创业称王，兴旺岭国的业绩，那苦学《嘎夏》经、筑建沙买钦匡尔、飞赴萨·札吾岭地方向禽兽讲经、收龙王三个公主为徒、祭敖包繁衍人丁、缝衣造箭和学练武艺等一切大小事件都是围绕阿朗叉根这个人物，使他始终处于舞台的中心，以他的活动作为故事情节发展的主线。在这里虽也描述了其他十八位男英雄和十二位女英雄的由来和成长，但都处于从属地位，是为阿朗叉根这个中心人物服务的，到章末才点出喝马、牛、猪、狗等动物奶的玛余贡保（即指乔同），并以占卜的方式预示：“以后，他说好就好，说坏就坏，但他只会往坏里说！”为第二部《乔同毁业》作了艺术铺垫。《乔同毁业》这一部又把乔同推到舞台中心，是以写他为主，写其他人物为副而编制故事、发展情节的；由于乔同的非为、岭国的衰败、百姓的不满等原因，又把因年老而隐退的叉根推到了舞台的前沿，与乔同展开了斗争。但到了这一部结束时，叉根和乔同都不是舞台的中心人物了。而由第三部《格萨尔诞生》开始到《安定三界》结束，都是以塑造格萨尔这个典型人物为中心，各部之间衔接紧密，自然浑成一体，似一气呵成。

裕固族《格萨尔》，在东部和西部分别形成不同的文体格局，结构迥异。东部裕固语讲的《格萨尔》又有两种口传本，一种是《恰沟本》，可称为分章本，它是以人物为中心，把格萨尔投生人间智斗乔同、火化九头妖魔、分别消灭霍尔三王、遣辛巴诱俘姜王子等重要事件，通过格萨尔这个主要英雄人物的种种活动有机地衔接起来。其中许多小事件的展开都是紧紧围绕着格萨尔活动的大事件，很少横生枝蔓。另一种，可说是藏族《格萨尔》分部本的移植本，在传承过程中删去了许多调名、神名和一些作者认为不必要的诗文，在注重连缀故事时融进了本民族的文化机制，使其成为独特的裕固化了的《格萨尔》，但仍以人物为中心和以事件为中心相结合的方式进行结构。西部裕固语讲的《盖赛尔》，也有两种口传本，篇幅都很短，最长的也不过两万字。一种叫《盖赛尔与乔同》，另一种称《盖赛尔》。

藏族《格萨尔》是以韵文为主、散文为副、韵散交错而成的说唱本。西部裕固族《盖赛尔》基本上是用西部裕固语讲说的散文体，间或出现几句唱词，而所占比例极小。东部裕固族和土族《格萨尔》也是韵散相间的结合体，只是唱词是藏语，解释唱词的本民族语是散体，且所占比例比韵文大。由此可见，土族、东部裕固族《格萨尔》的说唱体受藏族《格萨尔》的影响则是不言而喻的。我在第二次调查时（1988年7月12日），发现土族和东部裕固族老艺人中也有全用散体讲说的《格萨尔》。这不仅为我们研究土族、裕固族《格萨尔》文体变异的演进过程提供了资料依据，而且为研究和推理蒙古族《格斯尔》文体的演变提供了思考模式。

从我们调查土族、裕固族《格萨尔》的第一手资料得知，其文体既有藏语唱、本民族语解释的韵散结合体，也有全用本民族语讲说的散文体，还有部分全用本民族语说唱的韵散结合体。由此可见，在藏族《格萨尔》流向蒙古族、土族和裕固族地区后，其文体的变化不是一下子就能完成的，从藏族的藏语说唱体到藏语唱、本民族语解释，再到用本民族语讲说，最后全用本民族语说要有一个较长时期的演进过程。在这三个民族的《格萨尔》中，全部完成这一文体演变过程的只有蒙古族《格斯尔》。

北京木刻版《格斯尔》，是我们目前见到的最早的蒙文版，系散文体。C.A.科津曾在研究这个版本时说："……还要注意另一面，《格斯尔传》是用散文形式写成的，不像其他史诗那样，以韵文形式出现。这就更加证明这是出自作者的个人兴趣和意图。"[①]我们依据前述调查的资料，推测蒙文《格斯尔》散文形式的出现，可能也不是"出自作者的个人兴趣和意图"，而可能是作者依据当时艺人用蒙古语讲说的散文体《格萨尔》资料记录、整理成文的。这是蒙古族人民在接受、传播和改编藏文说唱体《格萨尔》并不断丰富、创作成自己的《格斯尔》的过程中，在文体上产生的变异。以后的韵文体可能是在散文体《格斯尔》基础上编唱而成的，如著名艺人巴杰演唱的韵文体《格斯尔》。当然，这种韵文体不一定都是依据了蒙古文北京木刻版散文体《格斯尔》。土族、裕固族《格萨尔》，尽管在内容上已经融进了自己的文化机制，形成了本民族的特色，但由于他们没有本民族的文字，其形式还处在用藏语唱、本民族语解释的韵散体和用本民族语讲说的散文体，以及极少的用本民族语说唱的韵散结合体。瓦尔特·海西希教授在《多米尼克·施罗德和史诗〈格萨尔王传〉导论》中提到"……在他（多米尼克·施罗德）的遗嘱中所找到的蒙古尔语史诗的头2330行的

① 转引自霍莫诺夫：《布里亚特英雄史诗〈格斯尔〉》，见《民族文学译丛》第一集中国社会科学院少数民族文学研究所编印，1983年，第135页。

诗句的打字稿暂未整理，因为几乎所有诗句都没有区别读音的符号”[1]（重点号系笔者所加，下同）。据我们调查，当时给施罗德说唱土族《格萨尔》的艺人是贡布（官布甲），他是用藏语唱、土族语解释的，唱词中即使用土族语诗句，那也是极少的，而形成“2330行诗句”文体格局则是由当时担任翻译的朵先生所致，因为他的藏、汉文造诣都很高。为此我们还向恰黑龙江（也称林黑龙江，1875—1946年，系贡保的师傅）的外孙更登什加（土族）作了查对，更登说唱的土族《格萨尔》也是他舅爷教的。如果土族有本民族文字，土族《格萨尔》恐怕早就以韵文体问世了。

至此，我们可以说：藏族《格萨尔》流传到蒙古、土、裕固族地区，从用藏语唱、本民族语解释（韵散结合体）→用本民族语说讲（散体）→用本民族语说唱（韵散结合体），这是由藏族《格萨尔》文体向蒙古、土、裕固族《格萨尔》文体演进的一条规律。

三　宗教影响

《格萨尔》在我国的产生、流传和发掘，不仅否定了黑格尔关于“中国人却没有民族史诗”[2]的权威论断，而且它的创作者们在其艺术构思、情节安排、人物设计和语言描写等多角度、多方位所表现出的种种宗教色彩以及宗教与艺术的密切关系，证实《格萨尔》受到宗教影响的同时，也正说明了黑格尔关于“他们的宗教观点也不适应于艺术表现，这对史诗的发展也是一个大障碍”[3]的结论失之偏颇。

---

① 瓦·海希西：《多米尼克·施罗德和史诗〈格萨尔王传〉导论》，见《格萨尔研究》。

② 见黑格尔：《美学》第三卷（下），商务印书馆，1981年，第170页。

③ 见黑格尔：《美学》第三卷（下），商务印书馆，1981年，第170页。

在《格萨尔》史诗里，整个自然界充满着神灵，四面八方都是崇拜的氛围。就以岭国为例，天有天神、地有地神，水有水神，山有山神，氏族有氏族神，部落有部落神，国有国神，人有生命之神，岭王格萨尔身上除凝聚着天、地、水、山、氏族、部落、国家等诸神的精灵外，还有密宗三救主、三根本的佛性，说格萨尔就是佛祖莲花生的化身。整个岭国可说是神、佛之王国。《格萨尔》史诗创作者们的不凡之处，就在将此一切巧妙地纳入了自己的艺术构思。

一是构思设计出许许多多的神、佛、仙人和龙女。如在藏族《格萨尔》中，如果没有莲花生佛祖、巩闷姐毛天母等的授记指引，整个史诗的情节就难以推进，格萨尔降妖伏魔、反对侵略、实现统一的伟大战争，在危难关头就难以化险为夷，以捷告终。在土族《格萨尔》中，如果没有仙人祖拜嘉错的下凡并收阿朗为徒，祭天祭地，筑垒敖包和龙王的三个公主——色卡喜尔、益卡喜尔和党卡喜尔等三姊妹到萨·札吾岭地方去摘花，那荒无人迹的土地就没有人类的繁衍，没有岭国的诞生和兴旺。在裕固族《盖赛尔》中，如果没有盖赛尔在天界的妹妹简·它日尔的及时呼唤、引导，盖赛尔就会死于妖变的乔同。

二是构思编述出难以计数的奇幻化身。如在藏族《格萨尔》中，格萨尔如果没有将赤兔千里马变成一只黑老鸹、宝弓变成一块大磨盘石、神箭变成一块像牦牛一样大的肥肉、套绳变成一条九十庹长的黑蛇、箭筒变成一只黑野狼、头盔变成一把大铁伞等种种幻化神变之力，他在前往降伏霍尔的征途上就闯不过霍尔军设置的九道关卡，特别是前七道。在土族《格萨尔》中祖拜嘉错如果没有幻化神变之力，他究竟是仙、是人、是妖，都无从辨认，阿朗的创世就会夭折。在裕固族《格萨尔》中，格萨尔如果没有幻化神变之力，他便进不了白帐王的别墅，更不可能把杀霍尔三王的武器——九头宝刀、火皮袋和路玛宝箭以赠宝物为名分送到三王手中。

三是构思编述出种种寄魂物。在藏族《格萨尔》中，正因为魔王以海、树和野牛为寄魂物；霍尔三王分别以白、黄、黑三色野牛为寄魂物；门王以九头毒蝎为寄魂物；朱固王以黑熊、九头鹰、野人、九尾灾鱼和独脚饿鬼树为寄魂物，从而使格萨尔制敌降魔的故事情节才显得那么迭宕起伏，曲折动人。在裕固族《格萨尔》中，格萨尔神变的一群叫花子，捕住霍尔三王的寄魂物——白色神鱼、黄色神鱼和黑色神鱼之后，摔死在珠毛胸口，迫使珠毛无地自容，返回王宫，在白帐王面前羞得难述真情，只好以谎言了之，为后来消灭霍尔王作了铺垫。

四是构思编述出许多独具特点颇有神性的飞禽走兽，传递各种信息。如在藏族《格萨尔》中，被霍尔军围困的珠毛先后派出仙鹤、喜鹊和狐狸去送信，和出外降魔的丈夫格萨尔接通信息（格萨尔……一听狐狸倾诉珠毛来的口信，便射出一箭，声如沉雷，吓得霍尔君臣官兵魂不附体，屁滚尿流）。在土族《格萨尔》中，分别以孔雀、老虎为首的飞禽走兽，经常给祖拜嘉错和阿朗采送各种鲜花、瓜果，长期护送龙王的三公主，一直协助她们将在岭地出生的二十多位英雄抚养成人。在裕固族《盖赛尔》中，央安许鲁（即盖赛尔）在汉地娶媳一住十三年，一天受到三只黑老鸹的责问；当他决定返回时，又飞来一只白头鹰，扔下他妹妹（在天界）简·它日尔的信，催他速返故乡。

五是构思设计出多种上供祈祷、杀牲祭礼的仪式。如在藏族《格萨尔》中，王臣将领和英雄勇士不论在出阵前还是当与敌手交战时，都首先向本国和自己的神灵献歌供食，进行祈祷，以求佑助。必要时还举行各种祭祀仪式。在格萨尔称王两年半后，举行了大型烟祭，“收复一切神灵，让他们给白岭国出力！”他们“都应承充当白岭的救护者和益友”。卡岭交战后，超同叛国投敌，他为解除敌国君臣的疑心，便亲自和敌国的大臣们面对解剖的野牛，吃红肉，喝红血，用牛肠把大家的手和头拴到一起，在湿牛皮上踏蹂，以表示立了盟约，永不违背。在土族《格萨尔》中，阿朗出外，总在凌晨虎时熬茶祭天祭地，进行祈祷；在祭岗日岗嘎敖包时，把大家（人、禽兽）带去的哈达、弓箭、木刀、瓜果、花草、树叶和净水以及各种宝石放在敖包上，然后采集白、黄色康巴花以及柏枝和香草，煨起大桑，向天地、龙王、山神祈祷："愿萨·札吾岭地方发达兴旺！""愿人类繁衍，英雄辈出！"在裕固族《格萨尔》中，霍尔军割下岭国十八英雄和三十勇士的头颅，带去挂在霍尔国九层山顶的敖包上，以示祭祀。

六是构思编制出五花八门、独具形式的占卜手段。如在藏族《格萨尔》中，僧伦、超同兄弟两人为争娶戎擦拉毛而掷骰占卜，超同失败后，又拿出三颗鸟蛋，以所孵鸟色来卜定胜负。霍岭两国起战前，霍尔国派出黑老鸹去侦探，岭国以黑老鸹飞来的时间、方位及其鸣声来预卜吉凶。岭国玛玉长官派人偷盗了大食国"青色凤翅"千里马之后，对方用火烧肩胛骨、挥动花线绳铺开三百六十种占卜图表等多种方法进行卜算。土族《格萨尔》中，龙女三姊妹做了"金轮放光"之梦，龙王梦卜说"萨·札吾岭地方要出好人"，"她们可能到那里去繁衍人类"！以后，龙女三姊妹到了萨·札吾岭地方，每逢怀孕、做梦之后，都请师傅阿朗梦卜，给孩子们算卦起名。在裕固族《格萨》中，格萨尔在未斩魔王之九头前，先按巴札班吉（原为格萨尔大妃，后被魔王抢去）之计，杀死了卦师女巫（魔王之母），后当魔王受到巴札的哄骗时，亲自解下靴带作卦线占卜，并强迫班吉取掉三角锅架石就地挖土。

文学是现实生活的反映，以上所举六个方面，在今天看来荒诞不经，但它反映了那一时代人们的认识，有其时代的真实性。藏族、土族、裕固族等社会现实中确曾有过萨满教、本教和佛教的存在，这必然会反映到《格萨尔》史诗中来。佛教未传入前，藏族崇信的原始本教似于土族、裕固族先祖崇信的萨满教(裕固族先祖——回鹘虽曾立摩尼教为国教,但在群众中没有留下影响);当佛教传入藏族地区形成藏民族特有的宗教——藏传佛教,并进而传入土族、裕固族地区,这就使藏、土、裕固等民族构建了一个基本相同的宗教文化心理。因此,置身于同一宗教文化氛围中的藏、土、裕固族《格萨尔》艺人,以基本相同的观念,对于自然和社会生活中种种现象的解释以及由此而引发的种种宗教幻想,出现上述多方面的类同则是非常自然的,但这并不能说明藏、土、裕固族《格萨尔》受宗教影响的程度是等同的。相比而言,藏族《格萨尔》受其影响较深,土族、裕固族《格萨尔》受其影响较浅。从古代岭国人民对自然和自然力的依附到思考,从"万物有灵"到"灵魂观念",从原始信仰到原始本教,从本教到佛教的传入,从佛本二教的斗争、融合到藏传佛教(特别是宁玛派)的形成和发展,都可以从藏族《格萨尔》中找到其产生、演变和发展的轨迹,而在土族、裕固族《格萨尔》中则不然,除萨满教色彩的描述显得较浓外,藏传佛教特别是藏密色彩描述则淡得多。这是因为从佛教正式传入藏地起,至形成藏传佛教并一直发展到今天已经历了1300多年,基本是全民信教,加之自然环境高度封闭(尤其是《格萨尔》广为传承的牧区),一般信徒和说唱艺人虔诚程度之高,神、佛形象之至高无尚,神秘色彩之强烈,则是土族、裕固族地区人民及其《格萨尔》说唱艺人所不及的;在土族、裕固族地区,藏传佛教的传播较晚,加之所处地理位置上的特殊,在纳融藏传佛教文化的同时,也不断地受到其他民族文化特别是汉文化的影响。

就主要方面讲,宗教对藏、土、裕固族《格萨尔》影响的深或浅、对史诗的发展非但没有构成"一个大障碍",且在一定程度上增强了艺术魅力,促进了传播和发展,藏族《格萨尔》尤为突出。这是因为:一是在古代社会几个发展阶段的现实历史条件下,《格萨尔》在其产生、演变、传播和发展的传承过程中，它的作者在描绘人们对大自然的崇信、对灵魂的崇信等多种形态时，将其宗教内容和神话、传说有机地杂糅在一起，巧妙地纳入了自己的艺术构思；除此，在藏族《格萨尔》中，作者还特别注重以藏传佛教宁玛派的教义为主并使之形象化，以此作为塑造人物的一种技艺的描写。这样的构思和描写，不能说和“神话与宗教源于一个统一体”的关系无关。[①]在此须提及：宁玛派藏密修持者把所获藏密功象早已纳入了《格萨尔》史诗的艺术构思，这种构思有其一定的科学依据，不过尚未被研究者觉察和认识；二是宗教的思维方式在实质上也是一种形象思维方式，只不过把歪曲的现实当作现实的形象思维。《格萨尔》史诗的作者在进行艺术构思、情节安排和人物塑造时，则是把现实的思维方式和宗教的思维方式结合起来，将宗教幻想中神、佛的形象和现实生活中人的形象相交织，借助文学，借助可见的形象来宣传了不可见的教义。就格萨尔这个典型来说，他既具有生活的人性，血肉丰满，感情浓烈，爱国爱民，疼父母思妻室，为岭国兴衰而征战终生，又具有宗教幻想的神性——受梵天诸神和宁玛佛祖莲花生的授意，神力无边，幻化无穷。但他形象的本质仍是人性而不是神性，其神性又多是遵循本教和佛教的教义构思幻想出来的，如格萨尔的形形色色的奇幻化身就是对《密乘道五次第》(སྔགས་ཀྱི་ལམ་པ་ལྔ)中幻化教义的形象性解说。《格萨尔》史诗反映的佛教内容虽然繁杂，但仍以宁玛派的“大圆满法”为主要内容。这里只举一例：超同闭关修法，格萨尔伪造预言捉弄超同，超同便信以为真，急于以珠毛为彩注，以快速玉霞马参赛夺冠霸占珠毛。其妻看穿了丈夫的贪色心理，指出：“睡在床上未入定，预言怎能来梦中？起来没有修观想，本尊怎会现圣容？”但超同因

① 袁珂：《中国神话传说》(上册)，中国民间文艺出版社，1984年，第18页注①。

热烈贪恋漂亮、气度不凡的珠毛，而又不能明言，只好用高唱“外有莲花刹土器世界，内有马头明王受用身。正知的生起次第我观修，无缘的圆满次第已入门。白昼寂静心不乱，夜晚内宁神不纷。亦无愚昧与贪执，明空二者能双运。此心清净如明镜，是已得最胜加持人”[①]的藏密歌，来掩饰自己，欺哄众人和妻子。前后两首歌言简意赅——从阐明教义方面讲，把修本尊、外修与内修的关系、生起次第与圆满次第的关系以及功效，概括得十分透彻；从描写艺术方面讲，在写超同争夺以珠毛为彩注的故事情节中，把超同的贪色心理和虚伪面孔揭露得深刻至极。前述两点足以说明宗教和艺术是互相为用、相互促进、相得益彰的。因此，若将史诗故事中的种种宗教色彩予以删除，那将使得整个史诗的艺术构思、情节安排和人物设计等都受到严重的破坏和损伤，章与章，部与部，情节与情节之间不能衔接，天上、地下，万事万物之间，顿失“灵性”。即使是史诗中的真人，也会被置于孤境，其形象也必将显得干瘪，失去艺术魅力，失去艺术真实。三是，《格萨尔》艺人和听众（特别是藏族艺人和听众），因代代受藏传佛教文化的熏陶，把说、听含有宗教色彩的《格萨尔》当作一种美的享受。

我们这样的提出问题和认识问题，并不是说《格萨尔》中的一切宗教色彩都是好的，都能起到积极的艺术效果。那些游离在故事情节、艺术形象和场面之外的宗教说教，则无疑是对《格萨尔》艺术的损伤和破坏，这在藏族《格萨尔》中较为多见。

四　说唱艺人

如果说代表藏族人民集体智慧的《格萨尔》，艺人首先创造并

---

① 王沂暖等译：《格萨尔王传·赛马七宝之部》。

传承了藏族《格萨尔》，那么，土族、裕固族《格萨尔》艺人则在接受、传播藏族《格萨尔》的历史进程中，逐步融进了本民族的文化机制，从而形成了各具本民族鲜明特色的《格萨尔》。因此，当我们将这三个民族的《格萨尔》放在一起研究时，就不能不将其当今的说唱艺人放在重要位置予以比较。

就相同之处而言，一是他们都酷爱《格萨尔》，在同说《格萨尔》时，都是从正面塑造格萨尔这个艺术形象，即使像土族艺人更登什加说唱的《二郎成亲》(二郎即指格萨尔)，其情节与藏族的《纳妃称王》有较大差异，但中心还是在赞美格萨尔；像西部裕固族艺人安发福等人讲说的《盖赛尔》，其整个故事虽无描述盖赛尔参战的情节安排，但通过与乔同的斗争，盖赛尔敏捷、机智的人物形象仍跃然于纸上；二是他们都具有超群的聪明才智和出众的记忆力，别说众所周知的神秘的藏族《格萨尔》艺人，就是土族、裕固族艺人也可以将《格萨尔》整部或整章地用两种语言（藏语唱、本民族语言解释）唱、说给听众，令人叹为观止；三是他们都程度不同地崇拜藏传佛教，其中有一部分则曾是僧人或阿巴（སྔགས་པ，俗语称“本本子”），土族、裕固族艺人中尤为多见。

就相异之处而言，一是在史诗传承方面，土族、裕固族艺人中除有一部分与藏族的“闻知艺人”“吟诵艺人”相同外，而另一部分则有明确的师承关系，其中有的是师徒传承，有的是亲属传承（包括父子、翁婿、母子、母女等）。如已故土族著名艺人恰黑龙江（1875—1946）除将史诗传于杨增、贡保（曾于1948—1949年给德国传教士多米尼克·施罗德说唱过《格萨尔》）和旦嘎等人，其中杨增（1990—1957）是恰黑龙江的女婿，他又传于其子更登什加（1929— ）。又如裕固族艺人尕力安（女，1895—1988），从其母穷达木错（1876—1955）处承习《格萨尔》之后，又传于儿子和外甥女；二是目前藏族虽有大量《格萨尔》以口头形式和各类抄本流传于民间，但已有不少书面作品问世，并逐步地向完全的书面化过渡；而土族、裕固族《格萨尔》则不然，由于无本民族文字、鼎盛时期的口传未能及时转成抄本，近年来一些屈指可数的艺人传唱也受到现代文化撞击，并日趋淡化和衰失；三是《格萨尔》艺人中的"神授""掘藏"和"圆光"等三类艺人是藏族特有的，在群众中享有极高的威望，具有浓厚的神秘色彩，这与他们崇信宁玛派教义，说唱史诗部数之多以及所说内容之来源形式奇特等有极为密切的关系。

对"神授"艺人，法国的达卫·尼尔土士、石泰安教授和我国的徐国琼、杨恩洪等同志都曾作过逼真的描述以及分析研究。近年来，杨恩洪又对藏族《格萨尔》艺人进行了详细调查，发掘了"掘藏""圆光"艺人，[1]并在此基础上又作出了符合实际的科学分类[2]，这是一个重要的贡献。笔者愿在此基础上提出一点不成熟的认识。

何谓"神授"艺人？藏语称"巴仲"(འབབས་སྒྲུང་།)，为降下故事之意。这故事（专指《格萨尔》史诗）均为艺人少年时做梦所得，内容是史诗中的情节、神、英雄等等，梦醒后开始说唱，由少至多。对此，他们无法理解。归为神授，故称神授艺人。他们大多生活在祖传艺人家庭或《格萨尔》故事广泛流传的地区。[3]在我看来，一个艺人，能说唱几十部、多至一百二十部《格萨尔》，若每部按十五万字计算，一百二十部共计达一千八百万字，谁能相信呢？但这又是客观事实；说它是神授的，这无疑具有浓厚的神秘性，又作何解释呢？为此，我们先看一条近期的科研报道：加拿大多伦多市医学

① 见杨恩洪：《〈格萨尔〉艺人论析》，《民族文学研究》1988年第4期。
② 见杨恩洪：《〈格萨尔〉艺人论析》，《民族文学研究》1988年第4期。
③ 见杨恩洪：《〈格萨尔〉艺人论析》，《民族文学研究》1988年第4期。

教授皮捷尔·莱温发现古代陶制盘子上贮藏有古代人谈话的片断，甚至还贮藏下了古埃及人和罗马人的音乐声。[①]由此证明：古代信息是以某种方式贮藏于宇宙而人们迄今尚未发现。我们由此可以推论，古代藏族《格萨尔》艺人及其传人说唱的《格萨尔》，作为一种信息贮藏在它广为流传的地区空间的物质内，则是有可能的。据研究，人体具有某种潜能，人的大脑是一台接收、汇聚、加工、处理信息的特殊装制。有的人当处在做梦或入定之时，就会进入一种特异状态，在这种状态下人的某种潜能就有可能被外界的某种信息激发出来，以此来接受外界信息。神授艺人所说的《格萨尔》是由少年做梦时所得，梦醒以后便开始说唱，这梦有可能是《格萨尔》艺人在处于上述特异状态下接受《格萨尔》信息的一种方式。所谓"神授"，实际上是贮存、遗留信息等的传递。当然，这种信息的传递是有条件的，一是他们大多生活在《格萨尔》故事广泛流传的地区或祖传艺人家庭；二是他们本身就具有一定的特异功能或系高级藏密修持者（他们严守戒律，不告外人）。无疑，这里的"神"系指宇宙间的贮存信息或祖传遗留信息；"授"系指信息的传递和接收；"梦"则是接收信息的一种特殊方式。

何谓"掘藏"艺人？藏语称"德尔仲"（གཏེར་སྒྲུང་།），"德"（གཏེར།）为宝藏、伏藏之意，"仲"（སྒྲུང་།）为故事之意。"德尔仲"为宝藏故事或伏藏故事之意。"掘藏"一词本是宁玛派的术语，因史诗《格萨尔》与宁玛派有极为密切的关系，故将这一术语也用于《格萨尔》，把能发掘《格萨尔》的艺人称掘藏艺人。掘藏艺人又有两种，一种叫"物藏"，藏语称"则德尔"（རྫས་གཏེར།），是指掘藏艺人发掘的吐蕃时期或前人埋藏在地下的《格萨尔》史诗抄本；另一种

① 见《文摘周报》1989年3月17日《带录音的古陶》一文（据苏：《知识就是力量》）。

叫“贡德尔”(དགོངས་གཏེར།)，是指把从人的思想意识里挖掘出来的意念——《格萨尔》意念，再用文字写出来成为史诗抄本。[①]笔者认为前一种掘藏艺人即“则德尔”艺人又有两种情况，一是他本人就具有特异功能，可以发掘埋在地下的《格萨尔》伏藏。二是通过修持藏密获得高智能进而发掘埋在地下的《格萨尔》伏藏。发掘《格萨尔》伏藏即“物藏”的艺人则多是修持藏密的宁玛派。“贡德尔”艺人，是从他人思想意识里挖掘其《格萨尔》史诗的意念。笔者认为，意念是一种思维信息，人在思维时总会产生思维波，思维波根据思维信息的不同又会相应地产生不同的思维波型，思维波是思维信息的载体。“贡德尔”艺人就是以他特异潜在的功能将他人思想意识里的《格萨尔》史诗信息（即史诗意念）接收过来。当然，这只能在具备一定心灵感应的条件下才能完成。

何谓“圆光”艺人？“圆光”藏语称“扎巴”(པྲ་པ།)，原是降神者的一种占卜方法，借助咒语，或通过铜镜，或拇指的指甲，或一碗清水，看到对方所想的一切，看到别人眼睛看不到的图像或文字。此后把用这种方法得到《格萨尔》史诗的人称为圆光艺人。[②]笔者认为：圆光艺人可能是宁玛派高级藏密的修持者。这里所谓的“咒语”实际上应看成是一种调动自身、调动对方、调动宇宙间信息的指令，也是一种脑电信息。当圆光艺人一旦要想得到《格萨尔》史诗时，他先用“咒语”使自己达到入定的高级状态，然后又用“咒语”这种信息指令将外界有关《格萨尔》的信息调动吸收并显现在上述铜镜或拇指的指甲，或一碗清水等闪光物体上，然后以他那与众不同的视觉进行窥视并抄录下来。这有可能是一种未知的信息传输原理的不自觉应用。

---

① 见杨恩洪：《〈格萨尔〉艺人论析》，《民族文学研究》1988年第4期。
② 见杨恩洪：《〈格萨尔〉艺人论析》，《民族文学研究》1988年第4期。

不管我们思考、探索的方法正确与否，结论是否恰当，但“神授”“掘藏”“圆光”等艺人用各自的难以令人相信的特异方法获得并奉献给人类那么多艺术珍品则是无法否认的客观事实，急需我们继续探索。其研究价值将会远远超越《格萨尔》艺人这个范畴，可给人体生命科学与思维科学研究提供难得的资料。在这里，我们无需去为宗教迷信辩解，但也需要有勇气去拨开笼罩在人体奥秘之上的宗教迷雾。当然，这是一种假设性的探索，到最后也可能是错的，错了就改。

五　源与流

当从题材渊源、文体和结构、宗教影响、说唱艺人等几个重要方面对藏、土、裕固族《格萨尔》作了一定的比较分析而最后论定它们之间源与流的关系时，还得提及蒙古族《格斯尔》。我于1984年4月，曾在拙作《藏族、蒙族〈格萨尔王传〉的关系及所谓“同流分源”问题》一文中说过：“蒙文《格斯尔》来源于藏文《格斯尔》”，“把蒙文《格斯尔》和藏文《格萨尔》说成是‘同源分流’是不恰当的，也是不实事求是的。我们赞同‘蒙古族《格斯尔可汗传》最早脱胎于藏族《格萨尔王传》，但是在蒙古地区长期流传中，经过演唱艺人和文人的改编、丰富和创作，最后终于形成了一部为蒙古族人民喜闻乐见的独特的民族史诗’[①]的提法，但不能因藏族《格萨尔》的故事传入蒙古地区之后，‘由于蒙古族人民依靠自己的智慧和集体创作的力量，发挥自己固有史诗创作的传统，为适应本民族的社会生活、风俗习惯，通过创造性的改编和移植，使蒙文《格斯尔》不断发展与丰富起来，逐渐演变成为具有自己民族

① 见拙作《藏族〈格萨尔王传〉的关系及所谓“同源分流”问题》一文引文。

特色的文学形式’[①]，而就提出蒙文《格萨尔》与藏文《格萨尔》是‘同源分流’的观点……”[②]，当我们在近几年调查、发掘了土族、裕固族《格萨尔》并查明其题材源于藏族《格萨尔》而又形成本民族特色的《格萨尔》之后，则可这样说，蒙古族《格斯尔》、土族《格萨尔》、裕固族《格萨尔》等三者的关系是真正的“同源分流”的关系。藏族《格萨尔》是源，蒙古族、土族、裕固族《格萨尔》是流。在西部裕固族讲说的《盖赛尔》中也有与蒙古族《格斯尔》相同的母题，需进一步调查研究，但这并不影响“同源分流”这个总的结论。

藏族《格萨尔》流布到蒙古、土、裕固族地区，进而形成藏、蒙古、土、裕固族《格萨尔》源与流、同源分流的关系，这与自古以来中华民族（这里主要指藏、蒙古、土、裕固等族）之间在政治（包括短期内的战争）、经济、文化等诸多方面的历史交往，与藏、蒙古、土、裕固族人民在藏传佛教文化心理这一深层结构上有着高度的一致性，与藏、蒙古、土、裕固族各自的民族文化特性等方面有着密不可分的关系。在这里，历史的交往是前提，藏传佛教文化心理的一致性是基础，本民族文化物质是土壤和融机，缺少其中任何一个方面，都不可能形成藏、蒙古、土、裕固族《格萨尔》源与流、同源分流这样一种关系和格局。

---

① 见拙作《藏族〈格萨尔王传〉的关系及所谓“同源分流”问题》一文引文。
② 见拙作《藏族〈格萨尔王传〉的关系及所谓“同源分流”问题》一文引文。

第八章

格萨尔学的学科建设

如何做好格萨尔学的学科建设工作，是摆在我们所有格萨尔学研究者面前的一项重大课题。我从格萨尔学的资料建设、格萨尔学的理论构建和格萨尔学的人才培养等三个方面提出了自己的想法，并作了一些探讨。究竟如何是好，还需要大家共同讨论，以推进格萨尔学这一新兴学科继续向前发展。

第一节　格萨尔学的资料建设

格萨尔学的资料建设是格萨尔学这一新兴学科的重要组成部分，也是该学科的基础建设。随着联合国教科文组织的重视，国内外格萨尔学研究的深入和发展，资料建设不但显得重要和突出，而且对有些资料的抢救则迫在眉睫，我们应当严肃认真地对待。

新中国成立后，党和政府非常重视《格萨尔》史诗的抢救搜集工作，除“文革”十年的破坏、延误外，我国的《格萨尔》工作取得了巨大的成绩。这是国内外学术界有目共睹的事实，它为我国格萨尔学的资料建设奠定了一个良好的基础，其成果不必在此一一罗列了。与此同时，我们也应该清醒地看到，在“文革”后的《格萨尔》资料抢救、搜集工作中也有不够周全的失误的地方，这又使格萨尔学的资料建设这个整体工程出现了缺砖少瓦的现象，亟待我们去加添和补救。现在，我们如若再不投入人力财力去竭力抢救，予以弥补，那将会造成更大的历史性缺憾。因此，根据当前在格萨尔学的资料建设过程中存在的种种问题，我认为应从如下几个方面抓起：

一是要把各有关省区健在的所有《格萨（斯）尔》说唱艺人再普查一次，把已录音的部本要及时组织本民族文字功底好的同志，请他们抓紧时间将其转化成本民族文字；把尚未说唱、录音的口传部本也要赶紧录音，并要不失时机地转化成本民族文字；有些艺人虽已谢世，但他们健在时的录音唱部同样是珍贵的文化遗产，也应列入此项工作；近几年玉树等地区又涌现出了一批年轻的《格萨尔》说唱艺人，而且他们各自的说唱部数比较多，应当特别重视，不能因为他们还年轻而忽视其唱部的录音和文字转化工作。

二是要尽量发掘抢救流传在土族、裕固族、撒拉族、普米族、纳西族、白族、傈僳族等民族和摩梭人当中的《格萨尔》，应尽先予以补救。这是因为在过去几十年的抢救搜集工作中，我们在把主要精力投入到藏、蒙《格萨（斯）尔》的同时，却忽略了流传在前几个民族当中的《格萨尔》，这个失误给整体的格萨尔学的资料建设留下了不少缺憾。我在甘肃抢救土族、裕固族《格萨尔》的经历中认识到了它们所具有的重大学术、文化价值，因而我于1994年和2000年曾两次到云南调查，先后的调查都证明在普米、纳西、白、傈僳等民族和摩梭人当中不仅有《格萨尔》流传，而且各自具有本民族的文化特质。在调查中，我也和艺人所在县、乡有关部门的负责同志交换过意见，诚请他们组织人力搜集整理，但因负责同志的工作调动和有些艺人的谢世，以及搜集者缺乏经费，而不能及时为之，至今未能实现。今天，我提出要尽先补救，目的就在于再作一次调查和发掘抢救工作，不要给《格萨尔》事业造成更大的历史性缺憾。

三是要坚持记录、整理《格萨（斯）尔》工作的科学性，我这里所说的科学性就是真实性。

藏族和蒙古族是有本民族文字的古老民族，他们说唱的《格萨（斯）尔》除具有方言特点外，还有古词、古音。因此，在用本民族文字记录时一定要原原本本地记录，对其中一时搞不懂的词语应及时请教艺人和艺人所属方言区的老人，要求真务实，慎之又慎，不可随意变通；对经请教后仍然说不明白的词语，宁可用国际音标记音和注明，留待语言学家研究解决，切不可草草改动了之。这方面，自古至今注释《山海经》的著名专家们给我们树立榜样，我们应持这种严肃认真的向民族文化和后人负责的科学态度。我这样地提出和认识问题，是因为我们在编纂《格萨尔文库》时已发现前人对自己一时难以辨明的古词、土语和古俗称谓有随意改动的地方，是有感而发的。我们对于流传在只有本民族语言而无本民族文字的有关民族当中的《格萨尔》，要采用国际音标记音的办法，按艺人的说唱录音资料逐字、逐句、逐音地记音对译（对译是指按所记民族语的词汇对译成汉语词汇，也包括对衬音、衬词和唱调的语音对译）。用国际音标记音对译，最好是选择培养精通本民族语言的同志担任，我们记音对译土族、裕固族《格萨尔》就是这么办的，可以说做到了严格、忠实，保持了记录说唱资料的真实性。

谈到整理，我很赞同国际著名学者、中国民间文艺学家贾芝先生的见解。他说："科学记录、慎重整理。整理是不可能没有的，她乃是民间口头文学到书面文学的一道工序；但整理是有限度的，以做到从内容到语言，都忠于民间流传的原作为目的。有的人将'整理'的概念和范围任意扩大，甚至改名'编著'，模糊了之，实则这就不易令人看到人民大众口头创作的原貌和特点了。即使个人文采很好，相比之下，它们仍然是两种作品：一种是民间口头文学的记录，一种是个人的文学创作；利用群众创作进行再创作，自然是可以的，但那就属于个人创作的范围而非民间文学了。”“今天特别需要‘全面搜集’，‘加强研究’，加上‘科学记录，慎重整理’，其科学性的要求就更为清楚了。”（见《格萨尔文库》第一卷藏族《格萨尔》第二册、第三卷土族《格萨尔》中册的序言）。

坚持记录、整理的科学性是我们从不同需求出版各类《格萨尔》图书的基础，其质量也才有可能得到保证。我们编纂的《格萨尔文库》，就是通过对多种异本的精选规范、翻译注释、记音和版本说明等方法，使《格萨（斯）尔》规范化、完整化和系统化，从而具有更高的科学价值。

四是要把藏、蒙古、土、裕固等民族艺人说唱的《格萨（斯）尔》的各种曲调用简谱和五线谱记录下来，并填上唱词。这不仅是格萨尔学资料建设的需要，也是继承、弘扬我国多民族传统艺术的需要。与此同时，也要搜集《格萨尔》的唐卡绘画作品和《格萨尔》风物传说故事，这些都是格萨尔学资料建设的组成部分，不可忽略。

五是要重视收集历年来中外介绍和研究《格萨尔》的各种文章。另外，依据《格萨尔》故事编写、演唱的《格萨尔》藏戏和《格萨尔》歌舞剧等资料，也应有所收集。

总之，我们的目的，就是要建起一座格萨尔学的资料大厦。

第二节　格萨尔学的理论构建

《格萨尔》不仅是世界民族史诗中最长的史诗，也是流布最广的史诗，然而《格萨尔》潜在的巨大的多学科价值和丰富多彩的文化内涵，以及它所独具特色的民族风韵还远远没有充分发掘和显示出来。为此，我们要抓好格萨尔学的资料建设，分门别类地使其完整化、系统化；也要在格萨尔学研究中进行理论创新。创新是为了在研究史料中形成新观点和新方法，解决新问题，以求将《格萨尔》研究从广度和深度两个方面推进一步，与时俱进，更好地弘扬中华民族的优秀传统文化，丰富我国社会主义文化的思想内涵。

1999年9月23日，胡锦涛同志在《在国家社会主义基金项目优秀成果颁奖大会上的讲话》中指出："……我们要进一步拓展哲学社会科学的视野和领域，形成新思想、新观点、新方法、新学科，把哲学社会科学的研究推向新的水平和新的境界，使面向二十一世纪的中国哲学社会科学事业有一个大发展。""同时，要重视基础研究，加强重点学科和新兴、边缘、交叉学科的建设，全面地发展哲学社会科学。"我这里所讲的格萨尔学的理论构建，就是从《格萨尔》所描述的民族、语言、宗教、民俗、文艺、历史、政治、经济、军事、伦理、心理等博大精深的内容实际出发，打开新的思路，从边缘、交叉学科着眼，建立民族格萨尔学、语言格萨尔学、宗教格萨尔学、民俗格萨尔学、文艺格萨尔学、历史格萨尔学，政治格萨尔学、经济格萨尔学、军事格萨尔学、伦理格萨尔学、心理格萨尔学等多个分支学科及其相关的研究方法，从总体上构建格萨尔学的理论体系和方法论。我想，这不仅从理论上能够讲得通，在实践上也可行得通。简要地说：

民族格萨尔学。民族学研究的对象是民族，是研究各民族发展规律的科学。格萨尔学研究的对象是《格萨尔》，是研究《格萨尔》史诗的产生、演变、形成规律的科学。民族格萨尔学就是从民族学的角度来研究史诗《格萨尔》中所记述的各民族的称谓，研究从氏族、部落、部落联盟到部族的形成、发展规律以及各个氏族部落、部落联盟、部族之间的关系等等。

语言格萨尔学。语言学研究的对象是语言，语言是一种社会现象。语言学是研究人类语言或民族语言发展规律的科学，尽管语言现象有它特殊的发展规律。语言格萨尔学就是从语言学的角度来研究史诗《格萨尔》的语言，既可研究藏族《格萨尔》中的藏民族语言，也可研究蒙古族《格斯尔》中的蒙古族语言，还有土族、裕固族《格萨尔》中的土族、裕固族语言；既可研究其中某一民族语言的语音(如当代艺人说唱的《格萨尔》录音都具有各地方言的语音特色)、方言、土语、古词，也可研究各有关民族之间的相互借词，如土族《格萨尔》则是研究土族语言、藏族方言以及藏族和土族语两种语言之间相互影响的宝贵材料。《格萨尔》中还有许许多多的名称称谓，如从语言学的角度进行研究那也很有价值。当然还有大量的文学语言。

军事格萨尔学。军事学研究的对象是军事，是研究战争、研究指导战争规律的科学。《格萨尔》的中心内容是战争。军事格萨尔学就是从军事学的角度来研究史诗《格萨尔》所描述的大大小小、有声有色的各类战争，研究敌对双方的战争动因和指导战争的战略战术以及战争的物质基础和人心所向等等。

我仅举上述三例，是要说明：格萨尔学与民族学、语言学、宗教学、民俗学、文艺学、历史学、政治学、经济学、军事学、伦理学、心理学等等的关系都是十分密切的，再加上史诗《格萨尔》的内容博大精深和在多民族当中的广泛流布，及其文化内涵的丰富多彩，奠定了我们构建前述多个分支学科的坚实基础，绝不是主观臆造所能奏效的。

尽管我们搜集、整理、出版了那么多《格萨(斯)尔》部本和研究专著、译著；发表了那么多学术论文；尽管从1989年至今举办了四届大型的国际《格萨尔》学术研讨会；尽管已多年招收攻读格萨尔学的硕士、博士研究生；尽管2001年10月在巴黎召开的联合国教科文组织第31届大会上，一致通过将史诗《格萨尔》千年绍念列入2002—2003年联合国教科文组织参与项目,《格萨尔》事业得到国际社会的承认和高度评价。但是，要作为一个独立的学科还未列入国家教育部的学科目录，得不到认可。当然，我们不会不清楚，一个新兴、边缘、交叉学科的建设，特别是理论方面的建设不是一件易事，更不可能一蹴而就。因此，我们仍要随着改革开放和西部大开发战略实施的步伐，进一步解放思想，转变观念，在构建格萨尔学的理论体系中既要借鉴世界其他国家文化研究的优秀成果，又不生搬硬套食洋不化；既要大胆探索，勇于创新，又要从实际出发，实事求是，不断地提高和完善本学科的理论体系和方法论。

格萨尔学的学科建设，一定要坚定地走中国特色的格萨尔学之路。我提出这样的思路，其原因有四条：一是我国是《格萨尔》的故乡，格萨尔学的丰厚资源在我国，是任何国家无可比拟的；二是从中央到地方，从科研单位到高等民族院校，有一批长期从事《格萨尔》工作的组织领导者和一大批从事格萨尔学研究的老中青专家学者；三是我国是社会主义制度国家，各民族一律平等，尤其是改革开放对《格萨尔》史诗的发掘抢救创造了更为有利的条件，业已取得的巨大成绩已充分显示了这一点；四是我国的格萨尔学研究是以马克思主义为指导。这四个方面是我们的优势，也是我们建设有中国特色格萨尔学的基本条件所在。在这四条中，坚持马克思主义的指导地位是根本，它决定着我国格萨尔学的性质和方向，只有坚持马克思主义的指导地位，我国格萨尔学的学科建设才能具有中国特色，才能对国际格萨尔学产生重大影响，才能对人类文化建设做出重要贡献。

第三节　格萨尔学的人才培养

我们要如愿完成格萨尔学的资料建设，并要长期从事创造性的格萨尔学理论建设，就务必培养一批老中青三结合的高素质人才。应该看到，我们在过去二十多年的抢救、搜集、整理、翻译和研究《格萨尔》工作中选拔培养的一大批人才，现在有的因年老体弱不能继续扛鼎，有的因另有重任不得不脱离开《格萨尔》工作，有的因别有兴趣而择他业。因此，我们的《格萨尔》工作者越来越少，而工作任务却越来越重，也愈加细致，而且各课题都正处在关键时候，都各自急需组织一个班子去完成。面对这种情况，我们再不能等闲视之了！我想我们应该借西部大开发的东风调整补充《格萨尔》工作队伍，加大人才培养的力度，使一批专门从事格萨尔学研究和教学的高级人才茁壮成长起来。

人才培养的渠道和方法，我以为可从如下几个方面实施：

一是从现有的《格萨尔》工作和学界人员中选拔一些年轻、有志愿、有培养前途的同志，根据格萨尔学的资料建设和理论建设的实际需要，通过集中办短训班或送到其他大学的民族学、语言学、宗教学、民族学、文学等专业进行代培，然后再回到格萨尔学研究的岗位上来。

二是要专门培养一批把藏、蒙古文《格萨（斯）尔》分别译成汉文、英文的高级翻译人才，把《格萨（斯）尔》分期分批地译成汉文和英文，让国内外更多的学者了解它，研究它，以利促进国内各民族之间和我国与其他国家之间的学术文化交流，增进了解。翻译是创造性的智力劳动，不可能一蹴而就，加之，我们翻译的是长篇巨制的史诗，其难度就更大了。已故王沂暖教授在几十年的

《格萨尔》翻译实践中呕心沥血地培养翻译人才的经验是一大宝贵财富，我们正在认真地总结、继承和发扬。我们讲翻译，当然要讲学翻译理论，但更为重要的是通过大量翻译《格萨尔》史诗实践经验的积累，提高翻译技巧，把理论与实践很好地结合起来。同时，要把内容广博的《格萨尔》汉译成供多学科角度研究的范本，译者还必须具有民族学、语言学、宗教学、民俗学、历史学等多种学科的基本知识。否则，其译文质量则很难达到“信、达、雅”的要求标准。我想英译本也不会例外吧！

三是要加大培养攻读格萨尔学硕士、博士研究生的工作力度，使之成为今后培养格萨尔学人才的一个主要方面。首先要从该学科的研究对象和范围的实际出发，科学地设置课程。因此，除外语、政治、计算机等统一规定的公共课外，在攻读学位的专业和专业基础课中，一定要设有史诗学，格萨尔学、《格萨尔》翻译与实践、格萨尔学研究方法论、民族学、语言学、宗教学、民俗学、文献学等课程，这是《格萨尔》博大精深的内容所决定的，其目的则是不言而喻的。其次，我们也要重视引进在专门攻读民族学、语言学、宗教学、民俗学、文学等学科中取得硕士学位以上的人才，充实和加强我们的格萨尔学研究队伍，增强活力。

四是要重视对《格萨尔》艺术研究人才的选拔和培养。我这里主要指培养从事《格萨尔》说唱音乐、《格萨尔》唐卡绘画和《格萨尔》藏戏的人才。这些人才原来就存在于这些民间传统艺术的人才队伍之中，我们可以选拔其中的青年人员，有的可在实践中培养提高，有的可送到专业院校深造，然后再回到格萨尔学研究的岗位上，专事《格萨尔》艺术的抢救、继承和创新。

总之，我们要培养一批功底扎实和富有继承、创新精神的格萨尔学多个分支学科的学科带头人，并从整体上不断壮大格萨尔学研究队伍。尽管在人才培养工作中我们经常会遇到这样那样的问题,特别是商品经济的冲击力比较大,让每个研究人员都始终安心于这个学科的创建和发展工作是不现实的。但我总想有不少人会立志于从事《格萨尔》这一传统优秀文化的保护、继承、弘扬和创新事业,并为之而奉献自己的毕生精力。我认为这个选择是值得的!

附　　录

附　表　一

《格萨尔》著名说唱家扎巴老人说唱的四十三部之目录①

编号	书　　名（汉藏对照）	
1	天岭卜筮	ལྷ་གླིང་གབ་རྩེ་དགུ་སྐོར།
2	诞生史	སྲིད་གླིང་འཁྲུངས་གླིང་།.
3	打击土地神	ས་བདག་ཆམ་ལ་ཕབ་པ།
4	野兽敌宗	གཅན་གཟན་དགྲ་རྫོང་།
5	东司门马宗	ཤར་ཟི་མའི་རྟ་རྫོང་།
6	西宁马宗	ཟི་ལིང་རྟ་རྫོང་།
7	木雅金子宗	མི་ཉག་གསེར་རྫོང་།
8	丹玛青稞宗	གདན་མའི་ནས་རྫོང་།
9	伏魔	བདུད་འདུལ།
10	霍岭大战	ཧོར་གླིང་གཡུལ་འགྱེད།

① 扎巴老人于1986年11月3日在拉萨病逝，共计说唱了25部，还有18部尚未录音。扎巴老人的逝世是《格萨尔》事业的重大损失。

（续表）

编号	书　　名（汉藏对照）	
11	霍其巴山羊宗	ཧོར་ཕྱི་པ་ར་རྫོང་།
12	姜岭	འཇང་གླིང་།
13	闷岭	མོན་གླིང་།
14	大岭大战	སྟག་གླིང་གཡུལ་འགྱེད་།
15	上索波马宗	སོག་སྟོད་རྟ་རྫོང་།
16	下索波机器宗	སོག་སྨད་འཕྲུལ་འཁོར་རྫོང་།
17	阿扎玛瑙宗	ཨ་གྲགས་གཟི་རྫོང་།
18	奇乳珊瑚宗	བྱུ་རུ་བྱུར་རྫོང་།
19	卡其松石宗	ཁ་ཆེ་གཡུ་རྫོང་།
20	朱古兵器国	གྲུ་གུ་གོ་རྫོང་།
21	象雄珍珠宗	ཞང་ཞུང་མུ་ཏིག་རྫོང་།
22	雪山水晶宗	གངས་རི་ཤེལརྫོང་།
23	白热山羊宗	སྦྲེ་རི་ར་རྫོང་།
24	措米怒绸缎宗	མཚོ་མི་ནུབ་དར་རྫོང་།
25	木古骡宗	སྨུག་གུ་དྲེལ་རྫོང་།
26	波保绵羊宗	བལ་པོའི་ལུག་རྫོང་།
27	松巴犏牛宗	སུམ་པ་མཛོ་རྫོང་།
28	加岭	གྱུ་གླིང་།
29	木雅药宗	མི་ཉག་སྨན་རྫོང་།
30	阿塞铠甲宗	ཨ་ཟེག་ཁྲབ་རྫོ་ང་།
31	乌斯茶宗	ཝུ་ཟེ་ཇ་རྫོང་།
32	岭与地狱	དམ◌ྱལ་གླིང་རྫོགས་པ་ཆེན་པོ།

（续表）

编号	书　　名（汉藏对照）	
33	西宁弹药宗	ཟི་ལིང་མདེལ་རྫོང་།
34	察瓦戎箭宗	ཚྭ་བ་རོང་མདའ་རྫོང་།
35	材玛朱砂宗	མཚལ་མ་མཚལ་རྫོང་།
36	亭格靛兰宗	མཐིང་གི་མཐིང་རྫོང་།
37	北部盐湖宗	བྱང་ཚྭ་རྫོང་།
38	罗刹肉宗	སྲིན་པོ་ཤ་རྫོང་།
39	收服霍尔武士	ཧོར་ནང་པའི་བཤན་པ་བཀུག་པ།
40	东魔长角鹿	ཤར་བདུད་ཤ་བ་རུ་རིང་།
41	南魔九头罗刹	ལྷོ་བདུད་སྲིན་པོ་མགོ་དགུ།
42	西魔独脚飞	ནུབ་བདུད་ཕུར་བ་རྐང་གཅིག
43	北魔独肢饿鬼	བྱང་བདུད་ཐེའུ་རངས་རྐང་གཅིག

附　表　二

《格萨尔》著名说唱家玉梅说唱的七十部之目录[①]

编号	书　　名（汉藏对照）	
1	格萨尔降生史	འཁྲུངས་གླིང་།
2	贾察降生史	རྒྱ་ཚའི་འཁྲུངས་རབས།
3	戎察降生史	རོང་ཚའི་འཁྲུངས་རབས།
4	堆岭	བདུད་གླིང་།

---

① 玉梅自报说唱70部，现已录音28部。

（续表）

编号	书　名（汉藏对照）	
5	霍岭	ཧོར་གླིང་།
6	姜岭	འཇང་གླིང་།
7	闷岭	མོན་གླིང་།
8	大食财宗	སྟག་གླིང་།
9	奇乳珊瑚宗	བྱུ་རུ་བྱུར་རྫོང་།
10	卡切玉宗	ཁ་ཆེ་གཡུ་རྫོང་།
11	雪山水晶宗	གངས་རི་ཤེལ་རྫོང་།
12	廷格铁宗	མཐིང་གེ་ལྕགས་རྫོང་།
13	松巴犏牛宗	སུམ་པ་མཛོ་རྫོང་།
14	白热绵羊宗	སྦྲེ་རི་ལུག་རྫོང་།
15	汉地茶宗	རྒྱ་ཡི་ཇ་རྫོང་།
16	象雄山羊宗	ཞང་ཞུང་ར་རྫོང་།
17	塔岭生铁宗	མཐའ་གླིང་ཁྲོ་རྫོང་།
18	且岭机器宗	ཕྱེ་གླིང་འཕྲུལ་རྫོང་།
19	木古骡宗	སྨུག་གུ་དྲིལ་རྫོང་།
20	麦拉扎宗	མེ་ལྷ་གྲགས་རྫོང་།
21	突厥兵器国	གྲུ་གུ་གོ་རྫོང་།
22	蒙古狗宗	སོག་པོ་ཁྱི་རྫོང་།
23	赛拉松石宗	ཟེར་ལ་གཡུ་རྫོང་།
24	波保珊瑚宗	བལ་པོའི་བྱུར་རྫོང་།
25	郭尔卡羊羔宗	གོར་ཁ་ལུ་གུ་རྫོང་།
26	牛卡树宗	སྨུག་ཁ་ཤིང་རྫོང་།

（续表）

编号	书　名（汉藏对照）	
27	兴卡珍珠宗	ཤེང་ཁ་མུ་ཏིག་རྫོང་།
28	廷卡铁宗	མཐིང་ཁ་ལྕགས་རྫོང་།
29	阿扎玛瑙宗	ཨ་གྲགས་གཟི་རྫོང་།
30	东方鹿宗	ཤར་ཕྱོགས་ཤྭ་བ་རྫོང་།
31	北方罗刹海螺宗	བྱང་ཕྱོགས་སྲིན་པོའི་དུང་རྫོང་།
32	玛雄金宗	མ་ཤོང་གསེར་རྫོང་།
33	曲格生铁宗	ཆོས་དཀའ་ཁྲོ་རྫོང་།
34	曲拉粮食宗	ཆུ་ལྷ་འབྲུ་རྫོང་།
35	印度佛法宗	རྒྱ་གར་ཆོས་རྫོང་།
36	汉地王法宗	རྒྱ་ནག་ཁྲིམས་རྫོང་།
37	木雅绸缎宗	མི་ཉག་དར་རྫོང་།
38	山南头盔宗	ལྷོ་ཁ་རྨོག་རྫོང་།
39	黄铜宗	རག་རྫོང་།
40	那拉水宗	གནམ་ལྷ་ཆུ་རྫོང་།
41	江拉狼宗	སྒྲུང་ལྷ་སྤྱང་རྫོང་།
42	达拉虎宗	སྟ་ན་ལྷ་སྟག་རྫོང་།
43	斯拉豹宗	གཟིག་ལྷ་གཟིག་རྫོང་།
44	察瓦盐宗	ཚ་བ་ཚྭ་རྫོང་།
45	木雅云彩宗	མི་ཉག་སྤྲིན་རྫོང་།
46	达则珍珠宗	སྟག་རྩེ་མུ་ཏིག་རྫོང་།
47	真那驮畜宗	སྦྲི་སྣ་ཁལ་རྫོང་།
48	康拉雪山宗	གངས་ལྷ་གངས་རི་རྫོང་།

（续表）

编号	书　　名（汉藏对照）	
49	达戎水晶宗	སྟག་རོང་ཤེལ་རྫོང་།
50	登白奶渣宗	སྟོན་པའི་ཕྱུར་རྫོང་།
51	热尺山羊宗	ར་ཁྲི་ར་རྫོང་།
52	母牦牛宗	འབྲི་རྫོང་།
53	玛康绵羊宗	སྨར་ཁམས་ལུག་རྫོང་།
54	德格太阳宗	སྡེ་དགེ་ཉི་མ་རྫོང་།
55	月亮宗	ཟླ་རྫོང་།
56	白尺眼睛宗	འབེ་ཁྲི་མིག་རྫོང་།
57	鱼宗	ཉ་རྫོང་།
58	船宗	གྲུ་རྫོང་།
59	色规鲜花宗	སེར་རྐོད་མེ་ཏོག་རྫོང་།
60	阿里山羊宗	མངའ་རིས་ར་རྫོང་།
61	色玛马宗	ཟེར་མ་རྟ་རྫོང་།
62	白德罗刹宗	སྦེ་དའི་སྲིན་རྫོང་།
63	麦列佛法宗	མེ་ལྷའི་ཆོས་རྫོང་།
64	米努海福	མི་ནུབ་མཚོ་གཡང་།
65	白热杂耐黄羊福	སྦེ་རོ་ཙ་ནའི་དགོ་བ་གཡང་།
66	山南香獐宗	ལྷ་ཁ་གླ་རྫོང་།
67	顿珠火宗	དོན་གྲུབ་མེ་རྫོང་།
68	生命宗	སྲོག་རྫོང་།
69	聂戎红宝石宗	ཉག་རོང་པད་མ་ར་གའི་རྫོང་།
70	米努剑宗	མི་ནུབ་གྲི་རྫོང་།

附 表 三

《格萨尔》著名说唱家才让旺堆说唱的一百四十部之目录①

编号	书　　名（汉藏对照）	
1	天岭卜筮	ལྷ་གླིང་གབ་ཙེ་དགུ་སྐོར།
2	英雄诞生	འཁྲུངས་གླིང་མེ་ཏོག་ར་བ།
3	赛马称王	རྟ་རྒྱུགས་རྒྱལ་འཇོག
4	岭夔札石窟	ཆ་ཤེལ་བྲག
5	降魔	བདུད་འདུལ།
6	霍岭大战	ཧོར་གླིང་གཡུལ་འགྱེད།
7	姜岭大战	འཇང་གླིང་གཡུལ་འགྱེད།
8	辛丹内讧	ཤན་འདན་ནང་འཁྲུགས།
9	闷岭大战	མོན་གླིང་གཡུལ་འགྱེད།
10	分大食财宝	སྟག་གཟིག་ནོར་འགྱེད།
11	达玛财宝宗	རྟ་དམར་ནོར་རྫོང་།
12	取阿里金库	མངའ་རིས་གསེར་རྫོང་།
13	上蒙古马宗	སོག་སྟོད་རྟ་རྫོང་།
14	外蒙古马宗	ཕྱི་སོག་རྟ་རྫོང་།
15	歇日珊瑚宗	བྱུ་རུ་བྱུར་རྫོང་།
16	汉地茶宗	རྒྱ་ནག་ཇ་རྫོང་།
17	汉地法宗	རྒྱ་ནག་ཁྲིམས་རྫོང་།

① 根据官却杰《略论〈格萨尔〉史诗说唱艺人才让旺堆演唱形式及特点》一文所附目录（拉丁代字）转写整理。

（续表）

编号	书　名（汉藏对照）	
18	汉地犏牛宗	རྒྱ་ནག་མཛོ་རྫོང་།
19	察哇箭宗	ཚ་བ་མདའ་རྫོང་།
20	丹玛箭宗	འདན་མ་མདའ་རྫོང་།
21	尕德生铁宗	དགའ་བདེ་ཁྲོ་རྫོང་།
22	嘉察水晶宗	རྒྱ་ཚ་ཤེལ་རྫོང་།
23	总管王白螺宗	རྒྱ་དཔོན་དུང་དཀར་རྫོང་།
24	总管王水晶宗	སྤྱི་དཔོན་ཤེལ་རྫོང་།
25	郭岭大战	འགོག་གླིང་གཡུལ་འགྱེད།
26	阿察热铠甲宗	ཨ་ཚ་ར་ཁྲབ་རྫོང་།
27	波保绵羊宗	བལ་པོའི་ལུག་རྫོང་།
28	大鹏羽毛宗	ཁྱུང་ཆེན་སྒྲོ་རྫོང་།
29	梅岭大战	མི་གླིང་གཡུལ་འགྱེད།
30	朗如	གླང་རུ།
31	勾古犬宗	གེ་ཁུ་ཁྲི་རྫོང་།
32	阿赛山羊宗	ཨ་བསེ་ར་རྫོང་།
33	托日宝藏宗	ཐོག་རི་གཏེར་རྫོང་།
34	俄斯宝藏宗	ཨོ་སི་གཏེར་རྫོང་།
35	俄罗宝藏宗	ཨོ་ལོ་གཏེར་རྫོང་།
36	祝古兵器国	གྲུ་གུ་གོ་རྫོང་།
37	祝古珍珠宗	གྲུ་གུ་མུ་ཏིག་རྫོང་།
38	阿札玛瑙宗	ཨ་གྲགས་གཟི་རྫོང་།
39	南台宝藏宗	གནམ་ཐེའུ་གཏེར་རྫོང་།
40	香雄珍珠宗	ཞང་ཞུང་མུ་ཏིག་རྫོང་།

（续表）

编号	书　　名（汉藏对照）	
41	木古骡宗	སྨུག་གུ་དྲེལ་རྫོང་།
42	戎巴米宗	རོང་པའི་འབྲས་རྫོང་།
43	米努丝绸宗	མི་ནུབ་དར་རྫོང་།
44	托岭大战	ཐོག་གླིང་གཡུལ་འགྱེད།
45	超同铜宗	ཁྲོ་ཐུང་ཟངས་རྫོང་།
46	贡坝玛瑙宗	ཐུང་བའི་གཟི་རྫོང་།
47	歼灭黑帐宗	གུར་ནག་ཆམ་ལ་ཕབ།
48	梨尺马宗	ལི་ཁྲི་རྟ་རྫོང་།
49	阿达鹿宗	ཨ་སྟག་ཤ་བ་རྫོང་།
50	罗刹国肉宗	སྲིན་པོའི་ཤ་རྫོང་།
51	犀岭大战	སེ་གླིང་གཡུལ་འགྱེད།
52	托日火宗	ཐོག་རི་མེ་རྫོང་།
53	印度佛法宗	རྒྱ་གར་ཆོས་རྫོང་།
54	达梅琥珀宗	དར་དམར་སྤོས་ཤེལ་རྫོང་།
55	索弱火药宗	སོ་རོའི་འཕྲུར་རྫས་རྫོང་།
56	犀岭套索宗	སེ་གླིང་ཞགས་རྫོང་།
57	森达剑宗	སེང་སྟག་གྲི་རྫོང་།
58	尼奔金宗	ཉི་འབུམ་གསེར་རྫོང་།
59	罗刹人宗	སྲིན་པོའི་མི་རྫོང་།
60	达尺铠甲宗	རྟ་ཁྲི་ཁྲབ་རྫོང་།
61	玉托宝藏宗	གཡུ་ཐོག་གཏེར་རྫོང་།
62	琼尺母牦牛宗	ཁྱུང་ཁྲིའི་འབྲི་རྫོང་།
63	格萨尔佛法宗	གེ་སར་ཆོས་རྫོང་།

（续表）

编号	书　　名（汉藏对照）	
64	姜国王子霹雷宗	འཛང་ཕྲུག་ཐོག་རྫོང་།
65	札日药宗	ཙ་རི་སྨན་རྫོང་།
66	札日药宗	གངས་རི་ཚོས་རྫོང་།
67	达潘铠甲宗	དར་འཕེན་ཁྲབ་རྫོང་།
68	嘉察铠甲宗	རྒྱ་ཚ་གོ་རྫོང་།
69	女罗刹焚尸宗	སྲིན་མོའི་རོ་འདུས་རྫོང་།
70	梅央武器宗	མེ་གཡང་དྲག་ཆས་རྫོང་།
71	印度阿如药宗	རྒྱ་གར་ཨ་རུ་སྨན་རྫོང་།
72	南姜毛戎粮宗	ལྷོ་འཛང་མོ་རོང་གི་འབྲུ་རྫོང་།
73	扎拉铠甲宗	དགྲ་ལྷ་ཁྲབ་རྫོང་།
74	丹玛一青稞宗	འདན་མའི་ནས་རྫོང་།
75	姜国翡翠宗	འཛང་གི་མཐིག་རྫོང་།
76	汉地宝藏宗	རྒྱ་ནག་གཏེར་རྫོང་།
77	大鹏玛瑙宗	ཁྱུང་ཆེན་གཟི་རྫོང་།
78	岭曲潘降伏四大敌	གླིང་ཆོས་འཕེན་དགྲ་ཆེན་བཞི་འདུལ་བ།
79	森曲沙宝藏宗	
80	木雅铠甲宗	མི་ཉག་གོ་རྫོང་།
81	木雅马宗	མི་ཉག་རྟ་རྫོང་།
82	哈尺金宗	ཧ་ཁྲིའི་གསེར་རྫོང་།
83	西宁银宗	ཟི་ལིང་དངུལ་རྫོང་།
84	西宁火宗	ཟི་ལིང་མེ་རྫོང་།
85	察玛檀香宗	ཚ་དམར་ཙན་དན་རྫོང་།
86	雪山水宗	གངས་རིའི་ཆུ་རྫོང་།

（续表）

编号	书　　名（汉藏对照）	
87	岭地图聚千	གླིང་ས་ཁྲ་མཐོང་བ་སྟོང་འདུས།
88	世界莲花俱千图	འཛམ་གླིང་ས་ཁྲ་པདྨ་སྟོང་ལྡན།
89	夏尺茶宗	ཤར་ཁྲི་ནག་པོའི་ཇ་རྫོང་།
90	超同铁宗	ཁྲོ་ཐུང་ལྕགས་རྫོང་།
91	森达金宗	སེང་སྟག་གསེར་རྫོང་།
92	戎察铠甲宗	རོང་ཚའི་གོ་རྫོང་།
93	攻克大食宗	སྟག་གཟིག་རྫོང་ཆེན་ཕབ་པ།
94	攻克雅则国王库	གཡ་ཚེ་རྒྱལ་པོའི་མཛོད་ཕབ་པ།
95	托日火宗	ཐོག་རིའི་མེ་རྫོང་།
96	曲托王药宗	ཆུ་ཐོག་རྒྱལ་པོའི་སྨན་རྫོང་།
97	拉日王铠甲宗	ལྷ་རི་རྒྱལ་པོའི་ཁྲབ་རྫོང་།
98	果卡铠甲宗	གོ་ཁའི་ཁྲབ་རྫོང་།
99	桑尺虎宗	སེང་ཁྲི་སྟག་རྫོང་།
100	尼罗珍珠宗	ནེ་ལོའི་མུ་ཏིག་རྫོང་།
101	梅巴尔虎宗	མེ་འབར་སྟག་རྫོང་།
102	达赛小麦宗	སྟག་སེར་གྲོ་རྫོང་།
103	巴尔玛珊瑚宗	འབར་མའི་བྱུར་རྫོང་།
104	犀罗骡宗	ཕྱི་ལོའི་དྲིལ་རྫོང་།
105	阿赛谷物宗	ཨ་བསེ་འབྲུ་རྫོང་།
106	嘉尺箭宗	རྒྱ་ཁྲིའི་མདའ་རྫོང་།
107	拉达克佛法宗	ལ་དྭགས་ཆོས་རྫོང།
108	印度珍珠宗	རྒྱ་གར་གུ་ཉོག་རྫོང་།
109	尕德智慧宗	དགའ་བདེ་ཤེས་རབ་རྫོང།

（续表）

编号	书　　名（汉藏对照）	
110	森达智慧宗	སེང་སྟག་ཤེས་རབ་རྫོང་།
111	公保大鹏宗	ཀུང་པོའི་ཁྱུང་རྫོང་།
112	阿达肉宗	ཨ་སྟག་ཤ་རྫོང་།
113	日努	རི་ནུ་བ།
114	罗玛火宗	ལོ་མའི་མེ་རྫོང་།
115	梅尺罗刹绳索宗	མེ་ཁྲི་སྲིན་པོའི་ཞགས་རྫོང་།
116	西南罗刹三宝藏宗	ལྷོ་ནུབ་སྲིན་པོ་གཏེར་གསུམ་རྫོང་།
117	北罗刹松石宗	བྱང་སྲིན་པོའི་གཡུ་རྫོང་།
118	分配世界八宝藏	འཛམ་གླིང་གཏེར་བརྒྱད་བགོ་བཤའི་སྐོར།
119	巴尔玛玛瑙宗	འབར་མའི་གཟི་རྫོང་།
120	波保龙宗	བལ་པོའི་ཀླུ་རྫོང་།
121	琼尺火宗	ཁྱུང་ཁྲིའི་མེ་རྫོང་།
122	达日白螺宗	སྟག་རིའི་དུང་དཀར་རྫོང་།
123	犀如水晶铠甲宗	བྲུ་རུ་ཤེལ་ཁྲབ་གོ་རྫོང་།
124	哈拉金宗	ཧ་རའི་གསེར་རྫོང་།
125	贝哈热绵羊宗	ཧྲེ་རའི་ལུག་རྫོང་།
126	大鹏金宗	ཁྱུང་ཆེན་གསེར་རྫོང་།
127	嘉察银宗	རྒྱ་ཚ་དངུལ་རྫོང་།
128	总管王茶宗	སྤྱི་དཔོན་ཇ་རྫོང་།
129	尼本金宗	ཉི་འབུམ་གསེར་རྫོང་།
130	文布檀香宗	འོང་བུ་ཙན་ཏན་རྫོང་།
131	尼罗铠甲宗	ནེ་ལོའི་ཁྲབ་རྫོང་།
132	木雅经宗	མི་ཉག་ཆོས་རྫོང་།

（续表）

编号	书　　名（汉藏对照）	
133	印度金瓶宗	རྒྱ་གར་གསེར་བུམ་རྫོང་།
134	玉珠青稞宗	གཡུ་འབྲུག་ནས་རྫོང་།
135	波保米宗	བལ་པོའི་འབྲས་རྫོང་།
136	札日竹宗	ཚ་རི་སྨྱུག་རྫོང་།
137	赛卡色山羊宗	བསེ་ཁ་སེར་ར་རྫོང་།
138	索哈拉马宗	སོག་ཧ་རའི་རྟ་རྫོང་།
139	达玛水晶宗	རྟ་དམར་ཤེལ་རྫོང་།
140	尕多金宗	སྒྲ་སྟོད་གསེར་རྫོང་།
141	阿达拉毛	ཨ་སྟག་ལྷ་མོ།
142	保如玛瑙宗	པོ་རུའི་གཟི་རྫོང་།
143	玛康珊瑚宗	དམར་ཁམས་བྱུར་རྫོང་།
144	德格佛法经宗	སྡེ་དགེ་ཆོས་རྫོང་།
145	嘉察剑宗	རྒྱ་ཚ་གི་རྫོང་།
146	五种吉祥祝福	བཀྲ་ཤིས་པའི་སྨོན་ལམ་ལྔ།
147	安定三界	ཁམས་གསུམ་བདེ་བཀོད།

附　表　四

著名藏学家王沂暖教授翻译出版的一十七部《格萨尔》之目录

编号	书　　名	译　　者	出版时间
1	《格萨尔王传·贵德分章本》	王沂暖　华　甲	1981
2	《格萨尔王传·降伏妖魔之部》	王沂暖	1980

（续表）

编号	书　　名	译　　者	出版时间
3	《格萨尔王传·世界公桑之部》	王沂暖	1983
4	《格萨尔王传·卡切玉宗之部》	王沂暖　上官剑壁	1984
5	《格萨尔王传·花岭诞生之部》	王沂暖　何天慧	1985
6	《格萨尔王传·分大食牛之部》	王沂暖　王兴先	1986
7	《格萨尔王传·安定三界之部》①	王沂暖　何天慧	1986
8	《格萨尔王传·闷岭大战之部》	王沂暖　余希贤	1986
9	《格萨尔王传·木古骡宗之部》	王沂暖　何天慧	1988
10	《格萨尔王传·赛马七宝之部》	王沂暖　唐景福	1988
11	《格萨尔王传·香香药物宗之部》	王沂暖　何天慧	1989
12	《格萨尔王传·松岭大战之部》	王沂暖　王兴先	1991
13	《格萨尔王传·天岭九藏之部》②	王沂暖　马学仁	
14	《格萨尔王传·雪山水晶宗之部》	王沂暖　余希贤	
15	《格萨尔王传·辛丹相争之部》	王沂暖　贺文宣	1993
16	《格萨尔王传·丹玛抢马之部》	王沂暖　贺文宣	1993
17	《格萨尔王本事》③	王沂暖　上官剑壁	1985

①《安定三界》含有两种汉译本。
②《天岭九藏之部》,已以《神子下凡记》为题在《驼铃》杂志发表。
③《格萨尔王传·贵德分章本》的缩写本。
以上书目的出版社依次是：甘肃人民社（1—12）、敦煌文艺社（13、14）、甘肃民族社（15、16）、中国民间文艺社（17）。

图书在版编目(CIP)数据

《格萨尔》论要 / 王兴先著. —上海: 上海古籍出版社,2023.5
(格萨尔研究丛刊)
ISBN 978-7-5732-0716-6

Ⅰ. ①格… Ⅱ. ①王… Ⅲ. ①《格萨尔》—文学研究 Ⅳ. ①I207.914

中国国家版本馆CIP数据核字(2023)第076000号

格萨尔研究丛刊
《格萨尔》论要
王兴先 著
上海古籍出版社出版发行
(上海市闵行区号景路159弄1-5号A座5F 邮政编码201101)
(1)网址: www.guji.com.cn
(2)E-mail: guji1@guji.com.cn
(3)易文网网址: www.ewen.co
启东市人民印刷有限公司印刷
开本 890×1240 1/32 印张 12.25 插页 3 字数 297,000
2023年5月第1版 2023年5月第1次印刷
ISBN 978-7-5732-0716-6
K · 3381 定价: 68.00元
如有质量问题,请与承印公司联系